KB077253

유리 감옥

THE GLASS CELL

First published in 1959
Copyright © 1993 by Diogenes Verlag AG Zurich

Korean translation copyright © 2018 by Openhouse for Publishers Co., Ltd.
All rights reserved.
This edition published by arrangement with Diogenes Verlag AG
through Shinwon Agency Co.

유리 감옥
THE GLASS CELL

퍼트리샤 하이스미스 지음
김미정 옮김

오픈하우스

뉴욕 펠리세이즈에서 태어났고
지금은 이탈리아 포시타노에서 살고 있으며
이 책의 대부분을 쓰는 동안 나의 감방 동기가 되어준
사랑하는 고양이 '스파이더'에게 바칩니다

일러두기

1. 본문의 괄호는 모두 옮긴이주이다.
2. 외국 인명·지명은 외래어표기법을 따르되 일부는 관용적인 표기를 따랐다.
3. 책·신문·잡지는 『 』, 영화·연극·TV·라디오 프로그램은 「 」, 노래 제목은 〈 〉,
   음반·오페라·뮤지컬은 《 》로 묶어 표기했다.

1

화요일 오후 3시 35분 주립교도소. 수감자들이 작업장에서 퇴근 중이다. 등에 번호가 달리고 구깃구깃한 누런 수의를 입은 사내들이 A 사동 긴 복도를 따라 지나가자 낮게 웅얼대는 소리가 피어올랐다. 옆 사람과 말하는 이는 아무도 없어 보였다. 교도소 입소 첫날, 카터는 기괴하고 거슬리는 이 소리가 두려웠다. 조만간 폭동이 일어나리라 여길 만큼 풋내기였다. 하지만 이젠 이 소리를 주립이든 어디든 교도소의 특징으로 받아들인다. 감방문은 열려 있었다. 1층에서 4층까지 줄줄이 늘어선 감방으로 죄수들이 들어가자 복도가 텅 비었다. 앞으로 25분 동안 방에 있는 세면대에서 씻은 다음, 마음이 내키거나 여벌이 있으면 셔츠처럼 생긴 상의를 갈아입어도 된다. 편지를 써도 되고 이어폰을 꽂고 이맘때면 늘 흘러나오는 음악 방송을 들어도 된다. 석식을 알리는 벨이 4시에 울렸다.

필립 카터는 이런 풍경이 섬뜩하기도 하고 감방 동기 행키와 한 방에 있는 것도 조마조마해서 느릿느릿 걸음을 옮겼다. 행키는 키가 작고 통통했다. 그는 무장 강도 및 살인으로 -'형량 협상'을 해서- 30년형을 받고 복역 중인데 그걸 뿌듯해 하는 눈치였다. 행키는 카터가 못마땅한지 그를 속물이라 불렀다. 같은 방을 쓰는 석 달 동안 두 사람은 몇 번 사소하게 다투기도 했다. 가령 이런 식이었다. 카터는 자기가 보는 앞에서 행키가 커버 없이 덜렁 놓인 변기를 쓰는 걸 질색했는데, 이걸 눈치챈 행키가 일부러 요란을 떨며 상스럽게 일을 봤다. 처음에는 카터가 못 본 척 너그럽게 넘어갔다. 그러다가 열흘 전, 뻔한 장난이 계속되자 지적했다. "젠장, 행키, 그만 좀 해!" 이 말에 격분한 행키가 카터에게 속물보다 더 심한 욕을 내뱉었다. 순간 둘이 주먹을 쥐고 맞섰지만 그걸 본 교도관이 둘을 떼어 놓았다. 그 후, 카터는 예의를 차리면서도 냉정하게 행키와 거리를 두었고 옆에 이어폰이든 수건이든 뭐든 가까이 있으면 행키에게 건네주었다. 좁아터진 감방에 2층 침대가 놓인 탓에 한 사람이 지나가면 다른 사람은 편히 지나다닐 수가 없었다. 그래서 한 사람이 서 있으면 나머지 한 명은 자기 침대로 들어가 있자는 묵시적 합의가 이루어졌다. 이번 주, 담당 변호사 튜팅이 카터에게 비보를 전했다. 재심은 없으며 90일이 경과했으므로 사면도 불가능하다는 것이다. 카터는 앞으로도 계속 행키와 같은 방을 써야 하니 너무 까칠하거나 차갑게 굴면 안 된다는 현실을 받아들였다. 둘 사이가 껄끄러워 봤자 뭐가 좋겠는가? 지난주 금요일, 행키는 죄수들을 농장까지 태워 나르는 트럭에서 뛰어내리다 발목을 접질렸다. 카터는 적어도 행키에게 발목이 어떤지 정도는 물을 것이다.

행키가 침대 아래 칸 모서리에 걸터앉아 한 벌에서 몇 장이 비는 꼬질꼬질한 카드를 만지작거리고 있었다.

카터는 행키에게 눈인사를 건넨 뒤 붕대 감은 발목을 쳐다보았다. "오늘 발은 좀 어때?" 그는 셔츠 단추를 풀며 곧장 세면대로 향했다.

"그냥저냥. 아직도 못 걷겠어."

행키가 침대 발치에 있는 이불을 들치더니 그 속에 숨겨둔 담배 두 갑을 꺼냈다.

카터는 작고 까슬까슬한 수건으로 몸을 훔친 뒤 허리를 펴다가 그 장면을 보았다. 행키는 담배를 피우지 않았다. 재소자는 담배를 일주일에 네 갑까지 구입할 수 있었다. 일당은 14센트였고 담배 한 갑은 22센트였다. 행키는 자기 배급량을 사 모았다가 다른 죄수에게 웃돈을 붙여 팔았다. 교도관들은 행키가 부업한다는 걸 알고도 눈감아 주었다. 가끔 그가 그들에게 담배나 1달러를 상납하곤 했기 때문이다.

"도와주겠어, 카터? 이걸 저쪽 13번 방하고 3층 48번 방에 갖다 줘, 한 갑씩. 내가 거기까지는 못 갈 거 같아. 돈은 다 받았어."

"그러지 뭐." 카터는 한쪽 손에 담뱃갑을 들고 다른 한 손으로 셔츠 단추를 채우며 방을 나섰다.

13번 방은 그와 행키가 쓰는 방에서 고작 두 칸 옆이었다.

머리가 시허연 늙은 흑인이 침대 아래 칸에 앉아 있었다.

"담배 사셨죠?" 카터가 물었다.

흑인이 납작한 엉덩이를 옆으로 밀며 오더니 주머니에서 종이쪽지를 꺼내 뻣뻣하고 검은 손가락으로 행키가 준 영수증을 카터의 손에 쑤셔 넣었다.

카터는 영수증을 주머니에 찔러 넣고 담배 한 갑을 침대 위로 던진 뒤 계단이 있는 복도 끝으로 향했다. '문앤'이라는 본명 대신 '무니'라는 애칭으로 불리는 교도관이 인상을 찌푸린 채 잰걸음으로 다가왔다. 카터가 남은 한 갑을 쥐고 있었는데 무니가 본 것이다.

"담배 배달하시나?" 무니가 길고 좁다란 얼굴로 더욱 매섭게 쏘아보았다. "아예 우유하고 신문도 배달하지 그래?"

"행키 대신 갖다 주는 길입니다. 행키가 발목을 접질려서요."

"손 내밀어." 무니가 벨트 버클에 매단 수갑을 풀었다.

"이 담배 훔친 거 아닙니다. 행키에게 물어보세요."

"손 내밀라고!"

카터는 양쪽 손을 내밀었다.

무니가 손목에 수갑을 채우는 사이, 옆방 변기 두 군데에서 물이 내려갔다. 여드름투성이 땅딸막한 죄수가 고소하다는 듯 이죽거리는 모습이 무니의 어깨너머로 보였다. 몇 초 전만 해도 카터는 무니가 농담을 하는 줄 알았다. 무니와 행키가 서로 농담을 주고받는 모습을 여러 번 봤고, 무니가 행키에게 장난삼아 진압봉을 휘두르는 장면을 본 적도 있었다. 그런데 지금 무니는 농담하는 게 아니었다.

그는 평소에도 카터를 못마땅해하며 '선생'이라 불렀다.

"건물 끝으로 가." 무니가 명령했다.

무니의 목소리가 쩌렁쩌렁 울렸다. 무니가 카터에게 명령하자 두 사람이 보이는 사동 양쪽 두세 개의 감방에 침묵이 내려앉더니 1층 전체로 번졌다. 카터가 걸음을 옮기자 무니도 그 뒤를 따랐다. 복도 끝에는 2층으로 올라가는 계단이 두 군데 있었고 빗장이 걸린 승강기가 있었다. 병사(hospital ward, 감옥 내 병원)로 올라가느라 승강기 문이 열린 모습을 카터는 두 번 본 적이 있다. 거기엔 문 두 개가 더 있었다. 벽면과 높낮이 차이 없이 매끈하게 달린 평범한 문들 앞에 둥글고 큼직한 자물쇠가 걸려 있었다. 하나는 B 사동으로 가는 문이고 다른 하나는 '구멍'으로 내려가는 문이었다. 무니가 카터를 앞지르더니 허리춤에 매단 열쇠 꾸러미를 잡아 빼서 흔들었다.

지켜보던 죄수들이 일제히 옅은 신음을 흘렸다. 카터의 귀에도 들렸다.

바람 소리처럼 누구의 것인지 모를 웅성거림이었다.

"무슨 일이십니까?" 목소리가 들렸다. 카터는 뒤돌아보지 않았지만 다른 교도관이 묻는 소리가 확실했다.

"이 대단하신 엔지니어께서 담배를 배달하기에 이리로 데려왔지." 무니가 설명하며 문을 땄다. "내려가." 그가 카터에게 명령했다.

지하로 내려가는 계단이었다. 이곳은 '구멍'이었다.

카터는 두 칸을 내려가다가 멈춰 섰다. '구멍'에 대해 들은 적이 있었다. 아무리 죄수들이 과장했다 해도, 분명 과장일 테지만, 이곳은 고문실이었다.

"행키를 돕느라 규정을 위반한 경우니 벌점 몇 점만 더 주시면 되잖습니까?"

무니와 그를 따라온 처니버가 얼빠진 놈이 하는 소리라도 들은 양 거들먹거리며 웃었다.

"내려가라면 내려가. 세지도 못할 만큼 벌점을 차고 넘치도록 받은 주제에." 무니가 카터를 떠밀었다.

카터는 균형을 잡고 조심스레 발을 내디디며 계단을 내려갔다. 양손에 수갑을 차고 있어서 넘어졌다가는 고꾸라지기 십상이었다. 카터는 수감되던 날 넘어졌었는데 그땐 수갑에 굵은 가죽끈이 매달려 있어서 교도관이 붙잡아 주었다. 그가 벌점을 많이 받은 건 사실이지만, 그건 어디까지 해도 되고 어디까지 하면 안 되는지 잘 몰랐기 때문이다. 식당까지 줄 맞춰 걸어가다 보조를 맞추지 못하면 벌점을 받는다. "실례합니다"라고 하거나 작업장까지 출역하는 길에 -퇴근할 때는 아니다- 입만 뻥긋해도 벌점을 받는다. 특정 시간에 머리를 빗거나 A 사동 끝에 달린 이중 철창문 사이로 방문객—모든 낯선 사람—을 뚫어져라 봐도 벌점을 받는다. 네 차례 위반으로 벌점이 누적된 대가로 카터는 매주 일요일 오후에 찾아오는 아내를 만날 수 없었다. 카터는 이 때문에 화가 두 배로 났다. 일주일에 딱 두 번 편지를 보낼 수 있는데 편지가 일찌감치 발송되는 바람에 일요일에 면회를 와도 벌점 초과로 만나지 못한다는 소식을 헤이즐에게 전할 길이 없었다. 재소자가 읽고 위반을 피하도록 규정이 적힌 리스트는 어디에도 존재하지 않았다. 카터가 연신 규정을 위반한 후 몇몇 죄수들에게 규정을 묻자 그들은 삼사십 가지 정도 일러 주었다. 그런데 누군가 체념하듯 웃으며 말했다. "글쎄, 천 개도 넘을 텐데. 그래야 교도관들이 뭐라도 할 게 있지." 이제 카터는 앞으로 24시간, 아니 48시간 동안 홀로 어둠 속에 있어야 한다는 걸 깨달았다. 그는 크게 숨을 들이쉬며 달관하려 했다. 영영 이곳에 사는 건 아니잖아. 감옥에서 나오는 형편없는 끼니를 세 번, 아니 여섯 번 거르는 게 대수겠어? 매일 오후 5시 반이면 방으로 배달되던 헤이즐의 편지를 받지 못한다는 점만 애석했다.

카터의 발끝에 평평한 돌바닥이 닿았다. 낯선 눅눅함과 익숙한 지린내가 진동했다.

무니가 손전등을 들었지만 그건 카터를 뒤따르던 자신과 처니버를 비추기 위해서였다. 카터부터 어둠으로 들어갔다. 소문으로 듣던 작은 감방 문들이 양쪽으로 다닥다닥 보였다. 문 앞 계단 턱이 높아서 기어올라야 하고 안으로 들어가면 몸을 펴고 설 수도 없는 좁고 시커먼 구멍들. 감옥이 1869년에 지어졌다고 카터는 들었다. 이곳은 교도소 완공 당시부터 이렇게 생겨서 개축이 불가능했지만 다른 곳은 일괄 개축했다고 한다.

"호스로 하실 겁니까?" 처니버가 넌지시 물었다.

"더 센 걸로 해야지. 다 왔다. 정지! 들어가!"

세 사람은 문이 아예 없는 방 옆에 섰다. 높다란 방문이 뻥 뚫려 있었다. 카터가 안으로 들어가자 옆방에서 신음인지 푸념인지 모를 소리와 코를 킁킁거리는 소음이 들렸다. 최소한 한 명은 이곳 지하에 있다는 얘기다. 위안이 되었다. 여긴 카터가 행키와 같이 쓰는 방보다 넓었지만 안에는 2층 침대나 의자, 세면대 따위는 아예 없고 바닥 중앙에 동그란 하수구만 작게 뚫려 있었다. 벽은 돌이 아니라 벌겋게 녹이 슨 검회색 철판으로 마감되어 있었다. 끝에 검은 고리가 달린 쇠사슬 두 줄이 천장에서 대롱거렸다. 그제야 카터의 눈에 그 광경이 들어왔다.

"손 내밀어." 무니가 명령했다.

카터가 손을 앞으로 내밀었다.

무니가 수갑을 풀었다. "처니버, 소머스한테 가서 스툴을 가져오게."

"알겠습니다." 처니버가 주머니에서 전등을 꺼내며 밖으로 나갔다.

처니버가 작은 탁자처럼 생긴 네모난 나무 스툴을 들고 들어와 쇠사슬 아래에 놓았다.

"올라가." 무니가 지시했다.

카터가 올라가자 무니도 따라 올라갔다. 카터는 시키지도 않는데 양손을 위로 올렸다. 안쪽에 고무를 댄 가죽끈에 버클이 달려 있었다.

"엄지 펴."

카터는 얌전히 양쪽 엄지를 세우다가 무니의 속내를 간파하고는 충격을 받았다. 무니가 가죽끈을 엄지 첫째 마디와 둘째 마디 사이에 댄 후 버클을 단단히 조였다. 가죽끈에는 처음부터 끝까지 1센티미터 간격으로 구멍이 뚫려 있었다.

무니가 바닥으로 내려갔다. "스툴을 발로 차."

카터는 제법 높이 매달린 탓에 까치발이 들린 상태라 스툴을 찰 수 없었다.

무니가 스툴을 찼다. 스툴이 카터가 매달린 지점에서 2미터 앞으로 날아가 나뒹굴었다. 카터가 줄에 대롱대롱 매달렸다. 손가락이 뽑히는 듯한 고통이 이어졌다. 양쪽 엄지로 피가 급속히 쏠렸다. 뒤에서 교도관의 주먹이 날아올 것만 같았다.

무니가 히죽대며 카터의 한쪽 허벅지를 발로 걷어차자 카터의 몸이 앞뒤로 흔들거리며 살짝 뒤틀렸다. 이번에는 무니가 카터의 등을 슬쩍 떠밀었다. 카터는 신음을 꾹 참았다. 이제 땀이 구레나룻을 타고 턱으로 흘러내렸다. 귀에서 윙윙거리는 소리가 크게 들렸다. 담배 냄새가 진동했다. 언제까지 이렇게 매달아 둘 작정이지? 카터는 궁금했다. 한 시간? 두 시간? 시간제한이 있기나 할까? 얼마나 지났을까? 3분? 아니 15분? 당장이라도 비명이 튀어나올까 봐 두려웠다. 소리치면 안 돼. 그럼 교도관들이 좋아할 테니. 등 근육이 파르르 떨렸다. 숨쉬기가 버거웠다. 물에 빠진 거야. 순간 카터는 상상했다. 허공에 매달린 게 아니라 물에 빠진 거야. 이제 귀에서 윙윙대던 소리가 교도관들의 목소리를 집어삼켰다.

무언가가 등을 때렸다. 카터 앞쪽으로 보이는 돌바닥으로 물이 쏴 쏟아지면서 양동이가 나뒹굴었다. 모든 게 느린 동작으로 움직였다. 카터의 몸이 점점 무거워지는 것 같았다. 교도관 둘이서 자신의 양쪽 다리에 한 명씩 매달려 있는 모습이 그려졌다.

"헤이즐······" 카터가 웅얼거렸다.

"헤이즐?"

"저 녀석 마누라입니다. 매일 편지가 오거든요."

"오늘은 못 받겠군."

카터는 눈알이 빠질 것 같아 눈을 억지로 껌뻑였다. 눈이 부풀어 뻑뻑해진 것 같았다. 그는 헤이즐이 양손을 움켜쥔 채 방을 초조히 왔다 갔다 하다가 이따금 카터를 바라보며 알아들을 수 없는 소리를 웅얼거리는 환영을 보았다.

이제 장면이 법정으로 바뀐다. 월러스 파머가 보인다. 파머는 죽었는데. '그럼 파머가 그 돈으로 뭘 했다고 생각하십니까? 어서 말씀해 보세요, 카터 씨. 당신은 대졸에 똑똑한 엔지니어이자 세련된 뉴요커잖습니까.' 존경하는 재판장님, 그건 이번 사건과 무관합니다. '뭔지도 모르면서 서명하진 않았을 것 아닙니까!' '어디에 서명하는지는 알았습니다. 영수증하고 청구서였습니다. 정확한 자재 가격을 파악하는 건 제 일이 아니었습니다. 계약자는 파머였으니까요. 제가 서명한 다음에 파머가 청구서에 적힌 가격을 올려 적었을 수도 있잖습니까? 저희가 쓴 자재가 B급이라는 걸 저는 몰랐습니다. 그래서 파머에게도 말했습니다.' '돈은 어디에 있습니까, 카터 씨? 25만 달러를 어디로 빼돌렸습니까?' 이제 헤이즐이 증인석에 서서 해맑은 목소리로 증언한다. '저희 부부는 늘 은행 계좌를 공동으로 사용했어요…… 저흰 돈에 관한 한 아무것도 감추지 않아요…… 돈에 관해서는 말이죠…… 돈에 관해서는……'

"헤이즐!" 카터가 소리쳤다. 그리고 그게 끝이었다.

물 세례가 여러 번 그의 몸을 씻어 내렸다.

등 뒤에서 노랫소리가 들리는 것 같았다. 노래와 웃음이 들리다가 이제 잦아들더니 도로 카터만 덩그러니 남았다. 노래의 정체는 피가 귀로 쏠려

맥박이 펄떡거리는 소리였다. 허공에 매달려 있느라 양쪽 엄지가 두 뼘 넘게 늘어난 것 같았다. 필립 카터는 살았고 월러스 파머는 죽었다. 파머가 죽지 않았더라면 만나서 얘기했을 텐데. 파머는 3층 비계에서 1층 콘크리트 혼합기 옆 바닥으로 추락했다. 현재 학교 건물은 완공되었다. 카터의 눈앞에 4층 높이의 적갈색 건물이 어른거렸다. 부메랑처럼 벌어진 U자 형태 건물로 미국 국기가 옥상에서 펄럭였다. 완공은 되었으나 부실 자재로 지어진 건물이었다. 저질 시멘트며 고장 난 수도 시설이며 완공 전부터 금이 간 회반죽까지. 카터가 가월과 파머에게 자재를 지적했지만, 파머는 괜찮다면서 학교 이사회가 그걸 원했고 경비를 줄이라고 했다며 건설 자재가 형편없든 말든 관심 없다고 했다. 그러고는 말이 돌기 시작했다. 안전위원회라나 뭐라나 하는 곳에서 학교 건물이 붕괴할 가능성이 있으니 학생들의 출입을 금해야 한다고 주장했다. 그런데 학교 이사회는 경비를 줄이지 않았으며 공사비를 최고가로 지급했다고 주장했다. 그렇다면 대체 누구 책임이란 말인가? 책임자는 월러스 파머였다. 트라이엄프 측 일부 인사들끼리 25만 달러를 나눠 가졌을 것이다. 무슨 일이 벌어지는지 가월이 모를 리 없었다. 카터는 수석 엔지니어로서 계약 당사자인 파머와 가장 긴밀히 작업했다. 외지에서 온 똑똑한 뉴요커가 남부 부촌에 보금자리를 마련하고 명예와 소명에 관한 신념을 저버린 채 전문직에 종사했으니, 주 정부는 그에게 책임을 물을 예정이었다. "다음 강풍에 건물이 무너질 수도 있으니 학교 소개령을 그대로 유지해야 합니다. 주 정부가 이런 꼴을 지켜보면서 값비싼 치욕을 겪어야 합니다!"라고 검사가 주장했다.

교도관 둘이 들어와 카터를 끌어 내리다가 돌바닥에 카터의 머리를 찧었다. 둘은 카터를 서툴게 옮기다가 욕을 지껄였다. 그들은 바닥에 고꾸라진 카터를 그대로 내버려둔 채 다시 밖으로 나갔다. 카터는 구역질했지만 아무것도 게우지 않았다. 교도관들이 들것을 들고 돌아왔다. 길고 긴 복도를 지나는 동안 뜨다 만 카터의 눈에 보이는 건 거의 없었다. 교도관들이 계단을 올랐다. 무니와 어떤 교도관이 -이름이 뭐였더라? 어젯밤에 본 교도관인가? 아니 언제였지?- 계단을 오르자 카터의 몸이 뒤로 쏠리면서 들것에서 떨어질 뻔했다. 교도관들이 비좁은 복도를 계속 지나자 죄수들과 -카터는 누런 수의를 보고 알았다- 퍼런 작업복을 입은 흑인 재소자 몇 명이 입을 꾹 다문 채 지켜보았다. 요오드와 소독약 냄새가 진동했다. 교도관들이 병사로 들어갔다. 카터를 들것에 뉜 채 딱딱한 테이블 위에 그대로 올려놓았다. 화가 나서 투덜거리는 목소리가 들렸다. 목소리가 좋군, 카터는 생각했다.

무니의 말소리가 들렸다. "이 녀석은 늘 정신이 없다고요. 엉망진창이라니까요. 이런 놈들을 데리고 제가 뭘 하겠습니까? 박사님께서 제가 하는 일을 해보시라고요. 좋아요, 소장님껜 제가 보고하죠. 직접 말씀드리겠습니다."

의사가 카터의 손목을 들어 올리더니 다시 항의했다. "이거 보라고요!"

"하, 전엔 더한 것도 봤습니다만." 무니가 대꾸했다.

"얼마나 매단 거요?"

"저야 모르죠. 제가 매달지 않아서요."

"당신이 아니라면 대체 누구 짓입니까?"

"모릅니다."

"누가 그랬는지 알아보세요. 알아보셔야 하는 거 아닙니까?"

둥근 뿔테 안경을 쓰고 흰 가운을 걸친 남자가 축축하고 큼직한 천으로 카터의 얼굴을 훔치다가 천을 꾹 쥐어 짜 카터의 입속에 몇 방울을 떨어뜨렸다.

"피트, 모르핀 좀 주게. 30밀리그램 다 줘." 의사가 지시했다.

의사와 피트가 카터의 소매를 높이 말아 올리더니 주사를 놓았다. 만조였다가 물이 쏴 빠지듯, 바다가 완전히 메말라버리듯 고통이 빠르게 쓸려 나갔다. 천국 같았다. 기분 좋고 몽롱하니 얼얼한 느낌이 머리를 뚫고 들어와 포근한 음악처럼 살랑거렸다. 두 사람이 그의 손에 치료를 시작하자 카터는 잠에 빠져들었다.

2

카터가 정신을 차리고 보니 딱딱하고 허연 침대 위에 베개를 베고 누워 있었다. 양팔은 이불 밖으로 삐져나왔고 엄지에는 주먹만 한 붕대가 둘둘 말려 있었다. 좌우를 살폈다. 왼쪽 침대는 비었지만 오른쪽 침대에는 머리에 붕대를 감은 흑인이 자고 있었다. 엄지로 통증이 쏠렸다. 통증 때문에 깬 것이다. 통증이 점차 거세지더니 무시무시해졌다.

휘둥그레진 눈으로 걱정하며 다가오는 의사가 보였다. 카터는 자신이 무섭게 보일까 봐 눈을 끔뻑였다. 의사가 씩 웃었다. 마흔 정도에 키가 작고 까무잡잡한 남자였다.

"기분은 좀 어때요?"

"엄지가 아파요."

의사는 고개를 끄덕이면서도 옅은 미소를 잃지 않았다. "징벌을 받았던데 주사를 더 맞아야 합니다." 그는 손목시계를 보며 슬쩍 얼굴을 구기더니 가버렸다.

의사가 주사를 들고 돌아오자 카터가 물었다. "지금 몇 시죠?"

"6시 반이요. 푹 잤겠네요." 박사는 살갗에 바늘을 박은 채 몇 초간 그대로 있었다. "뭐 좀 먹을래요? 이거 다 맞으면 또 졸릴 텐데."

카터는 대답하는 대신 창밖의 밝기를 가늠했다. 그 시간쯤 된 것 같았다. "무슨 요일이죠?"

"목요일이요. 스크램블드에그 어때요? 토스트는요? 먹어두는 편이 나아요. 음, 아이스크림은 어때요? 입맛 당기죠?"

카터는 이것이 수감된 이후 들어본 가장 다정한 목소리라는 걸 지친 머리로도 느낄 수 있었다. "스크램블드에그 먹을래요."

카터는 병사에 들어온 지 이틀 만에 붕대를 풀었다. 통통 부은 양쪽 엄지가 밝은 분홍색으로 물들어 있었다. 자기 엄지 같지 않았다. 자기 손에 달린 엄지 같지가 않았다. 엄지의 살에 비해 손톱이 너무 작아 보였다. 통증은 여전했다. 네 시간 간격으로 모르핀 주사를 맞으면서도 더 맞고 싶었다. 카터는 의사가 안심시키려 노력하지만 통증이 가시지 않아 걱정하고 있다는 걸 눈치챘다. 의사의 이름은 스티븐 카시니 박사였다.

일요일, 카터에게 면회가 허용되지 않았다. 벌점 현황과 무관하게 병사에서 치료 중이기 때문이었다.

일요일 오후 1시 반, 면회가 시작되자 카터는 헤이즐이 널따란 회녹색 아래층 로비에서 남편을 보러 왔으니 만나기 전까진 돌아가지 않겠노라 고집 피우는 모습을 상상했다. 카시니 박사는 카터가 부르는 대로 아내에게 보낼 편지를 대신 받아 적었다. 만나지 못한다는 내용이었다. 금요일에 은밀히 편지를 부쳤지만 토요일까지 헤이즐에게 갈는지 카터는 확신이 서지 않았다. 아내는 편지를 받고도 면회는 올 것이다. 그가 손을 '약간 다쳤다'고 적었기 때문이다. 그럼에도 카터는 로비 이중 철창문 옆에 서서 방문객의 신분증을 검사하고 수감자의 상태를 확인하는 제복을 입은 교도관들에게 결국 헤이즐의 고집이 꺾이리라는 것도 알았다. 그는 침대에서 몸부림치다 딱딱한 베개에 얼굴을 짓이겼다.

베개 밑에서 가장 최근에 온 편지 두 통을 꺼내 두 손가락으로 집어 들고 다시금 읽었다.

> 여보, 티미는 잘 견디고 있으니 걱정하지 마. 내가 매일 티미에게 공부를 가르치는데, 공부하는 것처럼 보이지 않으려고 애쓰는 중이야. 학교에서 애들이 티미를 괴롭혀. 인간의 본성이라는 게 사람을 괴롭히지 않으면 안 되는 거 같아.

그리고 가장 최근에 온 편지도 읽었다.

> 사랑하는 여보,
> 데이비드가 튜팅 대신 연신 추천하던 변호사 매그랜 씨와 조금 전한 시간가량 만났어. 사람 참 괜찮더라. 말도 조리 있게 하고, 긍정적이고. 하지만 그리 긍정적인 상황이 아니라서 튜팅과 마찬가지로 당신도 걱정이 되겠지. 아무튼, 튜팅은 자기가 할 일이 이제 더는 없다면서 대법원 상고는 아예 없는 것처럼 말하더라. 물론 나도 튜팅에게 상고까진 맡기지 않을 생각이었어. 튜팅하고는 정산이 다 끝났어. 남은 수임료 500달러까지 마저 건넸어. 당신이 동의한다면 매그랜에게 맡기려고 해. 그의 말로는 대법원에 제출할 공판 속기록 작성에 3천 달러가 든대. 우리 그 정도는 감당할 수 있어. 당연한 얘기겠지만 매그랜이 최대한 빨리 당신을 만나고 싶대. 여보, 말도 안 되는 규정 때문에 일요일마다 면회가 안 되더라. 당신 벌점이 너무 많아서 이번 주에 매그랜과 면회가 불가능하대. 식당에서 줄 설

때 발이 안 맞아서라니. 여보, 말도 안 되는 규칙이지만 그래도 최대한 따르길 바라.

매그랜이 주지사한테 직접 보낼 탄원서도 쓰고 있어. 당신한테도 사본을 보내겠대. 걱정하지 마. 당신이나 나나 평생 이렇게 살진 않을 거라는 걸 알잖아. 6년에서 12년이라니! 6개월도 못 받아들일 판에……

카터가 따져보니, 매그랜의 수임료를 최소 3천 달러로 잡고 공판 속기록 작성료로 3천 달러를 추가하니 갖고 있던 현찰로 해결 가능했다. 보석금이 무려 75,000달러라니, 천문학적인 금액이었다. 당연히 능력 밖의 액수였다. 그는 에드나 숙모에게 보석금을 대달라고 부탁하고 싶지 않았다. 카터 부부가 사는 1만 5천 달러짜리 자택은 저당 잡힌 상태였고, 올즈모빌 자가용은 1,800달러 정도 나갔다. 하지만 헤이즐이 시장도 보고 일요일마다 43킬로를 달려 면회든 면회 신청이든 하려면 차는 있어야 했다.

현재 양쪽 엄지는 탈골이 된 상태였다. 이게 가장 어이가 없었다. 의사는 뭔가 다른 용어로 설명했지만, 본질에서 그게 그거다. 카시니 박사에 따르면 수술을 해도 예후가 상당히 불투명하다고 했다. 카터는 교도소에서 상당 기간은커녕 2주도 못 견딜 줄 알았다. 그는 이제 교도소에서 영영 낙인이 찍혔다. 양쪽 엄지 두 번째 관절 연골이 심각하게 소실돼 밑으로 움푹 패는 바람에 엄지 모양이 기괴하게 변해 힘을 많이 주지 못할 것이다. 상상력이 풍부한 사람들은 엄지를 보고 어쩌다 그 지경이 됐는지 이유를 추리할지도 모른다. 카터는 능숙하게 브리지 카드 게임을 할 수도 없고, 활과 화살을 깎아서 티미에게 선물하지도 못할 것이다. 카터가 출소할 무렵이면 티미가 활과 화살에는 흥미를 잃을 나이가 되겠지. 그는 붕대를 풀고 두 시간도 지나지 않아 헤이즐 앞으로 편지를 썼다. 검지와 중지 사이에 펜을 끼우고 괴발개발 쓰느라 무슨 일이 있었는지 아내에게 털어놓을 수밖에 없었다. 글씨가 괴상해진 이유를 설명하려고 얼마나 엽기적인 일을 당했는지 적긴 했으나, 48시간이 아니라 일곱 시간 동안 쇠사슬에 매달려 있었다고 줄여서 말했다. 행키라는 사내가 알 수 없는 이유로 그에게 앙심을 품은 바람에 양쪽 엄지에 영구 장애를 입었다고 적었다. 왜 그랬을까? 행키에게 헤이즐 사진을 보여주지 않아서였을까? "결혼했어? 그럼 마누라 사진도 있겠네? 어디 좀 보자." 행키는 카터를 처음 만난 오후에 헤이즐의 사진을 요구했다. 카터는 최대한 좋게 둘러댔다. "나중에." "사진이 없는 거네." 그때가 사진을 보여주고 행키를 달랠 기회였을지 모른다. 하지만 카터는 기회를 날렸다. 그가 지갑에 넣고 다니는 헤이즐 사진은 이스트 57번가에 있는 뉴욕 아파트 앞에 눈이 내렸을 때 찍은 것으로, 확대한 컬러 사진에서 오린 것이다. 그녀는 모자를 쓰지 않아 휘날리는 갈색 머리를 하고 활짝 웃으며 특유의 우아한 표정을 짓고 있었다. 카터는 그 사진이 마음에 들었다. 돼지 같은 행키 녀석이 연갈색 코트를 턱밑까지 여민 여자 사진을 구경해 봤자 뭘 알겠어?

일요일 오후 4시경, 카시니 박사가 병사에서 치료 중인 재소자 환자 40여 명의 회진을 돌다가 카터에게 다가와 물었다.

"카터, 한번 걸어 보겠어요?"

"그러죠." 카터는 대답한 후 몸을 세워 앉았다. 통증이 등줄기를 타고 전해졌지만 표정으로 드러내지 않았다. 그가 침대 발치에서 비틀거리자 의사가 손을 내밀었다. 카터는 그 손을 잡고 균형을 잡아야 했다.

카시니 박사가 미소 띤 얼굴로 고개를 저었다. "아직도 엄지 걱정만 하나 본데, 두 다리가 굳으면 혈액 순환이 막혀서 괴저가 생긴다는 거 알죠? 어제 아침에는 체온이 39도까지 올라간 것도 압니까? 그러다가 폐렴에 걸립니다."

카터는 자리에 앉으니 좋았다. 머리가 핑 돌았다. "다리에서 이런 증상이 언제쯤 가실까요?"

"뻣뻣한 느낌 말입니까? 시간이 지나야죠. 마사지도 받아야 하고. 침대 발치라도 돌아다녀요. 대신 너무 멀리 가지는 말고." 카시니 박사가 조언하더니 다음 환자를 보러 갔다.

카터는 뜀박질이라도 한 듯 숨을 몰아쉬며 그대로 앉아 있었다. 어제 카시니 박사가 한 말이 떠올랐다. 서른이 훌쩍 넘어서 카터 같은 일을 당하면 열아홉 살짜리 애처럼 금방 털고 일어나지 못한다고 했다. 박사는 '구멍'은 물론 그동안 그곳에서 당한 사람들을 자기가 어떻게 치료했는지 대수롭지 않게 사무적으로 언급했다. 카터는 교도소가 아니라 정신병동에 들어온 것 같은 묘한 느낌을 받았다. 뻔한 표현이지만 의료진까지 모두 미쳐버린 정신병원에 입원한 기분이랄까. 카시니 박사는 교도소에서 벌어지는 일을 아예 판단하지 않으려 했다. 혹은 정말 그랬어요? 라는 자세를 취했다. 어제 박사는 카터에게 교도소에 오게 된 이유를 물으며 말했다. "다른 사람들한테는 어쩌다가 오게 됐냐고 굳이 묻지 않아요. 뻔하죠, 뭐. 무단 침입이나 불법 거래, 아니면 차량 탈취 등등이겠죠. 그런데 당신은 달라 보여요." 카시니 박사가 어느 학교를 나왔는지 묻자 카터는 코넬 대학교를 졸업했다고 했다. 박사는 남부까지 내려온 이유도 물었다. 카터는 8개월 전 부부가 결정을 내릴 당시 이 질문을 자신에게 했더라면 좋았겠다는 생각이 들었다. 트라이엄프 사에서 15,000달러라는 상당히 괜찮은 연봉에 여러 혜택까지 추가로 제시하는 바람에 내려오게 된 것이다. "파머가 그 돈으로 뭘 했을까요?" 카시니 박사가 묻자 카터가 대답했다. "파머가 뉴욕과 멤피스에 애인을 한 명씩 두고 매주 번갈아 만났습니다. 파머는 금요일마다 비행기를 타고 어디론가 떠났어요. 애인들에게 차도 사주고 선물도 안겼죠." 그 말에 카시니 박사는 고개를 끄덕이며 말했다. "그렇군요." 의사는 다 알겠다는 표정을 지었다. 카터의 말을 믿는 눈치였다. 그건 사실이었다. 그런데 사계 법원(과거 잉글랜드에서 계절별로 연 4회 열려 가벼운 사건들을 다루던 법정)에서는 믿어주지 않았다. 여자들을 소환해 심문할 때도 법원은 파머가 두 여자에게 연간 25만 달러를 퍼부은 사실을 믿지 않았다. 게다가 이쪽 여자는 5천 달러짜리 밍크코트 한 벌만, 저쪽 여자는 8천 달러 상당의 다이아몬드 팔찌만 달랑 보여주었다. 파머가 먹고 마시는 데에 월 500달러를 허비하고 비행기 삯으로 돈깨나 뿌리고 다닌 사실도, 두 여자가 재판을 받으러 내려오기 직전에 고급 자동차를 처분한 사실도, 파머가 일부 자금을 브라질로 빼돌렸을 가능성까지도 법원은 알려고 하지도, 신경 쓰지도 않았다.

카터는 침대로 가서 모서리에 걸터앉았다. 머리에 붕대를 두른 흑인이 지루한 영화를 보듯 그를 멍한 눈으로 응시했다. 카터가 두어 번 대화를 시도했으나 남자는 아무 반응을 보이지 않았다. 오늘 아침 카시니 박사는 흑인의 양쪽 귀에 농양이 계속 차서 그가 청력을 거의 잃었을 거라고 했다.

카터는 헤이즐이 최근에 보낸 편지 네 통을 다시금 읽었다. 한 통은 그가 줄에 매달린 당시 안주머니에 있었고, 나머지 세 통은 그 후에 도착했다. 카터는 손가락 사이에 편지를 끼워 들었다. 두 눈과 편지지 사이로 보이는 통통 부운 엄지가 묵언 중인 북처럼 동시에 욱신거렸다. 헤이즐이 향수를 뿌려서 보냈는지 가장 최근에 온 편지가 네 통 중에 가장 상쾌했다. 남자 간호사 피트가 모르핀 주사를 들고 오더니 묵묵히 준비했다. 피트는 눈이 하나밖에 없었다. 한쪽은 움푹 꺼졌다. 병을 앓아서인지 사고를 당해서인지 카터는 알 수 없었다. 피트가 카터의 팔에 주삿바늘을 꽂았다가 아무 말 없이 가버렸다. 카터는 편지를 도로 들었다. 모르핀이 혈관을 따라 살포시 퍼지자 헤이즐이 편지를 읽는 목소리가 카터의 귓가에 다시 들렸다. 그는 아예 처음 보듯 편지 네 통을 모조리 읽었다. 티미가 엄마를 방해하자 헤이즐이 나무라는 소리도 들린다. '잠깐, 엄마가 아빠한테 편지 쓰는 중이거든? 그래 알았어. 야구 글러브 말이지. 그거 네 앞 저쪽에 있잖니. 소파 위에. 글러브를 제자리에 두어야지. 네 방으로 가지고 올라가렴.' 티미가 조막만 한 주먹으로 작은 글러브를 때린다. '아빠는 언제 집에 오세요?' '최대한 빨리 오실 거야……' '집에 언제 오시냐고요? …… 언제 오시는데요?' ……카터는 침대에서 자세를 바꿔서 환영을 억지로 쫓아낸 다음 누워서 헤이즐의 편지를 멍하니 쳐다보았다. 다른 환영이 그 자리로 밀고 들어왔다. 두 사람이 쓰던 침실이 보였다. 헤이즐이 화장대에 앉아 잠자리를 준비하며 머리를 빗고 있다. 카터는 파자마 차림이다. 그가 다가가자 헤이즐이 거울 속에 비친 그를 보며 미소를 짓는다. 둘은 길게 입맞춤을 나눈다. 모르핀을 맞아서 기억이 또렷해진 걸까. 헤이즐이 이 딱딱한 침대 옆자리에 누운 것만 같았다.

두 사람이 무대에 선 듯한 신기루도 보였다. 극장엔 카터 말고 아무도 없다. 그가 유일한 관객이다. 이 공연을 보는 이는 아무도 없다. 그를 제외하고 앞으로 아무도 보지 못할 것이다. 이곳에선 죄수들이 내는 소음이 들리지 않는다. 엄지가 병신이 되는 바람에 카터는 며칠 조용히 쉬게 되었다. 오전 6시 반에 사동에서 대변보는 소리, 여자들이 깔깔거리듯이 죄수들이 야밤에 미친 듯이 킥킥대는 소리, 자위하며 발광하는 소리에 비교하면 누군가 고통에 신음하는 소리나 환자용 변기가 달그락거리는 소리는 흡사 음악과 같았다. 미친 자는 누구일까? 카터는 궁금했다. 그들 중 누가 미쳤을까? 6천 명을 이리로 보낸 수천 명의 배심원과 판사들 중 과연 누가 미친 것일까?

3

수요일이 되어서야 카터는 걷게 되었다. 카시니 박사가 그에게 수의를 새로 갖다 주었다. 전에 입던 것보다 훨씬 나았다. 카터는 여전히 기운이 없었다. 박사는 허약해진 카터의 모습에 충격을 받았다.

"보기 드문 경우는 아닙니다." 카시니 박사가 말했다.

카터는 고개를 끄덕이면서도 의사가 '구멍'에 대해 대단히 사무적으로 말할 때마다 마음이 혼란스럽고 머리가 멍했다. "저와 비슷한 일을 당한 환자를 보셨다고 하셨죠?"

"그럼요, 몇 번 봤죠. 여기에서 일한 지 4년이나 됐으니까요. 저들이 한 일이 옳다고 얘기하는 건 아닙니다. 그동안 내가 교도소장한테 편지를 여러 차례 보냈는데, 소장은 조사하겠다고 약속하더니 교도관을 해고하거나 전출시키는 것으로 끝냈어요." 카시니 박사는 가망 없다는 듯 손을 내젓더니 뿔테 안경을 예민하게 매만지며 카터에게 눈을 끔뻑였다. "시 당국과 싸우려고 들면 미쳐 버릴 겁니다. 난 여기에 아주 오래 있을 생각은 아니에요." 박사는 스스로 다짐하듯 고개를 끄덕였다. 그 모습을 보니 카터는 못 미더운 마음이 들었다. "이제 또 주사 맞아야죠?"

카터는 교도소장 조셉 J. 피어슨에게 무앤과 처니버 건으로 탄원서를 썼다. 의도적으로 간결하고 냉정하게 요점만 언급하니 절제된 명문이 탄

생했다. 카터는 웃음이 풉 터졌다. 내용은 다음과 같다.

피어슨 교도소장님께,

3월 1일 오후에 벌어진 사건에 대해 귀하의 주의를 촉구하는 바입니다. 당일 본인은 교도소 지하 방에서 쇠사슬에 양쪽 엄지를 묶인 채 48시간가량 매달려 있었습니다. 본인은 정신을 잃은 후 찬물 양동이 세례를 반복적으로 맞고 깨어났습니다. 그 여파로 좌우 엄지는 영구 손상을 입었고, 두 번째 마디는 탈골되었습니다. 이런 행위를 자행한 교도관은 무앤 씨와 처니버 씨입니다. 본인은 귀하께서 이 사건에 대한 권한을 행사하시기를 정중히 요청합니다. 그럼 이만 줄이겠습니다.

필립 카터(수감번호 37765)

추신: 교도소 규정집을 받는다면 차후 벌점 누적을 피하는 데에 도움이 되겠습니다.

카터는 피어슨 교도소장이 온갖 투서를 꼼꼼히 확인하면서도 답장은 절대 보내지 않는다는 얘기를 어느 재소자에게 들었다. 여하튼 카터는 '교도소 내'라고 적힌 우편함 칸에 편지를 집어넣었다. 그게 다였다. 참고 견뎌야지. 헤이즐이 뭐라 생각하든 길고 지난한 싸움이 될 것이다. 일요일이면 헤이즐을 만난다. 카터가 아내와 면회하도록 카시니 박사가 특별신청을 했기 때문이다. 72시간 후면 카터는 아내를 20분간 볼 수 있다.

카터는 마음이 들떴다. 일요일 오후까지 저들이 카터를 제대로 죽일 수는 없을 터. 카터와 헤이즐의 상봉을 훼방 놓을 일은 없어 보였다. 카터는 병사에서 지내느라 벌점을 받을 수 없었다. 사실 카터는 하는 일이 없었다. 어디를 가지도 않고 뭘 사용하는 것도 없고 화장실 말고는 교도소 시설을 이용하지도 않았다.

그는 『폭풍의 언덕』을 다시 읽은 다음 헤이즐에게 편지를 썼다.

여보,

감옥에서 에밀리 브론테를 읽는 모습이 상상이 가? 상황이 그렇게까지 나쁜 건 아냐. 제발 걱정하지 마. 되도록 화내지 말고. 이곳에 들어왔을 때 처음 몇 주는 속이 터지더라. 그 바람에 교도관한테 찍혀서 벌점만 잔뜩 받고 아무 소용이 없었어. 할 수만 있다면 아예 화를 내지 않는 게 상책이야. 요가 수행자나 소극적 저항자들처럼 행동하자. 우린 우리보다 더 큰 상대와 싸우는 중이잖아.

티미가 책 읽기도 나아지고 최근 들어 학교에서 따돌림도 당하지 않는다고 하니 기쁘네. 확실한 거지? 티미가 당신한테 털어놓겠지? 그래도 혹시 모르잖아. 티미가 못마땅한데도 입을 다물 수도 있으니까. 티미가 울상을 하고 말을 안 하는 건 아니겠지? 내게 알려줘. 다음번에 내가 티미한테 편지를 쓰면 당신에게 보낼 편지가 한 통 줄겠지만, 아빠가 집을 비운 사이에 티미가 우리 집 가장처럼 아주 훌륭하게 잘하고 있다고 말해줄 생각이야. 눈 치우기 같은 거 말이야. 사실 눈이 조금만 쌓여도 치우기가 얼마나 힘든데!

병사에서 내 힘이 닿는 데까지 돕고 있어. 변기도 비우고 이런저런 궂은일도 하지. 엄지 걱정은 마. 보다시피 글씨가 그렇게까지 엉망은 아니잖아? 사랑해, 여보.

필립

편지를 쓰려고 기를 썼더니 중노동을 한 것처럼 진이 빠졌다. 글씨는 엉망진창이었다. 삐뚤빼뚤 글자 자간이 거의 다 벌어졌다.

"카터 씨! 카터 씨!" 흑인이 다급히 불렀다.

카터는 흑인이 누운 침대 발치로 가서 작은 탁자에 있던 변기를 양쪽 손바닥으로 들어 이불 속으로 밀어 넣었다.

"고맙습니다."

"천만에요." 카터는 듣지 못하는 흑인에게 나지막이 대답했다.

일요일, 카터는 정성껏 면도했다. 감방에 있을 때는 일주일에 두 번 우르르 몰려가 샤워하고 면도했지만, 병사에 있으니 매일 할 수 있다는 게 크나큰 장점이었다. 그는 정오에 샤워를 한 번 더 하고 두툼한 신발을 손질했다. 결혼식 준비를 하듯 공을 들였다. 헤이즐에게 털어놓을지 말지는 고민 중이었다. 아내가 상당히 심각하게 받아들일지도 모르기 때문이다. 카터는 복도를 지나 다리미며 다리미판은 물론 싱크대까지 있는 방으로 가서 통이 넓은 바지를 다렸다. 일요일 면회가 있는 수감자에게 허용되는 흰 셔츠를 입었다. 길게 빠진 탭 카라가 달린 반팔 셔츠였다. 죄수들이 목매달고 자살할까 봐 타이는 허용되지 않는 거라고 카터는 짐작했다. 그나마 누런 수의를 벗고 흰 셔츠로 갈아입는 것만으로도 대접받는 기분이었다.

그는 병사 입구에 걸린 거울을 들여다보며 헤이즐이 보게 될 자신의 모습을 쳐다보았다. 눈 밑이 칙칙하진 않았지만 우울해 보였다. 얼굴이 눈에 띄게 핼쑥해졌다. 서른도 안 됐는데 서른다섯은 되어 보였다. 긴장해서 그런지 입술이 더 얄팍해진 것 같았다. 삭발해서 얼굴도 갸름해 보였다. 푸른 눈동자가 그를 바라보았다. 지쳐서 날카롭고 은근히 미심쩍어하는 타인의 눈동자였다.

카시니 박사가 다가와 그의 어깨를 툭 쳤다. "준비 다 됐어요, 필립?"

카터는 웃으며 고개를 끄덕였다. 떨려서 그런지 느닷없이 심장이 벌렁거렸다. 아찔한 기대감이 밀려왔다. 헤이즐에게 데이트 신청하던 시절로 되돌아간 기분이었다. 카터가 꽃 상자를 무릎에 올린 채 택시를 타고 그래머시 공원으로 황급히 돌아가 계단을 한 번에 두 칸씩 뛰어 올라가서 문고리를 붙들려는 순간, 헤이즐이 청동 손잡이가 달린 갈색 문을 먼저 열었다.

"한 대 더 놔줄까요?"

"아뇨, 괜찮습니다." 카터는 양쪽 엄지가 은근히 아팠지만 12시 반인 지금 한 대 더 맞고 싶진 않았다. 10시에 맞았으니 헤이즐과 면회가 끝나는 오후 1시 50분까지는 버틸 수 있을 것 같았다. 1시 10분이 되자 맥이 뛸 때마다 엄지로 전해지는 통증이 점차 날카로워졌다. 카터는 피트한테 서둘러 한 방 놔달라고 하고 싶었다. 부탁만 하면 맞을 수 있었다. 그러나 헤이즐을 만나기 전까지는 주사를 맞지 않겠노라고 맹세한 자신과 소소한 약속을 지키기로 했다. 그는 헤이즐이 놀라지 않게 피트에게 양쪽 엄지에 붕대를 감아달라고 부탁했다.

그는 카시니 박사와 병사 복도를 지키는 교도관 클라크가 서명한 통행증을 들고 승강기를 타고 내려갔다. 통행증을 세 번 제시해야 했는데, 매번 통행증 위에 이름 약자나 서명을 받은 끝에 예전에 지내던 A 사동까지 올 수 있었다. 사동 정면 입구에 면회실로 들어가는 문이 보였다. 면회 시각이 되자 양쪽 무릎에서 기운이 빠지는 느낌이 들었다.

통통한 행키가 앞쪽 복도에서 좌측통행하며 둘이 쓰던 방으로 가는 모습이 보였다. 카터는 행키를 따라잡거나 앞지르지 않으려고 발걸음을 늦추었다. 면회객이 있는 쪽을 향해 걸으며 철창 사이를 살폈지만, 대기실에서 기다리는 무리 중에 헤이즐은 보이지 않았다. 로비, 다시 말해 대기실에는 교회 신도석처럼 생긴 긴 의자가 중앙에 길을 터놓고 놓여 있었다. 뒤쪽 외부로 나가는 문 옆에 커피 자판기와 사탕 자판기가 보였다. 사동과 대기실 사이에는 1.8제곱미터 정도의 공간이 있었다. 두 면은 벽으로 막히고, 나머지 두 면에는 바닥에서 천장까지 철창이 쳐져 있었다. 사람들은 막힌 공간을 '새장'이라 불렀다. 새장에는 늘 교도관이 두 명씩 있었고, 양쪽 문이 동시에 개방되는 일은 아예 없었다. 재소자가 새장 안에 있는 경우 면회객은 절대로 안으로 들어올 수 없었다. 죄수가 외부로 발송되는 우편물 가방을 교도관에게 건넬 때도 마찬가지였다. 새장 안에서 대기실을 바라보는 방향 우측으로 잠긴 문이 보였다. 그 문으로 면회객들이 한 층 아래에 있는 면회실로 입장했다. 면회 신청이 들어온 죄수들은 새장 근처 복도 쪽 문을 통해 면회실로 입장했다.

카터가 새장에서 6미터 이내로 가까워지자 헤이즐이 보였다. 그녀는 대기실 오른쪽에 놓인 높은 책상 앞에 선 교도관에게 신분증을 보여주고 있었다. 카터의 심장이 가슴속에서 둥실둥실 떠다녔다. 카터는 우측으로 보이는 벽에 기대고 선 교도관에게 면회객을 뚫어져라 본다는 오해를 사지 않으려고 몸을 스르륵 돌렸다.

"산토즈!" 재소자용 입구에 선 교도관이 외쳤다.

"여기 있습니다!" 한 남자가 앞으로 나왔다.

"콜리갠!"

하얀 셔츠를 입은 재소자들이 복도에서 어슬렁거리는 무리에서 빠져나와 생기 오른 얼굴로 통행증을 들고 면회실 입구로 서둘러 향했다. 다들 뚱하니 관심 없는 척해도 부러운 표정으로 먼저 이름이 불린 이들을 바라보았다.

"카터!"

교도관이 통행증을 쥐고 그 위에 사인한 후 그에게 들어가라고 손짓했다. 침침한 조명이 켜진 계단을 따라 내려가자 유리벽으로 나뉜 기다란 면회실이 나왔다. 테이블 높이의 좁다란 선반이 달린 유리벽 양쪽으로 의자가 놓여 있었다. 의자는 거의 다 차 있었다. 방문객들이 면회실 반대편 입구로 들어와 유리벽 맞은편에 앉았다. 4인의 무장 교도관이 면회실 네 귀퉁이에 한 명씩 서 있었다. 카터는 면회객용 입구에서 시선을 떼지 않고 헤이즐을 찾으며 걸음을 옮겼다.

바로 그때 헤이즐이 들어왔다. 카터는 아내를 계속 주시하며 유리벽 반대편 빈 의자가 있는 쪽으로 걸어갔다. 빈 의자가 있다고 알려준 뒤 자기가 앉을 의자도 찾았다. 헤이즐은 목에 밝은 색 스카프를 두르고 파란 트위드 코트를 입었다. 입고 온 의상이 기막히게 화사하고 예뻐서 꽃 같기도 하고 새 깃털 같기도 했다. 두 눈은 긴장했지만 붉은 입술은 웃고 있었다. 헤이즐이 카터의 손을 살폈다.

카터가 아랫입술을 내밀더니 웃으며 어깨를 으쓱했다. "손은 안 아파.

당신 근사하네." 유리벽이 있어서 큰 소리로 또박또박 말했다.

"대체 왜 그랬대? 교도관들이 다른 말은 안 했어?" 헤이즐이 물었다.

"안 했어." 카터는 침을 삼키고 시계를 들여다보았다. 딱딱한 의자 끝에 걸터앉았다. 순식간에 20분이 흘러갈 것이다. 카터는 이 귀한 시간을 이미 침묵으로 허비한 채 그저 헤이즐만 바라보았다. "티미는 잘 지내지?"

"괜찮아. 잘 지내." 헤이즐이 입술을 축였다. "당신 살이 좀 빠졌네."

"많이는 아니야."

"매그랜 씨가 오늘 당신을 만나러 오겠대."

아내의 목소리를 들으니 청명하고 차가운 물이 떠올랐다. 6주 만에 처음 듣는 여자 목소리였다. "당신 얼굴 보니 정말 좋다." 카터는 왼쪽에 앉은 재소자의 목소리가 거슬렸다. 그는 헤이즐 오른편에 앉은 짙은 색 정장을 입은 사내와 얘기하는 중이었는데 보아하니 사내는 변호사 같았다. 그가 짜증스레 말했다. "난 몰라, 모른다니까. 그런데 왜 자꾸 물어요?" 헤이즐보다 남자의 목소리가 카터의 귀에 더 크게 들렸다.

"의사 소견서는 받았어?" 아내가 물었다.

엄지에 있는 맥이 더 빨리 펄떡거렸다. 이마에 땀이 나 서늘해졌다. "의사가 엑스레이를 더 찍어야 한대. 뭐가 문제인지 섣불리 말할 수 없대. 제대로 알 수 없나 봐."

"그렇다면 당신 얘기보다 상태가 더 심각하다는 거잖아?"

"나도 몰라, 여보. 관절이 문제인가 봐." 헤이즐이 편지를 보냈었다. '누구 짓인지 교도관 이름을 대. 요즘이 어느 시대인데 그런 말도 안 되는 불법 행위를 저지르다니.' 교도소에서 몇 가지 사건을 목도해서 그런지 카터는 '불법'이란 단어가 낯설었다. 틀니가 두 동강이 났는데도 고치지 못해 겨우 수프만 마시고 살던 A 사동 늙은이는 어땠는가? 카터는 눈물이 왈칵 터지고 목이 메는 듯했다. 아내의 무릎을 베고 그저 눕고 싶었지만 몸을 세워 앉았다. "카시니 박사한테 최대한 빨리 소견서를 받을게."

"데이비드가 소견서를 이용할 거야." 헤이즐이 진지하게 말했다.

"데이비드 설리번이? 매그랜이 소견서를 달라고 한 게 아니고?"

"데이비드가 직접 주지사한테 가져갈 거래. 데이비드도 변호사잖아. 매그랜보다 데이비드가 소견서를 더 빨리 가져갈 거야. 받는 즉시."

"그럼 내 담당 변호사는 누구야? 설리번이야, 매그랜이야?" 카터가 재빨리 물었다. 마치 복서처럼 두 손을 선반 위에 올렸다. 붕대를 두른 손끝으로 피가 당장이라도 뚫고 나올 듯이 엄지에서 맥이 날뛰었다. "당신이 설리번을 자주 만난다는 얘기는 들었어." 카터는 여기까지만 말하고 아내의 기분이 상했는지 표정을 살폈다.

"데이비드하고 만날 때마다 당신한테 얘기 다 해. 데이비드가 없었더라면 난 아마 완전히 뻗었을 거야. 동네 사람들마다 전화하고 찾아오는데, 그들이 뭘 해주겠어? 데이비드나 되니까 법을 알지."

"그렇다면, 잊는 편이 낫겠다."

"뭘 잊어?"

"법 말이야. 그런 게 어디 있는데? 법이 무슨 쓸모나 있어?"

헤이즐이 한숨을 내쉬었다. "여보, 당신이 지치고 몸이 성치 않아서 그래." 아내는 신경질적으로 가방을 뒤져 담배를 찾더니 카터에게 담뱃갑을 내밀려다가 천장까지 막힌 유리벽이 있다는 사실을 떠올렸다. "그동안 담배도 못 피웠지?"

"담배도 잊고 살았어. 피우고 싶지도 않아. 신경 쓰지 마." 그는 한 개비 피우고 싶은 마음에 아내가 담배에 불을 붙이는 모습을 유심히 살폈다. 헤이즐의 손이 파르르 떨렸다. 인상을 쓰자 미간에 주름이 잡혔지만 이마에는 매끈하니 주름살 하나 없었다. 안색은 상당히 맑았다. 카터는 그런 모습이 비현실적으로 아름다워 보였다. 캔버스나 유리 위에 그림을 그린 것 같았다. 양쪽 뺨과 입술에는 자연스레 홍조가 돌았다. 자그마한 아내의 입. 카터가 보고 느낀 입술 중에 가장 보드라웠다. 설리번도 저 입술에 입을 맞추었을까. 아니, 이제 맞추려나. 카터는 궁금해졌다.

"교도관 이름이 뭐야? 나한테 보내는 편지에는 겁먹어서 적지도 못했잖아."

카터가 자기도 모르게 고개를 돌리며 좌우를 살폈다. "겁먹었다니. 검열당할까 봐 안 적은 거지. 무앤과 처니버야."

"무앤하고 누구?" 아내의 짙고 푸른 눈이 그를 똑바로 응시했다.

"처니버. 처-니-버."

"기억해 둘게. 당장 의사한테 가서 소견서 받아. 엑스레이는 나중에 찍어도 되니까. 그건 나중에 따로 소견서 받으면 되잖아."

"알았어, 여보." 그는 아내에게 해줄 신나는 얘깃거리를 찾으려고 머리를 쥐어짰다. 감옥에서 웃을 일이 몇 번 있긴 했지만 지금은 하나도 생각나지 않았다. 카터가 씩 웃었다. "오늘 밤에도 설리번하고 외식 하러 가나? 늘 그랬던 것처럼?"

"늘 그랬다니?" 아내가 다시 인상을 썼다.

"일요일이잖아. 일요일 밤이면 당신하고 데이비드 자주 만나잖아. 아닌가?"

"자주는 아니야. 데이비드를 만나면 둘이서 무슨 얘기를 했는지, 뭘 먹었는지 당신한테 매번 얘기해."

그건 사실이었다. 카터는 입술을 앙다물었다. 가월이 유독 지난번 편지에 헛소리를 적어 보냈다. 가월이 부풀리고 꾸며서 말한 게 분명했다.

"당신은 뭘 먹는지 말도 안 해주면서." 헤이즐이 따졌다.

카터는 순간 웃음이 피식 터졌다. "관심 없는 줄 알았어. 베이컨하고……" 감옥에서 부르는 메뉴명이 있긴 했지만 정체불명의 음식들이었다.

"나한테 투덜대도 돼. 내가 당신 짐을 나눠 졌으면 좋겠어."

카터는 후벼 파는 엄지 때문에 속까지 울렁거리는데도 정신을 바싹 차리고 말했다. "난 여기에서 당신 생각하기 싫어. 여기 일 속속들이 당신이 아는 것도 싫고. 정말 구역질 나거든. 이 안에서 당신 사진을 보고 싶지 않은 때도 있어."

그녀는 놀라면서도 두려워하는 눈치였다. "여보……"

"당신이 면회 오는 게 싫다는 소리가 아니야. 그런 뜻이 아니라고." 땀이 양쪽 구레나룻을 따라 흘렀다.

"2분 남았다." 교도관이 카터 뒤에서 어슬렁거리며 말했다.

카터가 시계를 쳐다보았다. 사실이었다.

"매그랜 씨가 당신 엄지 얘기를 편지에 써서 벌써 교도소장한테 보냈어."

"그래도 소장이 답신은 안 보낼 거야." 카터가 얼른 대답했다.

"그게 무슨 소리야? 당신 변호사가 보낸 편지잖아."

"내 말은," 카터가 목소리를 좀 더 차분하게 가다듬었다. "교도소장이 그 편지를 읽고도 쇠사슬에 매달아 고문한 사건은 언급하지 않을 거라는 말이야. 두고 봐."

헤이즐이 양손을 부여잡고 비틀었다. 담배가 떨렸다. "기다려 보자. 당신한테 요리해 주고 싶다."

카터는 웃었다. 누군가에게 가슴을 짓밟힐 때 나오는 웃음 같았다. "맥이라는 노인네가 있어. 일흔 가까이 되었지. 그 노인네는 입을 열면 자기아내 요리 얘기만 하더군. 애플파이, 사슴고기 사우어브라튼(식초에 절인 고기를 볶은 독일식 요리), 팝오버(달걀, 우유, 밀가루를 섞어 부풀게 한 요리) 등등. 상상이 가? 팝오버라니!" 카터는 어깨를 들썩이며 다시 웃음을 터뜨렸다. 헤이즐이 예전 모습 그대로 웃고 있었다. 웃으니 표정이 바뀌었다. 카터는 눈물을 훔치며 말했다. "정말 재미있는 건, 남들은 죄다 아내가 그립다, 잠자리가 그립다고 하는데, 그 노인네만 밥 얘기를 해. 시간이 나면 모형 배를 만들더라고. 내가 여기 들어왔을 때부터 그거 하나 붙들고 만들더라니까. 길이가 1미터가 넘으니 자리를 너무 차지한다고 감방 동기가 투덜대더군. 그 노인네가 바로 이 위에 살아." 카터는 맥이 사는 방이 보인다는 듯이 손을 옆으로 뻗었다가 오른쪽 위로 휘저었다.

"시간 종료." 교도관이 통보했다.

카터가 엉거주춤 일어나면서 입을 벌린 채 헤이즐을 쳐다보았다.

헤이즐은 벌써 일어나 나갈 채비를 했다. "당신한테 처음으로 이곳 사람 얘기를 들었어. 편지로 더 해줘. 다음 주 일요일에 만나, 여보." 그녀는 손 키스를 날린 후 돌아서서 나갔다.

카터는 긴 긴 복도를 되돌아갔다. 매그랜과 20분간 면회하기에 앞서 모르핀 주사를 한 대 더 맞아야 했다. 카터는 사동 거의 끝까지 가서 좌측

으로 고개를 돌렸다. 맥이 사는 방이 보였다. 맥이 문을 열어둔 채 의자에
앉아 선체에 꼼꼼히 사포질하고 있었다. 얼마나 몰두했는지 카터가 쳐다
보는지도 몰랐다. 아직 도색 전이었지만 지난번 봤을 때보다 꽤 완성되었
다. 리깅도 다 끝낸 것 같았다.

"안녕하세요, 맥. 카터라고 합니다."

"아, 안녕하슈, 안녕하슈." 맥이 다정히 인사를 건넸지만 누군지 보지도
않고 몸을 돌리더니 계속 작업했다. "잠깐 들어오겠소?"

"아뇨. 시간이 없어서요. 다음에요." 카터는 계속 걸었다. 맥은 스스로
평화를 찾았다. 카터는 그런 그가 부러웠다. 맥은 카터의 붕대 감긴 손을
미처 보지 못했고 그것이 카터에게 위안을 주었다. 맥은 날 못 봤고 목소
리만 들었어, 카터는 생각했다.

4

피트에게 주사를 맞은 후, 카터는 병실 구석에 놓인 고리버들 의자에 앉았다. 너무 긴장한 나머지 회색 리놀륨 바닥에 대고 뒤꿈치를 연신 떨었다. 헤이즐의 면회로 끔찍한 깨달음을 얻었다. 그는 석 달 동안 일부러 눈을 감고 버텼다. 마음에 철벽을 치고 견뎠지만 끝내 무너지고 말았다. 다른 죄수들과 카시니 박사와 지낼 때는 버틸 수 있었다. 그런데 헤이즐과 있는 고작 몇 분 사이 원래 모습으로 되돌아갔다. 엄지가 쑤셔서 사기가 밑바닥까지 떨어졌다. 그는 아내에게 징징댔고, 씁쓸한 심정과 염치없는 모습까지 내보였다. 아내가 보는 앞에서 해서는 안 될 짓을 모조리 한 것이다.

그는 의자에 등을 대고 앉아 모르핀이 기적을 행하도록 내버려 두었다. 모르핀이 통증을 공격했다. 늘 그렇듯 모르핀이 결투에서 이기고 있었다. 두 시간 동안은 그럴 것이다. 그러고 나면 통증이 전력으로 모르핀에게 반격할 테고 이번에는 통증이 승리할 차례. 아무짝에도 쓸모없고 너무나도 이상한 시합이 다시 벌어지고 있었다. 감옥에서 씸박질하는 것과 뭐가 다를까. 감옥에서의 싸움은 충격의 연속인 동시에 적응하기 위한 일련의 노력이라고 카터는 받아들였다. 같은 날 수감된 수십 명의 남자와 옷을 벗고 알몸이 된 일이 그에게는 첫 번째 충격이었다. 시뻘건 종기가 우둘투둘 돋은 이도 있었고, 머리를 다치고도 아직도 취해서 시비를 거는 남자도 있었다. 얼굴에 흉이 진 열아홉, 스무 살가량 되어 보이는 청년의 여성스럽고 곱상한 입매를 보는 순간 카터는 당황했다. 저렇게 순진한 얼굴 뒤에 온갖 악행을 저지른 범죄자의 모습이 감춰졌다는 게 의아했다. 첫 끼, 처음 겪는 오싹한 소등, 쪽잠을 자다 동이 트기도 전에 기상하기, 처음 맞이하는 매서운 12월의 밤. 그날 밤 카터는 옷가지며 잠옷을 벗어 세면대에서 물로 적셨다. 행키가 성냥을 켜준 덕분에 카터는 감방 뒤편의 갈라진 돌 틈 사이로 옷가지를 끼워 넣었다. 행키는 젖은 옷을 얼려 빈틈을 막은 카터를 보더니 굉장히 똑똑하다며 감탄했다. 그런데 옷보다 갈라진 틈이 훨씬 많았다. 감방 침대에 누워 기관지염을 앓으며 크리스마스를 보낸 일, 동성애자가 신발 공장에서 처음 접근한 일도 떠올랐다. 카터는 이 모든 상황에 어느 정도 적응했고, 최소한 화내지 않고 견디는 법을 터득했다. 쇠사슬에 매달린 사건도 꿋꿋하게 견뎌냈다고 생각했다. 그런데 꿋꿋함이 바닥나면 어쩌지? 엄지가 계속 쑤셔서 어느 순간 꿋꿋함이 닳아버리면 어쩌지? 비명을 내지르며 복도에서 펄떡거리다가 교도관을 공격하고 아무 얼굴에나 주먹을 휘두르다 교도관이 쏜 총에 맞아 쓰러지거나 돌벽에 머리를 찧겠지?

클라크가 오더니 아래층에 손님이 왔다고 전했다. 카터는 기운을 내려고 수돗물을 받아 뭉친 인스턴트커피를 풀어서 설탕 세 숟가락을 넣은 다음 벌컥벌컥 마셨다. 그러고는 클라크가 건넨 통행증을 들고 승강기를 타고 아래층으로 내려갔다.

또다시 한참을 걸어 면회실로 향했다. 만약 매그랜이 왔다면 카터가 그를 못 알아봐도 매그랜이 붕대를 두른 엄지를 보고 카터를 알아보리

라. 카터는 어깨를 폈다. 매그랜에게 최대한 좋은 인상을 줘야 한다. 결백함보다 자신감이 중요해. 매그랜이 면회가 어땠는지 헤이즐에게 보고할 테니.

한 남자가 면회실에 서서 옅은 미소를 띤 채 그에게 손짓했다.

"처음 뵙겠습니다. 로렌스 매그랜입니다."

"안녕하십니까?" 매그랜이 앉자 카터도 앉았다.

매그랜은 키가 작고 살집이 있었다. 탈모기가 보이는 짙은 머리에 무테 안경을 썼다. 어깨가 구부정한 걸 보니 책상에 앉아 대부분 시간을 보내는 사람 같았다. 그는 카터에게 기분은 어떤지, 엄지가 많이 아픈지, 헤이즐이 앞서 면회를 왔었는지 물었다. 매그랜의 목소리가 놀라우리만큼 친절하고 다정했다. 카터는 그의 목소리를 들으려고 몸을 앞으로 뺐다.

"부인께서 대법원 상고 관련해서 말씀하셨을 겁니다. 워낙 오래 걸리는 일이지만, 그게 이제 남은 유일한 희망입니다."

"아내한테 들었습니다. '희망'이라고 말씀하시니 기쁘네요. 저도 그 단어를 쓰고 싶습니다."

"물론 그러셔야죠. 저도 너무 오래 끌고 싶지 않습니다. 사람들이 대법원에 상고해서 성과를 거두지 않았습니까? 원하시면 우리도 해봐야죠."

"물론 그래야죠."

"판결이 나오기까지 7개월은 족히 걸릴 수도 있으며, 그 대답은 '노'가 될 수도 있음을 인정하셔야 합니다."

카터는 고개를 끄덕였다. 7개월이라. 튜팅은 6개월이라고 했지만 무슨 차이가 있으랴.

매그랜이 들고 온 수첩을 보며 그에게 질문했다.

카터가 대답했다. "법정에서 밝혔듯이, 파머가 공사 현장을 비우고 외출했을 때 제가 청구서와 영수증에 서명했습니다. 파머는 빈번히 차고를 비웠습니다. 트럭이 들어오는 곳을 말이죠."

"부인 말씀에 따르면, 파머가 일부러 자리를 비우는 바람에 당신이 서명할 수밖에 없었다고 생각하고 계신다던데, 맞습니까?"

"네, 맞습니다. 그렇게 기억하고 있습니다."

매그랜이 몇 가지 메모를 적은 뒤 자리에서 일어났다. 며칠 후에 카터에게 편지를 보내겠다고 한 뒤 손을 힘차게 흔들며 떠났다.

카터는 기운이 나는 것 같았다. 매그랜은 수임료와 관련해 아무 말도 하지 않았고, 헛된 희망이든 진짜 희망이든 일절 불어넣지 않았다. "엄지와 관련해 의사 소견서를 받으십시오." 이게 매그랜이 말한 전부였다. 카터가 면회실 문 앞에 선 교도관을 지나치려는 순간, 교도관이 그의 팔을 붙들고 말했다.

"면회 신청이 또 있다."

"고맙습니다." 카터는 새장 쪽을 바라보았다. 설리번이겠지. 돌아서서 계단을 내려가 면회실로 향했다.

그레고리 가월이었다. 카터는 단박에 알아보았다. 키는 172센티 정도 되고 뚱뚱한 체구에 짙은 색 머리를 한 가월이 흰 단추가 달린 풍성한 폴로 코트를 입고 있었다. 가월이 검지로 빈 의자를 가리키더니 그 위에 앉았다. 카터는 맞은편 의자를 끌어당겼다. 가월은 트라이엄프 사의 부사장이었다. 그가 교도소에 면회 온 건 이번이 두 번째였다. 처음 왔을 때는 유쾌하고 쾌활한 모습으로 다들 하는 말을 했었다. '적임자와 제대로 접촉하기만 하면 금방 나올 걸세.' 오늘 가월은 진지해 보였고 카터를 동정하는 것 같았다. 재심 기각 건도, 카터의 엄지에 대해서도 알고 있었다.

"자네 집으로 전화했더니 그날 헤이즐도 기각 소식을 들었다더군. 목소리가 너무 우울해서 내가 찾아가겠다고 했더니 헤이즐이 그날 밤 데이비드 설리번하고 데이트한다고 하더군."

"아," 카터는 경계했다. 가월이 작정하고 하는 말 같았다.

"설리번이 헤이즐을 쥐고 흔들고 있어. 자기가 하느님 다음이라고 주입하는 것 같더라고."

카터가 씩 웃었다. "헤이즐이 바봅니까? 아내는 하느님 다음에 누가 있다고 생각하지 않습니다."

"단언하지 말게. 설리번이 속내를 감춘 채 지금 헤이즐을 열심히 조종한다니까. 눈치 못 챘나?"

카터는 놀라서 속이 부글부글했다. 그는 왼손을 담배를 향해 뻗었다. "아뇨."

"일례로, 설리번이 내 뒷조사를 하고 다니지. 그 얘긴 자네도 분명 들었을 텐데?"

카터는 양심에 살짝 찔렸지만 어깨를 으쓱했다. 가월도 월러스 파머만큼 유죄일지도 모른다고 설리번에게 넌지시 귀띔한 사람이 바로 자신이었다. "설리번은 자기 일을 하는 거겠죠. 변호사니까요. 전 아니지만. 게다가 제 변호사도 아닌 걸요."

가월이 놀라지 않고 미소를 지었다. "내 말을 못 알아듣는군. 설리번이 헤이즐에게 환심을 사려고 기를 쓰는데, 그걸 기가 막히게 잘하고 있다는 뜻이야. 나의 안 좋은 면을 알게 될 거라고, 당연히 월러스 파머와 관련이 있다고 하면서 말이지. 재수 좋은 녀석이야."

"어떻게 아십니까?"

"믿을 만한 내 친구들이 그러더군. 그들이 없는 말을 지어내겠어? 내가 사기꾼도 아니고. 설리번의 주둥이를 한 방 갈길 수도 있어. 그놈은 자네 아내한테 아첨하는 것만으로도 악질이야. 남편이 감옥에 가서 아무것도 못하는 틈을 타 남의 여자한테 껄떡대다니. 어떻게 사람이 그렇게 치졸할 수가 있나?"

저 말의 절반도, 아니 10분의 1도 믿지 말자, 카터는 다짐했다. "껄떡대다니, 무슨 소립니까?"

가월이 검은 눈을 가늘게 떴다. "무슨 말인지 알 텐데. 내가 그것까지 말해야 하나? 자네 아내는 굉장히 매력적인 여자야. 대단히."

카터는 설리번의 집에서 열린 파티에서 가월이 헤이즐에게 수작을 걸던 밤이 떠올랐다. 그날 밤, 가월은 도를 넘어 여러 번 수작을 걸었다. 누군가의 접시를 뒤엎다가 -저녁은 뷔페였다- 헤이즐의 허리를 거칠게 휘감으며 달려드는 바람에 헤이즐이 입고 있던 하얀 원피스 뒤쪽 스냅 단추가 풀렸다. 카터는 그때 헤이즐을 떼어 놓고 가월에게 주먹을 갈겼어야 했다. 지금도 그런 충동이 일었다. 그땐 헤이즐도 화가 났지만 카터에게 눈치를 주며 말했다. "그냥 가만히 있어." 그래서 카터는 아무 짓도 하지 않았다.

그는 성냥갑 뚜껑을 접었다 폈다 반복했다.

"흠, 자세히 말씀해 주시죠. 혹시 알고 계시다면."

"설리번이 자네 집에 거의 붙어살아. 이보다 더 구체적으로 말해줘야 하나? 이웃 사람들이 그것 때문에 수군거린다고. 편지든 뭐든 자네한테 귀띔해준 이가 아무도 없었나?"

에드저튼 부부는 아무 말이 없었다. 부부는 카터에게 편지를 두 통 보냈다. 옆집에 살아서 그 집에서 보면 카터의 집이 다 들여다보였다.

"솔직히, 없었습니다."

"있잖아……" 가월은 주제가 너무 추잡해서 더는 말할 수 없다는 듯이 말꼬리를 돌렸다.

카터가 성냥갑 뚜껑을 더 꽉 눌러 닫았다. "지금 이렇게 말씀하시는 건 제 아내를 비난하시는 거잖습니까."

"아, 아니야아─." 가월이 말꼬리를 길게 빼며 뉴올리언스 악센트로 말했다. "난 지금 설리번을 비난하는 중이야. 비열한 놈. 이런 말 하긴 그렇지만 허우대만 좋아. 잘 자랐고 옷도 잘 입지. 영리하고. 그래서 난 그 작자가 자네 아내한테 작업 중이라고 말하는 거라고. 솔직히 난 알거든."

"말씀해 주셔서 고맙습니다만, 전 아내를 믿어요." 카터는 슬쩍 웃고 싶었지만 웃음이 나오지 않았다.

"흠, 흠, 흠." 가월이 대꾸하는 모습을 보면서 카터는 유리벽을 뚫고서라도 그에게 주먹을 날리고 싶었다. "좀 더 산뜻한 주제로 넘어가겠네. 드렉셀 사장이 자네가 교도소에 있는 동안 주급으로 100달러를 주겠대. 소급 적용은 물론 계약 만료까지 계속 지급하겠다고 하네. 금요일 밤에 드렉셀과 한참 얘기를 했다네. 자네 건으로."

카터는 놀랐다. 알폰스 드렉셀은 트라이엄프 사의 사장이었다. 사장은 카터의 재판이 진행되는 동안 냉정하리만치 중립적인 태도를 보였고, 압박을 받자 마지못해 카터에게 유리하게 증언했다. '제가 아는 한, 카터는 제 밑에서 맡은 바 임무를 잘 수행했습니다. 카터가 돈을 전부 혹은 일부라도 횡령했는지 제 의견을 물으신다면, 잘 모르겠습니다.'

"드렉셀 사장님, 참 멋지시네요. 무슨 일이 있었던 거죠?" 카터가 물었다.

"나하고 한참 얘기했지." 가월이 웃으며 말했다. "월러스 파머가 이 짓을 벌인 거라고, 단독으로 사기를 친 거라고 내가 드렉셀에게 사실상 확신을 심어줬지. 게다가 드렉셀이 법정에서 제대로 증언하지 않아서 아무 죄 없는 자네를 구하는 데에 전혀 도움이 되지 않았다고 일침을 놓았다니까. 당연히 사장은 죄책감이 들었고 봉급을 조금이라도 주어야 자기 마음이 편안해지겠지. 아무튼, 내가 사장한테 제안한 일이니 자네는 그 돈을 쓰면 되네."

저렇게 명쾌하고 솔직하게 말하다니, 카터는 의아했다. 가월이 모두 자기 공으로 돌리고 싶어 하는 게 확실했다. 왜일까? 가월도 파머만큼 죄를 지어서일까? 카터는 도통 알 수 없었다. 카터든, 법정에 있던 누구든 파머와 가월이 그다지 친한 사이가 아니라는 건 알았다. 아무것도 입증할 수 없었다. 파머와 가월이 주고받았을지 모를 쪽지, 수표나 은행 어음이 나오지 않는 한 입증할 수 있는 건 아무것도 없었다.

"정말 고맙습니다. 헤이즐이 굉장히 좋아하겠네요."

"내가 사장한테 얘기한 게 이번이 처음은 아니야." 가월이 웅얼거리며 붕대를 감은 카터의 엄지를 보더니 고개를 저었다. "엄지가 아직도 아프다면서? 헤이즐이 그러더군."

"네." 카터가 대답했다.

"큰일이군. 병사에서 진통제는 주나?"

"모르핀 맞아요."

"이런, 그러다 중독되기 십상인데."

"압니다. 여기 의사가 다른 약으로 바꿔 준댔어요. 데메롤인가 하는 걸로요."

가월이 끄덕였다. "희생양은 늘 있는 법이지. 이번은 빼도 박도 못하게 자네 차례였고."

카터는 앞에 놓인 지저분한 철제 재떨이를 보며 인상을 썼다. 이게 다 무슨 말일까? 지금 드렉셀은 혐의를 완전히 벗었다고 생각하나? 아니면 반만 벗었다고 생각하나? 왜 편지 한 통 보내지 않는 거지? 뭐든 문서로 남기기가 두려워서일까? 드렉셀 때문에 누군가가 불현듯 떠올랐다. 제퍼슨 데이비스(미국의 정치가로 남북전쟁 당시 남부 연합 대통령을 지냄). 주름이 자글자글한 노인네로 종잡을 수 없는 성미의 소유자였다.

"헤이즐이 며칠 멀리 여행 간다니 다행이야. 지난 몇 달간 정말 힘들었을 거야."

"멀리라뇨?"

"설리번하고 버지니아로 가서 추수감사절을 보낸대. 헤이즐이 그 얘긴 안 했나? 오늘 봤다면서?"

가슴속에서 고통이 폭발했다. 질투와 분노에다 소외되었다는 유치함까지 터져 나왔다. "네, 오늘 만나긴 했죠. 이런저런 얘기를 많이 하긴 했는데, 헤이즐이 그 얘긴 안 했습니다."

가월이 카터를 유심히 살폈다. "북부 저택에 사는 설리번 친구가 있대. 그 집에 말도 있고 수영장도 있나 봐. 페노 부부라던데."

카터는 페노 부부 얘기는 금시초문이었다. 그런 신나는 일정 때문에 감옥에 갇힌 카터의 심사가 더 뒤틀릴까 봐 헤이즐이 말하지 않은 건 아닐까?

"설리번이 헤이즐에게 굉장히 자상하게 굴더군. 그에게 대운이 따를지 모르겠지만, 헤이즐에게 홀딱 반한 것 같더군. 금방 사랑에 빠질 정도로 헤이즐이 미인이긴 하지." 가월이 씩 웃었다. "내가 술에 취해 헤이즐에게 달려들었던 밤이 기억나네. 그 일로 자네가 너무 씁쓸해하지 않았으면 좋겠어, 필립. 다시는 그런 일 없었잖아."

"그럼요, 괜찮습니다."

"설리번이 더욱 교묘하게 접근하는 게 분명해." 가월이 빙그레 웃었다.

카터는 아예 무관심한 척 애썼지만 의자에 앉아 꼼지락거렸고 속으로 발버둥 쳤다. 설리번은 대단히 능수능란하고 매우 세련된 사람이라 추파도 세련되게 던질 것이다. 그는 헤이즐이 좋아하는 면모를 많이 갖추고 있었다. 주변에 다른 남자가 없으면, 헤이즐이 아무도 모르게 설리번과 바람을 피우지 않을까? 헤이즐은 몸을 사리느라 카터에게 아무 말 하지 않았을 것이다. 그랬다간 카터가 죽을 수도 있다는 걸 알기 때문이다. 그가 투옥된 지 고작 석 달 됐으니 두 사람이 일찌감치 시작했을지도 모른다는 생각이 카터의 머리를 스쳤다. 원래 이런 일은 그런 식이다. 일찌감치 시작하거나, 아예 아무 일 없거나.

면회 시간이 끝났다. 카터는 다가오는 교도관이 보이자 벌떡 일어났다. 가월도 일어나더니 다음번에 면회 올 때 파일을 가져다주겠다며 썰렁한 농담을 던진 후 손을 흔들며 떠났다. 카터는 굳은 몸으로 면회실을 빠져나왔다.

그가 병사로 올라오니 석식 배식 중이었다. 승강기 옆에 있는 화물용 승강기에 쟁반이 실려 올라오면 피트가 그걸 받아 내렸다. 멀리에서 오느라 음식은 늘 식어 있었다.

카터는 침대에 걸터앉아 저녁을 먹었다. 식판을 올리고 책까지 펼쳐 놓을 만큼 큼직한 테이블이 병사 끝 쪽에는 없었기 때문이다. 침대 위에 책을 펼치고 왼쪽 팔꿈치로 윗몸을 받쳐 세웠다. 그저 그런 큼직한 역사 소설이었다. 처음에는 별로였지만 읽을수록 시간이 술술 지나갔다. 그가 지내는 감옥하고는 전적으로 다른 내용이기 때문이다. 그러다 한 술 뜨다 말고 책만 뚫어져라 봤다. 글자가 눈에 들어오지 않았다. 쟁반 위에는 구린내 나는 햄버거가 올라가 있고, 리마 콩과 으깬 감자가 은회색 그레이비소스를 뒤집어쓰고 있었다. 식어서 기름기가 뻣뻣하게 굳었다. 접시 따윈 없었다. 음식은 쟁반 위에 참담하게 놓여 있었다. 그나마 가장 먹을 만한 건 빵이었다. 언제나 빵 두 조각 위에 버터가 얇게 발려 있었다. 죄수들은 칼이나 포크를 사용할 수 없어서 카터는 그걸 숟가락으로 떠먹었다. 플라스틱 컵에 담긴 멀건 커피를 마신 후 쟁반을 복도로 가져가 화물용 승강기 옆 바닥에 내려놓았다. 나중에 피트가 미끄럼대를 이용해 쟁반과 컵과 숟가락을 아래로 내려 보낼 것이다.

카터는 침대로 돌아와 작은 탁자에서 어제 헤이즐에게 쓰다 만 편지와 펜을 꺼냈다. 그리고 밑에 다음과 같이 덧붙였다.

일요일 오후 4시 25분.

사랑하는 헤이즐,
당신 말대로 매그랜이 상당히 인상적이더군. 오늘 우울한 모습 보여서 정말 미안해. 날 용서해 주겠어? 당신 말대로 엄지가 아직도 아픈 게 맞아. 당신을 만나기 전에 진통제 주사를 맞지 않았거든.

신경을 긁는 지긋지긋한 치통과 비슷해. 이젠 꽤 좋아졌어.

가월이 희소식을 가져왔어. 드렉셀이 내게 매주 100달러를 소급해서 지급하고, 계약 만료까지 계속 줄 거래. 가월이 그러던데 당신이 추수감사절에 데이비드하고 멀리 간다면서? 정말 잘 생각했어.

축복이 있기를. 사랑해. 그리고 보고 싶다. 이젠 더 쓸 자리가 없네.

P.

여백이 얼마 남지 않자 그는 이니셜만 작게 적었다. 침대에서 몸을 뒤척이다가 엎드려 얼굴을 베개에 파묻었다. 편지를 쓰다 지쳤고, 자기 연민 때문에 진이 빠졌다. 헤이즐에게 설리번과 멀리 여행 가기로 한 거 잘했다고 적은 자신이 통 크게 느껴졌다. 사실 카터는 통 큰 사람과 거리가 아주 멀었다. 정반대였다. 행키에게 호의를 베푼 것도 통 큰 행동이었을까? 왜 그랬지? 게으름뱅이와 좀 더 친해지려고? 행키의 꿍꿍이를 눈치챌 수도 있었는데 알아채지 못한 자신이 그저 어리석었을 뿐이다. 돌이켜보면, 직접 보지도 않고 확인하지도 않은 트라이엄프 사 영수증이나 서류에 서명하면 안 된다는 건 바보라도 당연히 아는 사실 아닌가? 카터가 서명했을 때 이미 누군가 단가를 부풀렸을지도 모른다. 그렇다고 해도 카터는 차이를 눈치채지 못했을 것이다. 조금 더 시간을 되감아 보았다. 카터는 순전히 실수로 코넬 대학교 마지막 시험에서 세 문제 중 두 문제만 풀었다. 지문을 제대로 읽지 않아서였다. 부연 설명하자면 시험지를 넘기지 않은 것이다. 그래도 꽤 우수한 성적으로 졸업은 했지만, 세 문제를 전부 맞혔을 때 받았을 점수는 아니었다. 취업할 때 도움이 되라고 교수가 칭찬이 가득한 추천서를 써주었지만 카터는 졸업하기도 전에 직장을 잡았다. 그에겐 늘 모든 게 쉬웠고 언제나 운 좋고 편안한 위치에 안착했다. 지금까지는 그랬다. 양친은 모두 세상을 떠났다. 어머니는 카터가 태어난 직후에, 아버지는 다섯 살 때 작고했다. 그러자 슬하에 자녀는 없으나 애정 많고 부유한 존 삼촌이 그를 뉴욕으로 데려갔다. 에드나 숙모는 여느 어머니보다 훨씬 너그러웠다. 자식이 없기도 했고 카터가 인물 좋고 남편 쪽 피를 물려받은 똘똘한 꼬마였기 때문에 그랬으리라. 양친의 유산은 카터를 위한 자금으로 편입되었는데, 워낙 넉넉해서 카터가 학업을 마치고, 옷을 충분히 사 입고, 열여덟 살에 차를 사고 데이트 자금으로 쓰고도 남았다. 카터는 여름 방학에도 일할 필요가 전혀 없었다. 졸업 후 맨해튼에 아파트를 장만했고 그러자 늘 여자들이 따랐다. 이제 와 돌이켜 보니 굉장히 유치한 짓이었다. 그는 허영심을 채우는 일 말고 아무것도 하지 않았음을 깨달았다. 그러다 헤이즐 올코트를 만났다. 그녀는 브라질에 대규모 농장을 소유한 수출업자 댄의 약혼녀였다. 카터는 뉴욕에 사는 친구가 연 파티에서 헤이즐을 만났다. 그는 단박에 그녀를 알아본 후, 친구에게 헤이즐이 어떤 사람인지 물었고 댄이라는 수출업자에 대해서도 알게 되었다. 사실 댄도 그곳에 있었다. 서른 정도에 자신감 넘치는 남성이었다. 그런데 그날 저녁, 헤이즐이 자기 어머니를 위해 깜짝 생신 파티를 열 예정인데 참석하겠느냐고 카터에게 물었다. 카터는 그러겠다고 예의 씩씩한 모습으로 대답은 했지만, 약혼자도 오고 어머니도 계신 자리니 보나 마나 뻔한 초대라고 여겼다. 그런데 약혼자가 참석하지 않았다. 카터는 헤이즐과 그녀의 어머니, 어머니의 중년 친구들과 잘 어울렸다. 한 번의 만남이 다른 만남으로 이어졌다. 그녀의 약혼자는 번번이 사업 약속이 있었지만 그럼에도 두 사람은 8월에 식을 올릴 예정이었다. 그때가 7월이었다. 카터는 헤이즐이 용기를 주고 있다는 걸 느끼면서도 그녀에게 사랑한다고 말하기가 두려웠다. 난생처음 행운이 따르지 않을 것 같았기 때문이다. 하물며 헤이즐이 약혼한 상태라는 걸 알면서도 그런 고백을 했다간 그녀가 탐탁지 않게 여길 것만 같았다. 그렇게 7월이 끝나갈 무렵, 카터는 밑져야 본전이라는 생각에 헤이즐에게 사랑한다고 더듬더듬 고백했다. 헤이즐이 전혀 놀라지 않은 기색으로 대답했다. "나도 알고 있었어. 걱정 마. 나 3주 전에 파혼했어." 믿기지 않을 만큼 이리 쉽다니, 기적이다! 카터는 처음으로 진정한 행복을 느꼈다. 정확히 7년 2개월간 행복했다. 월러스 파머가 비계에서 추락하던 달까지는.

존 삼촌이 세상을 뜬 뒤, 카터와 에드나 숙모는 일 년에 두 번 편지를 주고받았다. 에드나 숙모는 캘리포니아에서 언니와 같이 살았다. 그는 재판이 개시되기 전부터 숙모에게 편지하지 않았다. 악몽은 지나갈 것이고, 어떻게든 바로잡힐 테니 이번 일로 숙모에게 부담과 혼란을 안겨주고 싶지 않아서였다. 이제 숙모는 70대였다. 하지만 악몽은 가시지 않았다. 카터는 숙모에게 편지를 써야 한다고 생각했다. 뉴욕에 사는 친구 몇 명이 신문에 실린 단신을 보고 그에게 자상하게 편지를 보냈다. 카터는 그때 답장했어야 했지만 그러지 않았다. 이제 와 그가 친구들에게 답장을 보낼 가능성은 희박했다. 그런데 답장하지 않으니 카터가 자기 죄를 인정하는 꼴이 되어 버렸다.

카터는 불안에 떨면서 긴장한 채 꿈에서 깼다. 침대에서 엉거주춤 일어나 문 위에 걸린 시계를 보았다. 10시 20분. 도로 자리에 누웠다. 땀이 얼굴을 살짝 뒤덮었다. 그는 가쁜 숨을 내쉬었다. 마른 침을 삼키며 몸을 틀어 물잔으로 손을 뻗었으나 잔은 비어 있었다.

　방 안 구석에서 움직임이 느껴졌다. 카시니 박사가 의자에서 일어나 미소를 지으며 그에게 다가왔다. 박사의 검은 눈이 안경으로 왜곡되어 커 보였다.

　"아뇨, 주사는 더 안 맞겠습니다."

　"이런, 더 맞으란 소리 안 했는데." 카시니 박사가 대답했다. "악몽을 꿨군요?"

　"네." 카터는 침대에서 일어나 물잔을 들었다. 실뜨기하듯 넷째, 다섯째 손가락과 검지로 잔을 들고 돌아왔다. 이젠 그가 물잔을 드는 자세를 보고 그도, 아무도 놀라지 않았다. 가장 힘든 건 셔츠와 바지 단추를 잠그는 일이었다.

　카시니 박사가 침대 옆에 계속 서 있었다. "내일 사동으로 돌아가는 게 좋겠어요. 그러고 싶다면."

　카터는 박사의 말이 공격적으로 느껴졌다. 카터가 많이 좋아졌다고 박사가 여기는 게 확실했다. 카터는 모르핀의 여파로 머리가 핑 돌았다.

　"돕고 싶다면 여기에 남아도 되고. 알다시피 우리도 사람이 필요해요. 엄지가 없는 사람이라도." 카시니 박사가 검은 머리를 삐딱하게 튼 채 카터를 쳐다보았다. 마치 카터가 중대한 결단을 내려야 하는데 그 일이 얼마나 중요한지 설명하려는 것 같았다. "사동에서 당신에게 어떤 일을 맡길지 잘 모르겠지만, 엄지 때문에 농장 일이나 신발 만들기, 목공일 같은 건 죄다 배제될 겁니다. 일주일쯤 지나서 엑스레이를 또 찍을 수도 있습니다. 반드시 염증을 잡아야 하니까요. 당신이 이리로 올라오는 편이 나을 수도 있죠."

지금 박사가 뭐라는 거지? 카터는 잠시 욕지기를 느꼈다. 소독약 냄새, 변기, 치질, 욕창, 탈장의 기억이 한꺼번에 몰려왔다. 게다가 여기선 손쉽게 맞을 수 있기에 모르핀 중독자가 될지 모른다는 공포심까지 스멀거렸다.

"모르핀을 쉽게 구할 수가 없잖아요. 잘 알겠지만." 카시니 박사가 건조하게 말했다.

"압니다. 다른 약으로 바꿔주신다면서요."

"새로 바꾸는 약은 모르핀만큼 효과가 좋지 않을 텐데요." 카시니 박사가 팔짱을 낀 채 미소를 지었다.

박사는 모르핀 중독자가 아닐까, 카터는 의심이 들었다. 전에도 비슷한 생각이 스친 적이 있었다. 그렇다고 확인할 수 있는 것도 아니라서 신경 쓰지 않았다. 보아하니 카시니 박사가 그에게 모르핀을 계속 맞으라고 부추기는 것 같았다. 자기처럼 카터도 중독되라고 권하는 모양새였다. "그래도 약을 바꿔보려고요." 카터는 대꾸한 후 침대에 걸터앉았다.

"좋습니다. 내일 아침에 약을 줄 테니 저 아래 동물원으로 가지고 내려가요." 박사가 등졌다가 돌아섰다. "배정받은 작업을 하다 문제가 생기면 알려줘요. 내가 조처할 수도 있으니."

5

다음 날 아침, 카터는 약 십수 알을 주머니에 넣고 소지품을 셔츠에 싸서 묶은 후 통행증을 들고 A 사동으로 내려갔다. 만일을 위해 카시니 박사가 엄지에 붕대를 감아주었다. 9시경이었다. 죄수들은 출역을 나가고 없었다. 교도관이 카터의 통행증과 엄지를 쳐다보더니 예전에 지내던 9번 방으로 카터를 데려가 문을 따주었다. 카터가 처음 보는 교도관이었다. 감방문 위에 붙은 수감번호 패를 보니 현재 두 명이 쓰는 중이었다. 수건 두 장. 뒤쪽 벽에 걸린 막대기에 널린 행주가 보였다. 행키가 여전히 그 방에 살았다. 카터는 행키가 테이블 위에 올려둔 금발 여인의 컬러 사진이 기억났다.

"간이침대를 넣어야겠군." 교도관이 말했다.

카터는 다른 방에도 세 명이 산다고는 들었지만, 원래 여긴 독방이었다. 다시 행키와 사는 것도 모자라 한 명 더 붙어나다니. 움직이기라도 하면 서로 맞부딪힐 생각에 겁이 났다. "혹시 다른 방은 없나요?"

"9번 방을 쓰라면 써야지." 교도관이 카터의 통행증을 흔들며 말했다. "여기서 기다려." 그는 새장으로 사라졌다.

카터는 한참 기다려야 해서 복도 맞은편에 놓인 나무 벤치에 앉았다. 거의 45분을 기다린 끝에 교도관이 돌아왔다. 카터가 자리에서 일어났다.

"간이침대가 금방 올 테니 들어가 있어."

카터는 다시 9번 방으로 들어갔다. 그가 쓸 간이침대가 아직 들어오지 않아 소지품을 둘 데가 없어서 난감했다. 그는 셔츠 꾸러미를 앞쪽 구석에 내려놓고 침대 아래 칸 모서리에 가볍게 걸터앉아 두 발을 대롱대롱 흔들었다.

처음 보는 죄수가 간이침대를 들고 왔다. 카터가 간이침대 펼치는 일을 거들려 했지만 붕대 감은 엄지로는 별 도움이 되지 못했다.

"괜찮아요. 신경 쓰지 마세요." 죄수가 여러 번 해본 솜씨로 재빨리 간이침대를 펼쳤다. 앳되고 머리칼이 짙은 것이 이탈리아 사람 같았다. "교도관들이 엄지에 줄을 묶어 매달았다면서요?" 그가 나지막이 물었다.

"그랬어요."

청년이 반쯤 열린 감방문을 힐끔거렸다. "그래도 쓰레기 같은 놈들이 붕대는 둘러 줬네요. 이 방에 착한 사람이 살아서 간이침대를 접고 펼 때 도와주길 바랄게요."

"고맙습니다. 정말 고마워요."

"전 조예요. 또 봬요."

"카텁니다."

청년이 나갔다.

카터는 알약을 하나 입에 문 다음 몸을 구부리고 세면대 수도꼭지에 손바닥을 오므려 물을 받아 마셨다. 간이침대에 누워서 약 기운이 돌기를 기다렸다. 10분이 지났건만 통증은 그대로였다. 카시니 박사가 그를 속이고 다른 약, 어쩌면 가짜약을 준 건 아닌지 의심이 들었다. 속으로 박사를 욕했다. 손목시계를 보니 11시 5분이었다. 이제 10분만 있으면 작업장에 출역 갔던 죄수들이 물밀 듯이 밀려와 15분간 휴식을 취한 후 점심을 먹으러 갈 것이다. 카시니 박사는 "주사를 맞아야 할 경우 병사에 올라갈 통행증을 끊어 달라고 교도관에게 말하세요"라고 당부했다. 그러나 그는 박사의 말을 문서로 받아두지 않았다. 약효가 있든 없든 카터는 한 알을 더 삼키고 방을 나섰다.

처니버가 근무 중이었고 다른 교도관은 복도에 보이지 않았다. 그가 휘둥그레 놀란 눈으로 카터를 바라보았다. 사람이 빈방에서 나오는 모습을 본 듯, 무덤에서 걸어 나오는 사람을 본 듯, 카터를 바라보았다.

"병사로 가는 통행증을 받고 싶습니다."

"무슨 일로?"

"통증 때문에요. 카시니 박사님이 필요할 때 주사를 맞으라고 하셨습니다."

처니버의 여윈 얼굴이 혐오인지 의심인지 모를 표정으로 일그러졌다. "그런데 넌 다시 여기 동물원으로 내려왔잖아."

"맞습니다만, 필요할 경우 병사로 가도 된다는 허락을 받았어요."

처니버가 짜증스레 이를 드러내더니 새장으로 향했다. 새장을 지나 다음 철창 앞에 선 교도관을 스친 후 어른거리는 이중 철창 뒤로 사라졌다.

카터는 사동 중앙에서 서서 기다렸다. 사동 끝까지 가서 승강기 단추를 누를 수도 있었다. 하지만 아무리 그가 아파 보인다고 한들 승강기 기사가 통행증을 소지하지 않은 카터를 승강기에 태워줄까? 카터는 자신할 수 없었다. 기다리는 사이, 출역 나간 죄수들이 물밀 듯이 밀려왔다. 죄수들이 복도를 그득 메우자 카터는 처니버가 돌아오는지 보이지 않았다. 행키와 또 다른 죄수가 9번 방으로 들어갔는지도 알 수 없었다. 카터는 방에 놔둔 소지품이 신경 쓰였다. 행키가 간이침대가 놓인 것을 보고 신참이 온 게 싫어서 누구 것인지 살피지도 않고 짐을 복도로 내동댕이칠지 모른다. 그랬다간 카터의 책이며 편지며 헤이즐의 사진까지 아무나 집어 갈 수도 있다. 카터는 통증과 현기증이 일면서 통행증을 받겠다는 희망이 깡그리 사라지는 기분이 들었다. 처니버는 지금 면회실 자판기 옆에서 커피나 마시겠지.

"어이! 카터!" 누군가 힘차게 그를 불렀다. 카터가 소리 들리는 쪽으로 고개를 돌렸지만 까딱거리는 뒤통수만 잔뜩 보였다. 다른 교도관이 있나 주위를 둘러보았다. 카터가 활짝 열린 감방 철창문을 붙들자, 흑인 죄수가 놀란 표정으로 그에게 뭐라고 지껄였다. 카터는 그걸 보고도 무슨 말인지 알아듣지 못했다. 그러고는 정신을 잃었다.

정신을 차리고 보니 간이침대 위였다. 행키가 그를 내려다보았다. 행키의 큼직한 주먹이 허리춤에서 보였다. 깡마른 흑인 죄수도 보였다. 흰자위가 유난히 허옇고 큼직한 눈을 희번덕거리며 간이침대 발치에 서서 카터를 쳐다보았다. 카터의 이마와 머리칼이 축축했다. 땀 때문인지 저들이 뿌린 물 때문인지 알 수 없었다.

"도로 내려온 거야?" 행키가 물었다.

행키의 말이 들리긴 했지만, 카터는 무슨 뜻인지 이해할 수 없었다. 그는 간신히 일어섰다. "병사로 가야 해!" 카터가 문 쪽으로 두어 걸음 내딛자 흑인 죄수가 물러섰다. 멀찌감치 서서 바라보던 또 다른 감방 동기도 물러섰다. 카터는 비척걸음으로 복도로 나가 승강기 방향으로 몸을 틀었다. 이번에는 수감자들이 카터가 있는 쪽으로 물밀 듯이 밀려왔다. 다들 식당으로 이동하는 중이었다. 식당으로 가는 길은 새장 좌측 편에 있었다. 죄수들이 카터와 부딪히고, 카터도 그들과 부딪혔다. 카터는 이쪽 죄수들의 단단한 어깨에 떠밀렸다가 저쪽 죄수들에게 부딪히며 몸이 튕겼다. 카터에게 성내고 고함치는 소리가 들렸다.

"뭐야, 취했어?"

"술은 어디서 났대?"

웃음소리가 퍼졌다.

"그 방향이 아니잖아!"

몇 미터만 더 가면 승강기가 나온다. 직접 올라가지 못하면 카시니 박사에게 내려와 달라고 부탁해야지, 카터는 생각했다.

"어이, 카터!"

"카터!"

"이봐, 거기!" 더 크게 그를 부르는 소리가 들렸다. 교도관이었다.

진압봉에 맞는 순간, 카터의 머리가 종처럼 울렸다. 카터가 주저앉자 누군가 복부를 가격했다. 암전. 망망대해에 휘감긴 듯 술렁거리는 소리가 들렸다. 사이렌이 울렸다. 죄수들이 카터의 엄지를 밟고 이곳저곳을 짓이기며 지나갔다. 그런데도 카터는 엄지 말고는 하나도 아프지 않았다. 누군가 카터의 양쪽 팔을 붙들고 질질 끌고 가더니 그를 철창으로 집어 던졌다. 카터가 바닥에 고꾸라졌다.

호루라기 부는 소리가 세 번 났다. 급작스레 밀려온 침묵을 뚫고 교도관들이 고함을 내질렀다. 카터가 눈을 반쯤 떴다. 비스듬한 시야로 누런 수의를 입은 죄수들이 발걸음을 늦추고 양쪽으로 갈라지는 모습이 들어왔다. 돌바닥에 신발 밑창이 끌리는 소리만 들렸다. 카터와 6미터 남짓 떨어진 복도 바닥에 교도관이 쓰러져 있었다. 피범벅이 된 얼굴 근처에 벗겨진 모자가 있었다. 교도관 두 명이 권총을 빼 들고 바닥에 쓰러진 교도 관에게 다가갔다가 물러서더니 죄수들을 훑어보았다. 그중 한 명이 까치 발을 든 채 호통쳤다.

"누가 그랬어? 누가 이 사람 건드렸냐고?"

죄수 수백 명이 제자리에 굳었다. 숨도 쉬지 않는 듯 너무나 적막했다.

"모두 자기 방으로 돌아간다. 실시! 전원 알았나?"

한탄하고 불평하는 소리가 배경으로 깔렸다. 무슨 말인지 알아들을 수 도 없고 보이지도 않는 소리가 어느새 날카롭고 요란한 웃음으로 변했다. 여자들의 웃음소리 같았다. 누런 수의를 입은 무리가 점차 활기를 되찾더 니 신발을 거칠게 끌며 각자의 방으로 돌아가기 시작했다. 교도관이 상기 된 표정으로 카터를 바라보더니 쓰러진 교도관 옆에 무릎을 꿇은 동료 교 도관에게 몸을 숙였다. 카터는 그제야 바닥에 쓰러진 교도관이 처니버였 음을 깨달았다.

쾅 하는 소리와 함께 교도관 넷이 새장 문으로 들어오더니 각자 방으 로 뿔뿔이 흩어지는 죄수 몇 명을 잰걸음으로 지나쳤다. 넷 다 손에 권총 을 들었다. 교도관들이 움직이자 돌바닥이 울렸다.

"처니버 어때?"

"죽었어."

"누가 죽였어?"

"여럿이! 아니 모두가 죽였어! 복도에 죄수들이 가득했다고!"

"맞아, 네놈이 죽을 수도 있었지!" 줄줄이 늘어선 저 멀리 감방 어딘가 에서 으르렁거리는 고함이 들렸다. 고함에 이어 웃음과 환호성이 잇따랐 다. "저놈을 똥통에 집어 던져라!"

교도관 넷이 사동을 위아래로 뛰어다니며 방 안에 있는 죄수들을 윽박지르고 그들에게 권총을 겨눴다.

"닥쳐! 닥치라고, 머리가 있으면! 아니면 철창에다 총을 갈기겠다!"

목소리가 더 굵은 교도관이 외쳤다. "방문 닫아! 전부 다! 닫으란 말이다!"

쾅! 쾅! 쾅! 위에서 아래로 소리가 울려 퍼졌다.

감방문이 모조리 닫혔다. 그러나 닫혔을 뿐 잠기진 않았다. 감방문은 새장 옆 사동 정문에 있는 잠금장치로 잠가야 했다.

교도관들이 이리저리 거닐며 감방에서 반항하는 죄수들을 노려보았다. 그곳에서 콧노래가 흘러나왔다. 벌떼가 날아들고 바람이 부는 듯한 소리였다. 카터가 맞은편을 바라보았다. 줄줄이 늘어선 철창문 뒤에서 죄수들이 태연한 표정으로 입을 다물고 있었다. 그런데 제법 큰 콧노래가 사동 곳곳에서 멈추지 않았다.

"콧노래 그만! 그만두지 않으면 한 사람씩 구멍으로 끌고 갈 테다!"

콧노래가 더욱 커졌다. 두 개의 잠금장치가 길게 신음하더니 철컥 잠겼다.

"콧노래 그만두라고!" 외쳐 봐야 아무 소용이 없었다.

교도관 둘이서 축 늘어진 처너버의 시신을 새장 쪽으로 옮기다 한 명이 발을 헛디뎌 넘어질 뻔했다. 그 장면을 본 누군가 미친 듯이 깔깔거렸다.

감방문 몇 군데가 덜그럭거리자 다른 문도 따라 흔들렸다. 갑자기 굉음이 울려 퍼졌다. 철문이 덜컹거리는 소리였다. 초대형 기계가 어긋나는 소리 같기도 했다. 사동 안으로 교도관 몇 명이 더 몰려와 위아래로 뛰어다니면서 큰 소리로 호통쳤지만 전혀 먹히지 않았다. 총이 발사되었다.

누가 쏘았는지 카터는 알 수 없었다. 순간 교도관 전원이 천장이든 어디든 발포했다. 권총에서 연기가 피어올랐다. 정적이 흘렀다. 얼마나 고요해졌는지 이제 교도관들의 헐떡이는 숨소리가 카터의 귀에 들릴 지경이었다. 다들 고함치고 눈을 부라린 채 감히 죄수들이 움직이는지 주변을 살폈다. 위층에서 잠금장치가 작동하는 소리가 들렸다.

교도관 두 명과 무앤, 또 다른 교도관이 권총을 빼 들고 사동 반대편에서 느릿느릿 걸어오다 다들 조용해진 걸 보고 사동 끝 새장으로 발걸음을 재촉했다. 다시 콧노래가 들렸다. 불만이 응축된 한숨이었다. 철창 뒤에 선 죄수들은 점심을 거르게 된 사실을 깨달았다.

"이건 누구지?" 한 교도관이 카터에게 다가오며 물었다. "너 뭐야?"

"수감번호 37765 카터라고 합니다."

"무슨 일인가?"

교도관이 발을 들썩이며 카터를 걷어차려고 했다. 카터가 버둥버둥 일어서려고 가장 가까운 철창문을 붙들자, 안에 있던 죄수가 철창 밖으로 손을 빼 카터의 팔뚝을 잡고 거들었다. 검은 손이었다. "병사에 가려고요."

"통행증은 있나?"

카터는 뺨을 타고 흐르는 물기를 닦았다. 그게 피인 걸 알고 그는 놀랐다. "통행증을 받으러 가다가 맞고 쓰러졌습니다."

"방이 어디야?"

"A 사동 9번 방입니다." 카터의 입에서 저절로 대답이 튀어나왔다. "카시니 박사가 필요할 때마다 주사를 맞으라고 하셨습니다." 카터가 한쪽 손을 슬쩍 올렸다.

"따라와." 교도관이 명령하더니 새장을 향해 걸어갔다.

카터도 걸음을 옮겼다. 이따금 옆에 있는 철창문에 몸을 대고 버티다가 밀치며 나아갔다. 사동 여기저기에서 조용히 응원하거나 교도관들을 욕하는 소리가 들렸다. 교도관이 새장으로 들어갔다. 카터는 가장 가까운 철창문을 붙들고 기다렸다. 교도관이 통행증을 들고 나오더니 손짓했다. 카터는 그쪽으로 가려다가 바닥에 푹 고꾸라졌다. 교도관이 소리쳤다.

"에디! 프랭크! 도와줘!"

교도관들이 카터를 양쪽에서 부축해 사동 반대편 끝으로 다급히 데려갔다. 거기까지 15킬로미터는 족히 이동하는 기분이었다. 승강기에 도착하자 '이놈' 때문에 처너버가 죽임을 당한 거라고, 바로 '이놈 엄지' 때문에 그리됐다고 교도관들이 중얼거렸다. "젠장, 이게 뭐야. 저놈들이 앙갚음하다니." "개자식들." "우리가 사고로 한 명이라도 죽였다간 어떻게 될까? 제길!" 승강기 문이 열렸다.

외눈박이 피트가 놀란 눈과 표정으로 다가왔다.

"좀 맞았습니다." 교도관이 피트에게 설명했다.

피트의 도움으로 카터는 예전에 누웠던 침대로 가서 엄지를 끝까지 감싸며 누운 다음 양손을 늘어뜨렸다. 피트가 주사 놓을 준비로 분주했다.

"무슨 일이에요? 젠장, 이마가 야구공처럼 부풀었잖아요. 잠시만요." 피트가 자리를 떴다.

모르핀은 아직 시합을 개시하지 않았다. 모르핀이 힘차게 혈관을 타고 돌면서 이리저리 통증을 찾아 헤매다가 공격에 돌입하는 모습이 카터의 머릿속에 그려졌다. 호랑이가 덮치듯 잽싸게. 피트가 알코올로 카터의 이마를 닦아냈다.

"무슨 일입니까? 폭동이 난 것 같은 소리가 들리던데. 이 위에까지 들렸어요. 교도관이 다쳤어요? 박사님이 호출 받고 아래로 내려갔어요. 또 맞은 겁니까? 교도관들한테 맞았냐고요?" 피트의 목소리엔 연민 대신 호기심만 가득했다.

"처니버가 죽었어요."

"개죽음이군요. 흠, 흠, 누가 그랬어요? 혹시 직접 봤어요?"

"죄수들 모두가요." 카터가 나른한 목소리로 대답했다. "피트, 9번 방에 있는 제 짐 좀 갖다 주세요."

"알았어요. 지금 내려가죠." 피트가 내려갔다.

홀로 남은 카터의 머릿속에 환영이 떠올랐다. 헤이즐이 파란색과 흰색이 섞인 수영복을 입고 하얀 모자를 썼다. 어느 해 여름에 본 모습이었다. 어디였더라? 몇 년 전 여름이었나? 햇살이 쏟아지는 긴 모래사장이 보인다. 두 사람이 티미와 함께 해안가 모래사장을 따라 달린다. 머리 위로 푸르른 하늘이 끝없이 펼쳐진다. 그러더니 부부는 바닷가 어느 식당에서 농어구이와 유난히 맛난 감자튀김을 먹고 차를 타고 예약한 오두막으로 돌아간다. 헤이즐이 반다나를 풀자 머리칼이 바람에 날린다. 기억이 났다. 2년 전 여름, 뉴햄프셔에서였다.

한참 뒤 통증이 도지자 카터는 몸을 뒤척이기 시작했다. 그렇다고 잠이 완전히 깬 건 아니었다. 피트가 위에서 그를 굽어봤다. 피트의 두상이 굉장히 커 보였다. 카터는 피트의 벌겋고 휑한 눈구멍을 늘 외면했지만 지금은 자석에 끌리듯 응시했다. 피트는 기쁜 듯 미소 지으면서도 텅 빈 안구에서 시선을 떼지 못하는 카터를 보고 묘하게 놀란 눈치였다.

카터는 일어나 앉아 피트의 얼굴을 응시하며 움푹 꺼진 눈구멍을 뚫어져라 보았다. 아까보다 작아 보여도 너무 실감이 나서 입에서 비명이 튀어나왔다. 카터가 또다시 비명을 내지르자 피트가 손으로 그를 저지하려했다. 카터는 피트의 손에서 벗어나려고 온몸을 비틀었다. 그제야 카시니 박사가 달려왔다. 카터는 입을 다물지 못했지만 비명을 지르진 않았다. 둘둘 말린 붕대 덕에 얼굴만 해진 엄지와 팔꿈치를 베고 모로 누웠다.

박사가 카터에게 주사를 한 대 더 놓았다.

"이게 다 모르핀은 아닙니다." 카시니 박사가 발랄하게 설명했다. "대부분 진정제예요. 젠장, 오늘 아침 정말 어마어마하네요. 하! 처니버가 당하다니." 박사가 흐뭇하게 말했다.

살해된 처니버, 콧노래, 덜컹거리는 철문. 피트와 카시니 박사 그리고 A 사동 청소 담당 알렉스는 그 후 며칠간 병사에서 이번 사건을 화제로 삼았다. 이번 소동은 폭동과 전혀 다르다는 데에 의견이 모였다. 폭동엔 원래 대의가 없다. 설령 있다 해도 이를테면, 식당 급식이 유달리 형편없다는 등 굉장히 사소한 것이었다. 이들은 처니버의 죽음이 사소한 사고였다고 했다. 카터도 그 사건이 점차 사소해 보였다.

멀쩡하게 걷는 재소자라면 반드시 일요 10시 예배에 참석해야 했다. 그래서 카터도 예배를 드리러 갔다. 전보다 훨씬 더 많은 재소자가 카터에게 조용히 목례했다. 그래 봤자 참석한 수백 명 중 고작 스물, 서른 명 정도에 불과했다. 목사는 예배 기도와 찬송을 마치더니 월요일 근무 중 목숨을 잃은 교도관 토머스 J. 처니버를 언급하면서 죄수들에게 죄지은 마음을 씻으라고 했다. 또한 잠시 무지몽매하고 그릇된 판단으로 죄를 저지른 저들을 용서해 달라고 애원한 후, 토머스 J. 처니버가 영혼의 안식을 누리도록 기도를 올렸다. 카터는 맨 뒤에 앉아 다른 죄수들과 같이 고개를 숙였다. 몇 명은 투덜거렸고, 몇 명은 아예 입을 가리지도 않고 키득거렸다. 카터의 귀에 그 소리가 들렸다.

6

처니버가 살해당한 그달에 매그랜이 카터를 두 번 더 찾아왔다. 매그랜은 튜팅이 밀고 나가던 근거를 훨씬 철저히 거듭 살피는 중이었다. 그는 증인을 한 명 더 찾았다. 조지프 다우디라는 우체국 직원이 작년 7월 프리몬트에서 100킬로 떨어진 포인티드 힐 우체국에서 월러스 파머에게 사서함을 배정한 일을 기억했다. 다우디는 사진을 보더니 기억을 떠올리며 파머가 다른 이름으로 사서함을 개설했다고 했다. 공판 도중에는 오길비 우체국 사서함 42호와 스위트브라이어 우체국 사서함 195호와 관련된 얘기가 더 많이 나왔다. 파머는 사서함 번호를 카드에 적어 지갑에 넣고 다녔고, 그가 사망하자 사서함으로 오던 우편물이 끊겼다. 트라이엄프사가 학교 위원회의 자금으로 지급한 일부 자재 회사는 존재하지 않았다. 파머는 애초부터 유령 회사를 내세워 자재를 조작한 다음 차명으로 여기저기 개설한 사서함으로 돈을 받은 것이다. 가월이 파머에게 돈을 받았을 가능성에 대해 카터가 대놓고 묻자, 매그랜이 진중히 대답했다. "그럴 수도 있습니다. 그 돈이 어디론가 흘러갔거든요."

반면 데이비드 설리번은 ─같은 기간 설리번은 딱 한 번 왔는데, 그게 세 번, 아니 네 번째 면회였다─ 가월이 공모한 사실을 입증하겠다고 자신만만해 했다. 매그랜과 빈번히 논의 중이라면서 대법원에 제출할 자료도

'공동' 수집하고 있다고 했다. 그런데 설리번은 기업 전문 변호사이지 형사 사건 변호사도 아니었고, 카터에게 수임료를 받는 것도 아니었다. 가월의 말이 맞을지도 모른다는 막연하면서도 심상치 않은 의심이 카터의 마음에서 고개를 들었다. 설리번은 카터에게 좋은 인상을 주려고 노력하면서 자기가 헤이즐을 훨씬 많이 만난다는 이유로 혹여 카터가 느낄지도 모를 분노를 달래려고 애쓰는 눈치였다.

그달에 추수감사절이 끼어 있었다. 추수감사절인 일요일에 매그랜이 면회를 왔다. 카터는 그를 만나러 가기 직전에 모르핀 주사를 넉넉히 맞았다-이제는 손가락 사이에 주사를 끼우고 손바닥으로 눌러 직접 주사를 놓았다-. 모르핀을 맞고 사무적인 태도로 면회를 하자 그날 헤이즐이 오지 않아 괜스레 울적했던 마음을 털어내는 데 도움이 되었다. 면회를 마친 후 카터는 병사 침대에 누워 헤이즐이 지금 무얼 하는지 미소 띤 얼굴로 상상했다. 헤이즐이 주인집 수영장 옆에 앉아 햇살에 젖은 채 칵테일을 마시고 설리번과 페노 부부와 웃으며 얘기한다. 스테레오 하이파이 스피커에서 흘러나오는 달콤한 음악이 배경으로 깔린다. 희고 빳빳한 리넨 식탁보를 깔고 그 위에 도톰한 냅킨을 올린 긴 테이블에 앉아 근사한 음식을 연신 즐긴다. 설리번이 건너편에 앉은 헤이즐에게 찬사를 퍼부으며 애정이 넘치는 추파를 던지겠지? 흠, 카터는 상관없었다. 헤이즐은 칭찬을 좋아하니까.

추수감사절인 일요일 밤이 되자 카터는 아무리 모르핀을 맞아도 잠이 오지 않았다. 이따금 웅얼거리며 피트를 찾는 누군가의 신음에 응답하느라 그는 비비적대며 침대에서 일어났다. 그날 밤 매우 초라한 기분이 들었다. 자신이 하찮은 존재 같았고, 보잘것없는 인간 같았다. 운명의 여신

인 신비로운 파르카가 가위를 들고 헤이즐과의 인연 줄까지 잘라버린 듯했다. 기억 속에서 헤이즐이 어느 때보다 또렷이 보였지만 그래 봤자 아무 느낌이 없었다. 두 사람이 이제 더는 부부도 아니고 결혼한 적도 없는 사이 같았다. 헤이즐은 그를 사랑하지 않으며 사랑한 적도 아예 없는 것 같았다. 신기루처럼 믿기지 않았다. 어제만 해도 헤이즐은 내 사람이고 날 사랑하니 아무것도 날 아프게 할 수 없다고 생각했는데.

카터는 도로 침대에 누웠다. 설리번과 헤이즐이 나란히 침대에 누운 모습이 보였다. 사랑을 나눈 뒤 비로소 잠든 것 같았다. 그럴 리가. 페노 부부의 집이니 당연히 설리번이 까치발로 자기 방으로 돌아갔겠지. 카터는 침대에서 돌아누웠다. 그는 그 모습을 정말로 믿지는 않았다. 아니, 믿은 건가? 믿지 않았다면 왜 그런 생각을 했을까? 그 모습이 정말 두렵지 않다면 왜 그런 생각을 했을까? 당연히 두려웠다. 아주 오래전에 인정하지 않았던가.

카터는 몸을 뒤척이며 추한 생각을 쫓아냈다. '올바른 사고방식'에 도달해야 한다. 인간은 희망을 품어야 하는 동시에 상황을 너무 심각하게 받아들이면 안 된다. 엄지만 해도 그렇다. 감옥에서 기계에 양손이 잘린 사람도 있다. 헤이즐이 작성하면서 카터에게도 쓰라고 해서 국회와 인권기구로 보낸 편지가 아무런 결실도 보지 못하고 고작 접수됐다는 짤막한 통지나 공감한다는 인사치레 답신으로 끝나자 올바른 사고방식에 이르기가 힘들었다. 카터는 매그랜이 새로 확보한 증인 조지프 다우디를 생각하며 그가 어떤 사람일지 궁금해 했다. 그러다 검사 측 증인이 떠오르자 신경이 곤두섰다. 루이스 맥베이. 은행 창구 직원인 루이스 맥베이는 카터가 트라이엄프 사에서 발행한 1,200달러 수표를 들고 프리몬트 퍼스트내

셔널은행을 방문한 상황을 기억했다. 트라이엄프가 월러스 파머 앞으로 발행하고 파머가 서명하여 카터에게 넘긴 수표였다. 그날 파머가 급전이 필요하다면서 카터에게 수표 처리를 부탁하는 바람에 카터가 직접 은행에 가야 했다. 부실 건물에 돈을 퍼붓고 사기꾼 도급업자와 엔지니어에게 당해 분노가 머리끝까지 치솟은 학교 이사회와 검사 측이 맥베이를 찾아냈다. 맥베이는 카터가 월러스 파머에게 받은 수표로 그날 뭘 했는지 기억했다. 카터가 수표를 현찰로 바꿔서 자기 주머니에 집어넣었다고 증언했다. 그것은 법적으로 흠결 없는 급료 지급 수표였지만, 흡사 카터가 매수당한 것처럼 보였다. 그 일은 판사와 배심원에게 강렬한 인상을 남겼다.

승강기에서 카시니 박사를 찾는 고함이 들렸다. 카터는 침대에서 일어나 앉았다. 교도관 두 명이 피를 흘리며 반쯤 실신한 수감자를 데리고 바깥쪽 복도에 서 있었다.

다친 이는 곱슬한 금발 머리를 한 젊은이였다. 목에는 자상, 머리엔 열상을 입었다. 머리 쪽 출혈이 가장 심각했다. '수술실'이라고 불리는 병사 끝 구석진 작은 방에 있던 카시니 박사가 청년의 머리를 봉합했다. 의사는 목에 난 상처가 동맥을 비켜갔다고 했지만, 청년은 몇 초에 한 번씩 입으로 피를 왈칵 내뿜었다. 카터는 그 피가 눈부시도록 벌게 보였다. 톱니처럼 생긴 칼에 목이 찔린 것이다. 그는 비슷한 상처를 두 번 보았다. 죄수들이 식당 숟가락으로 만든 칼이었다. 죄수들이 쟁반을 반납할 때 숟가락도 같이 반납하는지 교도관들이 일일이 지켜보는데도 사동에는 저런 칼이 제법 있다고 카시니 박사가 말했다. 박사는 목에 난 상처를 마저 꿰맸고, 카터는 실을 잘랐다.

의료진이 청년을 침대에 눕힌 후 주사를 놓았지만, 청년이 몸을 일으켜 비명을 지르면서 눈에 보이지 않는 적들과 싸우는 통에 카터는 도통 침대로 돌아갈 수 없었다.

"카시니 박사님!" 카터가 소리쳤다.

카시니 박사가 가운 허리끈을 묶으며 투덜투덜 돌아왔다. "아, 저 계집애 같은 놈. 주사가 어디 있더라?"

교도관이 청년의 머리를, 카터가 발을 붙들고 청년을 눕혔다.

"대체 마음 편히 조용히 있을 수가 있나." 병상에 누운 누군가가 투정을 부렸다.

"싫으면 도로 저 동물원에 내려가서 이 녀석처럼 목에 칼이나 맞든가!" 카시니 박사가 일갈했다.

청년은 점차 진정되더니 그제야 새근거리며 늘어졌다. 카터가 침대에서 일어나자 교도관도 손을 흔들며 나갔다.

카터는 자기 침대로 돌아가 옆에 서서 눈을 질끈 감았다. 복도 입구로 새어 들어오는 거머누르께하고 벌건 빛이 그의 심정을 완벽히 대변해 주었다. 신물 나고 거짓된 새벽녘 같았다.

카시니 박사가 씩 웃으며 카터의 어깨를 두드렸다. 카터는 움찔했다. 응급 상황이며 통증이며 피가 카시니 박사를 쾌활한 미치광이로 만든 것 같았다.

"이 환자, 전에도 몇 번 봤습니다. 이름은 미키 캐슬. 보기보다 나이가 제법 있죠. 동성애자 놈들은 젊음을 부여잡는 법을 알죠. 하! 몇 달에 한 번씩 이렇게 찔려서 와요. 저 추잡한 동물원에서."

멀찍이 떨어진 침상에 누운 남자가 카시니 박사의 말소리에 짜증을 내며 쏘아붙였다.

카터가 침대에 주저앉자 박사는 복도를 지나 자기 방으로 돌아갔다. 새벽 3시 20분. 이 밤이 끝나지 않을 것 같았다.

험한 비명에 카터가 베개에서 고개를 들었다. 미키가 다시 침대에서 일어나 휘청거리며 잠결에 허공을 향해 주먹을 휘둘렀다.

카터가 미키에게 다가갔다. "진정해, 미키! 여기 병사라고!"

카터는 다급히 복도로 나가 카시니 박사와 교도관을 호출했다. 교도관은 자리에 없었다. 화장실에 간 게 분명했다. 미키가 카터에게 달려들었다. 카터가 인기척을 느끼고 옆으로 비켜서는 순간 미키가 문설주에 부딪친 후 바닥으로 고꾸라졌다. 이쯤 되니 병사가 시끌벅적해졌다. 카시니 박사가 복도 저쪽에서 달려왔다.

교도관과 카시니 박사가 미키를 다시 침대로 데려가자, 이번에는 미키가 제풀에 쓰러졌다.

"목에서 또 피가 나요." 카터가 지적했다.

"그리 심각한 건 아니니 내가 아침에 살펴보죠." 박사가 대답했다.

고작 45분만 있으면 아침이어서 카터는 토를 달지 않았다. 그는 도로 침대에 누웠다. 목 자상을 봉합한 부위가 붕대 밑에서 터졌을지 모른다는 생각이 스쳤다. 만일 카터가 엄지를 보호하지 않았더라면 문설주로 달려드는 미키를 손으로 막았을지 모른다. 미키가 이렇게 달려들지 않았더라면 카터도 다르게 대응했을 것이다. 그렇다면 자신을 지키고 보호하는 일이 자신이 아닌 타인의 손에 달렸다는 말인가?

미키는 아침에 죽었다. 가장 먼저 눈치챈 사람은 카터였다. 침대 시트와 담요를 흥건히 적신 피가 매트리스 커버 밑에 깔린 고무판 옆으로 고였다. 카터는 그 광경을 보는 순간 불길한 생각이 들었다. 시트와 담요를 걷자니 범죄 현장을 들추는 것 같았다. 역시 예상대로였다.

카시니 박사가 버럭버럭 화내며 교도관들을 욕하고 짐승들을 헐뜯었다. 병사 전체가 울릴 정도로 소리를 내지르자 죄수 환자들이 팔꿈치로 몸을 세우고 귀를 기울였다. 수감자가 살해당했다는 소식에 놀란 눈치였다.

"또다시 이 지경이 됐습니다. 이런 것 하나 막지 못할 거면 저 망할 놈의 교도관들은 뭐 하려고 있답니까? 그렇지만 여러분이 모두 미친개 떼처럼 날뛰면 대체 누가 막을 수 있을까요?"

카터는 다른 이들처럼 말없이 서서 들었다. 조식 쟁반이 화물용 승강기에 그대로 실려 있었다. 카시니 박사가 열변을 토하려고 시신이 누운 침대를 소품으로 활용하는 바람에 카터와 피트는 피로 물든 시트에 아예 손도 대지 못했다. 박사가 하는 말이 상당히 고귀하고 진실하게 들렸다. 덕분에 카터는 의식을 거의 잃고 병사에 실려 왔을 때 박사가 처음으로 한 말이 떠올랐다. 그러나 박사의 정당한 분노는 오래가지 않았다. 그의 몸 안엔 최소 두개의 자아가 존재했다. 카터는 박사가 모르핀을 맞는다는 확신이 들었다. 박사가 기거하는 방에 모르핀이 쌓인 걸 보았기 때문이다.

그날 카터는 헤이즐에게 편지를 쓰지 못했다. 미키 때문만이 아니라 이 모든 상황에 몸이 부들부들 떨렸다. 양손 엄지 엑스레이 사진의 판독을 맡길 만큼 박사가 믿을 만한 사람일까? 카터는 의구심이 들었다. 수술을 맡길 만큼 믿음직스러운 사람일까? 악몽처럼 암울한 가능성만 남았다. 카터는 일곱 번째 모르핀 주사를 직접 놓은 다음 9시부터 잠자리에 들었다. 그날은 헤이즐의 편지가 오지 않았다. 토요일에 설리번과 여행을 갔으니 편지 한 통 쓰지 못할 정도로 바빴겠지. 그래도 서둘렀더라면 엽서 한 장은 보냈으련만.

불길한 생각이 한밤중에 그를 덮쳤다. 카터는 그가 감옥에 있는 동안 헤이즐에게 더 큰 도시로 이사 가라고 해야겠다는 생각이 들었다. 아내는 면회를 자주 올 수 없는 뉴욕 같은 곳으로는 이사 가기 싫다고 할 것이다. 그래도 카터는 우겨야 한다고 다짐했다. 헤이즐이 뉴욕으로 이사를 가야 데이비드 설리번을 떼어 놓을 수 있다. 카터는 한숨을 내쉬었다. 사실 그게 가장 큰 목적은 아닌데. 진짜로 중요한 목적은 그게 아닌데.

일요일이 되자 카터는 아내에게 이사 얘기를 꺼냈다.

"뉴욕이라." 헤이즐이 잠시 입을 다물었다. 카터는 아내의 얼굴을 살피며 그녀가 이사를 고려해 봤다는 걸 눈치챘다. "싫어, 여보. 바보 같은 소리 하지 마. 내가 뉴욕에서 뭘 하겠어?"

"그럼 여기에선 뭘 하는데? 그 동네가 얼마나 따분한지 내가 알아. 이사 와서 1년 동안 정말 괜찮은 사람을 본 적도 없잖아."

"내가 지난주 편지에도 적었지만, 엘시가 개업한다는데 동업할지도 몰라. 엘시는 돈이 아니라 힘든 일을 할 사람이 필요하거든."

"엘시는 쉰이 넘은 여자라고. 궂은일은 죄다 당신이 해야 할 거야."

"그 동네엔 괜찮은 의상실이 없거든."

"그런 가게를 단골로 삼을 만큼 고상한 취향을 갖춘 사람이 있기나 해? 당신, 그 형편없는 동네가 이제 재미있어진 거야?"

"그곳에 사는 동안은……"

"여보, 난 당신이 거기 사는 게 싫어. 한 달, 아니 일주일도 싫다고! 난 당신이……"

"조용!" 교도관이 카터에게 걸어오며 경고했다. "여기 혼자 쓰나?"

카터는 숨 죽여 욕을 내뱉은 다음 헤이즐을 쳐다보았다. 헤이즐이 그의 욕설을 들었다는 걸 알았다. 정확히 말해 욕하는 모습을 본 것이다. "미안. 무슨 말이냐면, 지금 당신이 여기에서 30킬로 떨어진 곳에 산다고 해서 내가 더 빨리 나가는 게 아니라고." 시계를 보았다. 6분 남았다.

"이 얘긴 더 하고 싶지 않아. 당신이 날 보고 싶어 하는 만큼 나도 당신이 보고 싶어. 그게 다야. 현재로선."

카터가 탁자 위에 손가락을 튕기며 할 말을 간절히 찾았다. "있잖아, 추수감사절에 좋았다고?"

"난 좋았다고 한 적 없어. 괜찮았다고 했지."

헤이즐이 나의 무슨 행동 때문에 화가 났을까? 욕을 해서? 뉴욕으로 가라고 해서? 남은 시간이 너무 부족하니 오해를 풀 시간도 없군. "여보, 나한테 짜증 내지 마. 못 참겠어."

"당신한테 짜증 내는 거 아니야. 당신은 이해를 못해." 헤이즐이 쏘아붙이더니 시간이 되자마자 자리를 뜨려고 안달 난 사람처럼 시계를 들여다보았다.

그날 밤 카터는 영화를 보러 갔다. 앞으로 감옥에서 영화를 더 자주 볼 작정이다. 그런데 상영 목록이 지금도 과거에도 그가 감옥에 들어오지 않았더라면 시간 낭비라 절대로 보지 않을 영화들이었다. 카터는 청소 담당 알렉스가 그의 단추를 채워주면서 건네는 질 떨어지는 추잡한 농담을 신나게 듣고 있는 자신을 발견했다. 어느 정도 타협하지 않았더라면, 영화를 보지 않았더라면, 농담 삼아 건네는 난잡한 얘기를 듣지 않았더라면 그는 미쳐버렸을 것이다. 징역살이에 완강히 저항하는 죄수들은 영화도 거부하고 출소 날짜만 세면서 동물원 우리를 거니는 짐승처럼 살짝 미친다. 카시니 박사가 이런 케이스에 대해 언급한 적이 있었다. 신체적으로 전혀 문제가 없는데도 병사로 오는 수감자들은 아예 미치거나 너무 다루기가 버거워서 자리가 나기만 하면 상위 기관인 주립정신병원으로 보낼 수밖에 없다는 것이다. 감옥에서 제일 잘 지내는 수감자들은 신체 건강하고 그들에게 관심을 보이는 누이나 형제, 엄마조차 없는 혈혈단신이라고 했다. 그들은 감옥에서 벌어지는 모든 것들을 냉소적으로 크게 껄껄 웃어 넘긴다. 영화는 물론이거니와 구기 시합까지 절대로 놓치지 않는다. 교도관들도 그들을 좋아하는 눈치다. 누군가의 질문에 그들은 감옥으로 오게 된 행위가 뭐든 그 짓을 다시 저지르겠다고 할 것이다. "사회학 책에서 말하듯 난 이곳에서 내 방식을 개선하고 있다고. 하하!"

교도소 신문은 설교했다. 선행을 베풀라, 신을 만나라, 장사를 배워라, 더 나은 인간이 되도록 기도하라, 자신의 실수를 되돌아볼 시간이 주어지는 수감 생활을 축복으로 여겨라 등등. 4면짜리 신문 『더 아웃룩』은 교도소장 칼럼을 제외하고 수감자들의 글로 전부 채워졌다. 여느 글과 마찬가지로 소장의 칼럼에도 문법적 오류가 다분했다. 카터는 쓰레기 같은 신문을 여러 차례 집어던졌다. 형편없는 만화, 성경 말씀, 진부한 농담, 사회 밑바닥에서 건져 올린 것 같은 야구, 농구 선수단까지. 그는 침대 발치나 바닥으로 신문을 내동댕이치면서 조용히 질리도록 외쳤다. "젠장."

7

헤이즐이 엘시 마텔과 의상실 동업을 시작했다. 5월에 보낸 편지에는 가게 인테리어와 이런저런 색상과 관련된 설명으로 가득했다. 헤이즐은 카터가 여성복에 별로 관심이 없다는 걸 알면서도 의상실에 있는 원피스와 수트의 디테일까지 늘어놓았다. "당신은 내가 입은 원피스만 좋아하네." 전에 이렇게 말한 적도 있었다.

'드레스 박스' 의상실은 메인 스트리트에 있었다. '대형 드럭스토어 근처'라고 헤이즐이 편지에 적었다. 프리몬트 메인 스트리트에 위치한 드레스 박스의 동업자 헤이즐. 근사하고 벌이도 짭짤해 보였다. 그런데 헤이즐이 가게에서 도배하고 새로 들인 드레스 선반을 칠하는 동안 데이비드 설리번이 밤 8시에 차를 몰고 와서 같이 저녁을 먹으러 여러 번 나갔다는 얘기가 적혀 있었다. 그걸 보는 순간 카터는 정신이 번쩍 들었다. 설리번이 저녁식사에 엘시까지 데려간 건 한 번뿐이었다. 그건 설리번이 정말 잘한 일이지만 적어도 세 번은 헤이즐만 데려갔다. "돌아가서 뭐라도 손봐야겠다는 생각이 안 들 정도로 대접을 성대하게 받았어. 내가 녹초가 될 정도로 지친 상태라 데이비드는 나와 같이 있는 게 그저 그랬을 거야. 너무 힘이 들어서 춤도 못 췄다니까. 그게 미안하더라고. 어느 정도였는지 상상이 가지?" 그 무렵 헤이즐은 티미의 끼니를 챙기러 저녁 6시면 집에 들렀다. 옆집에 사는 밀리라는 학생이 티미를 자주 봐주었다. 티미는 혼자 있는 오후에도 대견하게 잘 지냈다. 스쿨버스에서 내려서 목에 걸고 다니는 열쇠로 현관문을 직접 따고 들어가 헤이즐이 냉장고에 늘 준비해두는 간식을 꺼내 먹었다.

카터는 남는 시간에 불어 공부를 했다. 헤이즐이 불어 사전과 베를렌(프랑스의 서정 시인) 전집은 물론, 뉴욕에서 주문한 공쿠르상 소설 부문 최신 수상작을 보내주었다. 카터는 고교부터 대학 시절까지 5~6년간 불어를 공부했다. 이제 읽기 실력은 대학 시절보다 월등히 늘었지만 말하기는 별개였다. 불행히도 연습할 상대가 아무도 없었다.

그는 알렉스에게 가라테를 배우기 시작했다. 어느 날 알렉스가 뜬금없이 물었다. "가라테 배울래? 배워둬. 엄지가 망가진 손으로는 누굴 세게 때리지 못할 테니." 카터는 알렉스에게 핵심을 찔린 것 같았다. 누군가를 때려야 할 일이 생길지도 모른다. 시간 때우기라는 목적도 있고 해서 카터는 알렉스에게 가라테를 배웠다. 알렉스는 카터보다 키가 작았지만 몸무게는 엇비슷했다. 모의 시합을 할 때면 알렉스는 카터의 엄지를 건드리지 않으려고 조심했다. 두 사람은 복도에서 연습했다. 복도에서 근무하느라 따분해진 교도관이 둘이 연습하는 모습을 보고 놀라기도 했다. 근무자는 주로 클라크였다. 알렉스가 지저분하고 울퉁불퉁한 매트 두 장을 어디선가 구해와 바닥에 깔았다. 카터는 3주간 연습한 다음 헤이즐에게 적었다. "알렉스한테 가라테를 배우고 있어. 군대에서 배웠다는데 의외로 많이 알더라. 그래도 가라테 교본 한 권만 보내주겠어? 프리몬트에 있는 서점에서 주문해줘." 카터는 엄지 때문에 손목을 쓰면서 쥐고 당기는 기술은 여전히 서투르지만 손날로 치는 동작은 제법 한다고 적고 싶었다. 그러나 적지 않기로 했다. 헤이즐이 폭력이라면 치를 떨기 때문이다. 알렉스가 가르쳐준 동작 중에 울대뼈를 가격하는 기술이 있었다. 알렉스는 그걸 '한 방에 보내는 기술'이라고 불렀다. 헤이즐이 보낸 가라테 교본은 검열에 걸리는 바람에 카터가 구경도 못한 채 반송되었다. 그래도 교도관이 지켜보는 앞에서 가라테 연습은 가능했다. 카터는 손날로 마룻바닥을 때려 굳은살이 박이도록 연습했지만, 그 동작을 하면 엄지가 상당히 불편해서 잘되지 않았다.

남부의 여름은 길고 무더웠다. 비교적 고지대에 있는데도 교도소에는 바람 한 점 불지 않았다. 바람이 불어도 덥긴 매한가지였지만, 그래도 들판에 나간 죄수들은 허리를 펴고 따가운 햇살을 막아주는 모자를 벗고 불어오는 바람에 땀이 찬 이마를 식혔다. 허름한 교도소 벽돌과 돌벽은 몇 주 내내 햇빛을 품었다가 열기를 내뿜었는데, 겨울에 냉기를 빨아들이는 것과 비슷했다. 8월이면 사동은 초대형 오븐으로 변했다. 바람 한 점 불지 않아 밤에도 숨이 턱턱 막히고, 죄수들이 배출한 오줌과 땀 냄새가 진동했다.

8월이면 프리몬트가 텅 빈다고 헤이즐이 전했다. 그 동네 사람들이 더위에 취해 절대로 집 밖을 나서지 않는다는 것이다. 그래서 헤이즐은 데이비드 설리번과 뉴욕으로 떠났다. 설리번의 친구 놀튼 부부가 현대미술관 맞은편 웨스트 53번가에 있는 아파트에 살았는데 8월 한 달간 유럽으로 여행 가면서 에어컨이 달린 아파트를 설리번에게 내주었다. 카터는 헤이즐이 뉴욕에 간다는 소리를 듣고 처음엔 경악했고 다음엔 분노했다가 그저 망연자실해졌다. 패배감 때문이었다. 헤이즐의 편지를 읽으며 사흘간 감정의 굴곡을 경험했다. 놀튼 부부에겐 스물한 살 된 딸이 있었다. 뉴욕 외곽에 있는 리조트에서 여름에 일하다가 주말에 쉬던 그 집 딸이 집에서 2주간 지낼 예정이라는 건 사실이었다-보아하니 펜트하우스가 딸린 대형 아파트 같았다-. 게다가 헤이즐이 티미를 데려가는 것도 사실이었다. 그런데 아파트가 워낙 넓다 보니 사생활 보호가 잘되는 만큼 수상쩍었다. 간단히 말해 둘이 부부라고 하고 호텔에 체크인한 후 같은 방에 투숙한 거나 다름없었다. 카터는 이렇게 적어 보냈다. "호텔에 묵을 돈이 없어?"

헤이즐이 답장했다. "뉴욕 호텔에서 한 달간 지내려면 돈이 얼마나 드는지 알기나 해? 더군다나 티미를 데리고 매번 외식하라고? 일요일 면회 가서 자세히 얘기해, 우리."

일요일에 헤이즐이 해명했다. "여보, 난 데이비드가 참 좋아. 정말 그래. 맹세컨대 데이비드하고는 그저 허물없는 사이야. 오래 신은 구두처럼 말이지." 헤이즐은 대답한 후 문득 기분이 좋아졌는지 웃었다. 프리몬트 집에서 둘이 같이 살 때도 카터는 보지 못한 표정이었다. 이제 설리번이 카터의 집을 편안히 여겼다. 오래 신은 구두처럼.

"설리번은 당신하고 허물없는 사이라고 생각하지 않을 텐데." 카터는 웃음기를 빼고 말했다.

헤이즐이 그를 쳐다보더니 눈썹을 치켜세웠다. "그렇담 당신은 내가 뉴욕에 가는 게 싫다는 말이네. 데이비드와 같이 가는 게 싫지? 어서 말해봐. 당신한텐 그럴 권리가 있어."

카터는 망설였다. 설리번이 헤이즐 혼자라면 갈 수 없는 곳으로 데려다준다. 설리번과 같이 있으면 헤이즐이 훨씬 즐거워한다. 카터는 아내에게서 그런 재미를 앗을 수는 없었다. "아냐, 안 싫어."

헤이즐이 슬그머니 안도하더니 그를 바라보며 미소를 지었다. "그럼 남녀 사이에 플라토닉 사랑 같은 건 존재하지 않는다는 말이었어?"

카터가 미소를 지었다. "응, 맞아."

"여자의 관점에서 말하자면, 플라토닉 사랑은 확실히 존재해."

"여자의 관점이라. 그건 남자의 관점과 절대로 같지 않아."

"남성 우월주의자야, 뭐야."

"나이 들었거나 별 매력이 없는 여자라면 그럴 수도 있어. 하지만 당신은 너무 예뻐. 그래서 신경 쓰여."

아무튼 헤이즐이 떠났다. 헤이즐이 엽서와 편지를 연달아 보내는데도 카터는 8월 한 달을 넘기기가 버거웠다. 티미는 자연사 박물관을 좋아한다고 했다. 하루는 설리번이 티미를 천문관에 데려간 사이 헤이즐이 쇼핑가서 세일하는 구두 세 켤레를 샀다. "검정색 에나멜 구두는 아껴 두었다가 당신하고 춤을 추게 되는 날 밤 처음 개시할 거야. 최근에 찍은 엑스레이 보고 카시니 박사가 뭐래?"

카시니 박사는 헛소리를 늘어놓았다. 카터의 두 번째 뼈마디 끝이 비정상적으로 비대해져서 관절에 도로 끼워 넣을 수 없다는 게 골자였다. 뼈 맞추기 수술은 카시니 박사의 능력을 아예 벗어나는 일이라 카터는 말도 꺼내지 않았다. 그는 수부외과 전문의에게 가보고 싶었다. 그러나 대법원 심리가 끝나는 가을께나 12월은 되어야 나갈 수 있어서 8월에 전문의의 검사를 받겠다고 조르지 않았다. 전문의를 만나러 외출할 경우 교도소장의 승인을 받아야 하며 반드시 무장 호송을 해야 했다. 절차가 워낙 번거롭다 보니 카터는 생각만 해도 당혹스러웠다. 엄지의 부기가 제법 가라앉아서 지금은 붕대를 두르지 않았다. 그러나 살갗은 벌겠다. 속에서 통증이 뭉근히 우러나 피부가 달아오른 것처럼 보였다. 양쪽 엄지에 힘이 하나도 없는 게 당연했다. 아예 필요 없진 않아도 맹장만큼 쓸모없었다. 아예 쓸모가 없었다면 카터는 엄지 절단 수술을 고려했을지도 모른다. 여전히 최소 네 번은 주사를 맞았고, 모르핀 주사량은 하루에 390밀리그램 정도였다. 그만큼은 꼭 맞아야 했다. 처음에는 하루 65밀리그램에서 130밀리그램 정도로 시작했지만 점차 중독되어 양이 늘었다.

헤이즐과 티미는 3주하고도 이틀이나 떠나 있었다. 헤이즐이 토요일 비행기를 타고 돌아온다니 그다음 날이면 만날 수 있다. 모자가 도착하는 토요일, 그날은 폭염으로 일곱 명이 열사병으로 쓰러져 병사로 실려 왔다. 카터는 로렌스 매그랜이 보낸 편지를 받았다. 매그랜은 대법원에 상고한 건에 대해 심리불속행(본안을 심리하지 않고 상고를 기각하는 결정) 판결이 내려졌다며 굉장히 유감스럽다고 적었다.

카터의 반응이 이상했다. 그는 편지를 든 채 침대에 걸터앉았다. 전혀 충격을 받지 않았다. 지난달만 해도 재판을 새로 받는다며 자신 있어 하던 그였다. 그런데도 놀라거나 낙담하지 않았다. 매그랜은 파머가 수표를 현찰로 바꾸는 걸 목격한 이를 세 명 더 확보했고, 파머가 다람쥐처럼 돈을 빼돌린 기존 은행 세 곳 말고도 두 곳을 추가로 알아냈다. 이런 상황이 '결정적 추가 증거'이자 재판을 새로 받을 정당한 근거가 되리라고 카터는 확신했다. 파머가 예치한 돈이 5만 달러를 넘지는 않았지만 매그랜도 확신했다. 매그랜은 자신도 놀랐으며 정말 유감이라면서 이번 주나 다음 주 일요일에 면회를 오겠다고 했다. 카터는 일어나 병사 끝 창가로 향했다. 800미터 떨어진 곳에 이글거리는 햇살을 받아 번쩍이는 거대한 아치형 간판이 보였다. 놀이동산이나 공원묘지 입구에 걸린 것 같은 간판이 교도소로 오가는 길 위에 걸쳐져 있었다. '주립교도소'라고 적힌 글자가 뒤집혀 보였다. 열기가 없는 청명한 날이면 저 글자가 창으로 또렷이 보였다. 검은 자동차 한 대가 흙먼지를 일으키며 간판을 향해 달려가더니 그 밑을 통과해 바깥세상으로 향했다. 헤이즐은 아직 모르겠지, 카터는 문득 생각이 스쳤다. 지금 헤이즐이 비행기 안에 있다. 그녀가 탄 비행기가 오후 7시 10분에 착륙할 예정이다. 헤이즐이 시속 몇백 킬로미터 속도로 집으로 날아오는 중이다. 이 씁쓸한 소식을 들으려고.

"감옥에 있으니 감정이 죄다 메마르는군." 카터는 혼잣말했다. 바로 이점 때문에 화가 치밀었다.

7시 30분이 되자 생각이 완전히 바뀌었다. 카터는 복도 끝 카시니 박사 방에 있는 타자기 앞에 앉아 로렌스 매그랜에게 진땀을 빼며 -타자기를 두드리는 일에 한정하자면- 편지를 썼다. 매그랜의 편지와 소식을 확인한 후, 아래와 같이 답장을 작성했다.

이제 희망은 다 사라졌습니다. 혹시나 데이비드 설리번이 새로운 사실을 확보하고 파머의 활동과 그레고리 가월이 연루되었다는 특정 사실을 조사하다가 뭔가 알아낼 가능성만 남았네요. 만일 가월이 연루되었다면 예금을 여러 은행에 분산 예치했을 겁니다. 그게 밝혀진다 해도 제 혐의가 아주 약간 옅어지는 정도겠지만, 혹시나 설리번이 증인을 더 찾아낼지도 모르잖습니까? 아내 말로는 설리번이 아직도 이번 사건에 상당히 관심을 갖고 있다고 하더군요. 증인을 여덟 명, 아니 열 명을 찾아낸다면 현재 고작 몇 명만 확보한 것보다 훨씬 의미 있지 않을까요?

겨우 8시를 막 넘긴 시각부터 카터는 잠을 청했다. 너무 낙심해서 온몸이 뻣뻣하게 굳어 보통 잠자리에 들기 전에 맞던 모르핀 주사를 맞을 수가 없었다. 양쪽 엄지가 뭉근히 쑤시는 바람에 부아가 나서 잠이 오지 않았다. 얼마나 오래가려나? 새벽 1시경이면 통증이 극심해져 주사를 맞아야 할 것이다. 카터는 모르핀이 또 다른 적으로 보였다. 감옥처럼 모르핀도 그를 가두겠지? 모르핀은 호기심을 불러일으키는 원수가 되었다. 원수이자 벗. 마치 살아 있는 사람 같았다. 데이비드 설리번처럼. 법도 마찬가지였다. 어떤 때는 사람을 보호해 주지만, 또 어떤 경우엔 괴롭힌다는 데에 의심의 여지가 없었다.

일요일에 면회를 왔을 때 헤이즐은 이미 소식을 들은 상태였다. 카터는 면회실로 들어오는 헤이즐의 얼굴을 보는 순간 눈치챘다. 헤이즐이 억지 미소를 지었고, 늘 교도관과 죄수들의 눈길을 사로잡던 반짝거리는 광채가 전혀 돌지 않았다. 일요일 아침에 설리번이 매그랜에게, 매그랜이 그녀에게 전화로 전했다고 헤이즐이 털어놓았다.

"미안해, 여보." 카터가 사과했다. 헤이즐이 보낸 숱한 편지가 떠올랐다. 분노가 가득한 편지, 인내하고 고쳐 쓴 소박한 편지, 지역 신문사와 『뉴욕 타임스』는 물론 주지사에게 보낸 정중한 탄원서까지. 아내는 매번 그에게 복사본을 보내 주었다.

"데이비드도 왔어. 당신을 만나고 싶대."

헤이즐이 맥없이 말하자 카터는 꿋꿋해 보이려고 최대한 노력했다. "매그랜 말로는 대법원에 다시 상고하는 걸 막는 법령은 없대. 매그랜이 오늘 온다는 말은 없었지?"

"없었어. 매그랜이 데이비드한테 뭐라도 말했겠지."

두 사람은 헤이즐과 티미가 뉴욕에서 즐거웠던 일을 얘기하려고 애썼다.

"프리몬트로 돌아왔으니 티미가 엄청 심심하겠네?"

"오, 여보!" 헤이즐이 별안간 두 손으로 얼굴을 감싸며 몸을 앞으로 숙였다.

헤이즐의 정수리가, 반짝이는 머리칼이 카터의 손에 닿을 듯했지만 유리벽에 가로막혔다. "여보, 울지 마." 카터가 억지웃음을 지으며 말했다. "아직 8분이나 남았어."

헤이즐이 고개를 들고 뒤로 물러나 앉았다. "울긴 누가 울어." 그녀는 촉촉한 두 눈으로 차분히 대답했다.

뉴욕에서 있었던 이런저런 얘기를 하다 보니 면회 시간이 끝났다.

"오늘 밤에 편지할게." 헤이즐이 나가면서 말했다. "데이비드가 들어올 테니 계속 앉아 있어."

설리번이 곧바로 면회실로 들어왔다.

"면회가 또 있어서요." 카터가 설리번을 가리키며 말했다.

교도관이 카터에게 면회를 신청한 설리번의 출입증을 확인했다. 카터와 설리번이 서로 마주 보고 의자에 앉았다.

데이비드 설리번은 대략 35세 정도로 보였고 카터보다 5센티가량 컸다. 수감된 이후 카터의 몸무게가 7킬로 정도 빠졌음에도 설리번이 훨씬 호리호리했다. 설리번도 카터처럼 눈동자가 파란색이었지만 훨씬 깊어 보였다. 작은 눈에서 뿜어져 나오는 눈빛은 좀처럼 흔들리지 않았다. 차분하고 침착하며 사려 깊은 것이 설리번다웠다. 그는 대법원 기각 건으로 카터를 아낌없이 위로했다.

"당연히 다시 신청하실 수 있죠. 매그랜도 그걸 염두에 두었을 겁니다. 이번 일을 실패로 여기지 마세요, 필립. 증거를 더 많이 챙겨서 다시 대법원에 신청합시다. 시간을 더 많이 들여서 증거를 수집하겠습니다."

카터는 양가적인 기분이 들었다. 생각도 두 갈래로 나뉘었다. 설리번이 카터의 사건을 취미로 삼은 것 같은 느낌을 받았다. 앞으로 몇 년 후 혹시나 설리번이 회고록을 쓴다면 당혹스럽고 골치 아팠던 카터의 사건에 몇 페이지를 온전히 할애할 것이다. 카터의 아내였던 그녀가 내 아내이자 반려자가 되었다. 카터는 뒤숭숭해진 마음을 감지하고 귀를 기울이려고 애썼다.

"가월에게 똑같이 하고 있습니다. 다시 말씀드리자면, 튜팅이 파머에게 했던 그대로 제가 가월에게 하는 중이죠. 지금 가월이 주류 거래상과 한 거래까지 살피는 중입니다. 가월이 돈을 언제 어떻게 썼는지 증거가 쏟아져 나올 겁니다. 제 말을 믿으세요. 안타깝게도 영수증을 보관하지 않은 거래상이 많긴 하지만요." 설리번의 그을린 이마에 주름이 잡혔다. 그는 재떨이에 담배를 비벼 끄면서 눈이 부신지 눈썹을 치켜세웠다. "가월이 뉴욕에서 최소 두 번 파머와 접촉했습니다. 둘이서 같은 호텔에 묵지 않을 정도로 몸을 사렸고, 같은 비행기로 뉴욕에 가지도 않았습니다. 여기까지가 제가 뉴욕에서 조사한 내용 중 일부입니다. 제가 뉴욕에 있는 호텔 열 곳, 아니 스무 곳을 조사했거든요."

조사한 내용 중 일부라니.

"전수 조사하려면 시간이 걸립니다. 이렇게 누추한 곳에 갇혀 있는 게 즐겁진 않으시겠지만……." 설리번이 주위를 돌아보고 천장을 살폈다. "세기가 바뀔 때, 아니 그 전에라도 여길 부쉈어야 했습니다만."

"아예 짓지를 말았어야죠."

"그 말씀이 더 맞겠네요." 설리번이 웃으며 대답했다. 치열이 골랐다. 긴 얼굴에 비해 치아가 약간 작았고 입매도 오종종해 보였다.

카터는 파머가 뉴욕에 있던 기간 동안 가윌도 그곳에 간 사실을 말해 줬어야 했다는 걸 깨달았다. 가윌도 파머처럼 유흥을 즐기는 미혼이었으니 파머의 애인들까지 공유했을 것이다. 그러나 애기하지 않았다. "뉴욕에서 즐거우셨다면서요? 헤이즐이 그러더군요."

"헤이즐이 즐거웠기를 바랍니다. 헤이즐은 저녁에만 같이 어울리고 주로 혼자 다녔어요. 전 제 오랜 친구들에게 헤이즐을 소개했고, 헤이즐은 그쪽 친구들에게 절 소개하느라 저녁에는 사교 모임이 많았죠. 티미는 거의 저희와 같이 다녔어요. 친구들 집에 자주 갔었죠. 그래야 티미가 잠이 들면 뒷방에 눕혀둘 수 있었으니까요."

"헤이즐의 인내심에 대해 어떻게 생각하십니까? 저보다 헤이즐과 더 많은 시간을 보내는 분이시니."

설리번의 표정이 점점 굳었다.

카터는 대답을 기다렸다. 그가 물은 질문이 너무 애처롭거나 설리번의 생각에 너무 목매는 듯 들리지 않기를 바라며.

"헤이즐이 이번 의상실 사업에 합류한 건 잘했다고 생각합니다. 할 일이 생겼으니까요. 그동안 할 일이 없었다는 말이 아니라, 정신을 딴 데로 돌릴 데가 생겼다는 뜻입니다. 헤이즐은 강인한 여자입니다. 의지가 대단해요."

"헤이즐은 당신이 무척 좋다더군요."

"아, 그랬습니까? 그랬으면 좋겠네요." 설리번이 덤덤히 대답했다.

"보아하니 당신도 헤이즐을 좋아하는 게 확실하네요. 그렇지 않다면 헤이즐과 그리 붙어 다니진 않으시겠죠."

설리번이 경계하듯 눈을 깜빡이다가 슬그머니 웃었다. 별로 걱정하는 표정은 아니었다. "필립, 제가 헤이즐에게 조금이나마 흑심을 품었다면 여기까지 면회를 왔겠습니까? 저든 누구든 이렇게까지 위선을 떨 거라 생각하시나요?"

가월이 설리번더러 굉장히 위선적이라고 했다. "당신이 흑심을 품었다는 말이 아닙니다만." 카터는 이제 불편해진 마음으로 반박했다.

"헤이즐은 제가 만나본 여자 중에서 가장 정조 관념이 강합니다."

설리번이 헤이즐을 건드려봐서 아는 건가?

"모든 면에서 그렇습니다. 헤이즐은 늘 당신 얘기만 해요. 당신한테 편지를 썼다, 면회를 갔었다, 프리몬트 주변을 드라이브할 때면 헤이즐은 저기가 당신이 거닌 곳이라는 둥, 둘이서 피크닉을 갔다 온 장소라는 둥 그쪽을 가리킵니다." 설리번이 어깨를 으쓱하더니 이제 수심 어린 표정을 지으며 탁자 위로 고개를 숙였다. "헤이즐은 당신이 출소하면 하고 싶은 일도 얘기하더라고요. 유럽에 가고 싶대요. 두 분이 예전에 유럽 여행을 다녀오셨다고요?"

"네." 두 사람은 유럽으로 신혼여행을 다녀왔다. 숙부 존과 숙모 에드나 부부의 선물이었다. "헤이즐을 사랑합니까?"

설리번의 뺨에 홍조가 번지더니 멍한 듯 진지한 표정으로 바뀌었다. "그걸 제게 묻는 이유를 모르겠네요."

카터가 씩 웃었다. "물론 이유는 없습니다. 그냥 묻는 거예요."

"그건 하나도 중요하지 않다고 생각합니다."

"대답해 보시죠. 제겐 상당히 중요하거든요."

"좋습니다. 그렇게 물으시니 대답하겠습니다." 설리번이 다시 건조하고 딱딱한 목소리로 말했다. "헤이즐을 사랑합니다. 그렇다 한들 제가 할 수 있는 건 아무것도 없습니다. 뭘 해보려고 하지도 않지만요."

"헤이즐에게 말씀하셨나요?"

"네. 헤이즐이 말도 안 된다고 하더군요. 그러더니 더는 안 만나는 편이 낫겠다면서 속상해했어요. 그런 것 같더라고요." 설리번이 카터를 힐끔거리며 털어놓았다. "결과적으로, 저도 고백한 걸 후회합니다."

카터는 설리번의 얼굴에 시선을 그대로 두었다.

"그래서 알겠다고 했죠. 다시는 그 말을 꺼낼 필요가 없었습니다. 그래도 전 여전히 헤이즐을 보는 게 좋습니다."

"그렇군요." 카터는 설리번을 아예 보지 않고 말했다. 그는 언제라도 터질지 모를 위험한 상황에 부닥쳤음을 깨달았다.

"고백한 건 6개월 전이었고, 그 이후론 한마디도 안 꺼냈습니다." 설리번이 카터를 차분히 쳐다보았다. 진지하고 침착한 것이 마치 스스로를 심히 고귀하게 여기는 것 같았다.

"이런 자학을 즐기시나요?"

"자학이라 생각하지 않습니다. 헤이즐을 아예 못 보는 것보단 나으니까요." 설리번이 미소도 장난기도 쏙 빼고 대답했다.

카터가 고개를 끄덕였다. "제가 감옥에 있지 않았다면 당신이 그런 말을 했겠습니까? 헤이즐과 사랑에 빠지기나 했겠냐고요!"

설리번이 잠시 뜸을 들였다. "모르겠습니다."

"아뇨, 당신은 알고 있어요." 카터가 비아냥거리며 말했다. 설리번은 카터에게 얼굴을 찔리기라도 한 듯 이 말에 뜨끔한 것 같았다.

설리번이 탁자 뒤로 의자를 밀며 다리를 꼬았다. "맞는 말씀이네요. 물론 그것과도 조금은 상관이 있겠죠. 전 당신이 얼마나 오래 감옥에 있을지 몰랐고, 헤이즐도 마찬가지였습니다. 우리 중 누구도 몰랐죠. 사랑에 빠진 건가? 남자라면 자문할 수도 있죠. 제가 한 게 바로 그겁니다."

카터는 손을 탁자 위로 올리고, 쥐고 있던 성냥갑을 엄지로 꽉 눌렀다. "당신이 헤이즐한테 그런 말만 했을 뿐, 뭘 바라진 않았겠죠."

"전 헤이즐한테 아무것도 바라지 않고 사랑한다고 말했을 뿐입니다. 그 이상 선은 넘지 않았어요."

카터는 그 말이 믿기지 않았다. 그런데 설리번의 말대로 헤이즐이 아직도 설리번을 기꺼이 만나려는 걸 보니 그의 고백이 그렇게까지 짜증스럽거나 성가시진 않은 모양이었다. 카터는 헤이즐을 안다. 짜증나는 사람이라면 헤이즐은 그게 누구든 어울리지 않는다. 그것이 이 그림에서 가장 중요한 사실이었다. "이익이 상충하는 상황에서 일하시는 것 같군요. 헤이즐을 사랑하는데 절 이곳에서 꺼내려고 하시니까요."

설리번이 웃었다. "말도 안 되는 말씀이십니다. 헤이즐에 관해서라면, 당신이 이 안에 있든 말든, 제게 가능성은 같아요. 중요한 건 가능성이 제로라는 점이죠."

설리번은 카터가 감옥에 가느라 이 판에서 빠지지 않았더라면 헤이즐에게 고백하지 않았을 거라고 털어놓았다. 그런데 이게 말이 되는 얘긴가? 카터는 의아했다.

설리번이 계속 말을 이었다. "그렇게 말씀하실 수도 있겠습니다만, 제가 진심으로 헤이즐을 아끼기에 헤이즐이 원하는 걸 얻도록 도울 겁니다.

그게 바로 당신이거든요."

카터는 탁자 위에서 팔꿈치를 세운 채 양팔을 벌리며 미소를 지었다. 이런 대화에 어울리는 원색적인 교도소 은어 몇 가지가 떠올랐다. "전 기사도의 시대가 있었다는 걸 더는 믿지 않아요."

"분명 믿으실 텐데요. 헤이즐이 해준 이런저런 말들에 비추어 보면요. 교도소에 계시다고 무뎌지시면 안 됩니다."

카터는 아무 말도 하지 않았다.

"제가 가월 조사를 질질 끈다고 생각하십니까?" 설리번이 몸을 앞으로 빼며 물었다. "지금 가월이 전 직장에서 어땠는지도 캐고 있습니다. 뉴올리언스에서 피츠버그를 거쳐 지금 직장까지요. 가월도 알고 있죠. 트라이엄프 사건은 무죄일지라도 과거가 깨끗하지 않아요. 말은 퍼지기 마련이라 가월이 발악하는 중이죠. 드렉셀 사장도 알고 있습니다. 제가 가월에게 제기한 의심만으로도 드렉셀이 가월을 해고할 수도 있습니다. 가월을 잘라야 하는데 그랬다간 너무 지나친 처사처럼 보일 겁니다. 재판이 진행되는 동안 드렉셀이 직원 파악도 제대로 못 한 것처럼 보였으니까요."

설리번이 카터를 기대에 찬 눈으로 바라보았다. 그런데 카터가 아무 말이 없자 당황해서 화난 표정을 지었다. "만일 제가 끝까지 파고들어 어느 정도 성과를 거두면, 가월은 기를 쓰고 절 망가뜨릴 겁니다."

"어떻게요?"

"직접 절 죽이든가, 사람을 사서 죽이든가."

"진담이신가요?"

"뉴올리언스에 있을 때 가월은 굉장히 거친 회사에 다녔습니다. 그쪽에서 의심스러운 사망 사건이 발생했는데, 가월도, 그가 다니던 회사도 무관했죠. 주 의회 소속으로 교구법을 앞장서서 옹호하던 뷰 챔프라는 자가 있었는데, 늪지대에서 교살당한 채 발견됐어요. 사건 직후, 가월이 다니던 회사가 건설 계획을 관철했습니다. 당신에겐 이 사건이 굉장히 사소해 보일지도 모르겠지만, 제 눈엔 가월이 그런 짓을 저지를 만한 인물로 보입니다. 가월은 누구라도 제거할 작자니까요."

교도관이 카터의 어깨를 건드리자 카터가 일어났다. "면회가 끝났군요."

설리번도 자리에서 일어났다. 잔뜩 찌푸렸던 표정이 펴지면서 훨씬 강직하고 차분한 얼굴로 바뀌었다. "조만간 다시 뵙겠습니다. 용기 내십시오." 설리번이 등을 보이더니 서둘러 나갔다.

8

 카터는 이따금 죄수들에게 약을 배달하러 사동을 여기저기 돌아다녔다. 사동은 총 6개 동이었다. 카시니 박사의 말마따나 C 사동이 최악이었다. C 사동의 회색 돌벽은 무척 지저분했고 전구가 군데군데 나가서 더욱 우중충해 보였다. 게다가 죄수들이 연령대가 높고 말수는 적었지만 다른 사동에 비해 훨씬 까칠하고 적대적이었다. 카터의 뇌리엔 처니버가 죽임을 당한 기억이 아직도 생생했다. 다른 이들도 마찬가지일 것이다. 죄수들이 못 본 척 홍수처럼 그를 덮쳤다. 몇 초 만에 숱한 이들이 달려들었다. 그러고 나자 홍수처럼 계속 밀려들었다. 순진한 얼굴로 침착하게, 익명의 무리가 일을 저질렀다. 하나같이 죄다 똑같이 유죄라서 누구 한 명을 특정할 수 없었다. 만일 카터가 양손에 제대로 힘을 줄 수 있을 정도로 몸이 성했다면 어땠을까? 그날 처니버 옆에 바싹 따라붙었더라면 과연 어땠을까? 처니버에게 당했다는 개인적인 앙심이 거들지 않아도 카터 역시 슬쩍 동참했을 것이다.

 주립교도소 6개 사동은 모두 연결되어 있었다. A에서 D 사동까지 4개 동만 완공 당시부터 있던 건물이었다. 4개 동은 직각으로 서지 않아서 정사각형은 이루지 못했다. E 사동과 F 사동은 단순히 연결만 되어 있었고, D 사동의 끝이 E 사동과 이어져 있었다. 카터는 지난 11월, 호송차를 타

95

고 교도소로 수감될 때 멀찍이서 본 기억이 떠올랐다. 교도소는 고물 객차 6량을 매단 기차가 대파된 모습을 닮았다. 맨 앞에서 달리던 기관차가 급정거하는 바람에 뒤에 있던 객차들이 서로 올라탄 모양새였다. A 사동에서 D 사동까지 각 동 입구에는 이중문이 달리고 그 앞을 교도관이 지키고 있었다. A 사동 정문 근처에 있는 새장으로 죄수들을 통과시킬 때와 마찬가지로 교도관들은 통행증을 소지한 죄수들만 그 문으로 출입을 허락했다. 식당이며 작업장이며 세탁실은 일부 사동 지하에 있어서 죄수들은 그곳까지 2열 종대로 행진했다. 자기가 지내는 사동에서 다른 사동으로 무리 지어 들어갈 때면 둘씩 짝 맞춰 행진했다. E 사동과 F 사동이 L자로 선 공간에 굵은 철사를 엮어 담장을 높이 두르고 위에 가시철망을 얹어 보호구역을 조성해 운동장을 만들었다. 4시에서 5시 사이, 기관총을 들고 무장한 채 주변을 맴도는 교도관 십수 명의 감시를 받으며 죄수들은 교대로 운동장을 활보하고 바삐 돌아다녔다. 이제 감옥이 포화 상태다 보니 일괄 식사를 할 수 없어서 두 번에 나눠 먹었다.

E 사동에 쉰 살 정도 되고 체격이 좋은 남자가 있었는데 귀 뒤에 종기가 났다. 카시니 박사는 그 남자를 병사로 불러 치료한 다음 연고를 바르라고 일러주고 내보냈다. 카터는 지금 그에게 두 번째 연고 통을 배달하는 중이었다. 방에 그 남자만 있어서 카터는 감방 동기가 어디 갔는지 물었다.

"그 녀석 운도 좋수다. 집에 갔어요. 엄마가 죽어서."

"집이요?"

"네, 이틀 밤 자고 온대요. 시카고라나. 아내도 보고." 정수리가 뾰족한 그가 고개를 들더니 능글맞게 윙크하며 카터를 쳐다봤다.

남자는 계속 중얼거렸다. 교도관 두 명이 스위피의 귀휴에 따라붙었다면서 스위피는 기차를 탈 때도 수갑을 차야 하지만 그래도 아내와 이틀 밤을 보낼 거라고 했다. 카터는 믿기지 않는 얘기에 머리가 멍했다. 사람이 홀연히 사라지거나 변신해 열쇠 구멍으로 빠져나갔다는 기상천외한 얘기를 듣는 느낌이었다.

카터는 머릿속에 떠오른 강렬한 생각에 놀라 순간 고개를 털었다. "행운의 사나이네요." 무심코 말했다.

정수리가 뾰족한 남자는 카터를 쏘아보며 자기 말을 잘랐다고 화를 내더니 자리에서 일어나 주먹 쥔 오른손을 뒤로 뺐다. 그 모습에 카터가 화들짝 놀라 뒷걸음질로 높은 문지방을 넘어 복도로 뛰쳐나갔다.

남자가 욕설을 퍼부으며 작은 연고 통을 힘껏 내던졌다. 연고 통이 감방문 옆에 있는 벽에 부딪혀 뚜껑이 열리더니 빙글빙글 돌다가 바닥에 정지했다.

나흘 후, 카터는 요청이 왔다고 둘러대고 클라크에게 통행증을 발급받은 후 스위피를 만나려고 E 사동 27번 방을 다시 찾아갔다. 카터는 연고 통을 또 가져갔다. 4시를 막 넘긴 시간이라 E 사동 죄수들이 각자 자기 방에서 석식 벨이 울리기를 기다리고 있었다. 이번엔 정수리가 솟은 남자가 방에 없었다. 대신 스위피가 이어폰을 끼고 의자에 앉아 휘파람을 불고 몸을 흔들며 손가락을 튕기고 있었다.

"안녕, 약국 아저씨. 무슨 일이요?" 스위피는 술을 마신 듯 굉장히 들떠 보였다.

"이 방에 사는 남자한테 줄 연고를 가지고 왔어요."

"그래요? 내가 전해줄게요."

카터는 눈으로 스위피의 몸을 훑었다. 검은 머리에서 출발해서 몸을 따라 신발까지 내려왔다가 다시 쓸어 올렸다. "집에 갔다 왔다면서요?"

"네, 별로 재미없긴 했지만 그래도 집은 집이죠. 어머니가 돌아가셨거든요." 스위피는 계속 음악을 듣고 싶은지 다시 이어폰을 끼고 싶은 기색이 완연했다.

"그래도 부인은 보고 왔잖아요." 카터는 불쑥 천진하게 말하며 자리를 뜰 준비를 했다. 사실 방 바깥에 서서 연고 통을 침대 위로 휙 던지고도 미련이 남아 자리를 뜨지 못하고 있었다. 마법에 걸린 흔적이라도 남았는지 스위피를 찬찬히 살폈다.

"그러게요. 얼굴 보고 왔으니 오래 버텨야죠." 스위피가 너털웃음을 지었다. "노인네가 죽자 다들 옆에 있는데 제 누이만 자리를 떴어요. 건강을 엄청 챙기는 사람이라서!" 그는 이어폰을 끼고 작은 테이블 쪽으로 다시 몸을 돌렸다. "제프가 좋아하겠네요. 고맙습니다."

카터는 걸음을 옮겼다.

그로부터 2~3개월이 지난 추수감사절 무렵, 카터는 맥스 샘슨을 알게 되었다. 맥스 샘슨은 B 사동에 살았다. 카터가 감기약을 배달하러 그곳에 갔지만 맥스의 방이 목적지는 아니었다. 불어책을 보던 맥스의 모습이 카터의 눈길을 사로잡았다. 표지에 붉은색으로 '르 프로미스'라고 적힌 책을 들고 맥스가 자기 방 작은 탁자에 홀로 앉아 있었다. 카터는 반쯤 열린 감방문 옆에서 걸음을 멈추었다.

"실례합니다……."

남자가 고개를 들었다.

"프랑스에서 왔어요?"

남자가 미소를 지었다. 얼굴은 친근하고 차분했으며 굉장히 창백했다. 살짝 구불거리는 검은 머리칼 밑으로 드러난 넓고 다부진 이마는 흰색에 가까웠다. "아뇨. 그냥 가끔 읽어요."

"그럼 불어도 해요?"

"했었죠. 불어 할 줄 알아요. 왜요?" 남자가 또 미소를 보였다.

카터는 그의 미소만으로도 마음이 흐뭇했다. 감옥에서 미소를 보기란 사실 굉장히 힘들었다. 비웃음이나 깔깔거리는 웃음은 많지만 순수하면 서도 자연스럽고 행복한 미소는 그리 흔치 않았다. "저도 지금 불어를 공부하는 중이라 물어봤습니다. 독학하거든요. 부 푸베 파를레 브레망(정말 말할 수 있어요)?"

"위(네)." 맥스가 이번에는 좀 더 활짝 웃었고 그러자 하얀 이가 드러났다.

카터는 그와 10분가량 얘기했다. 중식을 알리는 벨이 울리자 맥스는 자리를 떠야 했다. 두 남자는 불어와 영어를 섞어 대화했다. 카터는 묘하게 듣고 행복했다. 카터가 머뭇머뭇 단어를 고르면 맥스가 어림짐작으로 채워주었다. 맥스는 방 뒤편에 책 20권 정도를 한 줄로 세워놨는데 그중 절반이 불어 서적이었다. 그는 자상하게도 그중 두 권을 카터에게 안겼다. 한 권은 18세기 프랑스 시집이었고, 또 한 권은 파스칼의 『팡세』에서 일부를 추린 책이었다. 맥스는 두 권을 빌려주겠다면서 언제든 되돌려주기만 하면 된다고 했다. 카터는 완전히 새로워진 마음으로 병사로 돌아왔다. 맥스는 카터가 감옥에서 우정을 키워갈 수 있고, 알게 되어 기쁜 첫번째 사람이었다. 카터는 고작 10분 만에 맥스가 위스콘신 출신이며, 아버지는 미국인, 어머니는 프랑스인이라는 걸 알았다. 다섯 살에서 열한 살까지 어머니와 프랑스에서 살면서 그곳에서 학교에 다녔으며, 수감된 지 5년 됐다고 했다. 맥스는 카터의 질문에 유쾌하게 대답했지만 감옥에 들어온 이유는 말하지 않았다. 카터도 별로 알고 싶지 않았다.

맥스는 B 사동에서 크리스마스이브에 열리는 '창백한 얼굴 선발 대회'에서 우승하려고 다른 경쟁자와 겨루는 중이라고 했다. 상품은 인스턴트 커피 여섯 캔이었다. 맥스는 경쟁자가 금발임에도 자기가 이길 거라고 했다. 우승 상품을 타려고 일주일에 두 번 운동장에서 바람을 쐴 때도 얼굴을 꼼꼼히 가렸다. 우승자 선발을 위해 여섯 명의 수감자 심판단이 이미 꾸려졌다. "난 늘 얼굴이 허옜어요." 맥스가 천천히 또박또박 불어로 말하며 미소를 지었다. "감옥에 처음 들어왔을 때부터 확 튀어 보였죠."

둘은 다음 날 3시 35분에 맥스의 방에서 다시 만나자고 약속했다.

새로운 인연이 내뿜는 황금빛 햇살에 젖어서 그런지 가장 근래에 받은 헤이즐의 편지가 침울해 보였다. 아내의 편지는 이랬다.

우리를 시험하려고 운명이 (혹은 신이) 이렇게 끔찍한 시련을 겪게 하는 것 같지 않아? 내 말이 심오하게 들렸다면 용서해줘. 오늘 밤은 울적하네. 벌써 며칠째 기분이 이 지경이야. 지금 사는 게 끔찍해서 그런지 이런 시험대에 오르는 사람은 거의 없는 것 같아. 지금까지 우린 아주 잘해왔고 의연히 버틴 것 같아. 끝까지 버티자 우리. 오늘 오후에 매그랜 씨와 통화하는 바람에 마음이 산란해진 것 같아.

매그랜이 연말연시 휴가로 인해 내년 1월까지는 주 대법원에 상고할 수 없다고 헤이즐에게 전했다. 이제 카터는 그 일로 충격을 받지 않았다. 그는 다음과 같이 적어 보냈다.

당신은 늘 나더러 여기에서 괜찮은 사람을 왜 안 만나느냐고 물었지. 그때마다 난 괜찮은 사람이 없다고 했었고, 오늘 자로 그 말을 취소하겠어. 우연히 불어를 하는 멋진 남자를 알게 되었어. 그 남자가 불어를 읽고 말할 줄 알아. 덕분에 불어로 말할 상대가 생겼어. 이름은 맥스 샘슨. 나이도 비슷해. 키가 크고 검은 머리에 얼굴이 굉장히 창백한 남자야. 당신이 면회 오면 맥스의 안색에 관해서도 얘기해줄게. 맥스는 B 사동에 살지만 내가 언제든 보러 갈 수 있어.

카터는 맥스에 대해 더는 할 말이 없었다. 그의 프랑스계 어머니에 대해 약간 아는 것 말고는 아는 게 없었다.

며칠이 지나도 카터는 여전히 맥스에 대해 아는 게 별로 없었다. 그래도 맥스의 방에서 25분 안팎으로 만날 때가 카터의 일과에서 가장 즐거웠다. 맥스의 감방 동기는 덩치 크고 성격이 좋은 흑인이었는데, 맥스와 카터가 주고받는 불어에서 '위' 말고는 전혀 알아듣지 못했다. 그래도 카터와 맥스가 얘기하는 동안 흑인은 방해하지 않으려고 위쪽 침대에 누워 너덜너덜해진 만화책을 보거나 이어폰을 끼고 음악을 들었다. 카터의 편지는 맥스 얘기로 가득했다. 일요일 면회에서 카터가 맥스 얘기를 꺼내자 헤이즐은 남편이 새로 사귄 친구 때문에 화난 것 같았다. 카터는 그 모습을 보고 놀랐다.

"이 찝찝한 곳에서 내가 마음에 드는 사람을 만나기를 당신이 바라는 줄 알았어."

"20분 면회하면서 그 남자 얘기를 10분도 넘게 한 거 알아?" 헤이즐은 미소를 머금었지만 짜증이 난 기색이 확연했다.

"미안해. 여기에 있는 게 따분해서 그래. 내가 그 얘기 했던가? 뭐였더라. 병사에 있는 얼간이 둘이서 타자기 수리점에서 가져온 술을 마시다 곤드레만드레 취했대." 카터가 웃었다. 맥스를 알게 된 이후 훨씬 편안하게 웃음이 나왔다. "당신이 맥스를 만나봤으면 좋겠어. 여자가 보기에도 맥스가 그리 못난 얼굴은 아니거든."

하지만 헤이즐은 절대로 맥스를 만나지 않을 것이다. 헤이즐이 친구라고 둘러대고 일요일에 면회를 신청하면 맥스를 만날 수도 있었다. 카터가 이 방법을 생각해냈지만 맥스가 영어로 거절했다. "안 만나는 편이 낫겠어. 별로야." 카터는 다시는 면회 얘기를 꺼내지 않았다. 보나 마나 헤이즐도 거절할 것이다. 그렇다고 면회실에서 헤이즐이 맥스와 마주치는 것도 불가능했다. 맥스를 찾아오는 사람이 한 명도 없기 때문이다. 맥스는 가족이 없다고 했다. 면회 온 사람이 딱 한 명 있긴 있었다. 맥스가 감옥에 오기 직전까지 세 들어 살던 예전 집주인이었다. 집주인은 맥스가 투옥되던 첫해에 두 번 면회를 왔다. 예전 집주인이 맥스를 두 번이나 찾아왔다는 사실만 봐도 맥스가 어떤 사람인지 말해준다고 카터는 짐작했다. 그는 맥스에게 과거를 전혀 묻지 않았다. 맥스도 카터의 과거를 일절 묻지 않았다. 그렇지만 카터의 엄지를 보더니 어쩌다 기형이 됐는지 눈치챈 후 덧붙였다. "감옥은 진짜 잔인한 곳이야." 맥스는 불어로 체념 어린 말을 했다.

토요일과 일요일 밤이면 카터는 맥스와 영화를 봤다. 그저 그런 영화였지만 같은 생각을 지닌 누군가가 옆에 있는 게 좋았다. 둘의 우정이 죄수와 일부 교도관 들의 눈에 거슬렸다. 어떤 이들은 두 사람을 게이 취급하면서 카터의 눈앞이나 등 뒤에서 쑥군거렸다. 카터는 그런 말에 마음 졸이진 않았지만, 그 때문에 무슨 일이 생길까 봐 살짝 걱정이 되긴 했다. 재소자 중에는 동성애자를 구타하며 쾌락을 느끼는 부류가 있었다. 오후에 맥스의 방으로 가는 길에 혹시나 누가 달려들까 봐 카터는 뒤통수가 신경 쓰였다. 방에 있을 때면 맥스는 늘 문을 열어두었다. 그렇다고 해도 철창문 사이로 누가 들여다보는 건 아니었다. 감방 동기인 흑인도 방에 있었다. 카터는 맥스에게 손끝 한 번 댄 적이 없었다. 심지어 악수조차 하지 않았다.

"위조하는 법을 배우러 다니나?" 어느 날 오후 맥스가 있는 사동에서 근무하는 교도관이 카터를 안으로 들이며 물었다.

"위조라뇨?"

"저 안에서 네가 뭘 쓰는 걸 봤거든." 교도관이 턱으로 맥스의 방을 가리켰다. "맥스는 전문 위조범이야. 솜씨가 최고지." 그가 씩 웃었다.

카터는 손을 흔들며 억지웃음을 지은 후 계속 걸었다. 맥스가 공책에 느릿느릿 깔끔하게 쓰던 손 글씨가 떠올랐다. 맥스는 이따금 일기를 적기도 하고 불어로 시를 쓰기도 했다. 맥스의 필체는 호기심이 일 정도로 순수해 보였다. 위조라니. 카터는 적잖이 충격을 받았다. 누군가 맥스의 옷을 잡아 뜯어 드러난 속살을 보는 기분이었다. 그래도 살인을 저질러서 감옥에 온 건 아니군.

맥스를 알게 되었으니 혹여 대법원에서 또다시 기각을 당한다 해도 카터는 한결 수월히 버틸 것만 같았다. 카터는 최악의 상황에 대비하려고 일찌감치 노력했다. 4월의 어느 날 오후 5시 반, 두 번째 기각 소식이 들려왔다. 처음 기각을 당했을 때보다 두 번째가 충격이 훨씬 컸다. 맥스의 방으로 달려가고 싶었지만 그 시간엔 맥스를 만나러 갈 수 없었다. 변기를 부여잡고 한 시간 전에 먹은 석식을 게워냈다. 누굴 보고 싶지도, 얘기하고 싶지도 않았다. 그러나 그럴 수 없었다. 감옥에서는 사생활이 없으니까.

그날 밤 카터는 뜬눈으로 지새우다 결국 자기 생각에 완전히 질려서 진정제를 먹었다. 다음 날 아침, 그는 굳은 표정과 마음으로 맡은 작업을 했다. 점심은 먹지 않았다. 오후 3시가 되자 세면실 버너에 커피를 데웠다. 맥스가 크리스마스 선물로 준 네스카페 세 캔 중 하나였다. 맥스가 교도소에서 가장 창백한 얼굴로 뽑히면서 받은 경품을 나눠준 것이다.

카터는 맥스의 방으로 가서 침대 아래 칸에 걸터앉아 얼굴을 두 손으로 감싼 채 부끄러운 줄도 모르고 흐느꼈다. 흑인 동기가 당황해서 옆에 있는데도 아랑곳하지 않았다. 교도관이나 죄수들까지 다들 힐끔 들여다보다 사람이 울고 있으니 걸음을 멈추고 잠시 쳐다보았다.

"알겠다. 대법원 일이구나?" 맥스가 불어로 물었다.

카터가 고개를 끄덕였다.

흑인은 '대법원'이라는 발음을 듣고 눈치를 챘다. "맙소사." 그는 애석한 목소리로 한탄하더니 느릿느릿 밖으로 나갔다. 덕분에 두 사람만 방에 남았다.

맥스가 담배에 불을 붙여 카터에게 건넸다.

카터는 트라이엄프 사에서 있었던 일을 맥스에게 털어놓았다. 월러스 파머, 재판, 작년 9월에 감옥에 들어온 일. 그동안 얼마나 믿기지 않는 일을 겪었는지 말했다. 가월에 대해, 설리번에 대해 설명하고 설리번과 아내의 사이도 고백했다.

"이제 헤이즐을 뉴욕으로 멀리 보내야겠어." 카터는 엄지를 살피지 않고 주먹으로 허벅지를 내리쳤다.

"오늘은 아무것도 결정하지 마." 맥스가 차분하고 깊은 목소리로 조언했다. 신의 목소리로 말하는 것 같았다.

카터는 잠시 묵묵히 앉아 있었다.

맥스가 불어로 얘기를 시작했다. 다섯 살 때 프랑스로 건너가 그곳에서 어린 시절을 보냈다고 했다. 아버지가 사망한 뒤 별거 수당이 끊기자, 어머니는 맥스가 태어난 고향으로 그를 다시 데려갔다. 그곳엔 친가 쪽 친척이 몇 명 살았다. 어머니와 재혼한 새아버지는 그를 대학에 보낼 생각이 없었기에 맥스는 고교 졸업 후 인쇄소에 들어가 장사를 배웠다. 스물한 살 때 열아홉 살이던 애넷을 만났고 둘은 결혼하려 했다. 그런데 애넷의 아버지는 애넷이 스물한 살이 되기 전엔 결혼시킬 마음이 없다며 2년을 기다리라고 했다. "그래서 기다렸지. 그래도 사랑에 빠져서 난 행복했어." 두 사람이 결혼한 지 1년도 되지 않아 애넷이 죽었다. 맥스의 어머니가 신혼집을 방문했을 때의 일이었다. 애넷과 그의 어머니가 탄 차가 절벽 아래로 추락했다. 운전하다 사고를 목격한 남성에 따르면, 애넷이 길을 건너려고 갑자기 튀어나온 사슴을 피하려다 핸들을 틀었다고 했다. 당시 애넷은 임신 중이었다. 그래서 맥스는 술을 입에 대기 시작했고 그러다 직장을 잃었다. 남부로 내려와 내슈빌에서 '험한 사람'을 많이 만났다. 그중엔 감옥을 번질나게 드나드는 상습범과 위조범도 있었다. 맥스는 그들에게 위조술을 배웠다. 갱단 강도와 소매치기 들이 서명이 필요한 여행자 수표와 기타 서류를 그에게 가져왔다. "나도 내가 사기꾼이라는 걸 알았지만 이 세상엔 나 혼자였고 아무도 날 챙겨주지 않으니 상관없었어." 위조술은 여기저기에서 돈이 벌리는 일이었기에 맥스는 갱단에서 자신의 위치가 유별나게 안전하다고 착각했다. 그러던 어느 날 밤, 사복 차림을 한 남자 둘이 갱단 본거지를 급습했다. 맥스는 격투 도중 그중 한 명을 죽였고, 위조 및 살인죄로 구속되어 17년형을 받았다.

"이제 서른인데. 정말 인생 재밌지, 친구? 인생은 재밌다니까."

카터가 한숨을 내쉬었다. 너무 노곤했다.

맥스가 일어나더니 카터를 침대 안쪽으로 떠밀었다. "누워."

카터는 아래 칸 침대에서 옆으로 쓰러졌다. 두 다리를 들어 이불 위에 올렸다. 그러다 여기가 맥스의 침대라는 생각이 드는 순간, 벌떡 일어나 앉았다.

"왜 그래?"

"석식 벨이 울릴 시간이야. 안 잘래."

맥스는 방 안을 천천히 거닐며 손바닥을 앞으로 맞붙인 채 흔들었다. 표정이 차분했다. 짙은 눈동자가 초롱초롱 번뜩였다. 맥스는 오늘도 여느 날과 같았다. 카터가 전한 소식에도 전혀 동요하지 않았다. 카터는 맥스의 모습에 묘하게 위로를 받았다.

"인생은 재밌지." 맥스가 이 말을 반복했다. "자신을 멀찍이 떨어져서 보는 동시에 가까이 들여다보는 것도 필요하거든. 한쪽으로만 보면 미쳐 버릴지도 몰라. 두 가지를 동시에 해야 하니 쉽지 않지. 넌 오늘 너 자신을 멀찍이 지켜보는 중이야." 맥스가 몸을 숙이더니 책을 집어 들었다. "오늘 밤에 몇 자라도 읽어." 그 말이 끝나기가 무섭게 석식 벨이 울렸다. 신경을 긁으며 거슬리는 벨 소리가 울려 퍼졌다. 열 배나 과하게 울리는 것 같았다. 괴로우나 익숙한 소리. 벨이 그치자 맥스가 즐거운 표정으로 카터를 보며 웃었다. "석식 먹으러 간다. 보나 마나 오렌지를 곁들인 새끼 오리고기겠지만." 그가 카터에게 책을 내밀었다.

카터는 무슨 책인지 보지도 않고 책을 받아들었다. 방금 맥스의 말에 웃음이 나와 맥스를 보며 웃었다. 웃으니 기분이 좋았다.

9

이번에도 카터가 얘기하기도 전에 이미 헤이즐이 알고 있었다. 같은 날 매그랜이 카터에게는 편지를 보내고 헤이즐에게는 전화한 것이다. 카터는 헤이즐이 보낸 편지를 받았다. 편지 속 그녀는 우울하면서도 애써 버티는 듯한 인상이었지만 일요일에 직접 본 헤이즐의 모습은 충격적이었다. 두 눈에 절망이 가득했고 마약이라도 한 듯 흐트러져 있었다.

"당신, 이젠 뉴욕으로 가. 꼭 가." 카터의 결심은 조금도 바뀌지 않았다.

헤이즐은 잠시 아무 말이 없었다. "당신 말투가 차가워. 너무 많이 변했어."

"난 그대로야." 아니라고 부인하면서도 카터는 자신이 변했음을 인지했다. "한 달 전에도 내가 그랬잖아. 이제 당신이 여기 있을 이유보다 뉴욕으로 갈 이유가 훨씬 많다고."

"이제 뭘 해야 하는지는 왜 아무 말도 안 해?"

매그랜이 '특별 청원을 계속할 수도 있습니다'라고 편지에 적어 보냈다. 그게 무슨 뜻일까? "매그랜이 편지를 보냈는데 태도가 굉장히 애매하더라."

"그럴 리가. 호소문을 보내자고 한 게 매그랜이야. 뉴욕에서 위원회가 열린대. 이름이 잘 기억나진 않지만 시민의 자유에 관한 위원회였어. 매그랜이 전화로 말했어."

카터는 한숨을 쉬었다. "이런 상황에 처한 사람이 비단 나뿐이겠어? 그런 위원회에서 나 같은 사람 석방시키겠다고 노력이나 할 것 같아? 호소문은 다들 보내겠지. 누가 시간 내서 도와주기나 할까? 그보다, 누가 그런 능력을 갖고 있기나 해?"

"우리 같은 사람들을 위해서 일하는 위원회가 많아." 헤이즐이 단호히 말하며 탁자 위에 손을 올리고 주먹을 쥐었다. "매그랜이 당신도 호소문을 써야 한댔어."

"그래? 그런 위원회가 어디 있는지 이름을 대봐. 있다면 당연히 나도 써야지."

헤이즐이 시계를 들여다보았다. "맥스가 당신한테 전혀 도움이 안 되는 것 같아."

"왜?" 카터가 인상을 찌푸렸다.

"맥스를 알게 된 후 당신이 변했어."

"그래? 글쎄…… 맥스 덕분에 수감 생활이 훨씬 편해졌는걸."

"그건 맥스가 감옥을 아주 편안하게 받아들여서 그래. 여기에 5년이나 있었다며. 맥스는 진짜 범죄자라고. 위조범. 그것도 도가 튼. 그 남잔 감옥이 편해서 출소하고 나면 뭘 해야 할지 난감할 거야. 난 그런 사람들에 관해 쓴 글을 봤어. 그들은 책임감이 뒤따르는 평범한 생활이나 직업을 이끌어 갈 능력이 없대. 맥스가 당신까지 그렇게 만드는 것 같아. 자기 같은 사람들을 당신이 충분히 참아내도록 말이야. 그런 사람들을 참아주다가 결국 당신도 그런 꼴이 될 거야. 당신은 감옥이 그리 형편없는 곳은 아니라고 생각하게 됐잖아. 정말 그렇게 느낀다면, 끝장이야." 헤이즐이 그에게 최후통첩하는 것 같았다.

카터는 꾹 참고 들었지만 부아가 치밀었다. 맥스를 공격하는 게 자신을 공격하는 것처럼 느껴졌다. "당신이 맥스를 만났으면 좋겠는데 그럴 마음이 없어 보이네. 맥스가 무슨 일을 겪었는지 내가 편지에 썼는데. 결혼한 지 고작 몇 달 만에 아내가 죽었다고."

"숱한 사람들이 숱한 일을 겪지만 그렇다고 모두 범죄자가 되진 않아."

"맥스는 단 한 번의 실수로 감옥에 들어왔어. 줄줄이 사고를 친 게 아니야. 교양 있는 사람이야. 적어도 이곳에 갇힌 멍청이나 짐승하고 비교하면 그래. 난 맥스를 알게 돼서 기뻐. 분명 몇 사람 더 있겠지. 여기에 6천 명이나 있으니. 그렇다 해도 내가 만날 사람들은 고작 몇백 명뿐이잖아."

만나지 않겠다고 한 건 헤이즐이었다고 그녀에게 화살을 돌리는 건 부당한 처사였다. 만나지 않겠다고 한 건 맥스도 마찬가지였다. 이런 일도 있었다. 석 달 전쯤 맥스가 모르핀을 방으로 가져오라고 부탁한 적이 있었다. 카터는 캐비닛이 잠겨 있다고 둘러댔는데, 그건 사실이었다. 그런데 캐비닛 열쇠를 지닌 사람이 바로 카터였다. 카터는 맥스를 만나러 가다가 교도관에게 두 번이나 몸수색을 당했다. 만일 몸에서 모르핀이 나왔다면 상황이 나쁘게 돌아갔을 것이다. 카터는 맥스의 부탁에 놀라진 않았지만 헤이즐에게 절대로 얘기하지 않을 작정이었다.

"여보, 당신이 맥스를 이해해줬으면 좋겠어. 하루에 20분밖에 못 만나. 매일 보는 것도 아니고." 재소자들은 일주일에 두 번 오후 그맘때 샤워하러 갔다. "나도 책에서 교도소나 죄수들에 대해 뭐라고 하는지 알아. 여기 도서관에도 그런 책이 몇 권 있거든. 나도 읽어 봤어."

"그럼 내 말도 알겠네. 당신은 그렇게 되면 안 돼."

카터는 딱딱한 의자에 앉아 몸을 꼿꼿이 세웠다. 손을 내려다보다가 문득 유리벽과 철창 너머에서 자신이 어떻게 보일지 의식하게 되었다. 그는 일요일 면회용 흰색 반팔 셔츠 차림이었다. 이젠 이걸 입어도 더는 우스운 기분이 들지 않았다. 매일 입는 작업복에 비교하면 그나마 괜찮아 보였다. 짧은 머리도 거슬리지 않았다. 다만, 일주일에 한 번 강제로 깎이다 보니 머리카락이 가지런할 리 없었다. 이제 관자놀이가 희끗희끗해졌지만 워낙 짧게 쳐서 잘 보이지 않았다. 그래도 헤이즐이라면 알아채리라. 왜냐하면 그녀는 모든 걸 눈치채기 때문이다. 이마와 미간에 잡힌 주름살도 더 깊이 팼다. 안색도 창백했다. 헤이즐 눈에 그가 멋지게 보일 리 없었다.

"나 요즘 목공실에서 시간을 보내."

"그거 좋다. 정말 잘됐어. 뭘 만드는데?"

"당분간은 목공소에서 하는 공동 작업 중에서 특정한 일만 맡아서 하는 중이야. 이를테면 세탁용 선반 같은 걸 만들지. 뭘 만들든 처음부터 끝까지 내가 다 하지는 못해. 그래도 회전 톱은 썩 잘 다루는 편이지."

마지막 10분 동안 두 사람은 평소처럼 티미 얘기를 했다. 카터는 의상실 일도 물었지만 사실 알고 있었다. 의상실이 제대로 굴러간다 해도 헤이즐이나 엘시가 돈을 벌지 못한다는 것을. 헤이즐은 파트타임으로 일하며 주급으로 57달러를 받고, 판매 수당을 추가로 받았다. 의상실 덕분에 헤이즐이 할 일이 생긴 것뿐이다.

그날 오후, 카터는 맥스를 보러 내려가지 않았다. 헤이즐이 한 말 때문에 마음이 상당히 거북했다. 그는 묘하게 불안해진 가슴으로 화요일에 도착할 헤이즐의 편지를 기다렸다. 이제 헤이즐은 일요일에 그에게 편지를 쓰지 않았다. 전에는 면회를 끝내고 집에 도착하자마자 편지를 썼었다. 아무튼 헤이즐이 월요일에 매그랜과 상담한 후 쓴 편지가 화요일이면 도착할 것이다.

카터의 예상보다 편지는 훨씬 차분했다. 헤이즐은 카터가 호소문을 보내야 할 위원회와 기구 네 곳은 물론 워싱턴에 있는 위원 2인의 이름과 주소도 적어 보냈다. 위원 두 명의 이름을 보는 순간 카터는 기억이 떠올랐다. 두 달 전 그 둘에게 편지를 보냈지만, 그중 한 명은 편지 수신 여부조차 알려주지 않았다.

그는 일주일에 네다섯 번씩 꾸준히 맥스를 찾아갔다. 카터가 불어로 작문해서 가져가면, 맥스는 교사처럼 밤새 글을 고쳐서 다음번 만날 때 카터와 토론했다. 〈나의 하루〉는 기상에서 소등까지 병사에서 보내는 카터의 일과를 재미나게 묘사한 글의 제목이었다. 〈내가 보내고 싶은 하루〉는 가정법을 연습한 글로 '꿈꾸는 집'을 그린 내용이었다. 헤이즐과 티미와 식사를 한다. 차를 타고 드라이브한 후 오후에는 낚시하고, 장작으로 불을 피우고 야외에서 식사를 즐긴 후 텐트 안에서 잠이 든다. 목가적인 장면엔 하이파이 스테레오에서 쇤베르크와 모차르트의 곡이 흐른다. 〈내가 생각하는 감옥〉과 〈시간의 흐름에 관하여: 주관적 자세〉라는 글도 썼다. 카터는 수정된 글을 들고 병사로 돌아와 쉬는 시간에 몇 번이고 필사하며 맥스가 지적한 부분을 수정했다. 그러다 보니 그럭저럭 쉬운 불어로 쓴 15편에서 20편가량 되는 '완벽한' 수필집을 완성했다. 카터는 수필집을 보면서 무한한 자긍심을 느꼈다.

헤이즐이 편지를 보냈다.

여보, 요즘 모르핀은 얼마나 맞는 거야? 당신이 모르핀 얘기를 안한 지가 정말 오래됐더라. 마지막으로 얘기했을 때 아직도 맞고 있으며 당분간은 맞아야 한다고 했잖아. 그거 말고 다른 약은 없어? 모르핀에 대해 찾아봤더니 주성분이 아편 알칼로이드래. (내가 알칼로이드가 뭔지 모를 거 같아? 나도 이제 알아!) 제발 조심해.

헤이즐의 편지 때문에 카터는 은근히 양심의 가책을 느꼈다. 그는 모르핀 양을 줄이려고 노력했다. 예전엔 하루에 네 번씩 맞았지만 세 번만 맞아도 버틸 수는 있었다. 그런데 기분이 달랐다. 예전만큼 기분이 좋거나 신나지 않았다. 카터가 데메롤 같은 진통제를 달라고 하자 카시니 박사가 뭔가를 건넸다. 이번에는 진짜로 약효가 있는 약이었다. 약이 듣긴 했지만 모르핀만큼은 아니었다. 상황이 이렇다 보니 카터는 현실을 훨씬 견디기 수월하게 해주는 가장 쾌적한 길이 모르핀임을 통감했다. 2주 동안 모르핀을 완전히 끊었다가 모르핀 양을 절반으로 줄이고 나머지 절반은 경구 진통제로 채웠다.

7월이 되었고 헤이즐이 편지를 보냈다. 티미와 같이 뉴욕으로 떠나기로 했으며, 설리번이 소개한 사람이 집을 사겠다고 나섰다고 적었다.

'끔찍한 유리벽 앞에서 힘겹게 말하느니 편지에 적는 편이 훨씬 쉬울 것 같아. 유리벽에 대고 말하면 괜히 뭐든 소리를 높여야 할 것 같더라. 난 당신을 떠날 마음이 없고, 앞으로도 없을 거야. 그건 당신도 알지? 하지만 당신이 수백 번도 더 말했듯이 이곳의 여름은 끔찍하고 따분해서 돌아버릴 것 같아. 게다가 우리에겐 고민거리가 하나 더 있잖아. 2주 전까지만 해도 난 프리몬트에서 여름을 또다시 날 줄 알았어. 그런데 의상실이 한

달간 문을 닫는다고 하니······'

헤이즐은 뉴욕에서 아파트를 구할 때까지 필리스 밀렌의 집에서 티미와 함께 묵을 거라고 했다. 필리스 밀렌. 카터는 태곳적 어둠에서 그녀의 이름과 얼굴을 떠올렸다. 밀렌은 광고회사 카피라이터로 38세 미혼이었다. 티미가 아기였을 때 부부가 우연히 알게 된 여자였다.

자, 이제 됐다, 카터는 생각했다. 조만간 일요일에도 헤이즐의 얼굴을 더는 보지 못할 것이다. 필리스 밀렌의 집에서 지내도 좋다는 확답을 받은 걸 보니 헤이즐이 며칠 전부터 계획한 게 확실했다. 헤이즐은 뉴욕으로 가려고 작정하고도 지난주 일요일에 면회 왔을 때 그에게 말하지 않았다. 유리벽을 사이에 두고 말하는 게 뭐 그리 힘들었을까? 얘기할 때 차마 카터를 쳐다볼 수 없어서였을까?

카터는 진전을 보인 헤이즐에게 몇 자 덧붙였다. '당신이 뉴욕으로 간다니 정말 기뻐. 난 몇 달 전부터 당신이 뉴욕으로 가기를 바랐지. 당신은 훨씬 행복해질 거야. 덕분에 나도 더 행복해질 테고.'

대법원에 재차 상고한 건에 대해 로렌스 매그랜과 이미 수임료 정산을 끝냈고, 이제부터는 건별로 맡기기로 했다고 헤이즐이 편지로 일러주었다. 매그랜이 카터에게 편지를 보내는 대신 헤이즐과 논의했는데, 그 때문에 카터는 은근히 짜증이 났다. 매그랜이 그를 죽은 사람으로 취급하면서도 시신을 살리겠다고 여전히 수작을 부리는 것 같았다.

헤이즐은 떠나기 전 일주일 내리 편지를 보냈다. 이사를 가자니 죄책감이 든 것 같았다. 카터는 기분이 극과 극을 달렸다. 어떤 때는 잠시 분했다가 ―보통 힘들거나 통증을 느낄 때― 또 어떤 때는 헤이즐 때문에 기쁘고 행복했다. 그는 마음이 기쁠 때에만 조심스레 헤이즐에게 편지를 썼다.

최악의 경우 난 이 감옥에서 4년을 더 썩어야 할지도 몰라. 그래도 여기에 있는 99퍼센트의 죄수들보다 잘 지내고 있어. 그들은 인생의 절반을 감방에서 보내는 중이거든. 내 생각을 할 때 적어도 이 사실을 떠올리길 바라.

떠나기 전 마지막 일요일에 헤이즐이 가장 아름다운 모습으로 카터 앞에 나타났다. 소매 없는 연한 분홍색 리넨 원피스를 입고 목에는 얄팍한 연두색 실크 스카프를 두르고 카터가 결혼기념일에 선물한 -3주년, 아니 4주년이었나?- 루비 눈이 박힌 똬리를 튼 용 모양 앤티크 골드 브로치로 고정했다. 막 감고 나왔는지 머리칼에서 윤기가 흐르고 부드러워 보였다. 그런데 헤이즐이 평소와 달리 웃지 않았다. 그녀의 얼굴에 처음으로 주름살이 보였다. 이마에 가로로 흐릿하게 줄이 잡혀 있었다. 소름이 끼치도록 불길했다.

"큰 잔에 스카치를 마시고 왔어."

카터가 웃었다. "나도 빨대로 마시고 싶네."

헤이즐은 스카치를 마신 티가 전혀 나지 않았다. 눈물을 흘리지도, 감상에 젖지도 않았다. 둘 다 애써 쾌활하고 신나는 척했다. 이미 편지에서 한 얘기를 몇 번이고 했다. 매그랜이 카터를 포기한 게 절대로 아니라고, 미국 최고의 형사 전문 변호사라며 서로를 안심시켰다.

"그런데 문제는 내가 범인이 아니라는 거지." 카터의 말에 둘 다 피식 웃었다.

헤이즐은 15,000달러에 내놓은 집의 선금으로 8천 달러를 받았다. 카터는 이 사실을 이미 알고 있었다. 아내와 함께 10대 자녀 2명과 보더콜리를 키우는 애브라홀 가족이 8월 1일에 이사 올 예정이었다.

카터는 둘 다 신나 보이려는 노력이 어느 정도 적중했다고 느꼈다. 헤이즐이 자리에서 일어났다. 둘 다 웃고 있었다. 헤이즐이 '적어도 추수감사절이 되기 전에' 어떻게든 보러 오겠다고 했다. 헤이즐이 면회실 문을 나서기 전에 뒤를 돌아 잠시 서더니 그에게 키스를 날렸다. 카터는 그녀를 응시했다. 그제야 헤이즐이 떠났다. 짙은 갈색 머리를 한 분홍색 형체, 그게 헤이즐이었다.

그는 걸으면서 돌바닥을 내려다보았다. 눈물이 날 것 같진 않았다. 교도소 바닥처럼, 교도소처럼, 그도 돌로 변하는 중일까? 지금쯤 헤이즐이 눈물을 흘릴까? 그는 걸음을 멈추고 헤이즐이 보이는지 뒤돌아보았다. 혹시 헤이즐이 새장 이중 철창 너머에 있지 않을까? 혹여 서성이지 않을까? 그럴 리가. 설리번이 밖에 차를 대고 헤이즐을 기다리고 있을 것이다.

헤이즐이 다음에 보낸 편지에는 생기가 넘쳐흘렀다. 헤이즐이 뉴욕에 있던 작년 여름 이후 올라간 신축 건물에 대한 묘사로 가득했다. 드디어 카터가 예상하던 일이 터졌다. 데이비드 설리번이 8월 마지막 주에 출장차 뉴욕으로 가서 예전에 신세 진 놀튼 부부의 아파트에서 한 달간 머물 예정이라고 했다. 헤이즐은 이스트 28번가에 아파트를 얻었다. 엘리베이터가 없는 고층에 방 세 개와 주방 및 욕실이 딸린 아파트였다. 카터는 설리번이 뉴욕에 갈 거라고 예상은 했었다. 헤이즐이 카터에게 솔직히 말해주어 사실 후련하면서도 마음이 놓였다.

10

헤이즐은 추수감사절 전에 면회 오지 않았다. 12번 스트리트에 있는 뉴스쿨 대학교에서 사회학 수업을 듣느라 크리스마스 전까진 전혀 짬을 낼 수 없다고 했다. 대학에서 사회학을 전공한 그녀는 '뭐라도 하려고' 재교육생 신분으로 뉴스쿨 대학교에서 수업을 듣는다고 했다. 헤이즐은 크리스마스에 면회를 왔다. 헤이즐과 티미가 프리몬트로 내려와 에드저튼 부부의 집에 2주간 묵었다. 전보다 여위어 보였지만 그녀는 아니라고 했다. 크리스마스 휴가 기간 동안 헤이즐은 두 번 면회를 왔다. 카터는 목공소에서 손수 만든 선반을 헤이즐에게 주었다. 벽에 거는 체리목 선반이었다. 선물은 포장되지 않은 채로 새장을 통해 헤이즐에게 전해졌다. 카터에게 포장지가 아예 없었기 때문이다. 만일 있었다 해도 교도관이 포장을 벗겼을 것이다. 선반과 더불어 티미의 이니셜을 뚜껑에 새긴 큼직한 오크 상자도 건네졌다. 이것 역시 카터가 만들었다. 카터는 티미에게 카드도 보냈다. '이제 장난감을 갖고 놀기엔 네가 훌쩍 커버렸다는 사실을 아빠도 안다. 엄마 얘기를 들으니 네가 집 정리를 좀 더 깔끔히 할 수 있을 거라고 하시더라. 운동 장비를 여기에 쑥 던져 넣으렴.'

헤이즐은 부활절에 또 오겠다고 약속한 후 그를 다시 떠났다. 에드저튼 부부도 카터를 한 번 찾아온 후 짤막한 편지를 몇 번 보냈다. 기운 내라든가, 부부가 키우는 화초 얘기, 새끼를 낳은 고양이 얘기도 적혀 있었다. 설리번도 편지를 보냈다. 가월이 트라이엄프 사에서 해고당한 후 뉴올리언스로 내려와 철제 차양 제작 회사에 다닌다고 전했다. 이제 이런 건 카터에게 중요하지 않았다. 가월이 회사를 그만두었다거나 트라이엄프에서 잘렸다는 소식을 들은 지 벌써 1년은 된 것 같았다. 설리번은 자신이 가월을 뒷조사한 내용과 학교 기금 횡령 기간 동안 가월의 씀씀이가 들통난 것이 해고 사유라고 주장했다. 사실일까? 그렇다면 가월은 왜 기소되지 않는 거지? 가월도 죄를 지었는데 구속되지 않았다. 그른 게 옳고, 옳은 게 글렀다. 모든 건 문서로 이루어진다. 선고, 사면, 청원, 전과, 벌점, 유죄라는 증거. 그런데 무죄라는 증거는 전혀 없었다. 문서가 없다면 사법 체계는 붕괴되고 소멸될 것이다.

교도소 전체는 물론 병사에서도 죄수들이 둘러앉아 법률 서적이나 변호사의 견본 서신과 사전을 참고해 탄원서를 썼다. 그들은 인신보호영장(신체의 자유를 보장하는 영미법의 일종), 일명 '자기 오심 영장'을 신청하고 천 개에 달하는 개별 고충을 적었다. 카터는 죄수들이 쓴 탄원서에서 철자와 문법을 손봐 달라는 부탁을 종종 받았다. 실수는 고치면 그만이지만 구성이 너무 한심한 편지는 손을 댈 수 없었다. 카터는 처음엔 너무 거슬려서 그들이 작성한 편지 위에 덧쓰기도 했었다. 그렇게 애를 썼건만 결실 한 번 맺지 못하게 된 다음부터는 엉성한 편지를 그대로 두었다. 어떤 편지는 속에서 치미는 울분이 정돈되지 않아 엉망진창이었다. 또 어떤 편지는 징징거리는 것이 몸에 밴 자들이 써서 그런지 구성이 뒤죽박죽이었다. 투덜이 중에는 글솜씨가 탄탄하고 심지어 문학적이기까지 한 죄수들도 있었다. 그들이 카터에게 편지를 보여준 이유는 첨삭이 아니라 칭찬을 받기 위해서였다. 그들에게 편지는 창의력을 표출하기 위한 수단이자 분노와 증오를 쏟아내는 배출구였다. 편지를 들고 오는 이들 중에는 맥스가 있는 사동 사람들이 유독 많았다. 맥스와 카터가 글을 쓰는 모습을 봤기 때문이다. 맥스는 까막눈인 죄수들을 대신해 편지를 많이 썼다. 감옥에서는 그런 '업무용 서신'을 수용자 1인당 한 달에 두 통까지 허용했다.

데이비드 설리번이 카터에게 편지를 보냈다.

현재로선 상황이 상당히 희망적이진 않습니다만, 증거를 좀 더 확보하는 것이 가장 중요합니다. 가월과 관련된 이들의 진술, 이를테면 트라이엄프 사에서 돈이 사라진 기간에 가월이 물 쓰듯 쓰고 다닌 돈의 영수증 같은 것이 필요합니다. 가월과 파머는 당연히 주의했겠지만 그럼에도 진술할 사람들은 존재하죠. 그래서 제가 개인적으로 그들 중 두 명과 접촉했습니다. 헤이즐이 그 둘의 이름을 압니다만, 여기에는 적지 않는 편이 낫겠습니다. 불행히도 두 사람은 가월의 보복이 두려워 증언에 앞서 그의 구속을 보고 싶어 합니다. 그런데 법은 이렇게 운용되지 않죠. 아무튼 궁지에 몰리자 가월이 서서히 무너지고 있습니다. 그는 예전에 살던 뉴올리언스로 돌아갔습니다. 가월의 주변 사람들은 보나 마나 쓰레기입니다. 저도 그리로 갈 생각입니다. 잠행을 해서라도요.

맥스와 감방 동기 흑인이 쓰는 방에 세 번째 죄수가 배정되었다. 그가 간이침대에서 자면서부터 프랑스어 수업의 재미가 뚝 떨어졌다. 새로 온 죄수는 3시 반에 머리를 감겠다거나 편지를 쓸 탁자가 필요하다고 했다.

맥스와 카터가 맥스의 침대 아래 칸에 두 발을 올리고 앉아만 있어도 신참은 두 사람이 '떠든다'며 투덜거렸다. 그 무렵 복도에서 들리던 소음보다 두 사람의 목소리가 훨씬 작은데도 불평했다. 신참의 이름은 스퀴프였다. 아직 서른 전이었고 금발에 마른 체격으로 광대에서 관자놀이까지 흉터가 있었다. 그는 감옥을 여러 번 들락거렸는데 이번엔 무슨 죄로 들어왔는지 모른다고 맥스가 카터에게 말했다. 스퀴프는 이번이 최소 3범이라 중형을 받았다. 그는 세상을 증오했고 맥스를 노골적으로 미워했다. 맥스는 그에게 다정했고 공간을 내주었으며 그가 담배를 피워도 너그럽게 넘겼다. 그런데 그런 모습이 스퀴프의 화만 더욱 돋울 뿐이란 걸 카터는 간파했다. 카터는 맥스가 스스로를 위해서라도 좀 더 거칠게 행동해야 한다고 불어로 조언했다. 맥스는 그저 어깨만 으쓱거렸다.

"저 녀석이 싸움을 걸 거 같아."

"무슨, 내가 쟤보다 덩치가 큰데."

"지저분한 싸움 말이야." 카터가 이렇게 말하자 맥스는 의중을 파악한 것 같았다. 맥스가 등지고 서 있을 때 신참이 칼부림을 하거나 머리를 의자로 내리칠지도 모른다는 뜻이었다.

"로니가 도와주겠지."

로니는 덩치 좋은 흑인이었다. 카터는 로니도 스퀴프를 싫어한다는 걸 알았다. 그런데 만일 무슨 일이 벌어진다 해도 감히 백인에게 손댈 흑인은 없었다. 게다가 백인을 끔찍이 증오한다고 내색하는 흑인도 이곳엔 전무했다. 보통은 흑인들끼리 방을 쓰는데 여의치 않으면 같은 방에는 맥스처럼 성격이 매우 느긋한 북부 출신 백인이 배정되었다. 카터는 맥스에게 스퀴프를 어떤 식으로 대하라고 더는 조언하지 않았지만 그 역시 스퀴프의 존재가 점차 거슬렸다. 카터는 못마땅해하는 자기 표정을 읽고 스퀴프가 일을 저지를까 봐 스퀴프를 쳐다보지도 않았다.

"너네, 내 얘기 하냐?" 어느 날 스퀴프가 세면대에서 나와 어슬렁거리며 시비를 걸었다. 세면대에서 셔츠를 빨아 들고 나오더니 맥스와 카터, 그리고 그 둘이 보고 있던 책 위로 물방울을 튕겼다.

"아니, 우린……" 맥스가 머뭇거렸다. "말할 거리를 지어 내고 있었어. 이런 감방에서 할 얘기가 뭐가 있겠어?"

카터는 애써 프랑스어 사전만 들여다보았다. 그러면서도 그 위로 튄 물방울을 닦진 않았다.

스퀴프가 어슬렁어슬렁 세면대로 돌아가 셔츠를 쥐어짠 다음 털더니 찢어지는 듯한 소리를 내며 거칠게 고리에 걸었다. "똑똑한 너희가 도서관에도 못 가고 안됐네."

맥스는 세탁실에 있던 강아지 '키홀' 얘기를 하던 중이었다. 세탁실에 산 지 한 달 정도 된 강아지였다. 애완동물 반입이 허용되지 않아서 죄수들이 공들여 강아지를 숨겼다. 세탁실 근무자들이 교도소 안까지 진입하는 배달 트럭 운전수에게 녀석을 얻었다. 몸이 작고 테리어의 피가 섞인 흑백 잡종견이었는데, 맥스는 강아지가 한 살쯤 된 것 같다고 했다. 세탁실에서 일하는 재소자 75여 명은 녀석이 있다는 걸 알았지만 교도관이나 다른 재소자들은 몰랐다. 세탁실 근무자들은 식사로 나온 고기를 조금 남겼다가 녀석에게 갖다 주었다. 어떤 죄수는 치실을 꼬아서 개목걸이를 만들었다. 교도관이 세탁실로 들어오는 모습이 보이면 누군가 소리쳤다. "시간 있는 사람?" 큰 고함이 들리면 키홀과 가장 가까이 있는 죄수가 녀석을 로커에 집어넣고 교도관이 떠나기를 기다렸다. 밤이면 죄수들은 큼직한 로커 안에 물과 음식은 물론 갈기갈기 찢은 배변용 종이를 넣고 키홀을 재웠다. 키홀은 호강을 하는지 살이 붙었다.

"너희 휴가 계획 짜냐?" 스퀴프가 경멸하는 목소리로 놀랍다는 듯이 물었다.

"아니, 넌? 나도 끼워주라." 맥스가 웃었다.

"불어로 키홀이란 단어가 없어? 분명 있을 텐데." 스퀴프가 킥킥거렸다.

"작은 마을 이름이야. 아칸소 주에 있거든." 맥스가 둘러댔다.

"흠."

헤이즐이 에드나 숙모가 보낸 편지를 교도소로 전송해 주었다. 카터는 답장을 썼다. 그가 왜 교도소에 있는지 최대한 설명하면서도 다친 엄지 얘기는 적지 않았다. 한 번에 하나씩 놀라게 하는 것으로도 충분했다. 타자기로 쳐서 편지를 썼으니 그의 글씨체가 달라진 걸 숙모는 알지 못할 것이다. 카터는 편지를 보낸 후 극심한 우울감에 시달렸다. 숙모는 늘 신문을 즐겨 읽는 분이니 가장 좋아하는 『뉴욕 헤럴드 트리뷴』을 캘리포니아에서 구독할 것이다. 그런 숙모가 그의 수감 소식은 금시초문이라니 카터는 머리가 멍했다. 카터는 숙모가 다시 보낸 편지를 받고 마음이 더욱 산란했다.

네 소식을 들으니 어안이 막히는구나. 헤이즐과 네 아이에겐 정말 끔찍한 일이지만 헤이즐이 모든 걸 잘 이겨내리라 믿는다. 네 양심과 행동을 처절히 반성해 보았니? 털어서 먼지 안 나는 사람은 없어. 털끝만큼도 죄를 짓지 않은 자에게 미국 사법부가 형을 선고했으리라곤 생각하지 않는다. 넌 정신 차려야 할 때는 늘 까먹고 딴생각을 하곤 했었지. 아무리 사소한 일이라도 네 행동거지가 얼마나 잘못됐는지 깨닫는다면 너의 비통함을 날려 보내고 신을 만나 평화를 누리는 데에 도움이 될 거다.

그제야 카터는 에드나 숙모가 늙었음을 깨달았다. 숙모는 70대 중반이었다. 구식이 아닌 이들도 있겠지만 숙모는 확실히 옛날 사람이었다. 카터는 몇 주를 뭉개다가 답장을 썼다. 그는 학교 위원회에서 트라이엄프 사에게 배정한 자금을 전용한 사람이 파머라는 걸 더욱 명확하게 설명했다. 전보다 길이는 짧아도 공은 더 들여서 적었다. 에드나 숙모는 편지를 받고도 답장하지 않았다. 7월이 되자 숙모와 같이 사는 언니 마사가 카터에게 편지를 보냈다. 에드나 숙모가 부종과 심장 질환으로 몸져누웠다면서 주치의의 말에 따르면 버틸 가능성이 희박하다고 했다. 마사는 8월에 편지로 숙모의 부고를 전했다. 카터는 12만 5천 달러에 달하는 숙모 재산의 절반을 상속받았고 나머지 절반은 마사가 받았다. 그는 그게 이치에 맞는다고 생각했다. 에드나 숙모는 언니 마사와 10년 넘게 살았고 마사는 재산이 별로 없었다. 사실 카터는 숙부 내외 사망 시 유일한 상속자가 자기라는 소리를 평생 들으며 자랐다. 절반만 받았다고 화가 나지도, 절반이나 받아서 행복하지도 않았다. 그건 하나도 중요하지 않았다. 카터는 맥스에게 유산 얘기는 꺼내지도 않았다. 헤이즐이 그 돈을 누리길 바랐다. 헤이즐이 유산 대부분을 잘 투자해 사업할 생각은 아예 버리기를 바랐다. 그녀는 심리학 및 사회학 석사 2년 과정을 시작할까 고심하고 있었다. 학위가 없어서 괜찮은 일자리는 아예 잡을 수가 없기 때문이었다.

7월에 헤이즐이 면회를 왔다. 티미와 비행기를 타고 내려와 프리몬트 인근 클레이턴에 있는 설리번의 집에서 묵었다. 이제 카터는 헤이즐이 설리번과 만난다는 사실을 훨씬 편하게 받아들였다. 둘 사이에 무슨 일이 있다거나 있었다고 의심하지 않았다. 지금까지 아무 일이 없었다면 앞으로도 없을 거라고 믿었다. 감옥에 있는 동안 헤이즐을 향한 그의 사랑은 오묘하고 심오한 변화를 겪었다. 이제는 육욕이 아닌 무성애의 사랑으로 변모했다. 한때 둘이 뜨겁게 사랑한 부분이 한 수 접어졌다. 그럼에도 그녀를 향한 사랑은 점점 커졌다. 남편에 대한 헤이즐의 의리는 대단했고 그가 앞으로 경험할 최고의 것이라고 카터는 느꼈다. 여름에 면회를 온 헤이즐이 말했다. "6년이라고 치면 이제 절반은 넘긴 거네." 그 말에 카터는 마음이 차분해지면서도 단단해졌다. 2년 전만 하더라도 저런 말을 들으면 씁쓸해서 화를 냈을 것이다.

　유언장을 공증 받아 12만 5천 달러나 받았는데도 헤이즐은 사회학 석사 학위를 따려는 계획을 변경하지 않고 9월에 롱아일랜드 아델피 칼리지에서 학위를 시작하기로 했다.

　왠지 모르게 카터에게 8월은 괴로운 달이었다. 어느 때보다 여름 더위가 기승을 부렸다. 설리번은 다시 뉴욕으로 돌아가 놀튼 부부의 아파트에서 지냈다. 그렇게 세월이 흘러갔다. 8월의 마지막 주, 키홀의 존재가 들통났다. 교도관이 들어오는 것을 보고 죄수가 열심히 뛰어가다가 그만 키홀의 발을 밟고 말았다. 녀석이 크게 짖었다. 교도관이 죄수들을 휘어잡으려고 총을 빼 들었지만 소용없었다. 그가 개를 꺼내라고 명령했다. 키홀이 로커 안에 있는데도 녀석을 꺼내겠다고 움직이는 이가 아무도 없었다. 세탁실이 쥐 죽은 듯이 고요하고 기계까지 모조리 멈춰 평소와 달리 조용해지자 키홀이 짖고 말았다. 교도관이 로커를 찾아내 개를 끄집어냈다.

"교도관이 머리 꼭대기까지 화가 나서 개한테 총질하는 줄 알았어. 만약 쐈다면 죄수들이 교도관을 갈가리 찢어 놓았겠지"라고 맥스가 불어로 말했다. 스퀴프는 그날도 평소처럼 옆에 붙어 있었다.

개는 마을 근처에 있는 보먼 동물수용소로 보내졌다. 일부 재소자들이 키홀에게 입양처를 찾아달라고 보먼에 있는 『이글』이라는 신문사에 탄원서를 쓰고 동물수용소에서 허가증을 받을 때 필요한 3달러도 송금했다고 맥스가 전했다. 세탁실 근무자 전원이 『이글』 신문사로 보내는 탄원서에 서명하기로 했기에 교도소 당국은 그들 중 책임을 물을 사람을 특정할 수 없었다.

다음 날 아침이 되자 키홀 얘기가 교도소에 퍼졌다. 개의 존재가 3개월이나 비밀에 부쳐졌다는 사실도 의아하고, 개를 내보낸 지 24시간도 안돼 재소자 6천 명 전원이 이 사실을 아는 것도 이상했다. 죄수들이 분개했다. 개가 발각된 당일, 식당에서 석식을 먹을 때 누군가 쑤군거리자 교도관들이 누구든 떠들다 걸리면 주말에 영화를 못 보게 하겠다고 확성기에 대고 경고했다고 맥스가 전했다.

"그럼 넌 키홀이 있다는 걸 알면서도 나는 안 끼워준 거네." 스퀴프가 맥스에게 따졌다. 그는 의자에 앉아서 이쑤시개처럼 생긴 도구로 손톱을 긁어내고 있었다. "너 세탁실에서 일하지?"

"스퀴프. 죄다 떠들고 다녔다간 개가 이틀도 못 있었겠지. 어느 망할 놈이 교도관에게 일렀거나." 맥스가 느긋하게 대답했다.

"그런데 네 친구한테는 말했잖아?" 스퀴프가 카터를 턱으로 가리켰다. "저 친구는 세탁실에서 일하지 않아. 약 배달하는 사람이지. 그런데 왜 저 친구한텐 말했어?"

이틀 후, 맥스는 세탁실 근무자 전원이 서명한 탄원서가 중간에서 걸렸다고 전했다. 교도소장이 세탁실 근무자는 전원 형량이 2개월씩 늘어날 것이며 다음 달 영화 관람이라는 특혜를 누리지 못한다고 떠드는 걸 보니, 검열을 당해 탄원서가 교도소장까지 올라간 게 확실했다.

카터는 맥스의 방에서 나와 A 사동 끝에서 승강기를 기다렸다. 그때 처음으로 으르렁대는 함성이 들렸다. B 사동 쪽에서 나는 소리였다. 처음에는 환호성처럼 들렸다. 그런데 환호할 사람이 누가 있으랴. 승강기 문이 열리자 기사가 소리를 듣더니 놀라서 표정이 굳었다. A 사동 복도에 있던 재소자들이 가만히 서서 점점 커지는 함성이 들리는 쪽으로 고개를 돌렸다. 그걸 들으려고 방에 있던 죄수들까지 복도로 쏟아졌다.

"시작!" 누군가 찢어지는 목소리로 외쳤다.

"어서 타!" 승강기 기사가 카터에게 다급히 말했다. 그때 어떤 죄수가 승강기로 뛰어들어 기사의 양팔을 붙들자 둘 다 승강기 바닥으로 쓰러졌다.

별안간 모두 달리고 있었다. 웃으며 고함치며 승강기로 뛰어드는 서너 명과 부딪히는 바람에 카터가 옆으로 떠밀렸다. A 사동에서 누군가 총을 한 발 쏘았지만 총성이 고함에 묻혔다. 승강기 문이 닫혔다. 카터가 몸을 틀어 보니 B 사동으로 가는 문이 활짝 열려 있었다. A 사동 죄수들이 문으로 한꺼번에 쏠렸다. 카터는 어디로 갈지 모르면서도 몸이 성하려면 근처 감방으로 숨어야겠다는 충동이 일었다. 그래서 어느 방으로든 가려던 순간, 뛰어오던 덩치 큰 사내와 부딪혔다. 카터는 고통스레 헐떡거리며 막힌 숨을 몰아쉬었다. 별안간 화가 치밀어 카터도 B 사동으로 향했다. 죄수들이 몰려들어 출입구에 병목 현상이 생긴 걸 보니 겁이 났다. 카터의 발끝에 누군가의 몸이 걸렸다. 앞에 있는 죄수들의 뒤통수를 때리는 남자들도 있었다. 이제 카터도 연결 문을 통과했다. B 사동에서 죄수들이 고함을 내지르며 층층이 쏟아져 내려오고 있었다. 어느 층에서 샜는지 물이 폭포처럼 쏟아지면서 아래에 있던 죄수들의 몸을 적셨다. 물벼락을 맞은 이들이 고함치면서 파도처럼 주위를 감싼 죄수들을 밀쳤다. 맥스의 방이 대략 200미터 떨어져 있었는데 차라리 2000미터 떨어져 있는 편이 나은 것 같았다. 카터는 맥스에게 가려는 생각을 접고 좌측에 보이는 방을 목표로 삼았다. 뒤따라오던 늙은이가 물에 빠진 사람처럼 카터의 셔츠를 부여잡고 외쳤다. "방으로 가고 싶어. 내 방으로!"

"꺼져!" 카터가 간신히 방에 도착하자 한 남자가 광기 어린 표정을 지으며 소리쳤다. 방 안엔 네 명이 있었는데 다들 문을 닫고 붙들고 있었다.

카터가 옆방으로 갔다. 맥스의 방으로 가는 방향이었다. 폭도들이 C 사동 쪽으로 밀고 가는 것을 보니 문이 열린 것 같았다. 다음 두 개의 방문도 열려 있었다. 습격을 당해 침구는 찢어지고 매트리스는 바닥에 뒹굴었다. 변기가 뽑혀 물이 흘러넘쳤다. 변기를 죄다 뽑아버리면 아래층에 홍수가 나서 다들 익사하겠군, 카터는 생각했다. 옆방에서 어떤 남자가 고통스럽게 비명을 내질렀다. 방에 있는 대략 일고여덟 명이 울부짖는 남자를 때리고 걷어찼다. 그런데 남자는 보이지 않았다. 카터는 방으로 피신하겠다는 생각을 버렸다. 수백 명이 같은 생각을 하는데 그에게 무슨 차례가 돌아올까? 그는 어떤 남자가 혼자 방문을 처절히 붙들고 버티다 결국 무너지는 모습을 목격했다. 변기 물이 거대한 아치를 그리며 카터의 머리 위로 쏟아졌다. 적어도 두 명이 물을 맞고 쓰러졌다.

"가자! 이자를 앞으로 보내!" 누군가 소리치자 죄수들이 머리 위로 손을 뻗어 가로로 누운 남자의 발부터 앞으로 보내고 있었다. 남자는 정신이 나간 듯 깔깔거리고 있었다. 수많은 죄수들이 격분하고 겁을 먹어 남자를 때리기도 했고 웃으면서 거들기도 했다. 남자는 금방 C 사동 연결문까지 전달되더니 시야에서 사라졌다.

"소장을 교수형에 처하라! 소장을 목매달자!" 함성이 커졌다.

맥스를 찾던 카터의 눈에 행키가 보였다. 행키가 웃고 소리치면서 손수 만든 칼을 보란 듯이 휘두르고 있었다. 카터와 주변 사람 머리 위로 물이 왈칵 쏟아졌다. 물을 피하느라 정신없는 사이 카터가 복도 중앙으로 떠밀렸다. 중앙은 이동하는 속도가 훨씬 빨랐다. 순식간에 맥스의 방과 나란한 지점까지 떠밀려오자 카터가 맥스의 방을 향해 밀치고 나갔다.

여덟 명이 맥스의 방을 차지하고 있었다. 휘둥그레진 눈에 공포가 서린 채 다들 뻣뻣하게 서서 닫힌 문을 부여잡고 있었다.

"맥스 어딨어?" 카터가 소리쳤다.

"누구?"

"맥스! 여기는 맥스 방이라고!"

남자들이 멍한 표정을 지었다. 맥스가 누군지 모르는 것 같았다. 카터는 문 뒤에 있는 사내들에게 소리쳤다. 맥스의 방에 있는 남자들 중 그가 아는 얼굴은 하나도 없었다.

카터 주위에 있던 남자들이 순식간에 쭉쭉 빠지더니 기어코 C 사동으로 밀고 들어갔다.

"꺼져!" 맥스의 방에 있던 누군가가 카터에게 외쳤다.

"안으로 들어가겠다는 소리가 아니야. 맥스 어디 있는지 아는 사람 없어?"

이제 방문이 슬슬 열리려던 참이었다. 죄수들이 웃으며 고함치고 소리쳤다. 최악의 상황이 벌어지는 동안에만 몸을 숨겼다가 이제 다시 합류할 채비를 했다.

"여기에서 나가자." 맥스의 방에 있던 누군가가 말했다.

방문이 벌컥 열리더니 우르르 빠져나왔다. 여덟이 아니라 열 명이었다. 맥스가 감방 뒷바닥에 누워 있었다.

카터가 맥스를 돌려 얼굴을 살폈다. 맥스는 죽었다. 피로 칠갑한 얼굴이 완전히 뭉개져 있었다. 카터는 멈춰진 숨을 짧게 몰아쉬었다. 헉헉거리며 미친 듯이 복도로 뛰쳐나갔다.

그는 열 명의 사내를 쫓아 C 사동 쪽으로 내달렸다. 맥스의 방을 차지하려고 그중 한 명이, 아니 여럿이 일을 저지른 것이다. 덩치 좋은 남자가 장난삼아 굵은 팔뚝을 뻗어 카터를 막아 세웠다. 카터는 한쪽 발을 들어 남자의 복부를 걷어찼다. 남자가 뒷걸음질로 벽에 부딪히더니 쓰러졌다. 카터가 남자에게 몸을 날려 얼굴과 몸을 내리찍고 발길질을 했다. 누군가 옆에서 목청껏 카터를 부추겼다. 카터가 남자의 셔츠 목덜미를 양손으로 움켜쥐고 돌바닥에 머리를 짓찧었다.

그때 흑인 죄수가 카터의 셔츠 앞섶을 당겨 얼굴을 갖다 대더니 웃으며 지껄였다. "너 미쳤구나!"

카터가 흑인에게 주먹을 날렸지만 빗맞았다. 그는 반격하는 흑인의 주먹에 맞고 쓰러지면서 정신을 잃었다.

정신을 차리자 사동이 고요했다. 저쪽 끝에서 두 사람이 말하는 소리만 들렸다. 두 명의 재소자가 총을 들고 서 있었다. 또 다른 재소자가 사동 반대편 끝에서 총을 들고 서 있었다. 카터에겐 이쪽이 훨씬 가까웠다.

"당신이 죽은 줄 알았어." 가까운 위치에서 총을 든 사내가 말했다. 흑인이었다. 그는 발을 바꾸며 느릿느릿 몸을 흔들었다.

카터는 일어서려 했지만 한쪽 팔이 축 처지면서 이상하게 굽었다. 팔이 부러진 것이다. 그는 다른 팔로 짚고 일어나 열린 방문으로 비슬비슬 향했다. 방이 텅 비어 있었다. 카터는 스프링이 드러난 침대 위로 쓰러졌다. 침구가 온통 바닥에 너부러져 있었다.

시계를 보니 카터가 그곳에 누워 있은 지 24시간이나 지났다. 죄수들이 내내 불을 켜 놓고 번갈아 경비를 섰다. 복도 양쪽 끝에 몇 명이 서 있었고, 그중 두 명이 어딘가에서 두 번이나 물을 떠다가 카터에게 주었다. 방에 있던 세면대가 박살났기 때문이다. 벽을 타고 내려오는 깨진 배관에서 물이 찔끔찔끔 떨어지긴 했지만, 벽체 내부 파이프가 터지는 바람에 물이 안에서 샜다. 팔이 부어오르자 카터는 병사에 데려다 달라고 두 번이나 부탁했다. 그런데도 경비를 서는 죄수들은 자리를 뜰 수 없다면서 자기들은 명령에 따르는 중이라고 했다. 마치 사랑하고 동경하는 군대에서 복무라도 하는 양 자부심이 넘치는 말투로 말했다. 그중 누군가가 카터를 두 사람이 이송하도록 허락을 받아 보겠다고 했다. 엄지처럼 카터의 팔도 욱신거렸다. 카터는 모르핀 생각이 간절했다. 물을 마신 지 몇 분이 지나자 욕지기가 났다. 카터를 들고 이동하는 남자들은 들떠 보였다. 약간 취했는지 입에서 술 냄새가 풍겼다. 한 명은 흑인, 한 명은 백인이었다.

"이제야 감옥이 진짜 효율적으로 변했어. 대나무로 만든 들것에 뜨거운 물이 담긴 물병도 있고, 밀주까지 있다니!" 흑인이 지껄이며 높다란 웃음소리를 냈다.

두 사람이 되똑거리자 카터도 요동쳤다. 그들은 승강기가 고장 났다면서 계단을 올랐다.

"네가 휘트니를 죽였다면서?" 흑인이 웃으면서 경쾌하게 물었다.

카터는 대답하지 않았다. 험악한 몸싸움이 희미하게 떠올랐다. 어떤 남자를 발로 찬 기억은 있었지만, 남자의 얼굴이 조금도 떠오르지 않았다. 키가 큰지 작은지, 말랐는지 살쪘는지, 백인인지 흑인인지도 기억나지 않았다.

병사가 폐허로 변했다. 카시니 박사는 겁먹은 토끼처럼 보였다. 박사는 카터를 알아보지 못하고 웅얼웅얼 인사를 건넸다. 박살난 작은 탁자가 한쪽 구석에 잔뜩 쌓여 있었다. 남은 의자가 없었다. 경비를 서는 죄수 두 명이 주머니에 총을 찌르고 손잡이를 밖으로 뺀 채 병사 창가 끝에 느긋하게 서 있었다.

"저 문으로 사람이 들어올 때마다 또 습격당하는 줄 알았다고요. 세상에나. 우리한테 그 물건이 잔뜩 있는 줄 알고 죄수들이 네 번이나 습격했다니까요!" 카시니 박사가 카터의 팔을 더듬으며 촉진을 했다.

"모르핀이 있기는 있나요?" 카터는 자기도 모르게 목소리를 낮췄다.

카시니 박사가 씩 웃으며 주변을 둘러보더니 몸을 숙였다. "개인 창고가 있어요. 이런 비상 상황을 대비해서요. 페니실린도 있으니 우린 괜찮아요, 필립."

카시니 박사가 견인 기구에 카터의 팔을 똑바로 펴서 넣고 잡아당겼다. 카터는 견인 치료를 받으려고 모르핀을 추가로 맞았는데도 고통스러웠다. 날카롭게 부러진 뼈끝이 주변의 연약한 생살을 긁기 때문이다. 카터는 한마디 불평도 하지 않기로 맥스와 약속이라도 한 듯이 버텼다. 사소한 문제가 몇 가지 더 있었다. 이마의 베인 상처를 소독하고 여기저기 찢긴 손가락 관절과 5센티 정도 찔린 종아리의 자상을 봉합해야 했다. 잔뜩 고인 피가 이제 접착제처럼 말라붙은 신발도 빨아야 했다. 견인 치료를 받은 지 45분이 지나자 카터는 욕을 할 수 있을 만큼 기운을 차렸다. 일단 속으로만 욕하다가 나중에는 웅얼웅얼 내뱉기 시작했다. 스퀴프든 누구든 맥스를 죽인 사내들을 개자식이라고 부른 다음, 감옥에서 배운 욕을 퍼부었다.

피트는 여섯 명이 죽었다고 했지만 그 이상일 수도 있었다. 병사에 있는 침대가 모조리 꽉 찼다. 침대를 따로 빼놓지 않았더라면 카터가 누울 침대는 없었을 것이다. 남자들이 병사 복도에 누워 있었다. 죄수들이 C 사동에서 교도관 여섯 명을 인질로 잡고 스테이크를 주 1회가 아닌 주 2회 제공하고, 죄수 200명을 다른 교도소로 이송해 한 방에 셋이 사는 경우를 근절하고, 식당에 더 진한 커피를 배급하라고 요구했다.

"다들 돌았어, 돌았다고." 카시니 박사가 피트의 얘기를 듣더니 한탄했다. "세탁실 개 때문에 폭동이 일어난 줄 알았는데 여기로 치료받으러 온 사람들 중 절반이나 개에 대해 모르더군. 폭동이 일어난 후엔 잠을 못 잤어. 잠자기가 겁이 나서 말이지. 민병대가 곧 와야 할 텐데. 죄수들이 저러고 있으니 민병대를 부를 수밖에. 그러다 진짜로 발포할지도 몰라."

카터는 상관없었다. 민병대가 병사에 들이닥쳐 그에게 총을 쏜다 해도 상관없었다. 모든 것이 사소하고 하찮아 보였다. 꿈속에서 피트가 혼자 웅얼거리는 소리가 들리는 것 같았다. 일부 부상자가 교도소 검열에 걸린 탄원서에 대해 수군거렸지만 무슨 일이 있었는지 제대로 아는 이는 아무도 없었다. 폭동이 C 사동에서 시작됐으며 재소자 두 명이 교도관에게 뛰어들어 총을 빼앗았다는 정도만 알았다.

"재미있는 건 교도소장이 그 개에 관한 탄원서를 검열한 일을 두고 어제 식당에서 입장을 표명할 예정이었다는 거죠. 그런데 소장이 10분가량 늦었다고 하더라고요. 재밌죠?" 피트가 떠들었다.

주동자 둘이 전화로 교도소장과 협상 중이라고 피트가 전했다. 피트는 죄수들의 터무니없는 요구 사항이 뭔지 파악했다. 매일 밤 영화 관람, 수감자 전원에게 3개월마다 귀휴 1회 허용, 뜨거운 물로 샤워하기 등은 사실이 아니라고 했다. 피트는 마지막 항목을 말하다가 미친 듯이 웃었다.

8시경에 총성이 들린 후 A 사동이 민병대와 교도관들의 손에 다시 들어갔다는 소식이 병사로 전해졌다. 아직 컴컴한 시각은 아니지만 내일 아침까지 결투는 더는 없을 거라고 카시니 박사가 예상했다.

"민병대의 목표는 주방이 확실해." 카시니 박사가 역겹다는 듯이 설명했다. "몇 시간만 굶기면 저 망할 놈들이 죄다 무릎 꿇거든. 오로지 먹을 것하고 섹스만 생각하는 놈들이니."

다들 밤이 깊도록 오래오래 떠들었다. 카터는 모르핀을 잔뜩 맞았으니 잠들 수 있을 거라 예상했지만 통증이 심해서 잠이 오지 않았다. 그래도 개의치 않았다. 차분하고 씁쓸하게 맥스를 회상했다. 밤새도록 맥스를 그렸다. 카터는 그의 복수를 하느라 한 명을 죽였다. 그자가 맥스를 죽인 장본인은 아니라 해도 현장에 있던 1인일 테니 다들 똑같은 놈들이다. 카터는 범인을 죽였다고 확신했다. 그래서 살인 행위가 정당하고 지당해 보였다.

11

사흘짜리 주립교도소 폭동이 발발한 지 한 달도 안 돼 전국으로 소식이 퍼졌다. 카터에겐 과거지사였다. 이 일을 더 빨리 잊을 수도 있었지만 죄수들이 저지른 난장판을 치우느라 한 달 이상 걸렸다. 변기와 세면대를 재설치하고 망가진 자물쇠를 고치고 -교도소에선 열쇠 수리 기술을 가르치지 않기에 열쇠공을 교도소 안으로 불러야 했다- 세탁실이며 목공소며 다른 작업장의 망가진 기계를 수리했다. 그리고 다친 상처와 골절 부위도 치료받았다. 바로 이런 일이 카터의 주변에서 벌어지고 있었다. 부상자 중에서 가장 안타까운 사람은 나이 많은 맥이었다. 맥은 외상이 전혀 없는데도 정신 이상으로 병사에 들어왔다고 카시니 박사가 말했다. 맥은 손수 만든 배 모형이 박살 나 죄수들에게 짓밟히고 방이 난장판이 되는 현장을 목격했다. 교도관한테 부탁해 방문을 간신히 잠갔지만 폭도들이 망치로 자물쇠를 부수고 안으로 들어와 그의 배를 때려 부수었다. 카터는 헤이즐에게 보내는 편지에 맥에 관해 적었다. 폭동으로 교도소 내 환경에 관심이 쏠렸기에 맥이 조만간 정신병원에 입원할 기회가 생길 거라고 했다. 그렇게만 된다면 맥에게 잘된 일이다. 맥을 어찌 다뤄야 할지 아는 이가 병사엔 아무도 없었다. 맥은 난폭하진 않지만 자기가 어디에 있는지조차 모르고, 심지어 식사를 떠먹여줘야 했다.

삶에서, 흐르는 시간 속에서 카터에게 이번 폭동은 그저 '사고'에 불과했다. 연쇄적으로 일어난 폭동은 반항과 증오가 드러난 사고였다. 카터는 헤이즐에게 설명하려고 노력했다. 상당히 명확하고 분명하게 폭동에 대해 설명한 줄 알았는데 헤이즐이 다음과 같이 답장을 보냈다. 인간의 본성이나 교정 기관의 의도에 선한 면이 있다는 점을 인정하지 않고 카터의 머릿속엔 부정적인 생각이 꼬리에 꼬리를 문다면서, 만일 세상을 달리 보려고 노력하지 않으면 카터가 극심한 우울감에 시달리다 염세주의자가될 거라고. '사물을 있는 그대로 봐. 인생에서 흑백으로 나뉘는 건 아무것도 없어. 뻔한 말 해서 미안한데 데이비드가 이런 말을 한 적이 있었어. 이세상 진실한 것은 모두 진부하다. 이런 말이 꽤 자주 들리는 이유는 인간이 경험을 통해 진실이란 걸 증명했기 때문이래.' 어느 정도는 맞는 말이었다. 카터는 자신에게, 그리고 헤이즐에게 시인하면서도 이번 폭동이 낳은 결과에 대해 적었다. 맥스 샘슨 같은 이들이 살해당했고 맥이 정신 이상을 일으켰다. 가여운 맥은 이제 아내를 만날 수가 없다. 그를 아래층으로 내려 보낼 수도 없고 면회실로 데려갈 수도 없으며 면회객이 병사로올라올 수도 없기 때문이다. 폭동에 적극적으로 가담한 무리 중에 스웨드라는 키가 작고 피부가 검은 사내가 있었는데 그는 자신이 요구한 대로독방을 배정받았다. 표면적으로는 그가 '폭동 주동자'이기 때문이다. 그런연유로 독방 앞에 걸린 붉은 철판 명패에 그의 수감번호가 적히게 되었다. 그런데 앞뒤가 맞지 않았다. 스웨드는 매일 작업장은 물론 독방이 있는 사동 복도에서 다른 재소자와 시시덕거렸다. 교도소 관리들은 요구를들어주지 않으면 그가 더욱 난동을 부릴까 봐 두려워 그에게 독방을 내준것이다.

카터가 복역한 지 4년 차가 되었다. 데이비드 설리번은 아예 뉴욕으로 이주해 1번가 신축 건물에 입주한 법률사무소에 합류했다. 아델피에서 학위를 딴 헤이즐은 해외 취업을 알아보며 티미를 스위스 학교에 유학 보내려 했지만 맨해튼 웨스트사이드에 있는 아동복지기관에 취직되자 계획을 접었다. 헤이즐이 미국을 떠나지 않겠다고 결정한 건 설리번이 뉴욕으로 이주했기 때문이라고 카터는 확신했다.

헤이즐은 일 년에 서너 번 남부로 내려와 면회를 왔다. 그때마다 보면에 있는 유일한 호텔인 더서더너에 묵었다. 이제는 돈이 아니라 헤이즐의 직장 때문에 시간이 문제였다. 매번 내려올 때마다 헤이즐은 일주일을 넘기지 않았다. 주 2~3회 정도 편지를 보냈고 종종 티미의 사진도 동봉했다. 카터는 스크랩북을 만들어 사진을 보관했다. 대부분 티미 사진이었고 헤이즐의 사진도 몇 장 있었다. 헤이즐이 뉴욕에서 사귄 친구들 사진도 간혹 보였다. 헤이즐은 편지에 친구들 얘기를 적어 보냈다. 롱아일랜드 로커스트 밸리에 사는 엘리엇 부부, 헤이즐이 아델피에서 만난 제러미와 수잔 수터 부부 등에 관한 내용이었다. 카터는 이들에게 관심이 없어도 스크랩은 해놓았다. 그런데 헤이즐은 두 사람의 오랜 친구인 블랜치와 에디 랭고 부부에 대해서는 일절 언급하지 않았다. 카터가 구속된 첫해에 블랜치와 에디가 두 번 편지를 보냈고 카터도 답장했었다. 그러다 에디의 직장 때문에 두 사람은 댈러스로 이사를 갔다. 부부의 소식을 들은 지 오래되었다. 뉴욕에 사는 다른 친구들과도 마찬가지였다. 다들 놀랐다면서 동정하는 편지를 두어 번 보낸 후에는 아예 소식이 끊겼다.

이제 티미가 열한 살이 되었다. 티미가 한 달에 평균 두 통 정도 편지를 보냈지만 억지로 쥐어짜서 쓰는 것 같은 느낌을 풍겼다. 그래도 출소 후 티미를 만나게 되면 상황이 나아지겠지. 카터는 어렵지만 멋지게 굴기로 했다. 티미가 두 팔을 벌려 아빠를 꼭 껴안아 줄 거라고는 기대하지도 않았다. 일주일, 아니 한 달 만에 부자가 친구처럼 친해지리라고는 바라지도 않았다.

카터는 책장에 유리문을 달고 자물쇠로 잠가 놓았다. 너무 많은 이들이 허락 없이 그의 책을 가져갔기 때문이다. 그래도 병사에 있는 환자들이 부탁하면 책을 빌려주었다. 조너선 스위프트, 볼테르, 스탠리 쿠니츠(미국의 시인), 알랭 로브-그리예(프랑스의 소설가), 발자크, 그리고 브리태니커 백과사전 중 한 권 등이 있었다. 병사에 있다가 사동으로 내려가는 환자가 하필이면 알파벳 E 일부에서 F 일부까지 수록된 딱 한 권만 남긴 것이다. 미국 영어사전이며 배관 매뉴얼도 있었다. 카터는 닥치는 대로 읽었다. 그는 열쇠가 달린 납작한 나무 상자에 제도용 펜과 컴퍼스를 담아 침대 매트리스 밑에 넣었다. -스프링이 꺼진 부위를 나무 상자가 보완해 주었다.- 기계를 기억했다가 그린 도면과 직접 설계한 기계 도면은 책장 맨 위에 있는 판지로 만든 편지함에 꽂아두었다. 카터는 엄지가 불편해도 도면을 그리는 데에는 지장이 없었다. 이것이 앞으로 일자리를 구할 때 중요하다고 헤이즐에게 설명했다. 그런데 헤이즐은 아직도 수술 얘기를 하면서 뉴욕에 있는 수부외과 전문의에게 검사받자고 했다. 카터는 될 대로 되라는 식으로 엄지를 몇 년이나 방치했고 헤이즐도 이 사실을 알았다. 이제 그는 엄지에 적응했지만 헤이즐에게 주절주절 얘기하지 않았다.

복역 5년 차 때 카터는 모르핀을 아예 끊으려고 했다. 그는 상황을 심각하게 여기지 않아서 수도 없이 모르핀을 끊었다가 도로 맞았다. 금단 증상이라곤 이틀이나 사흘 차에 땀이 나고 불안해지는 것뿐이었지만 카터는 이를 가벼운 고통으로 받아들였다. 데메롤 같은 약한 진통제만 먹으면 모르핀 없이 두 달, 아니 그 이상도 버틴다는 걸 증명했다. 엄지의 통증이 줄었다. 6년 차 때 카터는 11개월이나 모르핀을 끊었다. 출소 후에는 모르핀을 쉽게 구할 수 없으니 그에게 이것은 중요한 목표였다. 카터는 모르핀을 아예 끊었다고 헤이즐에게 선언하기를 소원했다.

드렉셀 사장이 주던 주급 100달러가 완전히 끊겼다. 카터가 트라이엄프 사에서 일하기로 한 기간에서 10개월이나 넘겨 중단된 것이다. 프리몬트 학교 공사 이후 따낸 공사가 두 건 더 있었다. 드렉셀 사장은 카터에게 최고의 추천서를 써주겠다면서도 카터가 다음 직장을 구할 때 '최근 사실이 반영된' 추천서를 써줄 테니 출소할 때까지 기다리라고 했다. 카터는 다소 놀랐다. '최근 사실이 반영된 추천서'란 카터가 형기를 마쳤다는 사실도 쓰겠다는 뜻이었다. 이자는 형기를 끝까지 마쳤기에 '강력 추천한다'라고 적으려나? 카터는 12월에 출소 예정이었다. 병사에서 근무하며 모범수 등급을 받은 덕에 원래 복역 기간인 10년에서 3년 몇 개월이 감형되었다.

카시니 박사가 입에 침이 마르도록 카터를 칭찬한 보고서를 그에게 보여주었다. 데이비드 설리번도 그에 관한 탄원서를 썼고 카터의 요청에 따라 드렉셀 사장도 써주었다. 카터는 올 크리스마스를 집에서 보낼 것이다. 바닥부터 다시 시작해야 하는 다른 죄수들과는 달리 카터에겐 아내와 자식은 물론 집하고 돈까지 있었다. 그는 손수 가족들에게 선물을 줄 것이다. 아무도 열어보지 않아 안에 뭐가 들었는지 카터만 아는 포장된 선물을. 12월 1일이면 뉴욕 아파트에서 헤이즐과 같이 지낼 것이다. 카터는 모범수라는 꼬리표를 달고 자유의 몸이 된다. 비록 감옥에서 사람을 죽이긴 했지만. 폭동 이후 몇 달간 카터는 목공소나 다른 곳에 약을 배달할 때면 인상이 험악한 죄수가 다가오는 상상을 종종 했다. 그 죄수가 '네가 휘트니를 죽였다면서?'라고 하더니 '펑! 족제비가 사라졌네!'라고 동요를 부른다. 카시니 박사도 종종 이 노래를 부르곤 했다. 그러나 그런 일은 일어나지 않았다.

12

12월 1일 금요일 오전 8시, 카터는 주립교도소 내 비포장도로를 달려 정문을 통과했다. 출소하거나 귀휴를 나갈 때 죄수들이 입는 갈색 정장 차림이었다. 주머니에는 10달러 지폐가 한 장 있었다. 교도소가 재소자를 세상 밖으로 내보낼 때 넣어주는 돈이었다.

카터는 교도소에서 몇 킬로미터 떨어진 거니라는 작은 마을의 버스 정류장에 내렸다.

"가석방 담당 직원에게 꼭 연락하게." 교도관이 당부했다.

"그럼요." 카터는 내일 뉴욕 가석방 사무소에 보고해야 한다.

버스가 바로 도착했다. 화창한 날씨였지만 쌀쌀했다. 카터는 교도관이 모는 차에 탔을 때처럼 눈을 크게 뜨고 버스에 올랐다. 눈을 자꾸 끔뻑이면서 모든 걸 뚫어져라 쳐다보다가 시선을 내려 두 손을 바라보았다. 그러다 몇 초 후 얼빠진 듯이 다시 창밖을 응시하기도 하고 앞에 탄 승객의 붉은 새가 달린 검정 밀짚모자로 시선을 돌리기도 했다. 사내아이 둘이 서 있는 모습이 보였다. 짐 선반에 매달려 남부 사투리로 웃고 떠드는 중이었다. 열다섯 살 정도 되어 보였다. 3년 후면 티미도 저 녀석들처럼 변성기가 오고 여자에게 관심을 보이는 나이가 될 것이다.

카터는 프리몬트에서 세 시간을 대기했다. 헤이즐에게 도착 시각을 알리려고 전보를 쳤다. 헤이즐이 그가 출소할 때 마중하러 교도소까지 오겠다고 했지만 제발 그러지 말라고 당부했다. 카터는 세 시간가량 공항 터미널 근처 거리를 배회했다.

헤이즐이 100달러를 우편환으로 보냈다. 당일 아침에 그걸 교도소에서 현찰로 바꿔 주었다. 비행기표는 57달러 90센트였다. 기내식으로 갈색 비프 로스트가 작고 고급스러운 쟁반에 담겨 나왔다. 도톰하고 양도 많았다. 노릇노릇하게 제대로 구운 감자도 있었다. 완벽하게 원형으로 썰린 토마토가 올라간 양상추에는 작은 종이컵에 담긴 하얀 드레싱이 딸려 나왔다. 카터는 종이컵 뚜껑을 이로 물고 뜯었다. 나이프와 포크를 쓰자니 어색해서 뭐든지 숟가락으로 떠먹는 게 나았다. 옆자리에 앉은 남자가 쳐다보는 시선이 느껴졌다. 막 출소한 전과자를 보듯 카터를 쳐다보는 듯했다.

비행기가 윌크스배리와 피츠버그를 경유해 라과디아 공항에 정시에 착륙했다. 카터가 다른 승객들과 뒤섞여 출국장을 가로지르자 헤이즐과 티미와 설리번이 위층 발코니 난간에 서 있었다. 카터는 그 모습을 보며 손을 흔들고 미소를 지었다. 헤이즐이 열렬히 손을 흔들었다. 설리번은 한 번 손을 흔든 다음 조용히 미소를 지었고, 티미는 소심하게 흔들었다. 카터는 이 모든 걸 단번에 알아보았다.

헤이즐이 카터의 뺨과 입술에 입을 맞추었다. 그녀는 울다가 웃었다. 카터는 조명이 너무 밝은 데다가 온통 현란한 게 어색해서 눈을 깜빡였다.

"잘 있었니, 티미?" 카터가 손을 내밀었다.

티미가 아버지의 손을 바라보다 꽉 잡았다. "그럼요."

티미의 목소리가 카터의 귀에 달콤하게 들렸다. 힘차고 짜릿한 소년의 목소리. 마지막으로 들었을 때는 애기 목소리였는데.

"차 가져 왔어. 배고프지? 집에 가서 저녁 먹자."

"제 코트 입으세요." 설리번이 단추를 끄르더니 카터에게 코트를 걸쳐 주었다.

카터는 추위에 부들부들 떨다가 코트를 받아 입었다. 실크 안감을 댄 소매 속으로 팔이 쑥 미끄러졌다.

헤이즐은 미로 같은 라과디아 공항을 빠져나가 트라이버로 다리를 건넜다. 산 지 1년 된 모리스 자동차였다. 맨해튼의 불빛이 어스름 속에 다가왔다. 이 세상 전부라도 되는 양 뉴욕이 거대해 보였다. 카터의 눈엔 뉴욕이 어마어마해 보였다.

"전 저녁 안 먹겠습니다. 그냥 따라온 거니까요." 설리번이 말했다.

"차라도 한잔하고 가요, 데이비드." 헤이즐이 권했다. 차가 38번 스트리트와 렉싱턴 가가 만나는 모퉁이에 다다랐다.

"사양하겠습니다. 조만간 뵙죠, 필립." 설리번이 차에서 내리며 인사했다. "돌아오셔서 기쁩니다." 설리번이 코트를 팔에 걸쳤다. 카터가 도로 가져가라고 고집을 피웠기 때문이다.

이제 세 식구만 남았다. 헤이즐이 이스트 28번가 가로수 아래 차를 댔다. 주차할 공간이 남아 있다니 운이 또 따랐다면서 이 자리에 종종 주차한다고 했다. 카터는 손바닥으로 나무 기둥을 쓸었다. 티미가 트렁크에서 가방을 꺼내느라 끙끙거리고 있었다.

"아빠가 할게, 티미."

"아뇨, 괜찮아요." 티미는 자기가 할 수 있다는 걸 증명하려 했다.

가방은 무겁지 않았다. 세면용품과 사진 앨범, 불어 작문집, 목공소에서 만든 거울 프레임이 들어 있었다. 책은 며칠 전에 미리 부쳤다. 카터는 헤이즐에게 책이 도착했는지를 물었으나 아직 오지 않았다고 했다. 티미는 계단을 끝까지 오를 때까지 카터에게 가방을 떠넘기지 않았다. 한때는 개인 주택으로 쓰던 번듯한 건물이었다. 난간과 계단은 우아했고 카펫은 새로 깐 듯 깔끔했다. 헤이즐이 문을 딴 후 밀어서 열더니 외쳤다.

"짜잔, 여기가 우리 집이야, 여보!"

조명이 켜져 있었다. 카터가 먼저 들어갔다. 헤이즐이 그러라고 했다. 우리 집이라니. 큼직한 화병 두 개에 꽂힌 글라디올러스가 그의 시선을 제일 먼저 잡아끌었다. 키 큰 고무나무도 보였다. 한쪽 벽면에 책이 가득했다. 프리몬트에서 가져온 가구도 있었지만 대부분 그가 처음 보는 것이었다. 안락의자 앞에 오래된 그의 청색 실내 슬리퍼가 보였다. 카터는 웃음이 터졌다.

"골동품도 있네!"

헤이즐도 웃었다.

티미만 잠자코 있었다.

헤이즐이 카터에게 집 구경을 마저 시켜 주었다. 티미의 방, 안방, 침실, 주방, 욕실. 카터는 '근사하다'라는 말밖에 할 수 없었다. 거울 속에 바보처럼 웃는 얼굴이 보이자 시선을 외면했다. 얼굴이 늙어서 주글주글하고 왠지 꾀죄죄해 보였다.

"저녁 먹기 전에 샤워부터 해도 돼?"

"하고 싶은 대로 해." 헤이즐이 대답하더니 길게 입을 맞추었다.

키스를 받자 카터는 머리가 약간 띵해졌다. 헤이즐을 쳐다보기가 두려웠다. 아니, 아예 쳐다볼 엄두조차 나지 않았다. 그는 죄수용 재킷의 단추를 풀다가 별안간 이 옷을 당장 벗어버리고 싶었다.

"옷 걸어줄까?"

카터가 웃으며 재킷을 건넸다. "이 망할 옷 좀 가져가 싹 태워버려."

카터가 욕조에 몸을 담근 지 5분이 지났다. 헤이즐이 노크를 하더니 얼음에 스카치와 탄산수를 섞은 잔을 하나 들고 들어왔다.

카터는 헤이즐이 침실 침대 위에 펼쳐 놓은 새 셔츠로 갈아입었다. 침대 위에 있는 바지는 그가 아끼던 닥스였다. 구두는 오래됐지만 새 신이었고 바지와 달리 잘 맞았다. 서랍장 위에 놓인 은색 액자에는 헤이즐과 카터가 같이 찍은 사진이 끼워져 있었다. 몇 년 전 랭고 부부가 연 코스튬 파티 때 찍은 사진이었다. 몇 년 전이더라? 최소 7~8년은 된 사진이었다. 사진 속 그는 맨발에 풀로 엮은 치마를 입고 화환을 걸고 밀짚모자를 쓴 하와이 원주민 복장으로 춤추며 헤이즐을 흔들고 있었다. 카터는 스물, 헤이즐은 열여섯 살처럼 보였다. 헤이즐은 사리를 걸치고 지금보다 훨씬 긴 머리칼을 찰랑거리고 있었다.

헤이즐이 주방에서 저녁 식사 준비에 마지막 박차를 가하고 있었다. "당신이 할 건 하나도 없어." 그가 묻자 헤이즐이 대답했다. 필요하면 티미가 도와준다면서 오리고기 위에 국물을 끼얹었다. 오렌지 소스 냄새가 풍기자 카터는 맥스가 한 말이 문득 떠올랐다. '석식 먹으러 간다. 보나 마나 오렌지를 곁들인 새끼 오리고기겠지만.' 그는 헤이즐에게 이 얘기를 하려다가 말았다.

티미가 카터를 뚫어져라 쳐다보고 있었다. 눈은 카터를, 코는 헤이즐을 닮았다. 좁고 오뚝하나 그리 길지 않은 코.

"티미, 네가 만든 레고 보여줄래?"

티미가 난감해하다가 활짝 웃었다. "좋아요."

"지금 볼까?" 카터는 티미의 방에서 비닐에 덮인 신기한 형체를 보았다.

"저녁 먹고 봐. 식사 준비가 다 됐거든. 우리 와인도 딸까? 당신이 좀 따줄래?" 헤이즐의 표정이 초조하게 바뀌었다.

"물론이지. 이쯤이야." 카터가 웃으며 말했다. 카터는 코르크를 제대로 뺀 다음 와인 병을 들고 거실로 왔다. 그가 목욕하는 사이 헤이즐이 벽난로 근처에 식탁을 차렸다. 벽난로에는 불이 켜져 있었다. 빨간 양초 두 개가 연철 촛대에 꽂혀 있었다. 카터가 처음 보는 촛대였다.

그는 헤이즐이 준비한 요리 중에서 오리고기보다 으깬 감자를 더 많이 먹었다. 그래도 헤이즐은 그에게 먹어 보라고 다그치지 않았다.

"굉장히 호사스럽다는 거 알지만 그래도 오늘 밤엔 근사한 걸 차려주고 싶었어." 헤이즐이 설명했다.

"그 안에서도 야구하셨어요?" 티미가 물었다.

"어…… 그럼, 했지." 카터는 야구를 하지 않았지만 했다고 둘러댔다. 티미가 카터의 손을 쳐다보고 있었다.

헤이즐은 앞으로 할 일을 얘기했다. 평소처럼 업무 과중으로 경황이 없는데도 회사에서 일주일 무급 휴가를 받았다면서 내일이나 일요일에 카터와 티미와 함께 현대미술관에 가고 싶다고 했다. 다음 주 주말에는 같이 쇼핑가서 카터의 물건을 잔뜩 사자고 했다. 헤이즐은 카터와 같이 나가 그의 옷을 사는 걸 좋아했다. 카터도 아내가 골라주는 옷이 늘 마음에 들었다. 넥타이만큼은 헤이즐 없이 사고 싶지 않았다. 헤이즐이 카터와 같이 보고 싶다던 영화를 보러 극장에도 가야 하고 발레 공연도 봐야 한다. 제러미 수터 부부가 초대한 저녁 식사에도 가야 한다. 로커스트 밸리에 사는 엘리엇 부부도 12월 주말 아무 때나 시간 날 때 오라고 초대했다.

"적당한 때에 직장을 알아봐야겠어." 카터가 말했다.

"크리스마스 지날 때까지 직장 구할 생각은 아예 하지도 마, 여보. 누가 연말에 일자리를 찾아? 어쨌든 우린 부자잖아." 헤이즐이 샐러드를 한입 물고 그를 보며 미소를 지었다.

헤이즐 말이 맞았다. 우린 부자다. 감옥에 있을 땐 부자인 것이, 상당히 부유하다는 것이 아무 의미 없었지만 이제 별안간 중요해졌음을 카터는 깨달았다. 거실에 스테레오 세트가 있고 집에 가구와 책이 가득하다. 원하면 마음껏 유럽으로 여행을 떠나고 티미가 열서너 살이 되면 괜찮은 사립 고등학교에 보낼 수 있다. 카터는 아름다운 아내를 바라보며 찬란히 빛나는 행복감에 젖어 들었다.

헤이즐은 카터가 예전에 입었던 파자마 중 입을 만한 몇 벌을 남겨 두었다면서도 새로 장만했다. 그는 새로 산 파란 파자마를 입었다. 티미는 10시경에 잠자러 가면서 "안녕히 주무세요, 아빠"라고 점잖게 말했을 뿐 아빠가 집에 와서 좋다는 얘기는 일절 하지 않았다. 카터는 괜찮았다. 티미는 아이답게 느끼는 대로 행동했다. 살짝 우습고 쑥스럽다가도 의심스럽고 억울하기까지 할 것이다. 아빠 때문에 티미가 많이 창피했을 것이다. 카터는 티미가 만든 레고를 볼 새가 없었다. 저녁을 먹은 후 프로코피에프와 모차르트를 듣느라 짬이 나지 않았다. 오렌지 소스를 곁들인 새끼 오리 요리처럼 현악 화음이 상당히 풍성하게 들렸다. 레코드 한쪽 면이 다 돌아가서 카터는 더는 들을 수 없었다.

서랍장 위에 두껍고 붉은 책이 두 권 꽂혀 있었다. 카터는 침실을 가로

질러 책 제목을 살폈다. 법률 서적이었다. 분명 설리번의 것이었다. 이게 왜 침실에 있지? 우리 집에서 뭐 하는 거지? 질투심이 일자 카터는 조금 민망한 마음이 들었다. 만약 정당화해야 했다면, 둘 사이에 무슨 일이 있었다면 헤이즐이 이 책을 감추지 않았을까? 카터는 침대를 노려보고 있는 자신을 깨달았다. 설리번이 헤이즐과 동침했다면 기꺼이 설리번을 죽이리라. 주먹을 꽉 쥐자 엄지가 아팠다. 카터는 침대 옆 작은 탁자 위에 놓인 약통으로 갔다. 카시니 박사가 백지 위에 무어라 끼적여 서명한 처방전을 건네면서 혹시나 약국에서 거절당하면 아무 병원에나 가서 처방전을 받으라고 했다. 카시니 박사에게 의사 이름과 주소가 찍힌 처방전 용지가 없는 건 당연했다.

"안 눕고 뭐해?" 헤이즐이 침실로 들어오며 물었다. 연노랑 나이트가운을 입고 맨발에 머리를 풀었다.

"여기저기 둘러보느라."

"피곤하지?"

카터는 헤이즐과 침대에 누웠다. 헤이즐이 불을 껐다. 헤이즐을 품에 안는 행위는 고통에 가까웠다. 녹아내리는 얼음처럼 눈에서 눈물이 흘러내렸다. 카터가 다시 집으로 돌아온 것이다.

13

1월이 되자 카터는 회사 두 곳에 지원했지만 모두 떨어졌다. 두 번째 회사는 그의 전과 때문인 게 확실했다. 첫 번째 회사는 전과가 문제라고 밝히진 않았지만 카터는 그것 때문이라고 짐작했다. 당연히 이런 사태를 각오하고 있었다. 열 번, 아니 스무 번은 떨어지겠지. 헤이즐은 그가 전에 뉴욕에서 일한 회사에서 추천서를 받기를 바랐지만 카터는 반대했다. 사람들이 논리적으로 의심할 것이다. 카터는 왜 직전 직장에서 추천서를 받지 않은 것이며 지난 6년 동안 대체 어디에서 뭘 했을까?

크리스마스 연휴가 지나자 티미가 다니는 학교가 개학을 했다. 헤이즐은 매일 아침 8시 20분에 집을 나서서 회사에 9시까지 출근했다. 카터는 일요판 『타임스』와 『헤럴드 트리뷴』이나 일간지에 실린 엔지니어 구인 상세 공고에 지원하기 위해 집에서 서류를 작성했다. 일주일에 두 번 병원에 가서 알렉산더 매켄지 박사를 만났다. 박사는 헤이즐을 10대 시절부터 진료했고 헤이즐이 결혼하자 카터까지 담당하게 되었다. 카터는 병원에서 빈혈 및 비타민 C 주사를 맞았다. 출소 이후 더 무기력해졌고 12월 중순에는 감기에 걸렸다. 박사는 부실한 식사로 몸이 지쳤으니 한 달 정도 지나면 기분도 훨씬 나아지고 살도 붙을 거라고 했다. 또한 카시니 박사가 적어준 처방전으로 구할 수 없던 파나노드 진통제 처방전을 새로 써

주었다. 매켄지 박사가 엄지가 얼마나 아픈지 묻자 카터는 지난 4년간 통증이 줄긴 했지만 아프긴 아프다고 했다. 짜증이 날 정도라 약을 먹지 않으면 사실 밤에 잠을 이루지 못한다고 털어놓았다.

"상태가 이 지경이란 걸 헤이즐도 압니까? 헤이즐은 그렇게 통증이 심하다고는 하지 않았거든요."

"이 정도라곤 말하지 않았어요. 아내는 제가 아직도 약을 먹어야 한다는 건 알아요."

"파나노드 진통제를 얼마나 오래 드셨죠?"

"한 1년이요. 전엔 모르핀을 맞았습니다. 감옥에서 4년 정도요."

매켄지 박사가 인상을 찌푸리더니 아랫입술을 내밀었다. "손등에 종이를 올린 모습에서 그런 기미가 보였습니다. 눈에서도 보였고요."

카터가 처음 병원에 왔을 때 박사는 카터의 손등에 종이 두 장을 올리더니 균형을 잡으라고 했고, 라이트로 두 눈을 살폈다. 그렇다면 그때 왜 말하지 않았을까? 카터는 궁금했다.

"지금은 안 맞아요."

"하루에 얼마나 맞았습니까?"

"520밀리그램 정도요. 적게 맞는 날도 있었습니다만." 물론 더 많이 맞는 날도 있었다. 필요할 때마다 맞았나. 하루에 780밀리그램이면 모르핀 중독자가 맞는 평균량이었다.

"그렇게 장기간 맞았다면 모르핀 중독 증상이 분명 있을 텐데요."

"그리 심각한 정도는 아닙니다. 끊으려고 이따금 노력했어요. 두 달 정도 끊었다 맞았다 하다가 그 후론 모르핀을 더는 맞지 않았습니다. 출소하기 전 11개월간 한 대도 맞지 않았어요." 그는 의사의 눈을 바라보았다.

"파나노드에도 아편이 들어 있습니다. 그게 그겁니다."

"모르핀과는 느낌이 다르던데요."

매켄지 박사가 덤덤히 미소를 지었다. "되도록 하루에 네 알을 넘기지 마십시오."

며칠 저녁 헤이즐은 카터가 보낼 석 장짜리 이력서의 타자를 거들었다. 카터는 구직 지원서에 추천서도 각각 동봉했다. 헤이즐이 카터보다 타이핑 속도가 빨랐다. 카터는 드렉셀 사장에게 추천서를 받았다. 카터가 회사에서 '최고의 역량'을 발휘했으며 '충분히 증명되지 않은 이유로' 징역을 살았다고 적혀 있었다. 미래의 고용주에게 보여주기 위해 신중히 작성된 추천서였지만 카터는 차마 보낼 수 없었다. 헤이즐은 이력서에 동봉하려면 최소 50장은 복사해 두라고 했다.

"추천서가 너무 모호해. 내용이 지나치게 조심스러워. 누군가 나 대신 사과하면서도 발 벗고 나서진 않으려는 느낌이랄까."

"이런 추천서를 어디서 받겠어?" 헤이즐이 타자를 하다 말고 고개를 돌렸다.

자정이 지나자 피곤이 밀려왔다. 카터는 마지막으로 작성한 지원서 몇 장에는 징역살이했다는 내용을 적지 않았다. 처음 몇 장에는 유죄가 아님에도 횡령죄로 6년간 복역했다고 적었다. 누군가 카터를 고용할 생각이라면 몇 가지 문의를 하고 직접 사연을 알아볼 터이다. 만일 그럴 경우, 상황은 어쩔 수 없이 카터에게 불리하게 돌아갈 것이다. 반대로, 교정 기관의 효용성을 믿는 이라면 카터가 6년간 죄를 씻고 범죄 충동을 버렸을 테니 이제 남 못지않게 착실하고 어쩌면 더 낫다고 여길지도 모른다. 헤이즐은 카터에게 전과 기록을 아예 언급하지 말라고 했다.

"고용주라면 지원자의 직전 직장을 알고 싶어 한다고. 봐, 트라이엄프! 이름 한번 거창하네. 트라이엄프가 6년 전 직장이니, 그럼 그동안 어디에서 근무했냐고 물으면 감옥에 있었다고 대답해야 해? 이력서에 안 적으면 면접 가서 말해야 한다고. 그럼 이 업계가 모조리 날 경계하겠지. 이쪽 회사가 저쪽 회사에 말하겠지. 필립 카터를 조심하라고." 카터가 피식 웃었다.

"전과를 숨기라는 얘기가 아니라 드렉셀의 추천서를 넣으라는 말이야. 어쨌든 당신의 마지막 직장 상사였잖아."

"드렉셀이 급사하면 어쩌지?"

1월 말에 실제로 드렉셀이 급사하는 바람에 카터는 좀 더 호의적인 추천서를 다시 받을 수 없게 되었다. 드렉셀은 2년 전 은퇴한 후 테네시 주 내슈빌 인근 고향에서 지내다가 뇌졸중으로 사망했다.

2월 중순에, 카터는 지원서에 드렉셀이 써준 추천서 사본을 동봉해 발송했다.

헤이즐은 계속 회사에 다녔다. 다니고 싶어서였지 돈이 더 필요해서는 아니었다. 헤이즐은 카터에게 걱정하지 말라고 했다. "좋은 직장을 찾는데 6주 정도는 아무것도 아냐."

티미에게 숙제가 별로 없는 오후에 카터는 방에서 같이 놀아주려고 했다. 티미의 레고 세트로 오일펌프 모델을 만들었다. 다른 모형 같았으면 해체했을 텐데 일주일이 지나도 티미는 레고를 부수지 않았다. 그 모습을 본 카터는 티미가 그걸 소중하게 간직한다는 느낌을 받았다. 티미는 여전히 아버지를 어려워하며 거리를 두었다. 카터가 레고를 만지작거리거나 얘기하면 티미는 레고 대신 아버지의 엄지를 쳐다보았다. 카터는 티미가 쳐다보는 모습을 왕왕 목격했다. 몇 년 전 헤이즐이 티미에게 모두 설명했다고 편지한 적이 있었다. 카터는 헤이즐이 티미에게 아버지의 엄지가 아프다고 얘기한 건 알았지만 구체적으로 뭐라고 했는지는 잊어버려서 헤이즐에게 물었다.

"당신이 감옥에서 사고를 당했다고 했어."

"티미가 금방 눈치챌 텐데. 아이가 크고 있잖아. 당신이 얘기하는 편이 나아."

"뭐 하러? 그냥 둬. 당신이 티미한테 그 말을 하는 것도 싫어."

"티미는 바보가 아니야. 짐작할 거라고."

헤이즐이 한숨을 쉬더니 신경질적으로 쏘아붙였다. "여보, 그냥 두자. 제발." 헤이즐이 화장대에 앉아 빗질을 했다.

둘 다 잠자리에 들려던 참이었다. 매정한 말투로 말했다는 생각이 들자 카터는 후회가 밀려왔다. 5분 후면 둘 다 침대에 누울 텐데 오늘 밤은 헤이즐이 다르게 나올지도 모른다. 매일 밤 침대에서 그녀를 품에 안으면 헤이즐은 그가 세상에서 가장 소중한 사람이며 그런 그를 아끼고 있다는 걸 느끼게 해주었다. 심장이 펄떡거리는 기분이 그를 살게 했다. 오늘 밤은 전혀 다를 것이다. 헤이즐은 그의 매정한 말투를 좋아하지 않으니까.

카터는 헤이즐 곁으로 가서 몸을 숙여 한 손으로 아내의 허리를 감싸 안았다. "당신 말이 맞아. 미안해 여보. 아무 말 안 할게."

14

일주일 후, 카터는 그레고리 가월과 마주쳤다. 가월이 카터의 집 근처 인도에서 기다린 게 분명한데도 둘러댔다.

"필립! 이게 웬일인가!" 가월이 거리를 거닐며 산책하던 척했다. "여기 사나?"

"그렇습니다." 전화번호부만 뒤적여도 금방 알 텐데. 기다렸던 게 확실하군, 카터는 생각했다.

"오랜만이군. 나온 지 얼마나 됐나?"

"서너 달 정도 됐습니다." 세월도 변했고 가월도 변했다. 카터가 보기엔 안 좋은 쪽으로 변한 것 같았다. 가월은 살이 더 찌고 훨씬 꺼칠해졌다. 그런데도 입은 옷은 여전히 화려하고 번지르르했다.

"술 한잔 어때? 시간이 좀 이르면 커피라도 마실까?" 가월이 카터의 팔뚝을 쳤다.

"우체국 가는 길이라서요." 카터는 손에 쥔 편지 몇 통을 들어 보였다.

"같이 가지. 지금은 일 안 하지?"

"아직은요."

"내가 두어 군데 소개해 줄 수 있네."

카터가 은근히 푸념의 눈빛을 보냈다.

"진짜라니까, 필립. 우리가 납품하는 회사에서 엔지니어를 찾고 있어. 퀸스에 있는 회산데 연봉이 얼마나 되는지 알아본 다음……"

"퀸스에선 일하고 싶지 않습니다."

"그렇군."

봉투에 우표가 붙어 있어서 우체국에 갈 필요가 없었다. 그런데도 카터는 갈 데가 있다고 둘러대느라 우체국에 가서 5센트짜리 우표 2달러어치와 항공우표 몇 장을 샀다. 가월이 여전히 들러붙어 있었다.

"가보겠습니다."

"아니, 커피 마실 5분도 시간 못 내나? 해줄 말이 있어서 그래. 들으면 흥미로울 걸세."

카터는 가월과 어디에서든 같이 있고 싶지 않았지만 호기심이 일었다. 들을 만한 얘기일지도 몰라. 가월이 요즘 무슨 생각하는지 알아두는 것도 좋지. "그러죠."

두 사람은 23번 스트리트와 3번가가 만나는 모퉁이 술집으로 들어갔다. 카터는 맥주를, 가월은 스카치 온더락을 시켰다.

"요즘도 데이비드 설리번 자주 만나나?" 가월이 손가락으로 큼직한 코를 문지르며 물었다.

"자주는 아닙니다."

"더러운 자식. 위험을 자초하던데 그러다 큰 코 다치지. 여태 목숨은 부지했지만 앞으로도 과연 그럴까?" 가월이 버럭 화를 내면서 진심을 쏟아냈다. 혼자 웅얼거리는 소리 같기도 했다. "내 일에 끼어들다니." 가월이 낄낄거리며 카터를 쳐다보았다. "설리번이 무슨 짓까지 하고 돌아다녔는지 아나? 그래 봤자 헛수고였지. 그놈이 아무리 버둥거려도 내 흠을 찾지 못했어. 녀석이 얼마나 애썼는데."

카터는 맥주로 입맛을 다셨다.

"그놈이 자네를 돕는 척하면서 자네 아내와 노닥거리는 꼴은 절대로 두고 보지 않겠네. 자네가 왜 벗어나지 못하는지 모르겠어. 왜 그런 놈을 꾹 참고 사교랍시고 만나는지도 모르겠고." 가월이 분노가 이글대는 눈을 들어 카터를 응시했다.

"그냥 두세요."

"자네가 아직도 설리번을 만나잖아. 젠장, 그놈은 자네 아내를 쫓아서 뉴욕까지 따라왔다고. 참나!" 가월이 자세를 바꾸었다. "자네 아내를 비난하는 게 아냐. 여자는 외롭지. 남자도 마찬가지고. 우정을 가장한 거라니까."

카터는 가월을 두들겨 팰 수도 있었다. "아내 얘긴 그만하시죠."

"알았네. 그런데 설리번이 꼬박 4년을 자네 아내와 바람을 피웠어. 그건 몰랐을걸? 알아둬."

"사실이 아닙니다."

가월이 테이블 위로 몸을 숙이더니 검지로 찔렀다. "사실이야. 정신 차려, 필립. 헤이즐이 앞으론 안 그러겠지. 당연히 자네한테 말하고 싶지 않을 테고. 설리번도 자네한덴 입을 다문 채 여전히 세상에서 가장 좋은 친구인 척하겠지. 친구 좋아하시네."

카터의 심장이 빠르게 뛰었다. "이게 말씀해 주신다는 그 재미난 얘깁니까?"

"맞아. 솔직히 말하자면. 난 착한 척하는 남자는 못 봐. 설리번은 자네를 가지고 노는 거야. 자네가 설리번을 때려눕히거나 죽여도 될 이유가 널린 판국에 설리번은 친구인 척하잖나."

쓸쓸해 하는 모습에서 가월의 속마음이 드러났다. 그가 이러는 건 설리
번이 헤이즐과 바람을 피워서라거나 설리번이 가짜 친구여서가 아니라
자신에게 타격을 주었기 때문이다. 그래서 그런지 카터는 가월이 느끼는
만큼 쓸쓸하진 않았다. "설리번을 진저리치게 싫어하시는 건 이해합니다.
설리번 때문에 두 군데 일을 맡지 못해서 이러시는 거죠?"

"흠. 얘기가 오가는 와중이었는데 설리번이 죄 망쳐 놓았어. 그거 말곤
없어. 여기저기 구린내가 풍겨서 그래. 구린내를 풍기는 건 설리번이라고.
그레고리 가월이 아니고."

카터가 씩 웃자 가월이 탐탁지 않은 표정을 지었다.

"이만 가보겠습니다. 맥주 잘 마셨습니다."

가월은 당황한 눈치였다. "우리 언제 다시 볼 수 있나? 내 말 좀 들어보
게, 필립." 가월이 인상을 찌푸리더니 자리에서 일어나 카터의 오른팔을
붙들었다. "내가 설리번과 자네 아내를 두고 헛소리를 지껄인다고 생각하
지? 내가 부풀려 말한다고 생각하나 본데, 헤이즐이 롱아일랜드에서 학교
에 다닐 때 오후 수업이 끝나면 매번 설리번의 아파트로 곧장 달려갔어.
내가 설리번한테 남자 둘을 붙였지. 그 작자가 내게 사람을 붙인 것처럼
말이야. 난 무슨 일이 있었는지 알고 있네. 자네 아내는 설리번의 집을 열
쇠로 따고 들어갔다가 6시가 되기 직전에 나와 아이의 저녁을 챙겨주려
고 집으로 돌아갔어." 가월이 역겹다는 듯 고개를 내저으며 카터의 소매
를 더욱 세게 붙들었다. "다른 일도 말해주겠네."

"제발 부탁입니다. 이거 놓으세요." 카터는 가월의 팔을 뿌리치고 밖으
로 나갔다.

"아직까지 만난다니까!" 가월이 뒤에 대고 고함을 내질렀다.

카터는 걸음을 재촉하다 비로소 주위를 둘러보고 현 위치를 깨달았다. 1번가 이스트사이드를 한참이나 지났다. 그는 돌아서서 집으로 향했다. 죄다 거짓이고 부풀린 거야. 그는 혼잣말을 했다. 어린애라도 가월의 꿍꿍이가 뭔지 다 알겠어.

15

2월 14일은 헤이즐의 생일이었다. 설리번은 자기 집에서 칵테일을 마신 후 여덟아홉 정도 되는 일행과 일식당에 가자고 했다. 생일날 카터는 헤이즐과 티미가 나가자마자 집을 나섰다. 헤이즐에게 선물할 은제 손거울과 헤어브러시와 납작 빗이 든 선물 세트를 찾으러 5번가에 있는 상점으로 향했다. 선물 세트는 고풍스러웠다. 마음에 드는 선물을 사려고 뉴욕을 이리저리 뒤진 끝에 지난주에야 발견했다. 상점에서는 14일은 되어야 이니셜 작업이 끝난다고 했다. 그는 오전 9시 반에 찾으러 가면서도 12시에나 완성된다는 소리를 들을 줄 알았는데 선물 세트는 준비되어 있었다. 'H. O. C'라는 이니셜이 우아하게 박혀 있었고 글자 크기가 약간 커보였다. 그렇지만 카터는 수정을 요청하느라 선물을 나중으로 미룰 마음은 없었다. 상점에서는 선물 세트를 하얀 종이가 깔린 하얀 상자에 담고 상자에 빨간 리본을 둘러주었다. 그리고 금색 글씨가 찍힌 하얀 쇼핑백에 담아 카터에게 건넸다. 카터는 상점을 나선 후 5번가를 따라 걷다가 붉은 장미 24송이를 사서 아파트로 돌아왔다.

우편물이 와 있었다. 카터는 두 번 더 퇴짜를 맞았다. 한 곳은 그나마 희망을 걸었던 크라이슬러 빌딩에 있는 트리플 인더스트리얼이었다. 그가 지원했을 때 이미 충원이 됐다고 편지에 적혀 있었다. 카터는 민망함에 뺨 안쪽을 질겅거렸다. 트리플에 지원했을 때 드렉셀의 추천서를 동봉한 기억이 떠올랐다.

그날 오후 늦게 헤이즐이 전화했다. 원래 4시 20분 기차를 타기로 했으나 한 시간가량 늦을 것 같다면서 집에 들러 옷을 갈아입고 설리번의 집에 갈 시간이 없으니 검은색 원피스를 그리로 갖다 달라고 했다. 옆이 아니라 등에 지퍼가 달린 원피스라고 했다. 그럼 설리번의 집에서 옷을 갈아입겠다는 얘긴가?

"옆방에서 갈아입으려고. 이런 꼴론 못 가. 스커트에 블라우스 차림인데."

"알았어, 여보. 내가 챙겨갈게."

"황금빛 스카프도 가져다줘. 스톨(여성이 어깨에 두르는 긴 숄)처럼 긴 모양이야. 당신이 알까 모르겠네. 환한 노란색인데 서랍장 세 번째 서랍에 들었어. 아래에서 세 번째."

"알았어."

"고마워, 여보." 나지막한 아내의 목소리가 다정하게 들렸다. 카터에게 익숙한 목소리였다. "당신은 별일 없지?"

"흠. 당신이 집에 있으면 좋겠다. 나야 별일 없지."

헤이즐은 오늘 오기로 한 아이 두 명에 관한 업무를 해야 한다면서 다른 직원에게 떠넘길 수 없다고 했다.

그는 아내가 부탁한 원피스를 잊지 않으려고 현관 입구 옷장 옷걸이에 걸어둔 다음 스카프를 찾으러 갔다. 서랍에는 고운 슬립이며 스카프와 스타킹이 잔뜩 개켜져 있었다. 노란 스카프를 뒤적이다 서랍 뒤쪽에 뭔가 단단한 것이 손끝에 걸렸다. 카터가 감옥에 있을 때 보낸 편지였다. 모두 동일한 편지지에 써서 보낸 것이었다. 도톰한 종이 한 장을 반으로 접고 다시 삼등분으로 접어 창이 뚫린 교도소용 편지 봉투에 딱 맞게 집어넣었다. 헤이즐은 대강 서른 통씩 고무 밴드로 묶은 다음 편지 뭉치를 차곡차곡 쌓아 한꺼번에 묶었다. 그는 손을 뻗어 길이가 60센티 정도 되는 편지 묶음 위에 손바닥을 댔다. 그 뒤로 헤이즐의 옷에 절반은 가려진 편지 묶음이 한 줄 더 만져졌다. 그것도 앞에 있는 편지 묶음만큼이나 길었다.

"맙소사."

책 여섯 권을 쓰고도 남을 분량이었다. 기번(18세기 영국의 역사가)의 산문집 『로마제국 쇠망사』나 세르반테스가 쓴 『돈 키호테』가 저 정도 분량은 되었을 것이다. 카터는 그리워서 어쩌지 못하는 마음을 그저 편지에 담았을 뿐이다. 감옥살이하면서 했던 생각이 저기에 담겨 있다니 놀라움이 밀려왔다. 세상이 그의 편지마저 기억해 준다고 해도 뭐 그리 놀랄 일일까? 카터는 헤이즐과 둘이서 우스꽝스러운 파티 복장을 하고 찍은 사진을 쳐다보았다. 사진을 들여다보다가 눈을 감은 다음 스카프를 들고 돌아섰다.

카터는 설리번의 집으로 가면서 기분이 썩 좋지 않았다. 헤이즐에게 잘 보이려고 면도를 하고 옷을 신경 써서 골라 입었다. 새로 산 짙은 감색 정장에 헤이즐이 제일 좋아하는 감색과 자주색이 섞인 타이를 매고 흰 셔츠에 검은색 구두를 신었다. 그가 입은 것 전부, 가진 것 거의 다 새것이었다. 그는 헤이즐의 원피스와 스카프를 선물 세트를 살 때 받은 흰 쇼핑백에 담았다. 4시 반에 집에 온 티미는 엄마가 없자 실망했다. 카터는 신나는 말을 해주고 싶었지만 여의치 않았다. 그는 티미에게 엄마 아빠가 이따 집에 오면 깨워줄 테니 그때 작게 파티를 열자고 했다. 티미는 엄마에게 주려고 갈색 수가 놓인 흰 슬립을 샀다. 용돈으로 3달러를 받고 사이다를 좋아하는 아이가 사기엔 아주 비쌌을 텐데, 카터는 생각했다. 그런데도 티미는 며칠 전 10달러를 주겠다는 아빠의 제안을 거절했다. 카터가 주겠다고 했을 때 티미는 이미 선물을 산 상태였다. 그날 오후, 티미는 의젓하게 방으로 가서 엄마에게 줄 선물을 가져 왔다. 포장이 되어 있었다. 티미는 하이파이 위에 놓인 카터의 선물과 장미꽃 다발 옆에 자기 선물을 갖다 놓았다. 친구 랠프 언더우드의 집에 저녁을 먹으러 갈 참이었다.

설리번이 아파트 입구에서 카터를 반갑게 맞이했다. 등 뒤 거실에서 떠드는 소리가 새어 나왔다. "최신 유행하는 복장으로 빼입고 오신 분이 또 계시네요. 어서 오세요. 헤이즐은요?"

카터는 헤이즐이 늦는 이유를 설명했다. 설리번은 카터가 코트를 거는 동안 그의 손에 들린 쇼핑백을 받아 들고 침실로 가져갔다. 카터는 거실로 가서 지인 네다섯 명에게 인사를 건넸다. 엘리엇 부부가 보였다. 제러미와 수전 수터, 유쾌한 중년 남성이자 설리번의 친구인 존 드와이트도 와 있었다. 이들 중 몇 명이 카터를 다른 손님들에게 소개했지만 카터가 아는 이름은 한 명도 없었다. 다들 그를 뚫어져라 보는 시선이 느껴졌다. 그가 출소한 지 얼마 되지 않았기 때문이다. 예전에 헤이즐과 데이비드가 이런 말을 한 적이 있었다. "새로 만나는 사람들한테 그 일을 알릴 필요는 전혀 없어." 상황은 그렇게 돌아가지 않았다. 어떻게든 말이 돌았다.

카터가 설리번을 만난 건 이번이 올해 들어 고작 세 번째였다. 헤이즐이 일부러 설리번을 초대하지 않았거나, 설리번이 헤이즐의 회사로 전화를 걸어 초대했는데도 헤이즐이 응하지 않은 것 같다고 카터는 짐작했다.

설리번을 별로 보고 싶지 않은 카터의 마음을 헤이즐이 헤아렸기 때문이다. 교류는 줄었지만 어쩌다 만나도 설리번은 조금도 변하지 않았다. 오늘 밤 설리번은 자신감 넘치는 모습으로 미소를 머금고 손님들 사이를 능숙히 돌아다니며 잔을 살폈다. 분위기가 후끈 달아올랐는데도 다들 아직 치즈 카나페를 먹고 있었다. 설리번은 그리스와 로마 대리석 조각상을 좋아해 책장 여기저기에 대리석 두상이며 대리석 발, 꽃병과 그리스 비문 조각상 등을 올려놓았다. 그리스 여행 갔을 때 사 온 거라고 설리번이 설명했다. 러그는 오리엔탈풍이었다.

"직장은 어찌 돼가고 있습니까?"

"아직 못 구했습니다. 계속 찾는 중이에요." 카터는 최대한 신중히 대답했다.

"버터워스라는 동료가 아직 복귀하지 않았어요. 제가 어제 전화로 말씀드린 사람 말입니다."

버터워스는 젠킨스 앤드 필드라는 회사에서 엔지니어로 근무했다. 카터는 그 회사에 대해 들어본 적이 있었다. 버터워스는 출장차 캘리포니아에 가 있었다. 버터워스라면 카터를 그곳에 입사시켜줄 거라며 설리번이 여러 차례 언급했지만, 그러기엔 버터워스가 멀리 있었다. 그래서인지 카터는 버터워스가 실존하지 않는 인물처럼 느껴졌다.

헤이즐이 도착하자 카터는 마음이 놓였다. 헤이즐이 모두에게 인사했다. 편안하고 우아한 자태로 처음 보는 이들과 인사를 나눴다. 여느 여자들처럼 옷부터 갈아입겠다고 우기지 않는군, 카터는 생각했다. 카터는 헤이즐을 처음 보는 남자들의 표정을 흐뭇하게 살폈다. 남자들은 몸을 깊이 파묻고 앉았다가도 의자에서 벌떡 일어났다. 헤이즐이 미인이기 때문이다. 헤이즐이 다가오자 카터가 씩 웃었다. 그날 처음 지은 진짜 미소였다.

"생일 축하해, 여보. 오늘 어땠어?"

"힘들어 죽겠어. 그래도 옷을 갈아입으면 기분이 나아질 거야. 티미는 괜찮아?"

카터가 고개를 끄덕였다. 헤이즐이 자리를 뜨자, 그는 방금 헤이즐을 만난 남자들처럼 머리가 멍했다.

설리번이 헤이즐의 뒤를 따랐다.

카터가 두 번째 잔을 음미했다.

설리번이 2분 후쯤 돌아와 카터에게 손짓하더니 낮게 속삭였다. "오늘 풍문으로 들은 소식이 있습니다. 가월이 북부로 올라왔대요. 퀸스에 있는 파이프 회사에서 일한다나, 거기와 연줄이 있다나, 아무튼 그렇답니다. 가월의 상사는 그래소라는 남자인데, 퀸스에 싸구려 아파트를 여러 채 소유한 악덕 집주인이라고 하네요. 악덕 집주인들은 늘 부업을 두어 개 갖고 있죠."

카터는 가월의 이름을 듣는 순간 피가 잠시 끓어올랐지만 무관심한 척했다. "그래요?" 카터는 어깨를 으쓱하고 잔을 벌컥 들이켰다.

"가월은 당신이 출소한 걸 알더라고요."

"아, 네. 가월이 파이프 회사에서 일한다고요? 설마 굴뚝 회사는 아니겠죠?"

"지하 매립용 파이프랍니다. 가스와 하수구 같은 것들이요." 설리번이 건조하게 말꼬리를 끌었다. "당신이 나왔는지 알아보려고 가월이 수고를 자청했다는 점이 흥미롭네요. 가월이 당신한테 연락하려 했다 해도 놀랄 일은 아니죠." 설리번이 카터를 응시했다.

"왜죠?"

"글쎄요. 제가 조심하라고 말씀 드린 것 같은데요. 설마 가월을 보고 싶은 건 아니실 테고."

"보고 싶지 않아요."

그때 헤이즐이 들어왔고 두 남자는 그녀를 향해 몸을 돌렸다.

카터는 칵테일파티 내내 헤이즐 옆에 붙어 있고 싶었지만 일부러 다른 이들과 어울렸다. 그런데 설리번이 헤이즐 옆에 있었다. 아니, 헤이즐이 설리번 옆에 있었다. 어느 쪽이 맞는지 분간하기 힘들었다. 둘은 서로 아주 편해 보였고 할 이야기가 늘 넘쳐 보였다. 카터가 감옥에 들어간 사이 둘이서 많은 시간을 보냈으니 저러는 게 당연했다. 카터가 교도소에 들어가기 전까지 헤이즐과 보낸 시간이나 설리번과 헤이즐이 같이 보낸 시간이 엇비슷하다는 생각이 드는 순간, 카터는 충격을 받았다. 설리번은 헤이즐이 앉은 안락의자 등받이에 몸을 기댄 채 그녀의 말에 귀를 기울이며 진지하게 고개를 끄덕였다. 이따금 헤이즐이 고개를 들어 설리번을 바라보았다. 카터의 눈엔 두 사람이 다정하고 편해 보였다. 둘이 잔 게 확실했다. 그것도 여러 번. 오늘 밤 물어봐야겠어, 카터는 결심했다. 설리번과 잤냐고 단도직입적으로 물어야지. 그러다가 아내의 생일에 슬김에 그런 질문을 하면 안 된다고 마음을 바꾸었다. 다른 날 물어봐야지. 헤이즐이 설리번을 사랑하는 게 확실했다. 설리번이 헤이즐에게 반한 게 확실했다.

다들 일식당으로 자리를 옮겨 청주를 마셨다. 모두들 낮은 테이블 주위에 방석을 깔고 앉았다. 카터는 이번에도 헤이즐과 떨어져 앉았고 헤이즐은 이번에도 설리번 옆자리였다.

"에 뿌 부, 무슈(위하여)?" 카터의 왼쪽에 앉은 남자가 청주를 냅킨으로 감싸든 체 물었다.

"위, 아베크 쁠레지흐(기쁘게 그러죠)." 카터도 작은 잔을 들고 대답했다.

"부 파를레 프랑세(불어 할 줄 아세요)?"

"위(네)."

그때부터 두 사람은 불어로 대화했다. 카터는 다른 사람하고는 말하지 않았다. 남자의 이름은 라페티였다. 카터는 그에게 이름을 물으면서 아까 소개받고는 이름을 기억하지 못해서 미안하다고 했다. 라페티는 회사 업무로 2년간 파리에서 근무했다고 했다. 보틀링 기계를 판매하는 회사였다. 두 남자는 프랑스인의 성격과 그곳의 즐거운 생활에 대해 얘기했고 불행한 연애가 남긴 처참함을 토로했다.

"헤어짐은, 그리고 이별은 매번 크나큰 타격을 주고 뭔가를 앗아가요. 파도가 절벽을 때리듯 말이죠. 남자는 그저 절벽처럼 서 있는 거죠. 어느 날 메마르고 작아지고, 그러다 보잘것없는 존재가 되어 끝장나는 거라고요."

라페티는 암담한 연애가 아니라 이별에 관해서만 얘기했다. 사업가의 입에서 흘러나오는 시적 언어를 들으니 카터는 즐거우면서도 놀라웠다. 라페티가 불어로 말해서 훨씬 근사하고 더욱 심오하게 들리는 걸까? 라페티와 말하다 보니 맥스와 행복했던 시간이 떠올라서였을까? 라페티가 왼쪽에 앉은 여성에서 영어로 말을 건네면서 잠시 대화가 끊겼다. 카터는 주위를 둘러보았다. 설리번이 호탕하게 웃고 있었다. 분위기에 걸맞게 적당히 웃는 모습이 설리번다웠다. 설리번이 손으로 헤이즐의 어깨를 꾹 눌렀다 뗐다. 설리번도 살면서 실수한 적이 있을까? 카터는 궁금했다. 충동적으로 일을 저지른 후 후회한 적이 있을까? 바로 그 순간, 카터는 열네 살 때 숙부 부부에게 지적당한 일이 떠올랐다. 두 분은 야무지지 못한 카터에게 잔소리했다. 카터는 예전에 학교 친구에게 테니스 라켓도 빌려주고 트렌치코트도 벗어주었다. 대학 때는 정찬용 정장도 내주었다. 카터는 설리번처럼 대단히 효율적이지도 않고 실리를 챙기지도 않으며 계획적인 사람도 아니었다. 끝끝내 딜렁대다가 월러스 파머 대신 영수증에 서명하는 일까지 저질렀고 이 일에 발목이 잡혀 6년간 옥살이를 했다. 무턱대고 믿는 건 멍청한 짓이다. 설리번이라면 그런 짓은 절대로 하지 않았을 것이다. '돈이 되지 않으면 움직이지 않는다'라는 법률가의 정신을 갖춘 자였다. 그제야 카터는 깨달았다. 총알에 몸이 뚫린 기분이었다. 헤이즐과 설리번을 믿다니. 월러스 파머에게 속았던 그때의 어리석음을 능가하는 터무니없는 바보였다니.

헤이즐이 느닷없이 카터를 쳐다보았다. "여보, 괜찮아?"

카터의 얼굴이 벌게졌을 것이다. 화끈거리는 걸 보니 짐작이 갔다. 카터는 예민하게 손바닥을 이마에 갖다 댔다. "괜찮아." 그는 자신을 쳐다보는 설리번이 꼴 보기 싫었다. 물잔으로 손을 뻗었지만 잔이 비어 있었다. 그런데 그때는 헤이즐이 카터를 쳐다보지 않았다. 카터는 청주를 들이켰다.

"데이비드한테 뭐 받았어?" 카터는 그날 밤 집에 돌아와서 물었다. 헤이즐의 다른 옷가지가 들어서 그런지 쇼핑백이 아까보다 묵직했다. 카터는 쇼핑백을 차에서 꺼내 계단으로 들고 올라갔다.

"내가 갖고 싶어 하던 책을 받았어. 오브리 메넨이 쓴 로마에 관한 책인데 아직 펴보지도 못했어."

설리번이 책보다 훨씬 은밀한 것을 선물할 줄 알았는데.

티미가 자다 말고 일어나 잠옷 차림으로 헤이즐을 두 팔로 껴안으며 외쳤다. "엄마 생신 축하드려요!"

"고마워, 아들. 세상에나, 크리스마스 같아!" 헤이즐이 하이파이 위에 놓인 선물을 보며 말했다. "멋진 장미꽃까지! 엄마가 둘 중에 뭐부터 감사해야 하나?"

"둘 다." 카터는 아들을 보며 웃었다.

헤이즐은 카터가 준 선물 세트가 마음에 든다면서 이니셜이 별로 크지 않다고 했다. 카터는 헤이즐에게 사탕과 비누와 손수건도 선물했다. 헤이즐이 선물을 개봉하는 동안 부자는 나이트캡(잠잘 때 쓰는 둘레가 없는 모자)을 썼다. 그리고 티미는 초콜릿 우유를 마셨다.

그날 밤 카터는 잠이 오지 않았다. 마신 술이 벤제드린(각성제의 일종)처럼 느껴졌다. 엄지가 욱신거렸다. 모르핀 주사 생각이 간절했다. 새벽 3시경, 슬그머니 자리에서 일어나 욕실로 가서 파나노드를 한 알 삼킨 후 어둠에서 방으로 돌아왔다.

"여보, 안 자?"

카터는 문득 비현실적인 기분이 들었다. 어둠 속에서 들리는 헤이즐의 목소리. 둘이 같은 방에 있다는 사실. 그날 저녁 내내 있었던 일. 설리번. 맥스까지. 그런데 누구보다, 자기 자신보다 맥스가 훨씬 생생하게 느껴졌다. "응." 꿈속에서 대답하면서도 꿈이 깨지 않기를 바라듯 머뭇머뭇 대답했다.

"불 좀 켜봐."

카터는 불을 켜고 눈을 깜빡였지만 비현실적인 느낌을 떨치기엔 전혀 효과가 없었다.

"앉아 봐, 여보. 무슨 일 때문에 그래?"

카터가 침대 모서리에 걸터앉았다. "설리번."

"오, 여보." 헤이즐이 눈을 감고 인상을 쓰다가 잠시 고개를 돌렸다. "여보. 상황을 더 쉽게 풀어가려면 우리가 더는 설리번을 안 만나면 돼."

헤이즐이 초인적인 희생을 해야 하지만 그래도 하겠다며 다짐하는 소리처럼 들렸다.

"난 당신이 그러는 거 싫어." 카터가 대꾸했다. 애써 밝게 말하려고 했지만 그렇게 들리지 않았다. 헤이즐의 얼굴이 경계하는 표정으로 바뀌었다.

"그렇다면 남부끄러운 짓은 그만해. 오늘 밤처럼 그러면 안 되는 거 아냐?"

"남부끄러운 짓 안 했는데?"

"당신, 터지기 일보 직전이더라. 일식당에서 말이야. 데이비드가 내 어깨에 딱 한 번 손을 올렸다고 그러고 있으니 다들 눈치챘잖아. 당신은 설리번이 미운가 봐."

헤이즐도 어깨에 닿은 손을 의식하고 있었구나. "다들 눈치채진 않았을 거야. 그건 사실이 아니니까."

"설리번한테 작별 인사도 제대로 안 하던데? 신사답지 못하게 그게 뭐야? 설리번이 오늘 파티도 열어주고 다들 데리고 나가 외식도 시켜줬잖아. 날 축하해 주려고."

"나 오늘 설리번한테 작별 인사했어." 카터는 기억을 더듬었다. 그래도 고맙다는 말은 하지 않았다.

"당신이 유치하게 구는 것 같아."

카터가 자리에서 일어났다. 순간 부아가 치밀었다. "당신은 유부녀답게 굴지 않잖아?"

"그게 무슨 소리야?" 헤이즐이 벌떡 일어났다.

"하나만 묻자." 카터가 잽싸게 물었다. "나 감옥 간 사이 녀석하고 무슨 일 있었지?"

"아니! 방문 닫아. 이런 대단한 얘기는 티미에게 안 들렸으면 좋겠어."

카터가 문을 쾅 닫았다. "일이 있었겠지. 그래서 묻는 거야."

"말도 안 돼." 헤이즐이 잡아떼면서 휘청거리며 물러났다.

"딱 보면 알아!"

헤이즐이 몸서리를 치며 길게 한숨을 내쉬더니 담배로 손을 뻗었다. 담배에 불을 붙이는 동안 손이 파르르 떨렸다. "담배가 도움이 될 것 같아." 헤이즐이 카터를 쳐다보지 않고 털어놓았다. "맞아, 설리번과 일이 있긴 했어. 3주 정도 사귀었어. 정확히 말해 2주하고 사흘이야."

카터는 숨이 쉬어지지 않았다. "언제였는데?"

"4년 전이야. 조금 더 됐나. 대법원에서 두 번째 기각을 당하고 몇 주 후였어." 헤이즐이 그제야 카터를 쳐다보았다. "그때 난 정말 불행했어. 어떻게 살아야 할지 몰랐어. 당신 인생도 어찌 될지 몰랐고. 맞아, 데이비드를 사랑하긴 했지만 도움이 되기는커녕 기분만 더 나빠지더라. 나 자신이 부끄러워서 그만두었어. 데이비드를 아예 만나지도 않았어. 그 후 한 달 정도는."

카터는 아직도 숨이 쉬어지지 않아 미동 없이 서 있었다. "이제야 알겠다."

"맞아, 내가 후회한다는 거 당신은 알 거야. 다시는 그럴 수 없다는 것도 알 테고."

"왜 그럴 수 없어? 왜 그런 말을 하는데?"

"내가 또 그런다고 생각한다면 당신은 이해 못하는 거야. 날 이해하지 못한다고."

"이해가 갈 것도 같은데. 왜 그럴 수 없는데?"

헤이즐이 대답 대신 그를 바라보기만 했다.

"설리번을 사랑했다…… 그럼 지금도 사랑해?"

"여기에 나하고 같이 있는 사람은 당신 아냐?"

"맞아. 그런데 만일 내가 여기에 없다면? 내가 이 그림에서 빠진다면?"

"여보, 제발 이러지 마."

"묻잖아. 만약 내가 없다면 어떻게 되는 건데?"

"물으니 대답할게. 맞아. 당신이 없다면, 이를테면, 당신 친구처럼 감옥에서 죽었다면 난 분명 데이비드와 결혼했을 거야. 티미도 데이비드를 좋아하거든. 같이 있으면 편하고. 요즘엔 당신보다 더 편해 해."

카터는 파자마 상의를 벗어 던지고 옷장으로 갔다. 코스튬 파티 때 찍은 사진이 시야에 들어오자 순간 움찔했다. 사진을 찢어버리고 싶었다. 그는 파자마 바지의 끈을 확 잡아당겼다.

"어디 가려고?" 헤이즐의 목소리가 불안했다.

"산책."

"새벽 4시에? 필립, 데이비드 만나러 가는 그런 정신 나간 짓은 안 할 거지?"

"산책 간다고 했잖아. 산책해야겠어." 그는 순식간에 옷을 갈아입었다. 셔츠를 접어 올리고 단추도 대충 채웠다. 침실을 걸어 나와 방문을 열어 둔 채 어둠 속 현관 옷장에서 코트를 더듬더듬 찾아 꺼내 입었다. 그리고 현관문을 열고 밖으로 나간 다음 문을 닫으려다 충동적으로 다시 열고 귀를 쫑긋 세웠다. 악몽이 현실이 되는 과정을 체험하는 느낌이 들었다. 다이얼 소리가 들리더니 헤이즐이 침실 전화로 설리번에게 전화를 걸었다. 설리번에게 귀띔해주려는 걸까? 아니면 편안하게 수다를 떨려는 걸까? 카터는 어두운 현관에 서서 헤이즐이 뭐라고 하는지 대화를 엿들을 수도 있었다. 헤이즐이 뭔가 얘기할 테니. 그러나 듣지 않아도 짐작이 갔다. 카터는 문을 닫고 계단을 내려갔다. 이 어스름에 할 거라곤 걷는 것밖에 없었다.

동이 틀 때까지 걷고 또 걸으니 꽤 도움이 되었다. 걸으며 여명을 응시했다. 헤이즐에게 말해주고 싶었다. '고백해줘서 고마워. 우리 그 얘기 다시는 하지 말자.' 이렇게 말할까? 아니, 아무 말 하지 않는 편이 나을지 모른다.

16

이틀 후 아침, 카터는 아래층 우편함에서 가월의 편지를 발견했다. 봉투를 뜯기도 전에 가월이 보낸 편지임을 알았다. 작고 하얀 사무용 봉투에 반송 주소는 적혀 있지 않았다. 가늘고 길게 쓴 필체가 약간 삐뚤빼뚤했다. 카터는 알아보기 힘든 퀸스 직인을 보고 짐작했다. 헤이즐이 빼먹은 몇 가지 물건을 사러 나가려다 가월이 보낸 편지를 집에서 뜯어보려고 다시 계단을 올랐다. 내용은 다음과 같았다.

필립,

자네한테 말을 하다 만 기분이네. 사람을 시켜서 설리번의 아파트와 전에 살던 53번가의 아파트를 지켜보게 했다네. 53번가 아파트라면 자네 아내가 설리번과 아예 같이 살던 곳이라는 걸 자네도 짐작할 걸세. 난 그 후 4년, 그러니까 지금도 둘이 바람을 피운다는 사실을 말하는 거라네. 자네 아들도 분명 알 거야. 애들은 바보가 아니니. 요전 날 자네는 내 말을 믿지 않고 내가 설리번에게 당한 게 짜증이 나서 그런다고 여기는 것 같더군. 자넨 지난달에 아내가 설리번의 집에 두 번 드나든 것도 모르잖아(물론 더 많이 갔겠지. 우리가 목격한 것만 두 번이니). 내가 사실도 아닌 얘기를 이렇게 편지

172

에 적겠나? 자네 아내가 지난달에 설리번을 두 번 만났다고 제 입으로 말했을까? 분명 안 했겠지. 헤이즐이 거의 관심을 주지 않으니 설리번이 남편에게 일자리를 찾아주겠다면서 헤이즐을 여태 쥐고 흔드는 것일까? 그게 설리번다운 모습이니 정말 그럴지도 모르지만, 둘은 아직도 한창이라고, 필립. 정신 차려. 증거를 대라고? 좋아. 우리 애들이 확보한 메모도 있고, 설리번과 자네 아내가 나눈 대화를 녹음한 테이프도 있다네. 내가 구하지도 않았는데 수중에 굴러들어왔어. 6개월 전, 아니 그 후에 나눈 대화야. 원한다면 언제든 들려주겠네. 원한다면 우리 애들이 자네 아내가 설리번의 집에 들어가는 장면을 찍은 사진도 보여주겠네.

누구든 날 거짓말쟁이라고 치부하는 게 싫네. 연락하고 싶으면 편지지 상단에 적힌 주소로 연락 바라네.

그럼 이만.

그레고리 가월

'우리 애들'이라는 걸 보니 가월이 돈을 주고 고용한 사람을 칭하는 듯했다. 과대망상증인가? 카터는 잭슨 하이츠 번지수가 길게 적힌 주소와 전화번호를 노려보다가 편지를 갈기갈기 찢어서 아침에 먹은 오렌지 껍질이 잔뜩 든 쓰레기통에 처넣었다.

그날 오후 3시경, 데이비드 설리번이 전화했다. 친구 버터워스가 뉴욕으로 돌아왔으니 전화해서 약속을 잡으라고 했다.

"그리고 할 얘기가 더 있어요, 필립. 오늘 오후 6시경에 시간 있습니까?"

"물론이죠, 데이비드. 이리로 오실래요?"

"단둘이 얘기하고 싶습니다. 괜찮으시면 저희 집으로 오시겠어요?"

카터는 알겠다고 했다. 전화를 끊고 나니 마음이 불편했다. 또 고백을 들으려나? 4년간 바람을 피웠다는 고백일까? 카터는 일부러 씩씩하게 전화번호부를 뒤적거렸다. 헤이즐이 전화번호부가 거실에 있으면 보기에 안 좋다면서 현관 옷장에 넣어두었다. 카터는 젠킨스 앤드 필드의 전화번호를 찾아 버터워스와 통화했다.

버터워스의 목소리는 상당히 친절했다. 두 사람은 금요일 오전 10시에 만나기로 했다.

헤이즐이 보통은 6시 직전에 도착하기에 카터는 티미에게 아빠가 데이비드의 집에 갔다가 7시 넘어서 온다고 엄마한테 전하라고 했다.

"엄마는 안 가세요?"

"응, 아빠하고 데이비드 아저씨하고 할 얘기가 있거든. 일 얘기야. 엄마한테 전해."

"따라가도 돼요?"

카터는 문 앞에서 몸을 돌렸다. 티미의 간절함 때문에 속이 쓰렸다. 티미는 설리번을 상당히 좋아했다. "뭐 하러, 티미? 재미가 하나도 없을 텐데. 그냥 일 얘기만 할 거야."

"한 시간 정도라면서요." 티미가 여태 조르고 있었다.

"안 돼, 티미. 미안하다. 일 얘기야. 아빠 지금 안 가면 늦어."

카터는 택시를 타고 설리번의 아파트로 향했다. 설리번이라고 적힌 초인종을 눌렀다. 설리번이 문 열림 단추를 눌렀고 카터가 안으로 들어갔다. 아파트는 3층이었다. 그는 3층 전체를 쓰고 있었다. 카터와 헤이즐의 집처럼 이 건물엔 딱 세 가구만 살았다.

설리번이 문 앞에서 인사하며 카터의 코트를 받아 들더니 한잔하겠느냐고 물었다.

"좋죠. 고마워요. 너무 독한 건 말고요."

설리번이 거실 구석에 있는 바로 갔다.

카터는 설리번을 쳐다보며 기다렸다.

"가월이 전화했습니다." 설리번이 카터에게 술잔을 건네며 얘기를 꺼냈다. 그는 자기 잔도 챙겼다. "굉장히 찝찝한 통화였습니다. 가월이 당신하고 만나서 얘기했다고 하더군요." 그가 카터를 쳐다보았다. 긴장했는지 설리번의 좁다란 얼굴이 더욱 여위어 보였다. 안색도 창백했다.

"네. 지저분한 대화를 잠시 했죠."

"가월이 그 얘기를 꺼냈습니다. 있잖아요, 필립……" 설리번은 말을 멈추고 생각과 용기를 끌어모으려는 듯 불 꺼진 벽난로를 뚫어져라 보았다. "헤이즐이 전화했습니다. 생일이던 지난 월요일 새벽에요. 너무 당황스럽더군요. 헤이즐이 당신한테 고백했다고 하더군요. 우리 일을요." 설리번이 몸을 돌려 카터를 응시했다.

"그랬죠."

"사실대로 말했다면서요. 미안합니다, 필립."

"다 끝난 얘긴데요." 카터는 짜증스레 대답했다. "헤이즐이 잘 넘기리라 생각합니다. 저희 둘 다 그래야죠."

"물론 그러실 겁니다." 설리번이 진지하게 대답했다. "그런데 가월은 당신한테 다르게 얘기한 것으로 압니다. 사실이 아닌 얘기를 했겠죠. 저희가 4년간 사귀었다나 뭐라나 지껄이면서요."

"맞아요."

"사실이 아닙니다."

카터는 설리번을 쳐다보고만 있었다. 설리번은 카터가 무슨 말이든 해 주기를 기다리고 있었다. 카터가 그를 믿는다고 얘기해 주기를.

"가월을 만난 얘기는 헤이즐한테 하지 않았습니다."

"압니다. 알았더라면 헤이즐이……" 설리번이 말꼬리를 흐렸다.

나한테 말을 했겠죠, 카터는 설리번이 이렇게 말하려다 만 것이라고 짐작했다. 술잔을 벌컥 들이키고 애써 화를 다스렸다. 설리번이 착한 놈은 아니겠지만 가월은 훨씬 악랄한 놈이었다.

"전 가월의 말을 믿지 않습니다."

"네, 그럼요." 눈에 띌 정도로 설리번의 어깨에서 긴장이 빠져나갔다. "헤이즐에겐 온통 추잡하고 치욕적인 일이니까요." 설리번은 자기가 헤이즐을 정복이라도 한 듯이 몸을 더욱 곧추세웠다.

3주면 덜 추잡하고 4년이면 훨씬 추잡하다는 소린가, 카터는 의아했다. 그럴지도 모른다.

"이번 일을 잘 받아들이고 계시네요, 필립."

내가? 카터는 어깨를 으쓱했다. "전 헤이즐을 사랑합니다. 지금이 무슨 빅토리아 시대도 아니잖습니까?" 말을 내뱉자마자 카터는 지금이 빅토리아 시대처럼 느껴졌다.

"가월은 절대로 그만두지 않을 겁니다. 이게 끝일 리가 없어요. 특히나 아무런 결실을 얻지 못했다면 말이죠."

"결실이라니 무슨 뜻이죠?"

"가월은 절 뼛속까지 싫어해요. 이 얘긴 전에도 말씀드린 적이 있습니다. 가월은 당신이 절 폭행하거나 그 이상의 일을 저지르길 바라고 있어요. 그 작자는 당신이 난동을 부려서 저희 로펌에다 제 이름을 들먹이길 바라는 중이죠. 요즘 세상에 이런 일로 전문직 종사자가 무슨 타격을 입겠느냐고 하시겠지만, 타격을 입습니다."

카터는 설리번이 자기 안위와 커리어만 걱정한다는 걸 간파했다. 가증스러운 놈.

"전 그런 짓은 안 합니다. 가월이 직접 하겠죠."

"네, 가월이라면 그럴 겁니다. 그런데 그가 뭘 기다리는지 모르겠어요. 물론 당신이 어떻게 나오나 보려고 기다리겠죠. 가월이 뭐라고 했는지 아십니까?" 설리번이 짧게 웃으며 물었다. "4년간 바람을 피웠다는 얘기를 듣는 순간 당신이 눈에 뵈는 것 없이 미쳐서 날뛰었다고 했어요. 당신이 날 죽이겠다고 위협했다고 하면서요."

카터는 진득하게 설리번을 바라보았다.

"그래서 경호원을 고용하는 편이 낫겠다는 생각도 했습니다."

설리번은 진심인 것 같았다. 카터는 자신이 설리번의 신체적 안위에는 별로 관심이 없다는 사실을 깨달았다. 그리고 하나 더 깨달은 게 있었다. 그는 설리번이 그림에서 빠지기를 바라고 있었다. 교도소라는 정글의 법칙에 따르면, 자기 아내가 다른 재소자와 동침한 사실이 들통날 경우, 그 자는 어느 날 쥐도 새도 모르게 죽은 채로 복도에서 발견되기도 한다.

"왜 그런 눈으로 보십니까? 제 말을 안 믿으시는군요?"

"아뇨, 믿습니다. 믿는 것 같아요."

"필립, 이 일에 관심을 가지셔야 해요. 가월이 험악한 남자들을 사서 절 죽이라고 시키고 당신한테 뒤집어씌울지도 모른다고요. 전에도 말씀드렸잖아요. 지금 가월이 하고 다니는 짓을 보시라고요. 당신더러 날 죽이라고 부추기고 있습니다. 아시잖습니까?"

"네, 압니다."

침묵이 흘렀다. 설리번이 찌푸린 얼굴로 방을 이리저리 돌아다녔다. 뭔가 더 할 일이 있는 것 같았다. 카터는 자리에 앉아 있었다. 마음이 상당히 놓였다. 자기 안위를 걱정하는 설리번을 보니 놀라웠다. 설리번에겐 새삼스러운 일이겠지만, 카터에겐 새삼스럽지 않았다.

"오늘 어떤 식으로든 가월한테 연락이 왔었나요?"

"아뇨. 왜 물으시죠? 당신한테는 연락이 왔었나요?"

"아뇨." 카터는 차분히 대답하면서 담뱃재를 재떨이에 털었다.

설리번은 겁이 나서 더는 묻지 못하는 눈빛으로 카터를 바라보았다. 가월이 카터에게 다른 소리를 했을까 봐 지레 겁먹은 게 확실했다. 어제오늘 가월이 설리번에게 전화해 필립 카터에게 제보 편지를 보냈다고 협박했을 가능성이 커 보였다.

"그래서 이 사달이 난 겁니다. 이게 다 제가 당신을……" 설리번이 고개를 저었다. "차라리 아무것도 하지 말 걸 그랬어요. 저한테 좋은 건 하나도 없고 가월에게 솜방망이 같은 타격만 주고 말았죠. 제가 한 게 고작 이거라니."

설리번은 카터를 감옥에서 꺼내 주려다가 자기 목숨이 위태로워졌다는 말을 하려고 애쓰고 있었다. 그게 사실이라 해도 왜 계속 말하는 걸까? 심지어 설리번은 카터의 형기를 단 하루도 줄여주지 못했는데 말이다.

"가월과는 얘기할 일이 더는 없을 겁니다." 카터가 일어나며 말했다.

설리번이 버터워스에 대해 묻더니 금요일에 면접 보고 전화를 달라고 했다. 카터는 그 집을 나왔다.

　카터는 설리번이 버트워스 면접 건과 관련해 알려주었다고 헤이즐에게 둘러댔다.

　"오늘 기운차 보이는데? 금요일 날 꿈처럼 잘됐으면 좋겠다."

　"꿈이라." 카터는 앞말을 받아서 말했다. 주방에 서서 헤이즐이 레몬 파이 위에 머랭을 올리는 모습을 지켜보았다. 반소매 흰 블라우스에 트위드 치마를 입고 앞치마를 걸친 헤이즐. 검은색 가는 리본으로 머리를 뒤로 묶어 맸는데 몇 가닥이 옆으로 삐져나왔다. 몇 년 전 뉴욕 주방에서, 프리몬트에서 본 헤이즐의 모습이 카터의 눈앞에 그려졌다. 그리고 지금 여기에 있는 헤이즐의 모습이 겹쳐졌다. 카터는 인상을 구겼다. 이제 헤이즐의 모습이 조금은 더럽혀졌다. 헤이즐이 설리번과 외도한 사실을 카터가 알았기 때문이다. 도덕심 때문이 아니었다. 아무도 더럽히지 못할, 어떤 악행도 행하지 못할 눈부신 여신 같던 헤이즐의 모습에 때가 묻었기 때문이다. 설리번에게 말했듯이 카터는 견딜 수 있었다. 징징대지 말자. 빅토리아 시대도 아니니. 그냥 얼룩일 뿐이다. 그렇다면 감옥도 얼룩이나 마찬가지였다. 찌든 얼룩이랄까. 폭동 때 휘트니를 죽인 사건 역시 얼룩이었다. 카터가 감옥에서 흉이 진 것처럼 이제 헤이즐도 흉이 졌다.

　헤이즐이 카터를 쳐다보더니 궁금하다는 듯 눈썹을 가만히 치켜떴다가 몸을 돌려 다른 일을 했다. 지난 몇 주간 그에게 연신 물었다. "무슨 일이야, 여보?" "무슨 생각해?" 그러나 카터는 매번 헤이즐에게 말해줄 수 없었다. 어쩌면, 말하고 싶지 않았으리라. 카터가 묘한 표정을 지으며 딱히 무슨 생각을 한 건 아니었다. 지난 6년 사이 카터는 인상이 변했고 헤이즐은 변한 그의 얼굴에 적응하지 못했다. 카터는 그 사실을 깨닫고 다음과 같은 대답으로 헤이즐을 애먹였다. "이 세상이 하나의 거대한 감옥 같다는 생각을 했어. 여러 개의 감옥이 모이고 모여 확장된 형태라고나 할까." 그날 밤도 카터는 헤이즐에게 의미를 명쾌하게 설명할 수 없었다. 감옥 밖의 세상에도 규율과 규칙이 존재하지만 때론 사리에 맞지 않는다는 뜻이었다. 모든 이의 마음속 기저에 도사린 감옥보다 훨씬 더 미쳐서 날뛰는 세상이 규율과 규칙이 있어 유지된다는 느낌이 종종 들 때가 있었다. 감옥 밖의 세상이 언제 자고 먹는지, 일하고 쉬라고 말해주지 않았더라면, 감옥 밖에 있는 모든 사람이 이런 행위를 따라 하지 않았더라면 인간은 미쳐버렸을 것이다. 그날 밤 카터는 그걸 실감했기에 이런 생각을 믿었고 아직도 어느 정도 믿고 있었다. 그런데 헤이즐은 믿지 않았다. 그가 명확하게 설명하려고 하면 할수록 뜻은 더욱 모호해졌다.

"여보, 이번 주 주말에 엘리엇 부부 만나기로 한 거 잊지 마."

"물론이지." 카터는 어렴풋이 기억이 났다. 두 사람은 금요일 밤에 헤이즐이 퇴근한 후 롱아일랜드로 가기로 했다. 로저 엘리엇은 투자 컨설턴트였는데, 헤이즐의 부탁으로 그들 자산의 상당액을 굴리고 있었다. 현재 그 자금은 블루칩 유가 증권에 제대로 투자되고 있었다. 프리실라 엘리엇은 서른 살 정도 된 전업주부로 티미보다 어린 두 자녀를 키웠다. 취미로 초상화나 풍경화를 그렸는데 재능은 있으나 도드라지진 않았다. 드넓은 잔디 위에 선 엘리엇 부부의 집은 웅장하고 영원해 보였다. 카터는 설리번이 이번 주말에는 엘리엇의 집에 오지 않는다는 사실을 떠올렸다. 그건 마음에 들었다.

다음 날인 목요일, 카터는 딱히 할 일이 없어서 매주 목요일 1시에서 4

시까지 와서 일하는 파출부 샌드라를 평소보다 조금 더 까다롭게 부렸다. 샌드라가 헤이즐의 지시 사항을 제대로 이행하지 않아서 그녀에게 찬장과 약장 선반을 닦으라고 시키면 헤이즐이 좋아할 것 같았다.

3시가 되기 직전에 전화벨이 울렸다. 가월이었다. "여보세요, 필립. 내 편지 받았을 텐데."

"받았습니다만."

"그럼 답장을 해야지. 왜 전화도 답장도 없나?"

"제가 그래야 합니까?"

"왜 이래, 필립. 녹음테이프 듣기가 겁나나 보군."

카터는 순간 울컥 화가 치밀었다. "녹음테이프 듣는 거 겁나지 않습니다." 그는 가월 앞에서 아내의 이름을 들먹이고 싶지 않은 마음에 '헤이즐'이라는 말을 삼켰다.

"좋아, 그럼 언제 올 건가? 오늘 밤 어때?"

"밤에는 시간이 없습니다. 일찍 퇴근하면 몇 시에 집에 도착하십니까?"

"한 6시."

"그리로 가죠. 잠시만요. 주소가 어떻게 됩니까?" 카터가 주소를 받아 적었다.

가월이 갖고 있다는 녹음테이프를 듣고 끝내야겠다고 카터는 생각했다. 가월은 갖고 있는 게 하나도 없을 테니까.

17

5시 40분, 카터는 주소가 길고 복잡한 잭슨 하이츠에 있는 가월의 집에 가려고 택시를 탄 후 검붉은 벽돌 건물이 늘어선 거리에 내렸다. 죄다 똑같이 생긴 것 같았다. 건물들은 서로 맞닿아 도로를 향해 둔각으로 서 있었고 높이는 대략 8층 정도 되어 보였다. 가월의 아파트 1층 현관에는 유모차가 즐비하고 음식 냄새가 진동했다. 카터는 승강기를 타고 6층으로 올라갔다.

"어서 와, 필립." 가월이 문을 열며 상냥히 인사했다. 민소매 차림에 담배를 물고 있었다. "들어오게."

카터는 새로 산 듯한 싸구려 가구로 꽉 찬 거실로 들어섰다. 벽에 걸린 싸구려 명화 포스터처럼 개성이라곤 전혀 찾아볼 수 없었다. 가월이 술을 권했다. 카터는 추하게 생긴 녹색 소파 한쪽 끝으로 코트를 툭 집어 던졌다. 다른 방으로 이어지는 복도가 보였다.

"우리 둘뿐인가요, 아니면 누가 더 있나요?"

"둘뿐이야. 자네가 둘이 있는 걸 더 좋아할 것 같아서." 가월이 부엌에서 잔 두 개를 들고 돌아왔다. "바로 여기에 자네가 흥미로워할 물건이 있지." 가월이 소파 앞에 놓인 둥근 커피 테이블로 갔다. 커피 테이블 위에는 재떨이가 두 개 있었고, 그 사이에 낡고 누런 봉투가 끈이 풀린 채 놓여 있었다. 봉투는 불룩했다. 가월이 소파에 앉았다. "이 메모는 말이지," 그는 메모를 한 줌 꺼냈다. "대부분 설리번에 관한 내용이야. 다른 사람 이름이 가끔 나오는데 설리번을 만나러 온 사람들이지."

가월이 몇 마디 더 웅얼거린 후에야 카터가 입을 열었다. "관련된 내용만 보여주시면 좋겠습니다."

"이를테면, 여기, 3년 전 6월 27일, '카터 부인 오후 4시 30분 도착, 6시 출발'이라고 적혀 있네. 설리번의 집이지. 자네 아들한테는 엄마가 롱아일랜드에 있는 학교에 가는데 5시가 넘어야 수업이 끝난다고 했겠지. 거의 매번 이랬으니까. 또 있네. '카터 부인 오후 4시 30분 도착, 6시 20분 출발'." 가월이 메모를 뒤적거렸다. "'설리번, 오후 9시 30분 카터 부인과 같이 집에 들어감. 부인, 자정께 집을 나섬. 설리번이 택시를 잡아 줌'. 이건 1년 전 메모야." 가월이 몸을 숙여 카터에게 메모를 건넸다.

가월이 메모 여섯 개를 더 꺼냈다. 헤이즐이 설리번의 아파트에서 가장 늦게 나온 시각은 새벽 2시였다. 그때는 설리번의 집에서 파티가 있어서 일행이 두 명 더 있었다.

"알잖나. 그 집에서 나온 시간이 늦은 게 중요하진 않다는 걸." 가월이 씩 웃었다.

카터도 웃어야 했다. "보여주신 내용이 그리 흥미롭진 않네요." 카터는 지루했고 왠지 모르게 화가 치밀었다. 굳이 여기까지 찾아온 자신을 향한 분노였다.

가월이 놀라더니 실망하는 기색을 비쳤다. "흥미롭지 않다니. 그렇다면 녹음테이프를 들어보자고." 그는 자리에서 일어나 현관 옆 옷장으로 가서 묵직한 상자를 끄집어냈다. 그 뒤에 상자가 하나 더 보였다. 두 번째 상자엔 둘둘 말린 테이프가 길게 두 줄로 가득했다. 가월은 자기가 뭘 찾는지도 모르는 것 같았고, 찾는 것 같지도 않아 보였다. 그는 녹음테이프 상자에 몸을 숙인 채 중얼거렸다. "설리번 집에 두 번 들어갔었지. 한 번은 도청 장치를 설치하러 갔고, 또 한 번은 제거하러 갔지. 이건 마찬드 거네." 그는 테이프 하나를 집어넣더니 다른 하나를 꺼냈다. "마찬드라는 자가 한 명 더 있지. 친구들 중에." 그는 빈정거리며 말했다.

카터가 담배를 꺼냈다. 가월은 정신병 환자야. 피해망상이라고. 설리번이 뒷조사한 게 가월에게 불을 확 지른 게 확실하군. 카터는 소파 쿠션 위에 잔뜩 쌓인 너저분한 메모 더미를 다시 쳐다보았다. 가월은 자기를 귀찮게 하는 사람에 관한 내용이 담긴 낡고 누런 봉투를 몇 개나 갖고 있을까? 이런 쓰레기를 수집하려고 돈을 얼마나 퍼부었을까? 재산의 절반은 날린 게 확실했다. 싸구려 아파트에 사는 걸 보니.

"찾았다." 가월이 외쳤다. "설리번."

녹음테이프를 기계에 거느라 몇 분이나 걸렸다. 처음에 카터는 웃으면서 들었다. 설리번과 세탁소 배달원 사이의 대화가 토막토막 들렸다. 설리번의 예상과는 달리 배달원이 양복만 가져오고 정찬용 흰 재킷은 가져오지 않았다. 문이 쾅 닫힌 후 아무 소리도 들리지 않았다.

"빨리 돌려보세요." 카터가 재촉했다.

"그럼 안 돼. 그러다 몇 군데 놓치면 어쩌려고." 가월이 바닥에 놓인 기계 위로 몸을 잔뜩 숙인 채 말했다.

설리번이 전화로 레스토랑에 예약한다. "9시에 두 명이요."

"전화기 바로 옆에 장치를 설치했거든." 가월이 끼어들었다.

길게 이어지는 침묵.

"잠깐." 가월이 목소리가 들릴 때까지 테이프를 빠르게 돌렸다가 되감았다. 헤이즐이 설리번의 집에 도착한다.

"잘 지냈어, 자기?" 설리번이 맞이한다.

"응, 당신은?" 헤이즐이 대꾸한다. "오늘 정말 바빴어!"

"9시로 예약했어. 8시엔 자리가 없대. 괜찮지, 자기?"

"괜찮아. 조금 이따 가면 되지. 나 구두 벗을래."

설리번이 슬며시 웃는다. "그래. 뭐 마실래?"

"아니 됐어. 아직은."

"자기야."

아마 둘이 키스를 하는 것일 수도 있고, 아닐 수도 있다. 카터의 귀엔 침묵이 그렇게 들렸다.

"들었지?" 가월이 말했다.

"이게 뭡니까? 그걸 증명하려면 침실에다 설치했어야죠." 카터가 웃으며 따졌다.

"티미는 괜찮겠지?" 설리번이 묻는다.

"오늘 밤에 친구 집에서 잘 거야." 헤이즐이 대답한다.

"정말 잘됐네."

두 사람의 목소리가 멀어지며 사라진다.

"됐나?" 가월이 끼어들었다. "지난 10월에 녹음한 거야."

카터는 헤이즐의 목소리와 기분이 느껴졌다. 헤이즐은 그에게도 저런 식으로 말한 적이 여러 번 있었다.

가월이 기계를 껐다. "티미가 친구 집에서 잔다잖아." 그는 의미심장하게 고개를 끄덕였다.

카터는 부들부들 떨리는 두 팔을 벌리며 말했다. "저희가 어디 가느라 늦으면 티미가 종종 그럽니다."

"이거 왜 이래? 알 만큼 아는 사람이."

카터는 쓴웃음을 지었다. 맞아, 애도 아니면서 왜 이럴까. 지난 10월에 녹음된 테이프였다. 그는 필름 통 위에 적힌 날짜를 직접 확인했다. 가월이 날짜를 속인 건 아니었다.

가월이 잔을 들고 술을 더 따랐다. "어느 늦은 오후에 헤이즐이 설리번과 같이 있던 상황을 내가 조금 더 말해도 되겠나? 그래야 자네가 생각을 해보고⋯⋯" 가월이 잔을 커피 테이블 위에 쿵 내려놓았다.

"그리고요?"

"설리번이 침대에 누웠을 때 목을 조르는 거야."

카터의 이마가 땀으로 축축했다. "저보다 설리번을 더 싫어하시는군요. 절 이기시겠어요."

"난 자네가 그래야 한다고 생각하네. 자네에겐 그럴 권리가 있어."

카터가 웃었다. "왜 이러십니까. 그 영광을 당신에게 돌리죠."

가월이 카터의 표정을 살폈다.

카터는 결국 술잔으로 시선을 내렸다. 땀이 난 이마를 손으로 훔쳤다. 송골송골 맺힌 땀 때문에 병사에서 겪은 금단 현상이 떠올랐다.

"한 대 맞겠나? 욕실에 헤로인이 좀 있는데."

카터는 뒤로 물러나 앉았다가 한참 후에 입을 뗐다. 그러면서도 무슨 대답이 나올지 자기도 모르고 있었다.

"좋죠."

"욕실에 둔 건 아니지만 아무튼 가져오지." 가월이 친절한 집주인처럼 잽싸게 일어나 복도를 따라 침실로 들어갔다.

카터는 자리에서 일어났다. 가월이 욕실로 들어가는 소리가 들렸다. 카터도 따라 들어갔다.

가월이 바닥에 상자를 펼쳤다. 가로세로 60센티 정도 되는 판지 상자 안에 앰풀이 40개가량 들어 있었고 맨 위는 솜으로 덮여 있었다. 상자가 꽉 차 있다면 앰풀이 최소 240개는 넘을 것이다.

"이거 하나에 650밀리그램이 들어어." 가월이 세면대 모서리에 피하 주사기를 내려놓으며 말했다. "이걸 다 맞을지는 모르겠지만." 그가 푸근하게 웃더니 욕실을 나갔다.

카터의 몸이 저절로 움직이면서 순식간에 주사기를 팔뚝 혈관에 꽂았다. 앰풀과 처음 보는 사각 주삿바늘은 교도소 병사에서 쓰던 것과 달랐다. 카터는 플라스틱 앰풀의 절반을 살짝 넘겨 주사했다. 대체 이걸 다 어디에서 구했습니까? 이렇게 묻자니 눈치 없는 짓이라는 생각이 들었다. 돈이 짭짤하게 벌리는 일이었다. 가월이 사설탐정을 고용하고 불법 도청까지 할 수 있는 이유가 바로 이것 때문이었다. 살펴보니 상자 안에 앰풀이 최소 여섯 층으로 켜켜이 쌓여 있었다. 이 정도면 마약 밀매 시장에서 줄잡아 6천 달러는 나간다. 카터는 다시 거실로 갔다.

"몇 개 가져가고 싶으면 가져가게." 가월이 턱으로 욕실을 가리키며 말했다. "마음껏 가져가."

카터가 웃었다. "됐습니다." 약이 혈관을 타고 돌자 짜릿하고 익숙한 기분이 퍼졌다. 카터는 안락의자에 느긋하게 기대어 앉았다.

가월이 일어나서 그에게 술을 건넸다. 카터는 술을 더 마시고 싶지도, 마실 필요도 없었지만 그래도 잔을 받아들었다.

"내가 진지하게 말하는데, 설리번을 제거해도 합법적으로 처벌을 면할 사람은 자네뿐이야." 가월이 나지막이 속삭였다.

카터가 인상을 찌푸리며 웃었다. "전과자인데도요?"

"그럴 권리를 가진 사람이기 때문이지."

"그건 텍사스에서만 통하는 법 아닙니까?"

가월이 몸을 뒤로 빼며 한 손으로 입을 문질렀다.

"내 지인이 저지른 것처럼 꾸미는 건 일도 아니야. 그럼 경찰이 자넬 어쩌지 못하겠지. 자네가 의심은 받겠지만……" 가월이 말꼬리를 흐렸다.

가월이 말도 안 되는 소리를 지껄이고 있었다. 카터의 눈앞에 자신이 설리번의 울대뼈를 손날로 치는 모습이 그려졌다. 알렉스한테 배운 '한 방에 보내는 기술'이었다. "설리번이 죽으면 보나 마나 의심을 받겠죠." 카터는 손목시계를 보며 대답했다. 6시 45분이었다. 내가 어디 갔는지 헤이즐이 궁금해 할 텐데. 카터는 집에 메모를 남기지 않았다. "내가 죽이지 않았어도 의심을 받을 판인데요."

"다시 생각해 봐, 필립. 우리 둘이서 뭔가 할 수 있어. 자네한텐 명분이 있다니까. 자네가 죽이기 전까진 두 사람을 말리지 못한다는 거 알잖나."

카터는 입을 다물었다. 두려웠다. 심장이 펄떡거렸다. 감옥에 있을 때도 비슷한 순간을 많이 겪었다. 신체적으로 위협을 당하거나, 진짜로 한 대 맞기 직전에 드는 느낌과 비슷했다. 맥스의 방에서 스퀴프에게 등을 돌리고 서 있을 때도 이따금 비슷한 느낌이 들었다.

"그건 당신한테 맡기죠." 카터는 이렇게 말하며 자리에서 일어났다.

"아니, 자네한테 맡기겠네."

카터가 웃음을 터뜨렸다.

가월도 따라 웃었다. 가월이 자리에서 일어나 뒷주머니에 손을 넣어 지갑을 꺼내더니 안에서 사진을 한 장 빼 들었다. "여기 선물. 날짜는 뒤에 적혀 있어."

카터는 사진을 받아들었다. 헤이즐을 뒤에서 찍은 사진이었다. 헤이즐이 모자를 쓰지 않은 코트 차림으로 38번 스트리트에 위치한 설리번의 아파트 같아 보이는 계단을 오르고 있었다. 카터는 사진을 뒤집어서 날짜를 읽었다.

"1월 4일 오후 4시 30분이라. 헤이즐은 보통 5시 반에 퇴근하는데요."

순간 가월이 끼어들어 말했다. "5시 넘어서 헤이즐의 사무실로 여러 번 전화해봤지. 내가 알아. 설리번도 원래 5시 반까지 근무야. 둘이 이리저리 시간을 조율했겠지. 사랑은 길을 찾아가는 법이니. 자넨 그 사진까지 부인하진 못할 텐데."

카터는 어깨를 으쓱한 후 사진을 커피 테이블 위로 던졌다. 칼라와 커프스에 검은색 모피가 달린 고동색 코트. 올겨울 헤이즐이 출근할 때 가장 즐겨 입던 옷이었다. 카터는 속이 메스꺼웠다.

"괜찮네." 가월이 카터의 어깨를 토닥이며 말했다. "자네도 사실이라는 걸 알겠지? 그럼 설리번을 제거하는 기쁨을 누가 차지할지 겨뤄보자고. 그래도 자네가 이길 거야."

"그럼 이만." 카터가 현관으로 향했다.

가월이 앞질러 가더니 현관문을 열어주었다. "또 보세, 필립."

카터가 집에 도착했을 때 헤이즐은 주방에 있었다.

"당신 왔어? 어디 갔다 온 거야?"

카터가 거실을 가로질러 주방문 옆에 섰다. "나갔다 왔어. 산책하느라."

헤이즐이 그를 힐끔 보더니 하던 일을 계속했다. 냉동 콩 봉지를 뜯는 중이었다.

아내는 캐묻지 않았다. 카터는 뒤돌아서서 자리를 뜰 수도 있었지만 헤이즐을 뚫어져라 쳐다보며 시선을 떼지 못했다. 헤이즐이 어깨너머로 자꾸 힐끔거리자 그제야 카터는 돌아섰다. 그는 코트를 걸고 욕실로 향했다. 그때, 열린 방문 틈 사이로 티미가 보였다. 바닥에 엎드려 숙제하고 있었다. 티미는 책상보다 바닥을 더 좋아했다. 오른손에 붕대가 감겨 있었다.

"티미, 손은 왜 그래?"

"아, 이거요? 오늘 오후에 핸드볼 하다가 넘어졌어요."

"긁혔어? 많이 다쳤어?"

"아뇨. 베였어요. 유리 조각에 베였는데 심하진 않아요." 티미가 고개도 들지 않고 말했다.

카터는 잠시 머뭇거리다 욕실로 들어갔다. 비누로 손을 씻고 세안을 했다. 헤이즐이 아직도 설리번과 만난다니. 요즘 제법 바쁘다고 했는데. 그래도 헤로인 덕분에 카터는 기분이 꽤 좋았다. 세상이 제대로 굴러가는 것 같았다. 가월은 두 사람의 불륜을 쭉 알고 있었다. 그런데도 카터의 세상은 뒤집히지 않았고, 카터도 아내의 외도에 크게 충격받지 않았다는 사실이 묘하게 위로가 되었다. 심지어 가월은 '사랑은 길을 찾아가는 법'이라고 농담까지 했다. 맞는 말이지. 출소해서 집에 돌아온 카터가 진정한 사랑을 찾아가는 길을 방해할 테니 둘이서 길을 더 많이 찾아야겠지.

그는 다시 주방으로 가서 제안했다. "저녁 먹기 전에 술 한잔할래?"

"아니. 당신이나 마셔."

"그럼 나도 안 마실래."

헤이즐이 찜 그릇에 연어와 콩으로 뭔가 만드는 중이었다. 찜 그릇을 오븐에 넣고 확인한 후 문을 도로 닫았다. "당신 정말 어디 갔다 온 거야?"

카터는 헤이즐의 도발에 눈을 깜빡이긴 했지만 완벽하게 냉정을 유지했다. 당연히 헤이즐도 설리번과 같은 이유로 양심에 찔리는 구석이 있는 것 같았다.

"산책하러 갔다 왔다고 했잖아." 무슨 대답을 할까 생각하기도 전에 시비를 걸듯 입에서 대답이 튀어나왔다. 하지만 카터는 그냥 가만히 있었다. 그리고 돌아서서 거실로 향했다.

18

"데이비드한테 얘기 많이 들었습니다." 버터워스는 인사를 건네며 카터가 가져간 이력서를 계속 읽었다.

버터워스는 도구 제작 기기처럼 생긴 모형과 설계도가 놓인 큼직한 책상에 앉아 있었다. 마흔다섯 정도 되어 보였고 검은 머리칼이 양옆에만 남아서 대머리에 가까운 상태였다. 입매는 여려 보였다. 유약하다기보다 다정한 쪽에 가까웠다. 그걸 보니 묘하게도 헤이즐의 입매를 쳐다보던 기억이 떠올랐다. 젠킨스와 필드 두 사람은 컨설팅 엔지니어였다. 카터는 버터워스가 너무 바빠서 감당하지 못하는 업무의 일부를 넘겨받는 자리라고 이해했다. 버터워스는 종종 다른 도시로 출장을 다녔다. 만일 카터가 채용된다면 버터워스의 업무 중 일부를 떠맡게 된다. 여름 한 달 휴가를 포함해 연봉은 15,000달러였다.

"카터 씨, 맡아주신다면 이 자리는 당신 것입니다."

"고맙습니다. 기꺼이 하겠습니다."

버터워스가 어깨너머로 닫힌 문을 살폈다. "데이비드한테 얘기 들었습니다. 남부에서 옥살이를 하셨다고요. 죄가 전혀 없었다는 것도 압니다. 죄 지은 당사자가 사망했다죠."

카터가 고개를 끄덕이며 말했다. "네."

"끔찍한 일이지만," 버터워스가 머뭇거렸다. "그래도 이 말씀은 드려야 겠습니다. 저도 그 일을 알고 여기 사람들 모두가 압니다. 그리고 저희 모두가 데이비드를 알고 있습니다. 저는 누구보다 데이비드를 잘 압니다. 데이비드가 당신더러 좋은 사람이라고 했다면 제가 아는 한 당신은 좋은 사람입니다." 그가 어색하게 미소를 지었다. 그 얼굴로 웃어본 적이 없는 사람 같았다. "진짜로 죄를 지은 사람이라고 해도 때론 두 번째 기회가 주어져야 한다고 생각합니다. 사람들은 대부분 기회 주기를 꺼리지만요. 전 당신이 진짜로 죄를 지었다고 생각하진 않아요. 여기 사람들이 전부 그 일을 알면서도 속으로 당신을 찝찝하게 여기지 않는다는 사실을 아신다면, 당신이 우리 회사를 위해 더욱 열심히 일해주시리라 믿습니다."

카터는 달뜬 마음으로 사무실을 나와서 제일 먼저 보이는 공중전화 부스로 들어가 설리번에게 전화했다.

"여보세요. 데이비드? 감사 인사 전하려고요. 저 합격했어요."

"아, 정말 잘됐네요." 설리번이 부드럽고 낮게 말했다. "언제부터 출근이죠?"

"월요일 아침이요."

"상담이 있어서 지금은 전화 끊어야 합니다. 축하해요, 필립. 조만간 봅시다."

그가 취직되었다는 소식에 헤이즐이 반색했다. 그날 밤, 엘리엇 부부의 집에서 다들 샴페인으로 건배했다. 엘리엇 부부는 저녁 식사를 마친 후 저장고에서 가장 좋은 술을 꺼내 오겠다고 했다. 티미도 잔을 들었다. 그날 저녁 카터는 티미가 이전과는 다르게 아버지를 존경하는 눈빛으로 우러러 보는 시선이 느껴졌다. 다른 친구들 아버지처럼 그도 직장을 구했기 때문이다. 설리번의 주선으로 일자리를 구한 사실을 티미도 알았다. 한 번 더 설리번이 점수를 땄다.

카터는 그날 밤 잠을 설쳤다. 헤이즐은 피곤했는지 엘리엇 부부의 집 손님방에 놓인 더블 침대에 누워 옆에서 곤히 잤다. 두 사람이 여러 번 묵은 방이었다. 바깥에서 바람이 세게 불었다. 그는 조용히 잠옷 위에 옷을 걸치고 계단을 내려가 잔디밭으로 나갔다. 바람을 정면으로 맞으니 긴장이 풀렸다.

장대처럼 솟은 메이플 나무와 히코리 시커모어 나무 꼭대기가 바람에 아늘거리며 고개를 숙였다. 고문으로 시달리다 진이 빠진 사람들의 머리 같았다. 그는 집을 뚫어져라 보았다. 남의 집에 초대받은 사실이 굉장히 낯설었다. 그날 저녁도 낯설었다. 아예 일어나지 않았거나, 몇 년 전에 일어난 일처럼 느껴졌다.

"필립?"

헤이즐의 목소리에 카터가 화들짝 놀랐다. 바로 옆에서 들리는 것 같았다. 나이트가운을 걸친 작은 체구가 저택 우측 위쪽 구석으로 난 높다란 창에서 흐릿하게 보였다. 별안간 헤이즐이 모르는 사람처럼 느껴졌다. 그는 충격을 받아 겁이 났다. 바람처럼 그의 정체가 흩어지는 것 같았다. 그런데도 자기도 모르게 다가가 헤이즐을 올려다보았다.

"거기서 뭐해, 여보?" 헤이즐이 다정하게 물었다. 집에 있는 다른 사람들이 깰까 봐 조심하는 목소리였다.

그는 헤이즐을 안심시키려고 어색하게 손을 흔들었다. 헤이즐이 진짜로 설리번의 여자라는 생각이 순간 머리를 스쳤다. 헤이즐이 생판 남처럼 느껴졌다. 그는 누더기처럼 축 늘어진 채 그대로 정지했다. 보잘것없는 존재.

"당신 괜찮아?"

카터는 헤이즐을 노려보았다. "올라갈게."

19

카터는 젠킨스 앤드 필드에 출근한 첫 주 화요일 저녁에 설리번을 초대했다. 헤이즐이 열심히 저녁을 차렸다. 오이 냉 수프, 손이 많이 가는 송아지 고기와 베이컨과 치즈 가루로 맛을 낸 요리, 홀랜다이즈 소스를 곁들인 아스파라거스, 디저트로 레몬 수플레를 준비했다. 헤이즐은 기분이 좋았다.

"내가 제일 좋아하는 요리네요. 헤이즐, 멋져요." 설리번이 헤이즐에게 말한 후 첫 잔을 들고 주방을 어슬렁거렸다.

설리번이 송아지 고기를 제일 좋아한다고 헤이즐이 말하진 않았지만, 카터는 설리번이 저렇게 말하리란 걸 알고 있었다. 오늘 밤 헤이즐은 즐기듯 요리했다. 늘 즐기듯 요리하는 사람이었지만 오늘 밤은 좀 더 즐기는 것 같았다. 티미도 설리번과 같이 있어서 그런지 들떠 보였다.

"얼마나 걸려요?" 설리번이 헤이즐에게 물었다.

"뭐가요? 이거요?" 헤이즐이 래디시를 썰고 있었다.

"네. 내 접시에 올릴 래디시는 반드시 튤립 모양일 필요는 없어요. 같이 앉아요."

"심미안이 없으시네!" 헤이즐이 웃으며 카터를 바라보았다.

"주방의 노예 같잖아요." 설리번이 대꾸하더니 거실에 있는 카터에게 손짓했다.

티미가 두 사람을 졸졸 따라다녔다. 카터는 설리번이 티미에게 눈치를 주는 모습을 목격했다. 설리번을 졸졸 따라다니던 티미가 순간 당황한 것 같았다. 설리번이 은근히 고갯짓을 하자 티미는 새로 산 바지 주머니에 두 손을 찌른 채 주방으로 돌아갔다. 설리번이 그동안 티미를 잘 교육시켰군. 내 아들인데도 난 그렇게 못하는데, 카터는 생각했다.

"가월한테 무슨 소식이라도 들으셨나요?" 설리번이 물었다. 낮은 목소리였다.

"아뇨."

"잘됐네요." 설리번이 은근히 인상을 쓰며 주방 쪽을 돌아봤다. "티미를 억지로 쫓아 보낼 마음은 없었어요. 티미가 안 들었으면 해서요. 가월이 입 다물고 있기를 바라봅시다. 적어도 당신한테요."

"그럼 당신한테는요?" 카터가 되물었다.

설리번이 미소를 지었다. "전 이렇게 살아 있습니다. 한동안 사람이 따라붙지 않았어요. 제가 말씀드린 그 전화 말고는 없었어요."

"음, 사람이 따라붙었다니. 예전엔 미행당했다는 말입니까?"

"전 여러 번 미행당했다고 생각해요." 설리번이 담배를 짓이기며 재떨이를 내려다보았다. "저희 집 주변에서 미행당한다는 걸 제가 눈치채기를 가월이 바랐던 게 확실합니다. 절 조금이라도 겁주고 싶었을 테니까요."

"무슨 목적으로 그랬는지 이해가 안 가는데요."

"제가 지레 겁을 먹고 나가떨어지길 바라서였겠죠. 제가 뉴욕에 있는 호텔을 여기저기 수소문하고 다닐 때였으니 4~5년 전 얘기죠. 1년 정도는 미행이 붙는 걸 못 느끼고 있어요."

'1년 정도'라니, 카터는 믿기지 않았다.

"그럼 가월이 프리몬트에서 트라이엄프 사에 다닐 때도 미행했고, 그 후 뉴올리언스로 갔을 때도 미행했다는 얘긴가요?"

"네. 가월이 푼돈을 쥐여 주거나 다른 편의를 제공한 다음 사람을 사서 뉴욕 저희 집 길 건너편에서 어슬렁거리라고 시킨 게 분명합니다. 제가 어디라도 가면 두어 블록을 미행하라고 시켰겠죠." 설리번이 어깨를 으쓱했다. "기분이 좋진 않았지만 경찰에 신고할 만큼 걱정한 적은 한 번도 없었습니다."

왜 신고하지 않았지? 헤이즐이 설리번을 번질나게 찾아온 사실을 들키고 싶지 않아서였을까? 카터는 술잔을 내려놓고 팔짱을 꼈다. 순간 양쪽 엄지가 동시에 욱신거려 손을 풀었다.

"헤이즐도 당신이 미행당한 거 아니요?"

"아뇨. 헤이즐까지 걱정하게 만들고 싶지 않아서요."

그랬다간 헤이즐이 안 찾아올까 봐 그랬겠지.

"지금은 미행당하는 거 아니죠?"

설리번이 카터를 보고 웃었다. "이제 가월이 뉴욕으로 올라왔으니 미행할 사람을 군이 고용할 필요가 없겠죠."

카터도 웃었다. "그렇다면 가월이 직접 미행한다는 뜻인가요? 감시하느라?"

"만약 그렇다면 가월이 신중하게 구는 거겠죠. 제가 가월을 본 적이 없으니까요. 혹시나 가월이 무슨 소식이라도 전하면 제게 알려주실 거죠?"

"그래야죠. 아직도 그렇게나 신경이 쓰인다니 유감입니다."

"가월은 저의 적입니다. 적이 뭘 하는지, 무슨 생각을 하는지 파악하면 도움이 되니까요."

잠시 둘 다 입을 다물었다. 설리번이 카터에게 새 직장이 어떤지 먼저 물었고, 카터는 이성적으로 잘 대답했다. 앞으로 2주간 서류 작업을 한 다음 2~3주 정도 디트로이트로 출장을 갈 거라고 했다. 카터가 몇 주간 출장을 간다는 얘기를 듣고도 설리번은 놀라움도 흥미도 내색하지 않았다. 적어도 어떤 감정도 드러내지 않았다.

때마침 헤이즐과 티미가 들어왔다. 헤이즐과 설리번이 이런저런 얘기를 나눴다. 마음에 든다는 헤이즐의 말에 프리실라 엘리엇이 그림을 새로 그려서 헤이즐에게 선물한 수채화도 화제에 올랐다. 헤이즐은 그림을 액자에 끼워 창문과 창문 사이에 걸었다. 헤이즐과 설리번이 7월에 갈 유럽 여행에 대해 얘기했다. 유럽 여행을 가는 사람은 설리번이 아니라 카터였는데도 이번에도 카터는 대화에 낄 수 없었고, 끼지도 않았다. 티미도 유럽 여행을 고대했다. 7월에 라팔로에서 축구 경기가 열리는지 티미가 설리번에게 물었다. 라팔로는 헤이즐이 가고 싶어 하는 마을이었다.

"라팔로는 너무 작아서 경기장이 없어. 괜찮은 축구 경기를 보려면 제노바가 훨씬 낫지." 설리번이 설명했다.

티미는 무릎방석 위에 앉아 설리번을 간절한 눈빛으로 몰래 힐끔거렸다. 티미는 같이 가는 사람이 설리번이 아니라 아빠란 사실을 비로소 깨달은 눈치였다. 아빠는 축구를 잘 모르는데.

설리번이 저녁 식사가 근사하다고 하자 헤이즐이 환히 웃었다. 티미도 따라 웃었다. 그날 저녁 카터는 엄지가 계속 쑤셨다. 칼을 들고 딱딱한 손잡이를 쥐다 보니 통증 때문에 신경이 곤두섰다. 카터는 수부외과 전문의에게 수술을 받아야겠다고 결심했다. 그때가 10시 15분경이었다. 한 시간 후 설리번이 일어서자 카터는 도로 마음이 바뀌었다. 헤이즐이 만나보라고 했던 전문의도 뼈와 연골을 맞추고 관절을 최대한 맞물려 끼워도 연결 부위 상태가 여전히 좋지 않아 결국 통증이 생길 거라고 예단했었다.

"기분 좋아, 여보?" 헤이즐이 미소를 지으며 물었다.

"그럼." 카터는 두 팔로 헤이즐을 안고 목에 입을 맞추었다. 그는 헤이즐을 꽉 껴안았다. 두 팔에 안긴 헤이즐의 몸이 탄탄했다. 그런데 예전에 있던 뭔가가 사라진 것 같았다. 헤이즐에게 없어진 것일까, 그에게서 빠져나간 것일까? 아니면 둘 다일까?

20

헤이즐은 다음 주 주중 저녁에 잡힌 회식에 참석해야 했다. 회식은 57번 스트리트에 있는 호텔에서 열릴 예정이었다. 카터가 지루해할 주제로 많은 얘기가 잇따를 거라면서 헤이즐이 혼자 가겠다고 했다. 카터는 그러라고 했다. 그는 젠킨스 앤드 필드의 잔업을 해야 했다.

"티미 데리고 나가서 저녁을 조금 일찍 먹이고 23번 스트리트에 있는 영화관에서 보고 싶다던 영화를 보여주지 뭐. 서부 영화인가 봐."

"그럼 당신이 데리고 올 거지? 티미 혼자서 돌아다니다가 밤늦게 편의점에서 사이다 세 병씩 사 먹게 하지 마."

요즘 티미의 사이다 섭취량이 늘었다. 앉은 자리에서 세 병은 일도 아니었다.

"몇 시에 끝나는지 알아보고 데리러 갈게."

아침 식탁에서 두 사람이 나눈 대화였다. 카터는 영화가 6시, 8시, 10시에 시작한다는 것을 알고 저녁을 먹은 다음 8시 영화를 보여줘야겠다고 생각했다. 그는 5시에 티미에게 전화를 걸어서 아빠가 평소보다 조금 늦은 6시 반까지 집에 갈 테니 그때 나가서 저녁을 먹자고 했다.

카터는 퇴근한 후 시내 방향 버스를 타고 38번 스트리트에서 내렸다. 온종일 설리번에게만 골몰하다 보니 헤이즐 모르게 그와 잠시 얘기하기엔 오늘 밤이 적기라는 생각이 들었다. 설리번에게 지금도 헤이즐과 사귀는 거냐고 다짜고짜 따지고 싶었다. 설리번이 진실을 털어놓는다면 훨씬 나을 것 같았다. 거짓말을 한다 해도 카터가 짐작하리라. 운이 나빠 설리번이 집에 없을 수도 있겠지만 그래도 미리 약속을 잡고 싶지 않았다.

설리번의 집에서 약 30미터 정도 떨어진 거리에서 카터의 시야에 헤이즐이 들어왔다. 헤이즐도 카터를 보고 흠칫 놀라 멈춰 섰다가 웃으며 다가왔다.

"이게 웬일이야!" 둘 다 거의 동시에 외쳤다.

"데이비드 집에 오면 안 되는 거 아냐?" 카터가 웃으며 물었다.

"데이비드한테 책 갖다 주려고." 헤이즐이 한쪽 팔에 끼고 있던 서류 더미와 책을 슬쩍 들어 보였다. 맨 위엔 지갑이 올라가 있었다. "같이 올라가자. 1분이면 돼." 헤이즐이 집으로 가는 계단을 오르려 했다.

"아냐, 괜찮아. 난 가던 길이나 갈래."

헤이즐이 카터를 쳐다보았다.

"잠깐 들를 생각이었어. 별일은 아니고."

"바보같이 왜 이래. 여기까지 왔으니까……"

카터는 가던 길을 계속 걸었다.

"나중에 봐." 그는 웃으며 손을 흔들었다. 막대 인간처럼, 죽마를 탄 사람처럼 모퉁이로 향했다. 오늘 저녁 회식이 없다니. 헤이즐은 저녁 내내 설리번과 같이 있겠네. 카터는 헤이즐이 뒤집어쓴 착한 얼굴이 존경스러웠다. 만약 카터가 같이 올라갔다면 헤이즐은 설리번에게 이랬을 것이다. "내가 누굴 만났는지 알아요? 책 가져 왔어요, 데이비드"라고 하면서 어쩔 도리 없이 산후 유아 관리책을 내려놓은 다음, "이제 회식하러 57번 스트리트로 가야 해요. 칵테일파티가 일찌감치 시작되거든요. 한 잔이라도 마시려면요. 그럼 안녕"이라고 둘러댔을 것이다. 그래, 헤이즐이 두루뭉술하게 넘어갔겠지. 카터는 고개를 뒤로 젖히고 웃었다. 카터가 길가 어딘가에 서서 헤이즐이 언제 나오나 지켜볼까 봐 오늘 밤 그녀는 일찌감치 설리번의 집을 나설지도 모른다.

그는 티미가 가고 싶다던 곳으로 데려갔다. 23번 스트리트에 있는 식당에서 티미는 요리 다섯 개와 디저트 세 개, 코코아밀크 두 잔을 시켰다. 그렇게 먹어도 여전히 깡말랐고 신장에 비해 체중 미달이었다. 티미는 현재 161센티 정도이지만, 2년 후면 7센티는 더 클 테니 먹성이 좋은 것도 성장에 도움이 된다고 카터는 생각했다. 그는 티미를 영화관에 데려다주러 갔다가 같이 보기로 마음을 바꾸었다. 시끄러웠지만 그의 머릿속과 비교하면 잔잔한 배경음에 불과했다. 영화가 끝났지만 무슨 내용이었는지 전혀 기억나지 않았다.

부자가 집으로 돌아왔지만 헤이즐은 보이지 않았다. 카터는 티미를 침대로 데려갔다. 책을 들고 침대에 눕힌 다음 15분 정도 책을 읽어주겠다고 했다.

"아빠 잠깐 나갔다 올게. 엄마가 금방 오실 거야. 그래도 엄마 오셨다고 일어나지는 마라. 넌 자야 하니까."

"어디 가실 건데요?"

"산책하러 가려고. 금방 올 거야." 부자의 대화가 헤이즐과의 대화를 닮았다.

카터는 택시를 타고 가월의 집으로 향했다. 가월이 없어도 상관없었다. 있으면 좋고. 카터는 택시에서 내려 초인종을 눌렀다.

응답이 없었다. 응답이 있어야 승강기를 탈 수 있는 건 아니었다. 그런데 전에는 들리지 않던 거슬리는 소음이 스피커폰 너머로 들렸다. 카터가 스피커폰에 대고 외쳤다.

"저예요, 카터! 올라가도 됩니까?"

"필립이군! 당연하지. 올라와!"

카터가 올라갔다.

가월이 문을 열어 놓고 앞에 서 있었다. 우울한 댄스 음악이 문에서 흘러나왔다. 사람들의 목소리도 들렸다.

"파티 중이군요. 그렇다면 그냥 가겠습니다."

"아냐, 파티하는 거 아니야. 어서 들어오게, 필립."

카터는 안으로 들어갔다. 가월이 반겨주니 기뻤다. 카터는 가월이 소개한 남자와 옆에 있는 뚱뚱한 금발 여인에게 데면데면하게 굴었다. 속내를 들키고 싶지 않아서였다.

"필립은 남부에서 사귄 내 오랜 친구라네." 가월이 시큰둥한 두 친구에게 카터를 소개했다.

남자는 서른다섯 살 정도 되어 보였다. 덩치가 좋고 건장한 사내로 떡 벌어진 어깨에 재단이 잘된 정장을 걸쳤다. 금발 여인은 화장이 짙었다. 카터는 여자가 제대로 된 직장을 다니는지 의심스러웠다. 잠자리용이 아니라면 가월의 여자 같지는 않았다.

"남부 분이세요?" 금발 여인이 물었다.

"아뇨." 카터가 웃으며 대답했다. 여자는 목이 V자로 푹 팬 갈색 실크 원피스를 입고 깊은 가슴골을 내보였다. 아찔하게 높은 하이힐을 신었는데 스타킹에 올이 나가 있었다. "그쪽은요?"

"코네티컷이 고향이에요. 춤추실래요?"

"지금은 됐습니다." 감옥에서 보던 영화 속 금발 여인이 스크린 밖으로 튀어나와 말을 거는 것 같아서 카터는 충동적으로 팔을 뻗어 그녀의 손목을 덥석 잡았다. "앉으시죠."

카터는 자기가 앉은 안락의자의 널찍한 팔걸이에 걸터앉으라는 뜻이었다. 그런데 여자가 그의 무릎에 앉았다. 카터는 처음엔 놀랐지만 곧바로 미소를 지었다. 여자가 상당히 무거웠다. 가월이 그 장면을 보더니 "대체 이게 뭐지?"라며 환하게 웃었다.

"우리 가자." 여인의 남자친구가 손을 내밀며 말했다.

"그럼 이만." 금발 여인이 카터에게 명랑하게 말했다. "조만간 또 봐요." 여자의 입에서 스카치와 립스틱 향이 풍겼다.

카터는 일어나는 예의도 차리지 않고 손만 흔들었다. "그러죠. 두 분 만나서 반가웠습니다."

두 사람이 현관 근처에서 가월과 짧게 얘기했지만 카터의 귀엔 들리지 않았다. 가월이 문을 닫았다.

"저 여자 근사하지?" 가월이 두 손을 비비면서 다가왔다. "앤서니는 저 여자의 진가를 몰라."

가끔 가월의 입에서 어렸을 때 몸에 밴, 말꼬리를 길게 늘이는 뉴올리언스 사투리가 튀어나왔다.

카터는 대답하지 않았다.

"자, 오늘 밤엔 무슨 일로? 주사 한 대 맞을 텐가?"

"그거 좋죠." 카터가 일어서며 대답했다.

가월이 물건을 가지러 갔고 카터는 그대로 서 있었다. 다시 생각해 보니 예의상 가월이 물건을 침실 어디에 보관하는지 알면 안 될 것 같았다. 가월이 돌아오자 카터는 감사를 표하고 화장실로 가서 주사를 놓았다. 전에 땄던 앰풀을 마저 비웠다. 플라스틱 앰풀엔 고무마개가 씌워져 있었다. 카터는 빈 앰풀을 들고 거실로 나와 그득 찬 재떨이 위에 올려놓았다.

"정말 고맙습니다."

"시간이 늦은 것 같은데."

"네, 헤이즐이 오늘 밤에 바빠서요. 회사 회식이 있거든요."

"그래?"

"말은 그렇게 하고 설리번과 함께 있습니다."

"아하." 가월은 감정을 전혀 싣지 않은 채 말했다. 승리감도, 놀라움도 담기지 않았다.

"당신 말이 맞았어요." 카터는 시인하고 숨을 골랐다. "오늘 밤에 설리번 면전에 대고 물을 생각이었어요. 내 아내와 뭐 하는 짓이냐고. 그런데 그쪽으로 가다가 헤이즐과 마주쳤지 뭡니까."

"자네가 봤다고?" 가월이 술잔으로 손을 뻗으며 한숨을 쉬었다. 피곤하고 약간 취한 것 같았다. "그래서 이제 어쩔 셈인가?"

카터는 할 말이 없었다. 생각조차 해보지 않았다.

가월은 소파에 등을 기댄 채 카터를 쳐다보았다. "그만두라고 애원해도 그만두지 못할 거야. 그런 남녀 사이는 대개 부부보다 가깝지."

카터는 인상을 쓰면서 가월을 노려보았다. 내가 걸리적거린다는 거네. "젠장, 그렇다면 두 사람은 왜 인정하지 않을까요? 사귄다고 왜 똑바로 말하지 않는 겁니까?"

"그건 둘 다 이득을 보기 때문이지. 자네 아내는 계속 존경을 받겠지.

대부분의 사람들이 헤이즐을 우러러볼 거야. 여자가 아이를 키우며 6년간 옥살이한 남편을 기다린 미덕의 표상으로 여길 테니. 설리번은 양쪽 세상에 있는 최고의 것만 누리겠다는 심보지. 자유로운 총각인데 근사한 섹스 파트너까지."

이제 카터는 저런 표현이 전혀 거슬리지 않았다. 사실이었다. 그 말을 들으니 솔직히 위로가 되었다.

"설리번의 집 앞에서 마주쳤을 때 헤이즐이 뭐라던가?" 가월이 기대에 찬 미소를 지으며 자리에서 일어났다.

카터도 씩 웃었다. "설리번한테 책을 갖다 준 다음 회식에 간다고 했어요."

가월이 껄껄 웃었다.

카터도 따라 웃었다.

"그래서 자넨 어쨌는데?"

"그냥 계속 걸어갔어요. 올라가지 않고요."

"헤이즐이 올라가잔 소리도 안 했어?"

"했죠."

웃음소리가 더 크게 들렸다. 가월이 카터에게 술을 한 잔 더 갖다 준 후 자기 것도 만들었다.

"오늘 기회를 놓쳤군." 가월이 곁눈질로 카터를 쳐다보았다.

"무슨 뜻입니까?"

"한 30분쯤 후에 아파트를 박차고 들어가 현장을 덮쳤어야지. 뉴올리언스에서는 그러거든. 왜 안 갔어?"

"그건……" 카터는 술잔을 내려다보았다. "그만하시죠."

두 사람은 주제를 바꾸어 낚시와 개구리 채집에 대해 얘기했다. 가월은 개구리의 눈에 라이트를 비춘 후 개구리를 찔러 잡는 방법에 대해 설명했다. 어릴 때 뉴올리언스에서 그렇게 했다면서.

새벽 1시가 넘었다.

카터는 일어나면서 집에 가야겠다고 했다.

"뭐 하러 가게? 헤이즐이 집에 왔을 것 같나?"

카터는 그 말을 듣고 웃었다.

그는 택시를 타고 집으로 돌아왔다. 최대한 살살 코트를 걸고 욕실에서 옷을 벗어 문고리에 걸린 파자마로 갈아입었다. 그러고는 침실로 들어갔다. 헤이즐이 램프를 켰다.

"어디 갔었어, 여보?" 헤이즐이 졸린 음성으로 물었다.

"가월 만나고 왔어."

"가월?" 헤이즐이 베개에서 고개를 들었다. "왜? 영화 본 다음에 만났어?"

티미가 안 자고 있었는지 자다 깼는지 모르겠지만 아빠도 영화를 봤다고 엄마에게 전한 것 같았다.

"응." 카터는 씻지 않았다는 것을 깨닫고 욕실로 갔다. 2분 후에 옷을 들고 들어와 옷장에 걸었다. "당신은 뭐 했어? 회식은?"

헤이즐이 카터를 취한 사람 여기듯 바라보았다. 그저 경계하는 눈빛일지도 모른다. 진실이 들통났으니.

헤이즐이 담배에 불을 붙여 한 모금 빨았다가 연기를 내뿜으며 대답했다. "괜찮았어."

"그러니까 진짜로 회식이 있었다는 거네…… 젠장, 집어치워, 헤이즐."

"알았어, 그만할게. 오늘 밤 데이비드하고 같이 있었어. 당신이 가월하고 같이 있었던 것보단 훨씬 나은 것 같은데."

"오늘 밤 가월하고 같이 있었지만 침대에서 뒹굴진 않았어."

"데이비드하고 침대에서 뒹군 거 아냐. 당신이 오늘 밤에 가월 얘기를 들으면서 무슨 소설을 썼는지 상상이 가네. 이렇게 시비조로 나와도 놀랍지 않아."

"내가 시비를 건다고?" 카터가 침대 발치로 걸어갔다. "그럼 오늘 밤에 회식이 있다고 왜 거짓말했어? 왜 둘 다 거짓말하는 거지?"

"그럼 당신은 가월한테 왜 갔는데?"

"진실을 조금이라도 더 알려고."

헤이즐이 담배 끝을 재떨이에 대고 짓이겼다. 양쪽 어깨가 들썩였다. 울고 있었다.

카터는 당황해서 목소리를 바꾸었다. "왜 이래, 헤이즐. 우는 거야?"

헤이즐이 고개를 털고 다시 몸을 세워 앉았다. 잠시 무너져 내린 순간조차 없었다는 듯이 그를 똑바로 바라보았다. 헤이즐의 눈가는 아예 젖지도 않았다. "난 데이비드가 그립고 그 남자가 필요해. 지난 6년 동안 데이비드하고 얘기하는 게 몸에 배어서 그래."

"당연히 그렇겠지."

"같이 있으면 편해. 요즘엔 당신하고 있는 것보다 훨씬 편해."

"그게 정확히 무슨 뜻이지?"

"당신 오늘도 모르핀 주사 맞고 왔지? 가월이 모든 걸 갖고 있겠지. 비열한 거라면 죄다."

"그래, 한 대 맞았어."

"가끔은 감옥에서 보던 당신 모습하고 완전히 똑같아. 위선을 떨면서 차분한 척하는 것도 그렇고, 취해서 입 다무는 것도 그렇고."

"오늘 날 물어뜯기로 작정했나 보군. 자기 허물을 덮으려고. 가윌한테는 무슨 욕을 해도 좋아. 가윌은 나보다 당신에 관해 더 많이 알고 있으니. 그리고 위선이란 말이 나왔으니 말인데, 내가 이렇게 화가 난 건 설리번 때문이야. 그 망할 놈이 웃음을 참으면서 호의를 베풀잖아."

"당신한테 직장 소개해준 거 말하는 거야? 문 닫아, 여보."

조금 전 헤이즐이 한 말이 그동안 들은 어떤 말보다 카터를 가장 아프게 했다. 헤이즐은 완벽하게 자제하면서 잠든 티미를 배려해 행여 티미가 두 사람의 대화를 조금이라도 엿들을까 봐 걱정했다. 카터는 두 손으로 문고리를 쥐고 조심스레 문을 닫으면서 여자들의 어마어마한 능력에 대해 생각했다. 헤이즐은 프리몬트 집에서 살림하면서 의상실에서 뼈 빠지게 일하고 티미에게 좋은 엄마가 되어주면서 학교에 다니며 석사 학위를 따고 설리번에게 즐거움을 선사하고 늘 그를 구워삶았다. 헤이즐은 지금까지도 설리번을 즐겁게 해주었다.

"고마워." 헤이즐이 그를 신경질적으로 째려보았다.

카터는 그제야 헤이즐이 자신을 정말로 싫어한다는 사실을 체감했다. 헤이즐은 징역살이 이후 변해버린 그를 싫어했다. 전에도 그를 싫어한 게 확실했다. 그는 몸이 쓸려나가 소멸되는 듯한 느낌을 받았다. 고작 몇 초였지만 그랬다. 이마를 한 손으로 훔치고 헤이즐과 마주했다. "감옥살이 때문에 내가 변했다는 거 부정하지 않겠어. 그렇다고 내가 교도소에서 괴물이 된 건 아니야. 당신이 날 좋아하지 않을 수도 있어. 하지만 그건 다른 문제야. 난 당신을 믿었어. 나한테 2주 동안 사귀었다고 고백한 거 말고는 난 당신이 내게 충실한 줄 알았어. 만약 내가……"

"왜 이렇게 입에 발린 말을 늘어놓나 했더니 지금 모르핀에 잔뜩 취해서 그렇구나?" 헤이즐이 담배를 새로 꺼내 불을 붙였다. "당신이 감옥에서 얼마나 험한 일을 겪었는지 알아. 그래서 그 얘긴 일절 꺼내지도 않았고 당신 탓을 한 적도 없어. 지저분한 곳에서 버티려니 딴 데 정신이 팔릴 수밖에 없었겠지. 뭔가에 빠질 수밖에 없었을 거야. 난 당신이 진짜로 마약에 중독되었다고 해도 당신을 탓하지 않았을 거야. 중증 중독자라 해도."

카터는 양팔을 벌렸다. "내가 진짜 마약 중독자인 것처럼 말하는군. 제기랄, 헤이즐, 감방에서 나와서 이번이 처음, 아니 두 번째 맞은 거야."

"두 번이라. 그렇겠지. 첫 번째는 눈치챘었어. 지난주 목요일, 당신이 산책하러 갔다 왔다고 했을 때였잖아." 순간 작은 탁자를 쳐다보는 헤이즐의 아름다운 옆선이 드러났다.

"당신은 사람들이 마약 중독자에게 느끼는 공포에 떠는 거야. 술은 뭐 얼마나 낫다고 그래? 이 나라에서 술은 어쩌다 합법화됐을 뿐이라고. 그게 다야."

"그렇다면 마약은 왜 불법인데?"

"그건 너무나 많은 사람이 마약으로 돈벌이를 하니까."

"마약을 사회적 관습이라고 옹호하는 거야? 저녁 먹기 전에 술 한잔하듯?"

"아니라니까!"

"당신이 먹는 약에도 모르핀이 잔뜩 들었더라. 매켄지 박사님께 여쭤봤어. 티미도 눈치챘고. 아빠가 예전만큼 못 놀아준다고 그러더라. 여섯 살짜리보다 열두 살짜리하고 노는 게 훨씬 쉽잖아."

"꼭 그런 건 아니야. 내가 출소한 이후 티미가 날 너무 어려워해서 그랬어. 당신도 알잖아. 티미를 탓하는 게 아니야. 시간이 걸릴 거야. 나 때문에 티미가 학교에서 고생한 것도 있고."

"내가 고생한 건 알아? 감옥에 간 남편을 둔 여자가 뭐가 자랑스러웠겠어? 아빠가 감옥에 간 걸 아는 아이가 계속 아빠 편들기가 쉽겠어?"

"여보, 나도 다 알아. 일이 이렇게 돼서 미안하다는 말 말고 내가 무슨 말을 하겠어? 당신은 지금 말을 돌리고 있다고."

헤이즐이 입을 다물었다. 무슨 얘긴지 알고 있었다.

"어느 쪽이야? 설리번이야, 나야?"

"데이비드가 그리워. 안 보곤 못 살겠어. 그 사람하고 얘기하지 않고서는 못 살 것 같아."

"그럼 같이 자는 건?"

헤이즐은 대답하지 않았다.

"그것도 이유 중 하나지?"

"지금까지는 그랬지. 나도 노력은 했어. 데이비드와 잠자리가 가장 큰 이유는 아냐."

"당신한테만 아니겠지."

"당신은 이해 못해. 내 말은, 그러니까…… 데이비드를 만나 오후에 한 시간 정도 얘기하는 게 내 삶의 활력소야. 그저 얘기만 하는 거라니까?"

"가월 말이 맞았군. 가월이 당신이 설리번의 집에 드나드는 사진을 여러 장 갖고 있더라. 최근 날짜였어."

"그럼 이제 당신도 아네. 가월이 큰코다치기를 바랄게."

"삶의 활력소라니. 그럼 그만두지 않겠다는 소리네? 아니면 활력소였다고 과거형으로 말한 거야?"

"당신은 여자를 몰라. 아니, 날 몰라. 한 번도 이해한 적이 없어."

카터는 담배를 비벼서 껐다. "뻔한 소리 그만해. 당신이 설리번하고 얘기하는 게 좋다는 말도 이해하고, 우정이라 둘러대는 것도 다 이해한다고. 남자가 자자고 하면 좋은 친구랑 같이 자서 재미를 더 보겠다는 여자들의 심산을 내가 모를 것 같아? 어떤 남자가 안 자겠어? 당신은 나랑 결혼했다는 사실을 이해할 수나 있어? 그게 그렇게 어려운 얘긴가?"

"당신이 감옥에 있을 때 벌어진 일이야. 그럼 당신은 감옥에서 깨끗하게 굴었어? 이건 내가 처음 물어보는 거야."

카터가 웃었다. "감옥에서 내가 누구랑 자? 남자 말곤 없잖아. 남자들만 득실거리는 곳인데."

"당신하고 맥스."

"맥스가 뭐?"

"맥스랑은 어땠어?"

카터는 뺨이 화끈거렸다. "맥스를 좋아하긴 했지만 당신이 말한 그런 쪽으론 아니었어."

"한 번도 그런 생각을 안 했다고?"

카터는 눈을 가늘게 떴다. 순간 헤이즐이 혐오스러웠다. 쪼잔하고 옹졸하고 추잡하고 상스러웠다.

"그 질문엔 대답하지 않겠어."

"그걸로 충분히 대답이 되네. 맥스가 너무 일찍 죽은 거네."

"닥쳐, 헤이즐. 상황만 나빠질 뿐이야."

"나 때문에 상황이 나빠질 뿐이라고?"

"날 힐난하고 싶겠지. 그런 생각을 했다고 맹비난하고 싶겠고. 어쩌면 내가 그런 생각을 했을지도 몰라. 맥스도 그렇고. 감옥에서 별 수 없으니 허구한 날 그런 짓을 한다는 뻔한 소리가 내 입에서 나오길 바라나 본데, 그런 말은 하지 않겠어. 맥스하고 설리번이 비교나 돼? 맥스는 그 구린 곳에서 내게 가장 큰 즐거움을 준 사람이야. 당신이 설리번하고 뒹구는 상상을 하는 것보다, 당신이 정말 그러는지 궁금해 하는 것보다 맥스가 훨씬 근사하고 나았어! 그 당시 난 무작정 당신 말을 믿었어. 솔직히 말하자면, 당신이 설리번과 같이 있다는 생각을 아예 안 하려고 약을 맞은 거야. 그래야 내가 감방에 있는 동안 당신이 설리번하고 뒹군다는 상상을 하지 않을 테니. 그랬다간 내가 끝장이 났겠지."

"그래서 손수 약을 맞으셨다? 됐어."

격하게 반응하는 헤이즐을 보니 카터가 맨 처음 맥스 얘기를 꺼냈을 때 질투하던 그녀의 모습이 떠올랐다. 당연히 헤이즐은 맥스가 카터에게 중요한 사람이라는 걸 직감했다. 그런 맥스가 세상을 떠났다. 카터는 맥스와 신체 접촉을 한 기억이 전혀 없었다. 딱 한 번, 어느 오후 맥스가 카터를 자기 침대에 재우겠다고 어깨를 누른 적이 있었을 뿐. 맥스를 사랑한다는 생각은 단 한 번도 해본 적이 없었다. 헤이즐처럼 맥스에게 잠시 정서적으로 기댔을 뿐이다. 그건 카터가 감옥에 있었기 때문이다. 간단하면서도 복잡했다. 카터는 눈을 깜빡이며 헤이즐을 노려보았다.

"무슨 생각해?" 아름답던 그녀의 얼굴이 이제는 그저 예쁘기만 할 뿐 뭔가 헛헛하게 느껴졌다. 생각의 단비가 내리기를 기다리는 메마른 들판처럼 보였다.

"당신이 오늘 한 말을 곱씹고 있었어. 당신이 억울해하며 내뱉은 말은 모조리 데이비드를 옹호하기 위한 거였어. 그러니까 그놈을 포기하지 않겠다는 말이지?"

헤이즐이 침대에 더 깊이 몸을 파묻으면서 불편한 듯 몸을 꼬았다. "모르겠어."

카터가 헤이즐에게 좀 더 다가갔다. "조금 더 솔직하게 말해주면 고맙겠어. 그렇다, 아니다, 둘 중 어느 쪽인지 말해줘."

"말 못해." 헤이즐이 눈을 감았다.

"난 당신을 원해, 헤이즐. 당신이 돌아왔으면 좋겠어."

"오늘 밤엔 그 얘기 그만해."

카터는 당혹스러웠다. "설리번이 날 자기 아파트에 불러 놓고 2주하고 사흘간 사귀었다고 털어놓았어. 리허설을 아주 철저히 했더라. 사실을 인정할 배짱도 없으면서. 배짱도 없는 남자가 좋아?"

"그 남자는 연약한 사람이야. 나도 알아."

"그놈은 비겁해." 카터는 덧붙였다. "계속 만나겠다는 거지?"

"그런 거 아니라니까, 진짜. 아니라고. 나 잘래." 헤이즐이 여전히 눈을 감은 채 눈썹을 찌푸리며 쏘아붙였다.

카터는 오늘 밤은 포기했다. 모르핀이 아니라 헤이즐에게 취한 것 같았다. 놀라긴 했으나 거리를 두고 생각했다. 헤이즐에게 최후통첩은 하지 않았다. "그 녀석을 포기해. 안 하면 내가 조치하겠어"라는 말은 하지 않았다. 그러나 헤이즐에게 최후통첩 따윈 필요 없어 보였다. 카터는 좀 전에 옷을 건 옷장에서 몸을 돌려 헤이즐을 쳐다보았다. 헤이즐이 눈을 감고 얼굴을 침대 모서리 쪽으로 보낸 채 돌아누웠다.

21

"여보세요, 필립? 나야 그렉. 일은 어찌 되어 가나?"

카터는 반사적으로 빈방을 둘러보았다. 티미는 문을 닫고 자기 방에 있을 것이다. "괜찮습니다."

"자네 아내하고 얘기 좀 했을 것 같아서 말이지. 그날 밤에."

"안 했는데요." 카터는 반쯤 피우다 만 담배를 피웠다.

"왜 이래, 필립. 나한테는 얘기해도 되네. 거기 아무도 없잖아? 아이가 있어서 그래?"

"아뇨." 카터는 또다시 부인했다.

"헤이즐이 없다는 거 알아." 가월은 전지전능한 신이라도 되는 양 목소리를 깔고 길게 말꼬리를 늘였다.

카터는 헤이즐이 오늘 밤 조금 늦긴 해도 조만간 올 것 같은 느낌이 들었다. 지금 가월이 누군가를 시켜 그의 집을 감시하는 게 분명했다. 카터도 지금 막 들어왔기 때문이다. "무슨 생각 하시는 겁니까?"

"계속 그 놈팽이를 만나고 다니겠대? 무슨 다짐이라도 했을 거 아냐?"

카터는 전화기를 바닥에 내던지고 싶었지만 왼손으로 수화기를 꽉 움켜쥔 채 아무 말 없이 속만 끓이고 있었다.

"왜 나한테까지 말 안 하는지 모르겠네, 필립."

"드릴 말씀이 없으니까 그렇죠. 죄송합니다." 카터는 전화를 끊었다.

카터는 주방으로 들어가 스카치를 잔에 따라 스트레이트로 마셨다. 화요일 밤 헤이즐과 얘기한 이후 상황은 조금도 진전되지 않았다. 오늘은 목요일. 부부는 고요한 적대감에 휩싸였다. 카터는 티미가 눈치챘는지 궁금했다. 아마 눈치챘을 것이다. 헤이즐이 무슨 말이든 해주기를 애타게 기다렸지만 헤이즐은 더는 말하지 않았다. 가짜 약속이 있다고 또다시 둘러대려면 일주일, 아니 조금 더 지나야 할 것이다. 필리스 밀렌과 저녁 약속이 있어, 사무실 동료와 업무를 검토하느라 야근해야 해. 헤이즐은 또다시 핑계를 대고 설리번과 저녁을 같이 보낼 것이다. 어쩌면 지금도 같이 있을지 모른다. 오늘 오후 5시 전에 시작된 블루 아워(해 뜰 녘과 해 질 녘의 시간대를 의미하는 말. 밝지도 어둡지도 않고 푸르스름한 빛을 띠는 시간)를 보내느라 조금 늦는 거겠지. 사실 헤이즐은 대담한 거나 다름없었다. 계속 설리번을 만나서 같이 자겠다고 말이다. 진심으로 그게 아니라면 지금쯤 안 만나겠다고 선언했을 것이다. 헤이즐은 카터가 자신을 진정으로 사랑하기에 참아주리란 걸 알았다. 이게 지금까지 도출된 결론이었다.

화요일 밤에 대화한 이후, 카터는 생각만 하던 일을 실행으로 옮기는 상황에 조금 더 가까워지자 마음이 뒤숭숭했다. 설리번에게 헤이즐을 그만 만나라고 부탁할 생각이었다. 그만 만나지 않겠다면 뭘 어쩌지? 법은 이 지점에 끼어들어 카터의 권리를 보장하고 헤이즐 주위에 울타리를 쳐주지 못한다. 카터는 웃음이 났다. 이혼할 수밖에 없는 온갖 이유를 댈 수 있었지만 이혼했다간 헤이즐을 놓치게 된다. 웃기는 세상이다.

헤이즐이 들어왔다. 술잔을 든 그를 보더니 말했다. "나 왔어."

"잘 다녀왔어? 한잔할래?"

"아니, 방금 마셨어. 수석 사회학자 피어스 씨가 오늘 불쑥 찾아와서 한 잔 사주겠다며 억지로 데리고 나가더니 60페이지짜리 서류를 안겨주면서 오늘 밤에 싹 검토하래." 헤이즐이 스테이플러가 찍힌 복사물을 커피 테이블 위에 쿵 내려놓더니 허리를 펴고 스트레칭을 하며 말했다. "미안, 몸이 뻣뻣해서. 저번에 갔던 중식당에서 저녁 먹을래? 티미가 좋아하던 데. 오늘 밤 저걸 다 보려니 요리할 기분이 아니라서 그래."

"그러지 뭐." 카터는 티미에게 신나는 소식을 전하려고 방으로 들어갔다. 중국 음식 먹으러 가자.

카터는 결론에 이르렀기 때문에 지난 이틀보다 그날 저녁 기분이 대체로 나아졌다. 헛되고 어리석은 짓일지라도 헤이즐과 만나지 말아 달라고 설리번에게 부탁할 것이다. 적어도 설리번에게 대답은 들을 것이다. 그만두겠다는 다짐 같지 않은 다짐을 받거나, 아니면 "닥쳐!"라는 대답이 돌아올지도 모른다. 그는 설리번에게 전화해 정확한 날짜를 잡을까 고민하다가 설리번이 회피하거나 연기할지도 모른다는 단순한 이유로 그러지 않기로 했다. 헤이즐이 화요일 밤에 오고 간 부부의 대화를 설리번에게 분명 전했을 테니.

금요일, 카터는 2번가를 지나는 버스를 타고 회사에서 곧장 설리번의 집으로 향했다. 가는 비가 흩뿌리고 있었다. 차가운 공기 속에서 봄 냄새가 물씬 났다. 카터는 설리번의 집 초인종을 누른 후 손목시계를 들여다보았다. 5시 53분이었다. 너무 일찍 왔다. 헤이즐이 설리번과 같이 있을지도 모른다는 생각에 카터의 얼굴에 일그러진 미소가 드리웠다. 문이 열리는 벨 소리가 났다. 비좁고 느린 엘리베이터 대신 계단을 올랐다. 3층 설리번의 아파트에서 계단을 뛰어 내려오는 남자 때문에 넘어질 뻔했다.

무례하게 몸이 부딪히는 순간, 카터의 분노가 수면으로 떠올랐다. 남자는 미안하다는 말도 없이 코트 자락을 휘날리며 계단을 뛰어 내려갔다. 아래 층 문이 쾅 닫혔다.

"어, 필립! 필립!" 설리번이 헐떡거리며 복도에 서서 열린 문에 몸을 기 댄 채 기진맥진했다.

카터가 인상을 찌푸렸다. "무슨 일입니까?" 계단을 마저 오르며 물었다.

"어서 와요." 설리번이 타이를 풀고 단추를 끄르며 말했다. "어서 오세 요. 덕분에 목숨을 구했네요. 한잔하시죠." 그는 거실 구석에 놓인 바로 걸 어갔다.

카터는 등 뒤로 문을 닫았다. "목숨을 구하다니요?"

"이거 좀 마시고요." 설리번이 스카치가 든 잔을 입술로 가져갔다. "저 남자, 뛰어 내려가는 남자 보셨죠?"

"네."

"가월 쪽 사람인가 봐요. 초인종을 누르더라고요. 누군지 몰랐지만 집 안으로 들였어요. 보험 관련해서 확인하러 왔다고 하더라고요." 설리번이 입술을 축였다. 죽은 사람처럼 입술도 허옜다. 피가 싹 빠져버린 안색이 었다. "칼을 꺼내서 절 쫓아오더니 제 셔츠 앞섶을 움켜쥐었죠."

설리번의 덜렁거리는 재킷 단추와 꼬깃꼬깃한 셔츠가 눈에 들어왔다.

"초인종이 울리지 않았더라면 난 아마 당했을 거예요."

설리번이 비열해 보였다. 이런 소심한 새끼가 헤이즐과 침대에서 뒹굴 다니. 순간 카터가 설리번에게 다가갔다. 설리번은 카터가 코앞으로 다가 올 때까지 의도를 파악하지 못했다. 바로 그때 카터가 손날로 설리번의 옆 목을 후려쳤다. 설리번이 심하게 휘청거렸다. 카터는 제정신이 아니었다. 맥스가 죽었다는 걸 알고 감옥에서 격분했을 때와 비슷했지만 지금은 맥스는커녕 아무것도 생각나지 않았다. 설리번이 온몸이 뒤틀린 자세로 바닥에 누워 움직이지 않았다. 그제야 카터의 눈에 설리번이 보였다. 카터는 동작을 멈추고 잠시 서서 숨을 고른 후 설리번에게 침을 뱉은 다음 잊어버리고 하지 못한 발길질을 마저 했다.

카터는 문으로 가다가 뒤돌아섰다. 설리번이 죽은 게 확실했다. 그제야 설리번 옆 안락의자 시트 위에 놓인 그리스 대리석 발 조각상이 보였다. 원래 있던 자리가 아니어서 눈에 띄었다. 그는 문을 닫고 계단을 내려갔다. 평소와 같은 속도임을 의식하면서 걸어 내려갔다. 가월이 보낸 사람은 누구였을까? 가월의 집에서 본 금발 여인 옆의 건장한 남자였을까?

인도로 나오자 잠시 머리가 핑 돌았다. 걸음을 멈추고 숨을 들이켰다. 젠장, 생각하지 말자. 그는 스스로 말했다. 무슨 짓을 저질렀는지 생각하지 말고 털어 버려. 그러나 이 말엔 아무런 의미나 계획이 담기지 않았다. 고개를 들고 모퉁이까지 걸어간 다음 북쪽으로 향했다. 집까지 열 블록만 걸으면 된다. 그는 잠깐 바에 들러서 스카치를 온더락으로 급하게 마셨다.

"여보, 왔어?" 카터가 안으로 들어오자 헤이즐이 기분 좋게 인사했다. "오늘 무슨 일 있었는지 알아? 믿기지 않은 일이 있었어."

"뭔데?" 카터는 조금 전에 산 『월드 텔레그램』을 소파 위로 툭 던졌다.

"나 승진했어."

"와, 축하해!"

헤이즐이 카터를 쳐다보며 계속 미소를 지었다. "축하의 의미로 새끼 비둘기 고기를 샀어. 진열장에 보이는데 안 살 수가 있어야지. 먹을 줄 알지?"

"아마 그럴걸. 술도 한잔할까?"

"물론이지."

모든 게 원활하고 유쾌하게 흘러갔다. 9시가 되기 직전에 전화벨이 울리기 전까지는.

"카터 부인 계십니까?" 남자의 목소리가 들렸다.

"네, 잠시만요. 당신 전화야, 헤이즐."

헤이즐이 주방에서 나와 전화를 받았다. 주방에서 접시를 정리하던 중이었다.

카터는 담배에 불을 붙였다. 무슨 전화인지 짐작이 갔다.

"말도 안 돼!" 헤이즐이 소리쳤다. "아니, 말도 안 돼요. 확실히 아닐 거예요. 말도 안 돼. 아뇨." 헤이즐이 카터를 쳐다본 후 의아한 표정을 지으며 몸을 돌렸다. "사흘 전이었던 것 같아요. 나흘 전이었나. 오늘 아침에도 설리번하고 통화했어요. 아……" 그녀는 안락의자 시트 끝에 걸터앉았다. "알겠습니다. 알겠어요. 물론이죠. 고맙습니다." 헤이즐이 수화기를 내려놓다가 수화기가 전화기 받침에서 떨어지자 도로 올려놓았다.

"무슨 일인데?"

"엄마, 왜 그래요?" 티미가 책을 그대로 둔 채 바닥에서 일어나 엄마에게 걸어갔다.

"데이비드 아저씨가 죽었대."

"죽어요? 교통사고로요?"

"피살당했대." 헤이즐이 떨리는 목소리로 설명했다. "가월이 분명해. 가월 아니면 그쪽 사람들 짓이 분명하다고. 비열한 자식!" 헤이즐이 앉아 있던 의자 팔걸이를 주먹으로 내리쳤다.

카터는 헤이즐에게 스카치를 스트레이트로 갖다 주었다.

헤이즐이 기계적으로 잔을 받아들었지만 마시지는 않았다. "두 시간 전에 살해당했대. 저녁 약속이 있어서 라페티 부부가 설리번을 데리러 갔대. 아파트로 들어갔더니 이웃 사람이 6시경에 사람이 쓰러지는 듯한 이상한 소리가 났다고 했대. 그래서 라페티 씨가 건물 관리인을 시켜서 문을 따고 들어가 설리번을 발견했대." 헤이즐은 우느라 목이 막혔다.

"사인이 뭐래?" 카터가 물었다.

"머리에 뭔가 맞았대. 경찰이 그리스 대리석상 같다고 했어."

카터는 헤이즐과 주방 사이에 서서 목소리를 가다듬었다. "경찰이 당신더러 그리로 오래?"

"아니. 내일 얘기하재. 라페티 부부가 나한테 전화를 해보라고 했나 봐. 경찰이 설리번 친구들에게 모조리 전화를 돌리는 중인가 봐. 가월한테 전화해야 얻을 게 있을 텐데." 헤이즐이 수화기로 손을 뻗어 다이얼을 돌리기 시작했다.

"경찰이 설리번 집에 있대?" 카터가 물었다. 그제야 지문이 떠올랐다. 대리석 발에 지문이 찍혔을 것이다. 문손잡이에도 분명 남았을 테고.

헤이즐은 대답하지 않았다. "여보세요? 카터 부인입니다. 말씀드릴 게 있어요. 데이비드가 원한을 산 사람이 있어요. 그레고리 가월, 퀸스에 사는 남자예요. 주소는 모르겠지만, 잠시만요. 여보, 가월 주소가 어떻게 되지?"

카터는 잠시 생각을 더듬어야 했지만 기억이 났다. "잭슨 하이츠 147번 스트리트 1788호."

"잭슨 하이츠 147번 스트리트 1788호입니다." 헤이즐이 수화기에 대고 신중하게 반복했다.

경찰이 가월을 추궁한다는 건 곧장 자신을 추궁한다는 것임을 카터는 알고 있었다. 계단을 뛰어 내려가던 남자는 분명 카터를 봤을 것이다. 남자가 알아봤다고 해도 카터는 그를 알아볼 수 없었다. 별로 본 게 없었다. 더군다나 오늘은 집에 조금 늦게 도착했다. 6시가 아니라 6시 10분에 온 걸 어찌 설명한담? 아무튼 카터는 설리번의 아파트에 한 번도 가지 않았다는 주장을 밀고 나갈 것이다. 지문 때문에 그게 불가능해질 땐 다르겠지만.

"굉장히 복잡한데요." 헤이즐이 전화에 대고 얘기하고 있었다. "데이비드는 가월이 꼬인 사람이란 걸 알았어요. 가월도 데이비드를 싫어했어요." 헤이즐이 말을 멈추고 얘기를 들었다. "그럼요, 언제든 괜찮습니다. 오늘 밤 늦게라도 다시 전화 드려도 될까요? 누가 거기에 있기로 했나요? 아, 알겠습니다. 괜찮습니다. 안녕히 계세요." 헤이즐이 전화를 끊었다. "경찰이 가월의 집으로 곧장 가겠대. 전화도 하지 않고."

"언제 그랬대?"

"경찰은 5시에서 7시 사이로 보고 있어. 데이비드가 보통 5시 반 전엔 집에 도착하지 않는다고 내가 일러줬어. 누군가 데이비드를 뒤따라 집으로 들어갔나 봐. 가월 같지는 않은데, 대체 누굴까?" 헤이즐은 카터가 대답을 알고 있다는 듯이 그를 진지한 눈으로 바라보았다.

논리적으로 말하는 것 같았지만 헤이즐은 이미 슬픔으로 무너져버렸다. 만일 카터가 심각한 일을 당해도 그녀는 저런 표정을 짓지 않을 것 같았다. 카터는 얼른 고개를 내저었다. "글쎄, 가월일 수도 있지." 카터는 지문이 나오면 해결이 될 거라고 말하려 했다.

티미가 입을 살짝 벌리고 멍한 표정으로 헤이즐을 바라보며 서 있었다. 조금 전 피살당한 아빠를 둔 아이 같군, 카터는 생각했다.

"당신은 별로 놀라지도 않네." 헤이즐이 카터에게 말했다.

"당연히 놀랐지!" 카터가 양팔을 벌렸다. "내가 뭘 어찌해야 하는데? 물론 충격받았어. 경찰이 오늘 밤에 다시 전화한대?"

"모르겠어. 안 할 것 같아." 헤이즐이 손목시계를 들여다보았다. "라페티 부부에게 오늘 밤 늦게 전화해야겠어." 그녀는 목에 손을 대고 느릿느릿 자리에서 일어났다.

"여보, 어지러워?" 카터가 헤이즐에게 다가갔다.

"아니, 속이 매스꺼워서 그래. 좀 누울래. 혹시 전화가 오면……"

카터가 고개를 끄덕였다. "술 마실래? 저거 좀 마신다고 취하진 않아."

"아니, 됐어." 헤이즐이 욕실로 들어갔다.

카터는 오늘 밤 전화가 다시 오리라고 확신했다. 한쪽 손을 티미의 어깨 위에 올렸다. 티미가 안락의자 옆에서 무릎을 꿇고 헤이즐이 앉았던 빈자리를 쳐다보고 있었다.

"티미, 너도 가서 자야지."

티미는 크게 한 번 코를 훌쩍이며 울음을 터뜨리는 것으로 대답을 대신했다. 안락의자 시트 위에 고개를 파묻었다가 벌떡 일어났다.

"라디오 켜요! 누가 범인인지 방송에서 알려줄 거예요. TV도요!"

카터는 TV를 켜면서도 10시 뉴스에 설리번 소식이 나올 것인지는 전혀 알지 못했다.

22

10시 반에 전화벨이 울려서 카터가 받았다.

"오스트리처 경위입니다. 카터 씨 맞습니까?"

"네, 그렇습니다."

"오늘 밤 카터 씨 부부와 잠시 얘기하고 싶은데 괜찮으십니까?" 그는 호탕하면서 사무적인 목소리로 물었다.

"네, 물론이죠."

"10분 뒤에 찾아뵙겠습니다."

헤이즐이 잠옷 차림으로 복도에 서 있었다.

"경찰이야. 얘기하러 오겠대."

"다른 말은 안 해?"

"응."

헤이즐은 침실로 들어갔지만 불은 끄지 않았다.

카터는 재떨이를 비우고 소파 위 신문을 정리했다.

경찰은 10분도 되기 전에 도착했다. 오스트리처 경위는 건장한 체격에 푸른 눈동자를 가진 남성으로 아직 20대로 보였다. 같이 온 검은 머리 경찰관은 다소 어려 보였다. 헤이즐이 남색 가운 차림으로 거실로 나와 소파에 앉았다. 경찰은 코트를 벗은 후 자리에 앉아 수첩과 볼펜을 꺼냈다.

경찰은 우선 카터의 이름과 나이, 직업, 직장 주소를 물은 후 헤이즐에게도 질문했다.

"오늘 5시에서 7시 사이에 어디에 계셨나요, 카터 씨?" 오스트리처가 펜을 가만히 든 채 차분하게 물었다. "이건 저희가 설리번 씨 친구분들에게 공통으로 묻는 말입니다."

"사무실에 있다가 집에 왔습니다. 6시경에 도착했습니다."

"정확한 동선을 알려 주시겠습니까? 회사가 2번가와 48번 스트리트 사이에 있다고 하셨죠?"

"네, 2번가에서 버스를 탔습니다."

"그때가 몇 시였죠?"

"5시 반 경이었던 것 같아요." 카터는 그보다 몇 분 더 빨랐다는 것을 알고 있었다. "버스가 만원이어서 몇 분 더 기다려야 했어요. 그런 다음 원래 정거장보다 먼저 내렸죠. 34번 스트리트에서 내려서 집까지 걸어왔습니다. 신문도 사고요."

"왜 거기에서 내리셨나요?"

"버스가 붐벼서요. 여섯 블록을 걸으려고요."

"남편분이 집에 도착했을 때 집에 계셨나요, 부인?"

"네."

"원래 남편이 6시경에 오시나요?"

헤이즐이 천천히 고개를 끄덕였다. "네."

헤이즐이 알아챘다면 6시 10분이라고 대답했겠지만 그녀는 모르는 것 같았다.

"설리번 씨를 마지막으로 본 게 언제였습니까, 카터 씨?"

카터는 자동으로 헤이즐에게 몸을 틀었다. "지난번 우리 집에 와서 저녁을 먹었을 때였나?"

"응, 열흘 전 맞아." 헤이즐이 대답했다.

헤이즐이 이후에도 설리번을 만났기에 카터는 경찰이 곧바로 그 점을 지적하리란 걸 알았다. 그는 초조하게 손바닥을 비비다가 가랑이 사이에 두 손을 천천히 끼우고 벌건 양쪽 엄지를 위로 뺀 채 의자에 앉았다.

"그리고, 부인은요?"

"화요일에 만났어요."

"화요일 저녁 말씀입니까?"

"네."

"남편분이 안 계실 때마다 설리번 씨를 자주 만난 게 맞나요, 부인?"

헤이즐이 안락의자 등받이에 머리를 대고 굴렸다. "가월한테 무슨 소리를 들으셨는지 안 봐도 알겠군요. 그렇다면 돌려서 묻지 마세요."

"사실입니까, 부인?"

"어느 정도는 사실이에요."

"두 분이 사귀는 사이셨나요?"

"네, 저희는 사귀는 사이였어요."

"남편분 동의하에요?" 오스트리처가 카터를 쳐다보았다.

카터는 표정을 바꾸지 않았다. 아니, 표정이 그대로일 거라고 믿었다. 커피 테이블 한가운데의 특정 지점을 응시했다.

"남편이 전적으로 동의한 건 아니에요."

"그렇다면 화요일 밤에 두 분이 그 문제를 논의하셨나요?"

"네, 제가 집에 돌아온 후 화요일 밤늦게까지 얘기했어요."

오스트리처가 카터를 다시 쳐다보았다. "남편께서 그 당시나, 혹은 다른 때라도 설리번 씨를 위협한 적이 있었습니까?"

"아뇨." 헤이즐이 부인했다.

오스트리처가 카터를 쳐다보았다. "카터 씨, 솔직히 설리번 씨를 어떻게 대하셨나요? 그분에게 어떤 감정을 느끼셨죠?"

카터가 양손을 펼쳤다. "전……" 할 말이 없었지만 오스트리처가 기다리고 있었다. "두 사람이 몇 년 전 잠시 사귀었다는 사실은 알고 있었습니다만, 여전히 그런 사이라는 건 이번 주 들어서 알았습니다." 빌어먹을 소리처럼 들렸다. 보나 마나 가월이 벌써 말했을 것이다. 카터가 찾아간 날짜와 시간은 물론 녹음테이프에 관해서도 얘기했을 것이다. "그러니까, 설리번에 대한 제 기분이 어떤지 살펴볼 겨를이 없었다는 얘기죠."

"화요일 밤 이후 설리번 씨를 만나서 얘기하려 하지 않으셨다고요? 가월 씨한테 화요일 일에 대해 들었습니다만." 오스트리처가 덧붙였다.

"안 했습니다."

"나중에라도 만날 생각이셨습니까?"

카터가 경위를 바라보았다. "아내하고 얘기를 제대로 끝내지도 못했습니다. 아내의 마음도 파악하지 못했다고요."

"사적인 질문을 드려서 죄송합니다만, 화요일 밤늦은 시각까지 무슨 얘기를 나누셨습니까?" 오스트리처가 부부를 번갈아 바라보았다.

카터는 순간 티미가 잠옷 바람으로 복도에 나와 있다는 것을 눈치채고 자리에서 일어났다. "티미, 가서 자야지." 카터는 티미에게 다가갔다. "어서. 아침에 엄마아빠가 다 얘기해 줄게."

"누가 데이비드 아저씨를 죽였는지 아세요?" 티미가 물었다.

"아직은 아무것도 몰라. 나중에 보자, 아들." 카터가 등을 토닥이며 떠밀자 티미는 마지못해 방으로 들어가 문을 닫았다.

"대화 끝에 두 분은 무슨 결론을 내리셨습니까, 카터 씨?" 카터가 돌아오자 오스트리처가 물었다.

"아내는 여태 사귀고 있다고 인정했습니다. 어느 정도는 시인한 셈이죠." 카터가 헤이즐을 쳐다보았다.

"그래서 아내분께 그만 만나라고 애원하셨나요?"

"정확히 그렇게 말하진 않았습니다."

"어쩔 생각이냐고 남편이 제 의중을 묻기에 잘 모르겠다고 대답했어요. 그게 사실이고요." 헤이즐이 거들었다.

"설리번 씨를 사랑하셨나요, 부인?" 오스트리처가 물었다.

"그런 것 같아요. 네." 헤이즐이 아주 나긋하게 대답했다.

"그래서 남편분께 그렇게 대답하신 거군요?"

"그렇죠, 뭐."

"결혼 생활을 청산할 마음이 있었습니까?"

헤이즐이 고개를 저었다. "아이가 있으니까요."

"압니다. 그런 데다가 이런 상황에까지 휘말리게 되셨으니 결단을 내리기 더 어렵겠군요."

"그런 것 같아요."

오스트리처가 카터를 기대에 찬 눈으로 바라보았다.

"맞습니다." 카터가 수긍했다.

오스트리처가 수첩을 한 장 넘긴 후 몇 장을 더 넘기더니 자기가 쓴 내용을 살피고는 건조하게 말했다. "카터 씨, 지문을 채취하겠습니다."

제복을 입은 경찰관이 가방에서 관련 도구를 꺼냈다.

카터는 경찰이 설리번의 아파트에서 채취한 지문이 용의자의 지문과 대조할 수 있을 만큼 상태가 좋다는 의미로 받아들였다.

"교도소에서 양쪽 엄지를 다치셨다고 가월 씨에게 들었습니다." 오스트리처가 카터의 손끝을 누르며 말했다.

"네." 6시를 넘기자 엄지가 끔찍이 아파서 카터는 저녁을 먹기 전에 파나노드를 두 알 삼켰다. 오스트리처가 엄지를 누르는 게 무서웠다.

"꽉 눌러서 굴릴 수 있으시다면 엄지 지문도 채취하겠습니다."

카터는 두 번 하지 않으려고 엄지를 꽉 눌렀다.

"설리번의 아파트에서 지문을 찾았습니다만, 안타깝게도 상태가 썩 좋진 않습니다. 대리석으로 깎은 발 석상에서 채취했는데요, 저희 경찰은 설리번이 그 석상에 맞아 피살됐다고 추정하고 있습니다. 대리석 표면이 거친 부분이 있는데, 지문이 그쪽에 찍혔어요. 문고리 손잡이에 찍힌 지문은 너무 뭉개져서 별로 소용이 없습니다. 하지만 중지는 확보했죠. 이 손가락입니다." 경위가 카터의 중지 지문이 찍힌 종이 옆쪽을 가리켰다.

카터는 아무 말도 하지 않았다. 설리번의 목을 옆에서 쳤다. 첫 번째 가격이었다. 멍 자국이 확실히 남지 않았거나, 아니면 경찰이 못 보고 지나쳤을 것이다.

오스트리처가 가월에 대해 물었다. 안 지 얼마나 된 사이냐? 가월을 어떻게 생각하느냐? 카터를 감옥에 보낸 사기 사건에 가월이 연루되었다고 생각하느냐? 왜 화요일 저녁에 직접 가월을 만나러 갔나?

카터는 가월이 설리번 일로 아내를 비난했는데 혹시 증거가 있는지 알고 싶어서라고 해명했다.

"가월이 증거를 갖고 있던가요?"

"갖고 있긴 했지만, 가월이 떠벌리던 만큼은 아니었습니다. 경위님도 가월이 살짝 미쳤다는 거 아실 텐데요."

"살짝 미치다니요?"

"피해망상증이요. 가월은 설리번을 혐오했습니다. 설리번이 자기를 해코지한다고 확대해석했어요. 설리번과 제 아내의 불륜을 부풀린 것처럼 말이죠." 이렇게 말하자 우스운 기분이 고개를 들었다. 조심하라고 스스로 경고하는 것 같았다. 불륜을 어떻게 부풀린다는 말인가? 사귀거나, 사귀지 않거나 둘 중 하나일 뿐인데. "제 말씀은, 가월이 설리번을 죽이라고 절 부추겼다는 뜻입니다. 이 일과 관련해 가월의 속내가 빤히 들여다보였어요. 우스웠습니다. 화요일 밤에 가월한테 이렇게 말했죠. '난 신경 안 쓴다. 당신이 나보다 설리번을 훨씬 미워하는 것 같으니 당신이 선수 쳐라' 라고요."

오스트리처가 주의 깊게 귀를 기울였다. 너무 몰입한 나머지 받아 적는 것도 잊었다. 대신 옆에 있던 경찰관이 받아 적었다. "신경 쓰지 않겠다고 하셨다고요?"

"그런 의미로 말했습니다. 가월이 거기까지 얘기하진 않았을 텐데, 했나요? 가월은 이번 사건을 제 탓으로 돌리고 싶어 할 걸요."

"네, 그렇더군요. 당신이 가월 탓으로 돌리고 싶어 하는 것처럼요." 오스트리처가 슬며시 웃으며 비꼬았다.

카터가 헤이즐을 바라보았다. 헤이즐은 긴장한 표정으로 여전히 고개를 의자 등받이에 기대고 있었다.

"혹시 가월한테 이런 말씀도 하셨나요?" 오스트리처가 연신 질문을 퍼부었다. "가월의 말에 따르면 당신이 설리번을 죽이겠다고 협박했다고 하더군요. 화요일 밤에 당신이 설리번을 죽이겠다고 말했다고 증언했습니다."

"사실이 아닙니다." 카터는 숨을 골랐다. "보나 마나 가월은 그렇게 말했을 겁니다. 경위님이 그렇게 믿기를 바랐을 테니까요." 그는 헤이즐을 쳐다보았다. "화요일 밤에 제가 화를 냈는지, 설리번을 위협했는지 아내한테 물어보십시오." 카터는 자리에서 일어나서 주방으로 향했다. "실례합니다만, 물 한 잔 가져오겠습니다. 누구 물 필요하신 분?"

아무도 물을 원하지 않았다.

"남편은 조금도 위협하지 않았어요."

카터의 귀에 헤이즐의 목소리가 또렷하게 들렸다. 그가 다시 거실로 나오자 오스트리처가 물었다.

"남부에 계실 때 말고 그 이전에 감옥에 간 적이 있습니까?"

"아뇨."

"6년간 복역하셨다고 가월에게 들었습니다만."

"가월이 그런 말을 할 자격이 있나…… 6년 살았습니다."

오스트리처가 쳐다보자 경찰관이 고개를 들었다. "지문으로 뭐가 밝혀질지 두고 보지."

젊은 경찰관이 고개를 끄덕이며 말했다. "네, 경위님."

두 사람이 일어났다. 오스트리처가 미소를 지었다. "안녕히 계십시오, 카터 씨." 그는 헤이즐 쪽으로 몸을 돌렸다. "안녕히 주무세요, 카터 부인."

헤이즐이 일어났다. "내일 전화 주실 건가요, 아니면 저희가 드릴까요?"

오스트리처가 고개를 끄덕였다. "저희가 내일 전화 드리겠습니다."

"가월의 친구들도 확인하셔야죠?" 헤이즐이 물었다.

"전수 조사 할 겁니다. 걱정 마세요. 오늘 밤 가월의 알리바이가 꽤 확실하더군요."

"당연히 그렇겠죠. 물어보나 마나겠죠."

"6시에서 10시까지 친구 둘과 저녁을 먹고 술을 마셨다더군요. 제가 오늘 밤 두 친구와 식당 주인에게 전화로 물었습니다. 물론 모두 직접 만나볼 예정입니다."

"가월의 소행 같지는 않아요." 헤이즐이 씁쓸한 미소를 흘리며 말했다. "하지만 가월에겐 어둠의 친구들이 무척 많아요."

"네, 지금 파악 중입니다." 오스트리처가 대답한 후 손을 흔들었다. 그와 젊은 경찰관이 현관으로 향했다.

카터가 두 사람을 배웅했다.

헤이즐이 침실로 가다 말고 카터를 바라보았다. "지문 말인데, 내일이면 결과가 나오겠지?"

카터가 고개를 끄덕였다. "상태가 좋다면."

카터는 재떨이를 비우고 유리잔을 닦아서 치웠다. 가월이 고용한 청부살인업자가 오늘 밤 가월에게 털어놓느냐에 달려 있다고 생각했다. 가월이 청부살인업자에게 전화하지 말라고 당부했을 것이다. 늘 그렇듯이 모든 건 돈에 달려 있다. 청부살인업자가 대금을 아직 받지 않았는데 내일자 신문에 기사가 실릴 경우, 자기가 설리번을 죽였다고 가월에게 거짓말할지도 모른다. 그런데 만일 대금을 선급으로 받았을 경우라면 "내가 죽이진 않았지만 카터가 계단에서 올라오는 걸 봤어요"라고 말할 수도 있다. 그 중간일 경우가 가능성이 더 컸다. 청부살인업자가 살인 대금-5천 달러나 만 달러 정도?-을 받으려다 경찰의 추적 끝에 붙잡힌다면 진실을 불쑥 털어놓을 것이다. "내가 죽이진 않았지만 카터가 아파트로 들어가는 걸 봤어요"라고. 카터는 시간을 벌었다고 생각했다. 면피할 일말의 가능성을 쥔 것이다.

23

"경찰한테 몇 번으로 전화하면 되는지 물어보지도 않다니, 정말 한심해." 헤이즐이 아침 식탁에서 징징거렸다.

식탁 위엔 잼이 없었지만 카터는 잼을 가지러 일어나지 않았다. 둘 다 스크램블드에그를 남겼다. 티미만 평소대로 아침을 천천히 꾸역꾸역 먹었다. 시리얼, 달걀, 토스트, 커피가 살짝 섞인 우유가 메뉴였다. 티미는 일어나자마자 두 사람에게 자세히 물었지만 돌아오는 대답으론 충분하지 않았다.

원래 토요일은 장을 보는 날이었지만 아니나 다를까 헤이즐은 전화기 옆에 붙어 있으려 했다. 카터는 장을 보러 나섰다. 누가 설리번을 죽였는지 밝혀지기 전까지, 살인자가 구속이든 선고든 제대로 된 처벌을 받을 때까지 헤이즐이 쉬지 못하리라는 걸 카터는 알았다. 설리번을 죽임으로써 얻을 수 있는 게 뭘까? 카터는 아예 생각조차 해보지 않았다. 장을 볼 목록을 손수 작성하기 시작했다. 주말에 뭐가 필요한지 헤이즐에게 물어보나 마나였다. 헤이즐이 라페티 부부에게 전화하려고 거실로 나왔다. 부부의 전화번호가 주소록에 있었다. 헤이즐이 통화하는 사이 카터는 설거지를 했다. 통화가 길어졌다. 카터가 쇼핑 카트를 끌고 현관을 나서려는 찰나 통화가 끝났다.

카터가 도로 문을 닫았다. "라페티 부부가 뭐래?"

헤이즐은 립스틱을 바르지 않아서 안색이 창백했다. "데이비드가 가월 말고도 원한을 산 사람이 더 있을지도 모른대."

"그럴 수도 있지. 변호사였으니."

"만약 그렇다면 난 누군지 모르겠어. 라페티 부부도 모르겠대." 헤이즐이 자리에서 일어나 느릿느릿 주방으로 걸어갔다. 차라리 헤이즐이 다른 방향으로 가는 게 나아 보였다. 공허하고 멍해 보였기 때문이다.

"45분 정도 걸릴 거야." 카터가 외출했다.

카터가 돌아오니 그사이 경찰이 전화해 카터와 통화를 원한다고 했다.

"경찰이 뭐래?" 카터가 헤이즐에게 물으며 식탁 옆에 서서 묵직한 장바구니 두 개를 풀었다.

"지문이 애매한가 봐."

카터가 인상을 찌푸렸다. "얼마나 애매한데?"

"경찰이 확보한 지문은 딱 하난데 누구 건지 확실하지 않대. 지문 주인으로 꼽을 만한 사람이 제법 되나 봐."

카터는 경찰이 지난 금요일에 그가 회사에서 나와 집에 도착할 때까지 뭘 했는지 좀 더 자세히 추궁하리라고 짐작했다. 장거리를 모두 제자리에 넣었다. 냉동 오렌지 주스, 두루마리 화장지, 달걀, 베이컨, 헤이즐이 얼린 고기를 싫어했기에 내일 먹을 큼직한 등심 스테이크 고기는 냉장고 아래 칸에 넣었다. 양고기, 시리얼, 치약, 크리넥스, 방울양배추, 상추.

"전화 안 해?" 헤이즐이 재촉하면서 여태 옷을 갈아입지 않고 소파에 앉아 카터가 방금 사온 『타임스』를 살폈다. 신문에는 데이비드 설리번 관련 기사는 전혀 실리지 않았다.

"일단 이거부터 치우고." 카터가 전화기로 갔다. 헤이즐이 작은 수첩 위에 전화번호를 또박또박 쓰고 밑줄을 세 번 그어 놓았다.

"있는 신문 죄다 사오지 그랬어. 타블로이드판도 사오지."

"타블로이드판 전면에 그 기사 아예 없었어." 카터의 말은 사실이었다. 롱아일랜드 비행기 추락사고가 전면에 실렸다. 카터가 다이얼을 돌렸다. "필립 카터입니다. 오스트리처 경위님과 통화하고 싶습니다." 수화기 건너편 남자에게 말했다.

전화가 금방 연결되었다.

"안녕하세요, 카터 씨. 전화 주셔서 고맙습니다. 부인께 지문 얘기를 들으셨겠지만, 지문 상태가 썩 좋지 않습니다. 그건 그렇고, 오늘 아침에 회사 비서와 통화했는데요. 비서에 따르면 5시 20분에 퇴근하셨다던데요?"

"그럴지도 모르죠. 제가 몇 시라고 했었나요? 5시 반?"

"네." 경위는 대구한 후 카터의 대답을 기다렸다.

카터는 잠자코 있었다.

"5시 반까지 퇴근을 안 하고 있어서 안다고 비서가 증언했습니다. 일이 밀려서 5시 35분경에 발송용 우편을 가져갔다고 하더라고요. 이건 말씀 드리고 넘어가야겠습니다. 저희 경찰은 모든 이의 시간을 엄격히 파악해야 합니다. 다른 방향으론 수사할 게 없어서 그렇습니다. 또한, 오늘 아침 부인 말씀에 따르면 남편이 6시 10분에 집에 왔을지도 모르지만 정확한 시간은 기억나지 않는다고 하셨습니다."

몇 초간 침묵이 또다시 이어졌다.

카터가 진술한 시각보다 늦게 왔을지도 모른다고 오스트리처가 헤이즐에게 유도 신문을 했을까, 아니면 헤이즐 스스로 생각해냈을까? 카터는

237

궁금했다. 헤이즐이 그를 지긋이 바라보았다. "아내 말이 맞을지도 모릅니다. 제가 시계를 안 봐서요." 술을 한잔하고 왔다고 둘러댈 수도 있었지만 그랬다간 오스트리처가 바텐더까지 확인하려 들지 모른다. 카터가 들른 바는 38번 스트리트 남쪽에 있었다. "그럼 제가 경찰서로 갈까요?"

"아닙니다. 주말에 다시 얘기하시죠. 주말에 시내에 계실 건가요?"

카터는 그렇다고 대답했다.

카터는 전화기를 내려놓고 헤이즐을 쳐다보았다. "몇 시였는지 자세히 캐묻던데. 내가 왔을 때가 6시였어, 6시 10분이었어? 기억이 안 나서 말이지. 당신은 기억나?"

"6시가 조금 지난 것 같기도 하고, 나도 정확히 모르겠어." 헤이즐이 나지막이 대답했다. 그녀는 토요일 아침이면 편지를 쓰고 23번가에 있는 도서관에 들르곤 했는데 지금은 팔짱을 끼고 앉아만 있다.

"회사 일이나 해야지." 카터는 젠킨스 앤드 필드 팸플릿이 놓인 전화기 탁자로 향했다. 새로 설계해야 하는 디트로이트 공장 관련 자료였다.

헤이즐이 침실로 갔다.

토요일엔 아무 일도 일어나지 않았다.

일요일, 두 사람은 필리스 밀렌이 여는 칵테일파티에 초대받았지만 헤이즐이 오후 2시경에 전화해 취소했다. 헤이즐과 필리스가 길게 통화했다. 그 무렵 설리번 기사가 신문에 실렸기 때문이다. 『타임스』와 『헤럴드 트리뷴』, 일요판 『뉴스』까지 모조리 헤이즐 카터와 데이비드 설리번이 '친밀한' 사이였음을 언급했다. 기사에 따르면 이 정보는 그레고리 가월의 입에서 나온 것이라고 했다. 가월은 자칭 설리번의 숙적이었다. 그래도 경찰이 고맙군, 카터는 생각했다. 헤이즐이 자기 입으로 불륜을 시인했음에도 기자들에게 흘리지 않은 오스트리처 경위가 멋있어 보였다. 어쨌든 사실은 조만간 밝혀질 것이고, 일제히 신문에서 용의자의 지문이 카터의 것이라고 떠들 것이다-일요일까지만 해도 가월이든 누구든 지문의 주인으로 지목되지 않았다-. 카터는 헤이즐과 필리스가 나누는 통화에 귀를 닫고 침실로 가서 책상에 앉아 회사 일을 했다. 디트로이트에 가는지 마는지도 모른 채 묵묵히 기록하고 디트로이트에 있는 건축가를 위해 개략적인 설계도를 그렸다. 어제 오후 헤이즐이 매사추세츠에 있는 설리번의 부모에게 전보를 치는 모습이 떠올랐다. 물론 경찰이 설리번의 본가로 연락했을 텐데도 헤이즐은 조문을 보내려 했다.

"설리번의 부모를 만났다고?" 카터가 물었다.

"응, 두 번 봤어. 내가 여름을 여기에서 보낼 때 두 분이 주말에 뉴욕으로 내려오셔서 한 번 봤었고, 데이비드하고 같이 차를 타고 스톡브리지로 올라가 찾아뵌 적도 있었어."

헤이즐이 아무렇지도 않은 듯 덤덤하게 카터에게 털어놓았다. 카터는 난감하고 버림받은 느낌이 들었다. 그가 감옥에 있을 때 헤이즐이 했거나 할 예정인 일들을 한참 후에 들었을 때 들던 너무나 익숙한 감정이었다. 헤이즐이 설리번의 부모를 만났다고 얘기한 것 같기도 했다. 헤이즐이 설리번의 부모를 만나고 왔다고 전했어도 카터는 잊어버렸을 것이다. 설리번의 죽음에 대해 헤이즐은 며느리로서 슬픔과 회한을 표현하는 것처럼 보였다.

그날 밤 10시 15분에 전화벨이 울렸다. 워낙 전화가 많이 오다 보니 카터가 거의 신경 쓰지 못했다. 그런데 욕실에서 듣자 하니 헤이즐이 신경을 바짝 세운 채 "네…… 네"라고 대답하는 말투가 달랐다. 이번엔 경찰이었다. 슬며시 거실로 나갔다.

"물론이죠. 그러세요. 네." 헤이즐이 전화를 끊었다. "지금 경찰이 오는 중이래."

"뭐라도 알아냈대?"

"아무 말 안 하던데." 헤이즐이 자리에서 일어났다.

방에 있던 티미가 복도로 나왔다. "저는 위에 있을게요, 엄마."

헤이즐이 손으로 머리를 쓸어 넘겼다. "방에 있으렴. 경찰이 오면 나오지 말고."

"나오면 안 돼요?"

헤이즐이 고개를 저었다. 예민해져서 울음을 터트릴 것만 같았다. "경찰이 뭐라고 했는지 엄마가 다 말해줄게. 약속."

그렇다면 티미에게 바람피운 얘기도 해주겠다는 말인가, 아니면 티미가 이미 다 알고 불륜을 당연히 받아들인다는 얘긴가? 카터는 궁금했다. '친밀하다는 게 무슨 뜻이에요?' 신문을 꼼꼼히 읽던 티미가 카터에게 물었다. '그건 엄마하고 데이비드 아저씨하고 되게 친한 친구라는 뜻이야' 라고 카터는 둘러댔다. 하지만 티미는 본능적으로 알았을 것이다. 카터는 티미를 도로 방으로 들여보냈다.

"경찰이 왔다 가면 우리 코코아 마시자. 그때 아빠가 다 얘기해 줄게." 카터는 아들에게 말하며 손을 티미의 등에서 어깨로 옮겨 토닥였다. "잘 자라." 카터가 다시 거실로 오자 헤이즐은 안락의자 옆에 서 있었다. 그는 아내를 달래주고픈 충동이 일어서 오른팔로 헤이즐의 허리를 감싸 안고 당겼다. 그런데 헤이즐이 몸을 뺐다.

"미안, 내가 예민해서 말이야."

헤이즐이 침실로 들어갔다.

그때 초인종이 울렸다.

오스트리처 경위와 저번에 본 젊은 경찰관이었다.

"온종일 가월과 주변 인물들을 취조했습니다. 당연히 지문도 채취했고요."

카터는 긴장한 채 앉아서 얘기를 들었다. 오스트리처가 가월에 대해 캐물으려고 온 건 아니군. 확실했다.

"지문은 어찌 됐나요?" 헤이즐이 물었다.

"하나만 확보했습니다." 오스트리처가 미소를 지으며 말했다. "앤서니 오브라이언의 지문일 수도 있고, 남편분의 것일 수도 있습니다. 아니면…… 누구였더라? 찰스 이워트의 것일 수도 있고요." 오스트리처가 고개를 끄덕이는 젊은 경찰관을 쳐다보았다. 경위의 눈 밑이 퀭했다.

"크리스토퍼 이워트입니다." 경찰관이 정정했다. 그는 받아 적진 않았지만 수첩을 무릎 위에 올려놓고 팔짱을 끼고 있었다.

앤서니 오브라이언은 가월의 아파트에서 만난 금발 여인과 같이 온 남자의 이름이었다. 프로 권투 선수나 럭비 선수처럼 생긴 근육질의 사내였다. 계단을 뛰어 내려가던 자가 그일지도 모른다. 카터는 코트 자락을 휘날리며 뛰어 내려가던 남자가 체격이 좋았는지 아닌지 분간할 수 없었다. 카터는 그날 밤 설리번의 얘기를 듣자마자 계단을 뛰어 내려가던 자가 누가 됐든 죄를 뒤집어쓸 것이고, 최소한 설리번의 살인범으로 몰리게 될 거란 걸 인지하고 있었음을 깨달은 순간 자기도 모르게 움찔했다.

"금요일 밤에 가월이 같이 식사한 두 친구는 뉴저지에서 온 남자들입니다. 한 명이 그리스 사람이라서 맨해튼에 있는 그리스 식당에서 저녁을 먹었죠. 둘 다 저희가 만나 보았습니다. 자주 만나지는 않는 가윌의 지인들이고, 둘 다 직장과 가족이 있습니다. 아무튼 두 사람의 지문은 아닙니다. 전혀 맞지가 않아요." 오스트리처가 수첩에서 가로세로 15센티 정도 되는 사진을 꺼냈다. "저희가 확보한 건 이게 전부입니다. 구체적으로 말하자면, 이쪽에 있는 선하고 그 위에 아치 형태로 소용돌이치는 문양이 전부죠."

카터가 오스트리처가 건네는 사진을 받아 들었다. 헤이즐이 자리에서 일어나 카터의 어깨너머로 사진을 보았다. 중지 지문에서 3분의 1 정도 확보한 사진이었다. 짧은 세로선이 소용돌이 바깥쪽을 지나고 있었다. 지문의 일부임이 확실했다.

"이런 지문을 가진 사람이 수천 명은 될 겁니다. 지문은 사건 해결의 도우미이자 지표거든요. 이런 지문을 갖지 않은 사람들까지 저희가 굳이 조사하진 않을 겁니다." 경위가 씩 웃었다.

"오브라이언은 어떤 사람인가요? 그 사람은 누구죠?" 헤이즐이 물었다.

"잭슨 하이츠에 사는 바텐더이자 가윌의 친구죠. 오브라이언과 그의 룸메이트에 따르면, 오브라이언이 금요일 5시에 잭슨 하이츠 아파트로 돌아왔다고 합니다. 룸메이트는 5시 15분경에 외출했고요. 오브라이언은 샤워를 하고 한숨 자느라 7시까지 방에 있다가 나가 근처 가게에서 햄버거를 먹고 영화를 보러 갔다고 주장하고 있어요. 오브라이언은 영화를 봤다지만 금요일에 그가 햄버거 가게나 영화관에 있었다고 증언해 줄 사람이 아무도 없습니다. 오브라이언이 목요일에 외출했을 수도 있습니다. 그 영화가 목요일에도 상영 중이었으니까요. 오브라이언은 목요일엔 오후 휴무와 밤 근무였고, 금요일엔 오후 근무와 밤 휴무였습니다. 전과는 없습니다." 오스트리처가 담배 한 개비를 잡아 뺐다.

"오브라이언을 의심하시나요?" 헤이즐이 물었다.

오스트리처가 목청을 가다듬고 헤이즐을 쳐다보았다. "부인, 저희 경찰은 누구든 신문해야 합니다. 지금까지 알아본 바로는 설리번의 지인 중에 수상쩍고 의심스러운 자가 한두 명 있긴 하나 거리가 멉니다." 그는 체념하듯 미소를 지었다. "이번 건은 치정 살인 사건으로 누군가 직접 죽였거나, 살인을 사주했습니다. 변호사라면 소송 상대방에게 원한을 살 수도 있겠죠. 설리번 씨도 그런 사건으로 보이지만 사실 변호사를 죽이는 사람은 아무도 없습니다. 대개 변호사에게 의뢰한 사람을 죽이죠." 오스트리처가 재킷 단추를 끌렀다. "정황상 가월이 죽이진 않은 것 같습니다. 당신도 마찬가지고요, 카터 씨."

"그럼, 오브라이언 주장에 대해 경찰은 뭘 하실 건가요? 알리바이를 확인하시나요?" 헤이즐이 캐물었다.

"계속 확인하고 있습니다. 다른 사람들은 물론 오브라이언도 계속 감시하고 있습니다. 은행 계좌에서 돈이 어떻게 이동하는지도 예의 주시하고 있죠. 더군다나 그들이 만나고 얘기한 사람들까지 주시 중입니다. 보통 이렇게 합니다. 며칠 안에 증거를 잡아야 하니까요." 오스트리처가 조금 더 생기 넘치게 대답했다.

"이워트라는 자는 어떤 사람이죠?" 헤이즐이 물었다

"금요일 밤 이워트는 가월 일행과 그리스 식당에서 합류했습니다. 이워트 역시 뉴저지 사람으로 자동차 영업 사원이에요. 제가 그를 언급한 이유는 이 지문이 이워트의 것일 수도 있기 때문이죠. 그런데 이워트는 알리바이가 확실해요. 5시에서 거의 6시까지 뉴저지에서 자기 차를 수리했거든요. 저희가 공업소에 확인했습니다. 이워트는 차를 고친 다음 맨해튼에 있는 그리스 식당으로 갔습니다." 오스트리처가 한숨을 내쉬며 허공을 바라보았다. "가월이 다른 사람을 사주했을지도 모르죠. 내일 아침에 가월의 은행 계좌를 수색할 예정입니다."

"가월이 통장에 그런 증거를 남길 만큼 멍청하진 않을 텐데요." 카터가 덧붙였다.

"두고 봐야죠." 오스트리처가 반짝이는 미소로 대답했다. "카터 씨, 오른손잡이십니까?"

"네." 카터는 그 지문이 오른손 중지라는 걸 알았다.

"엄지 부상 때문에 한쪽 손이 다른 쪽보다 더 힘이 세거나 하진 않나요?"

"그렇진 않습니다." 왼손 엄지가 덜 아프긴 하지만 그렇다고 왼손이 힘이 더 센 건 아니었다.

"두 분께 여쭙겠습니다." 오스트리처가 의자에 앉은 채 몸을 앞으로 숙였다. "지난주에 대화한 끝에 어떤 계획이나 결론에 도달했거나 의견 일치를 보셨나요, 부인과?" 경위가 카터를 향해 고개를 돌려 물었다. 다시 헤이즐을 향해 고개를 돌린 뒤 "남편과? 그리고 설리번 씨와는 미래를 위한 평화로운 결론을 내리셨는지요?"라고 물었다.

헤이즐이 먼저 입을 열었다. "저희는 아무런 의견 일치를 보지 못했어요. 합의에 이르는 것보다 나쁜 상황이죠."

"꼭 합의를 봐야 하는 건 아니죠. 말씀드렸다시피, 가월은 카터 씨가 격분했다고 했습니다. 그렇다고 제가 가월의 말을 모조리 믿는다고는 생각하지 마십시오." 경위가 카터와 눈을 맞추었다. "설리번 씨와 논의할 생각은 전혀 안 하셨습니까?"

"하긴 했습니다." 카터가 더디 입을 열었다. "가월한테 들으셨겠지만 전 화요일 밤에 설리번을 만나고 싶었습니다. 아내와 길에서 마주친 게 화요일 오후였어요. 아내가 설리번을 만나러 가던 길이더군요." 그는 의자에서 허리를 편 후 애써 차분히 말을 이었다. "설리번에게 정말 물어보고 싶었습니다. 아직도 둘이 만나는 게 사실인지, 계속 만날 생각인지요. 그런데 순간 둘이 계속 만난다는 걸 알게 된 거죠. 하지만 그날 밤 결단코 설리번을 만나지 않았습니다."

"가월도 당신이 그를 안 만났다고 하더군요." 오스트리처가 슬며시 미소를 지었다. "그 이후에도 설리번 씨를 만나려 하지 않으신 거죠?"

"네."

"왜 안 만나셨나요?"

"아내가 설리번을 찾아가는 걸 두 눈으로 목격하고 나니 제가 듣고 싶던 대답이 어느 정도 채워졌더라고요. 무슨 얘기든 더 해야 한다면 그건 아내와 하는 편이 나았으니까요."

"그렇습니까? 왜죠?" 오스트리처가 그의 대답에 관심 없다는 듯이 덤덤히 물었다. 카터의 마지막 답변이 영 믿기지 않는 눈치였다.

"설리번이 하고 싶은 일이나 지금 하는 일, 그러니까 유부녀와 놀아나는 일은 설리번의 일입니다만, 어쩔 작정이냐고 아내에게 물을 권리는 제게 있다고 생각했습니다. 왜냐, 제 아내니까요."

오스트리처가 고개를 끄덕이며 슬쩍 미소를 지었지만 못 믿는 눈치였다. "어쩌실 생각이었나요, 부인?"

헤이즐이 괴롭고 고통스러운 표정을 지었다. 어떻게 둘 다 손에 움켜쥐려는 거지?

"솔직히 모르겠어요. 화요일 밤엔 헷갈렸어요. 남편을 포기할 생각이었던 것 같아요."

"그 얘길 남편께 하셨나요?"

"아뇨. 솔직하게 털어놓지 않았어요."

오스트리처가 한숨을 쉬었다. "그럼 화요일 밤에 설리번 씨와 상의하셨나요?"

"아뇨."

"집 앞에서 남편과 마주쳤다는 얘기를 안 하셨다고요?"

"안 했어요." 헤이즐이 재빨리 고개를 젓더니 별안간 카터를 쳐다보았다. "당신 있잖아, 가월이 갖고 있다던 마약 얘기를 경위님께 해야 하는 거 아냐? 가월이 마약을 갖고 있다고 말씀드려야지?"

"마약이라뇨?" 오스트리처가 물었다.

"네, 가월이 마약을 주어서 맞았습니다. 헤로인이었는데, 두 번 맞았습니다. 교도소 내 병사에 있을 때 엄지 때문에 모르핀 주사를 맞았죠. 가월이 마약을 상당히 많이 소지하고 있었습니다."

"얼마나요?"

"플라스틱 앰풀이 200개도 넘었어요. 액상이었습니다. 개당 65밀리그램이라고 했습니다."

오스트리처가 인상을 썼다. "지금은 없던데요. 저희가 가월의 아파트를 수색했거든요. 헤로인은 왜 맞으셨나요, 카터 씨?"

카터가 한숨을 내쉬었다. "그걸 맞아야 엄지 통증이 잦아드니까요. 게다가 제가 즐기기도 했고요."

"두 번 맞으셨다니, 그렇다면 마약 중독인가요? 매일 맞으십니까?"

"아뇨. 먹는 알약으로도 충분합니다. 사실 알약에도 모르핀 성분이 들어 있어요." 그는 헤이즐을 쳐다보았다. "하루에 네 알을 복용하는데요, 여섯 알 먹을 때도 있습니다. 모르핀으로 따지면 대략 200밀리그램 정도 될 겁니다."

"가월이 아파트에 그렇게 많은 마약을 갖고 있는 게 이상하진 않았나요? 가월의 아파트에서 맞으신 것 같은데, 가월이 어디에 둔 것 같습니까?"

"이상하긴 했습니다만 가월이 어울리는 인맥을 생각해 보면……" 카터가 어깨를 으쓱했다. "가월한테 물어보진 않았습니다. 제가 가월을 보러 간 건 마약 때문이 아니었으니까요."

"가월이 어디에서 마약을 구했는지 짐작조차 안 해보셨나요?"

"안 했습니다. 신경 쓰지도 않았습니다." 헤이즐과 오스트리처가 그의 말을 믿지 않는 것 같았다. 헤로인 소지가 불법임에도 카터는 신고도 하지 않고 직접 맞기까지 했다. "가월에게 정보를 캐려고 노력은 했지만 솔직히 반감을 사고 싶진 않았습니다."

"미리 말씀해 주셨더라면 좋았을 텐데요." 오스트리처가 같이 온 경찰관을 쳐다보자 그가 수첩에 뭔가를 적었다. "이제 마약 사건으로 일이 커졌군요. 골칫거리 마약이 잔뜩 있다니." 경위는 새로이 확장된 수사에 심사숙고하듯 놀라서 고개를 저으면서도 전화하러 가지 않았다.

카터는 오스트리처가 줄곧 자신을 강하게 의심하고 있음을 직감했다. 경위는 모든 증거를 다 쥐고 확신하면서도 서두를 필요가 없어 보였다. 카터는 침을 삼킨 후 헤이즐을 바라보았다.

헤이즐이 무릎 위에 팔꿈치를 세운 채 몸을 앞으로 기울여 바닥을 바라보다가 느닷없이 경위에게 고개를 들었다. "범인을 찾으려면 얼마나 걸릴까요?"

오스트리처는 뜸을 들이더니 늘 하던 얘기를 또 했다. "이틀에서 사흘 정도로 봅니다. 조금 빨라질 수도 있고요. 내일 가월의 은행 계좌 내역이 어떻게 나오는지 보시죠. 카터 씨의 계좌도 살펴볼 예정입니다."

카터가 고개를 끄덕였다. 경위가 일어나자 그도 따라 일어났다.

"가월의 마약 건도 당연히 조사해야죠. 가월의 상사인 그래소가 알고 있을지도 모릅니다. 그래소는 가월이 설리번을 죽이려고 계획을 세우거나 사주했다고는 아예 생각도 하지 않는 것 같았습니다. 그걸 보면 가월이 굉장히 조심스럽게 움직였던 것 같아요. 가월하고 그래소가 사적으로 상당히 가까운 사이거든요. 절친이랄까." 오스트리처가 턱을 문지르며 잠시 벽을 쳐다봤다가 카터를 보며 미소를 지었다. "오늘 밤 다시 경찰서로 가서 수사를 해야겠습니다. 마약을 찾으려면 그래소의 자택과 오브라이언의 집도 수색해야죠. 어떻게 생긴 상자에 들어 있던가요?"

"가로세로 60센티 정도 되는 판지 상자였습니다. 앰풀이 솜 위에 켜켜이 쌓여 있었어요."

"지금쯤은 마요네즈 상자나 반짝거리는 은색 병 속에 넣어두었을지도 모르겠네요." 오스트리처가 싱긋 웃었다. "가지, 찰스."

아파트 문이 닫히자 티미가 방에서 나왔다. 카터는 약속한 대로 티미에게 코코아를 타주었고, 헤이즐은 티미의 질문에 대답하려 했다. 중요한 질문에 대한 대답은 여전히 빠져 있었지만, 티미는 오브라이언에게 상당히 관심을 보이며 코코아 잔을 들고 소파에 앉았다. "경찰은 오브라이언

짓이란 걸 알면서도 결정적인 증거를 기다리고 있을 거예요."

헤이즐이 지친 눈으로 카터를 바라보았다. "이 밤에 이런 얘기나 하다니."

카터 역시 할 말이 없었다. 티미는 정황을 다 알고도 모르쇠로 일관하다가 순간 범인을 몰아세우는 형사들의 모습을 방송에서 본 적이 있었다. 그래서 지금 그렇게 하려고 방법을 찾고 있다고 생각했다. "아직 결론을 내리기엔 너무 일러, 티미." 카터가 타일렀다.

카터는 침대에서 헤이즐이 잠들 때까지 한쪽 팔을 두른 채 안고 있으려고 했지만, 헤이즐이 완전히 깨서 신경을 곤두세우며 서서히 몸을 빼며 말했다. "미안한데, 나 싫어. 지금 누가 건드리는 걸 도저히 못 참겠어."

"헤이즐, 사랑해." 카터가 헤이즐의 어깨를 한쪽 팔로 꼭 껴안았다. "그냥 잠만 같이 자면 되잖아?"

헤이즐은 그러지 않았다. 둘 다 한동안 잠들지 못했다.

24

"인터뷰 가능하십니까, 카터 부인?"

카메라 플래시가 터졌다.

"카터 부인," 초조한 표정으로 기자가 웃으며 물었다. "하나만 묻겠습니다. 설리번 씨하고는……"

"비켜요!" 카터가 외쳤다.

기자는 셋이었고 카메라는 두 대였다.

"손 치워요!" 초조한 표정을 짓던 젊은 기자가 붙들자 헤이즐이 팔을 빼며 소리쳤다.

카터는 한쪽 팔로 헤이즐을 감싼 채 5미터 떨어진 아내의 차를 향해 서둘러 움직였다.

"당신도 타. 회사까지 태워줄게." 헤이즐이 말했다.

차에 탄 카터는 기자들의 손등을 밀어내며 차문을 닫았다.

헤이즐의 차가 빠져나갔다.

"대체 왜 이제 온 거지?" 카터가 의아해했다.

"어제부터 전화가 왔었어. 서너 번. 내가 굳이 말을 안 했어."

카터는 아무 말 하지 않았다. 민망하고 짜증이 난 헤이즐에게 무슨 말이라도 했다간 아내가 기자들에게 낼 화를 그에게 퍼부으리라는 걸 알았기 때문이다. 그런데도 잠시 후 조용히 입을 열었다. "회사까지 갈 필요 없어. 이제 기자들 죄다 따돌렸잖아."

헤이즐이 최대한 핸들을 틀고 인도에 붙여 차를 세웠다.

"고마워. 나중에 봐, 여보." 카터는 인사를 건네며 차에서 내렸다. "힘 내"라거나 "사랑해"라거나 하는 아무 소용없는 말이 하마터면 튀어 나올 뻔했다. 헤이즐은 회사에서 설리번과의 불륜이 알려져 부끄러워했다. 오늘 아침부터 신문이며 라디오에서 남편이 전과자였다고 대서특필하는 것도 수치스러워했다.

카터는 회사로 들어서는 순간 프런트에 앉은 엘리자베스가 보였다. 그는 몸이 굳었다. 카터가 금요일 오후 5시 30분이 아니라 5시 20분에 퇴근했다고 경찰에 진술한 사람이 바로 이 빨간 머리 아가씨였다.

"안녕, 엘리자베스." 카터가 인사를 건넸다.

"안녕하세요, 카터 씨. 저기 있잖아요." 엘리자베스가 자리에서 일어났다. 늘씬하고 훤칠한데 하이힐까지 신으니 키가 카터와 엇비슷했다. 엘리자베스의 앳된 얼굴에 진지하고 긴장한 표정이 드리웠다. "제가 경찰한테 한 얘기 때문에 곤란해지신 건 아니죠? 경찰이 어찌나 꼬치꼬치 캐묻던지, 분 단위로 쪼개서 묻더라고요. 그래서 기억나는 대로, 맞는다고 생각하는 대로 얘기한 거예요."

"괜찮아요. 정말 잘했어요." 카터는 넌지시 미소를 머금고 대답했다. "걱정할 일 전혀 없어요." 그러고는 자기 방으로 향했다.

장신에 머리칼이 희끗희끗한 젠킨스 사장이 녹색 카펫이 깔린 복도를 따라 내려오고 있었다. "카터 씨, 안녕하신가?"

"안녕하세요, 사장님."

젠킨스 사장이 멈칫했다. "잠깐 내 방으로 오지?"

카터는 젠킨스와 같이 사장실로 들어갔다. 젠킨스가 문을 닫았다.

"이번 끔찍한 사건은 정말 유감이네. 이제 어찌 되는 건가?"

"저도 모르겠습니다." 카터가 젠킨스와 눈을 맞췄다. "일단 이 회사에
절 받아주시느라 얼마나 힘드셨는지 압니다. 제가 그만두는 게 낫다고 생
각하신다면 그렇게 하겠습니다."

"아직은 거기까지 생각하지 않네." 젠킨스가 난처한 표정으로 대답했
다. "이번 주 목요일에 디트로이트 출장이 잡혔을 텐데 경찰이 의심을 거
두지 않으면 못 가는 거 아닌가? 아직 경찰 조사가 남았잖아." 사장은 카
터가 살인을 저질렀는지 아닌지 당장이라도 결판을 내려는 듯 카터를 쳐
다보았다.

"네. 제가 한 구상을 문서로 정리할 테니 버터워스 씨를 대신 보내면
어떨까요?"

젠킨스가 한숨을 쉬더니 짜증스레 양팔을 벌렸다. "두고 보지. 혹시 누
구 짓인지 짐작 가는 사람이라도 있나?"

카터는 머뭇거렸다. "가월 주변 사람 소행 같습니다. 몇 년 전부터 설리
번과 사이가 껄끄러웠거든요. 하지만 저도 잘 모르겠습니다."

젠킨스는 묵묵히 카터를 잠시 바라보았다. 그는 생각에 잠겨 있었다.
사장은 카터의 아내가 피살된 남성과 '친밀한' 사이였고 그 남성이 카터
를 이곳에 추천한 것은 물론 카터와 상당히 가깝게 지냈다는 사실을 몹시
기괴한 상황으로 받아들였다.

카터는 자기 방으로 가서 문을 닫자마자 젠킨스가 대놓고 묻지 않은
질문이 떠올랐다. '카터, 자네 당연히 무죄 맞지? 이번 사건과 전혀 상관

없는 거 맞지?' 사장이 묻지 않은 이유는 딱 하나였을 것이다. 사장은 카터가 범인일 수도 있다고 생각할지 모른다.

카터는 그날 오전부터 버터워스와 나눌 껄끄러운 대화를 준비했지만 무슨 이유인지 버터워스가 사무실을 비웠다. 디트로이트 공장 관련 메모를 타이핑하기 시작했지만 다시 티미가 떠올랐다. 지금쯤 티미는 19번 스트리트에 있는 학교에서 친구들의 질문과 눈총을 받다가 험한 말을 들었을 것이다. 아버지가 감옥에 갔다 왔기 때문이다. 아이들은 티미의 엄마가 다른 남자와 바람을 피운 사실도 당연히 놓치지 않을 것이다. 예전에 헤이즐이 얘기한 적이 있었다. "뉴욕에 사니 티미가 훨씬 나아졌어. 여기 애들은 감옥이니 뭐니 이런 얘긴 아예 모르거든." 이제 또다시 그 사실이 모조리 까발려지고 있었다.

11시를 넘기자마자 카터의 전화가 다시 울렸다.

"카터 씨, 오스트리처 경위입니다. 잠시 경찰서로 오셔서 얘기하실까요? 상당히 중요한 건입니다."

카터는 엘리자베스에게 잠시 외출했다가 점심시간 전에 돌아오겠지만 확실하지 않다고 했다. 비서가 전화를 엿듣고 카터가 경찰서에 가는 걸 눈치챘을까? 아마 그랬을 것이다.

오스트리처가 소속된 관할 경찰서는 이스트 50번 스트리트에 있었다. 카터는 다섯 블록을 걸었다. 중년의 경찰관이 복도를 따라 사무실까지 카터를 인도했다.

"어서 오세요, 카터 씨." 오스트리처 경위가 책상에 앉았다가 일어나며 인사했다.

파일이 잔뜩 꽂힌 널찍한 사무실에 가월과 오브라이언, 카터가 처음 보는 남자 두 명과 여자 하나가 있었다. 카터는 가월에게 눈인사를 건넸지만 답례 인사는 돌아오지 않았다. 가월은 깍지를 낀 양손을 배에 올리고 뚱한 표정으로 의자 깊숙이 몸을 기대고 있었다.

"카터 씨, 가월 씨는 아실 테고, 이쪽은 오브라이언 씨, 저쪽은 페레스 부부와 데블린 씨입니다. 설리번 씨와 같은 건물에 사시는 분들이죠."

카터가 고개를 숙이며 인사를 건넸다. "안녕하십니까?" 카터가 모자를 벗자 설리번과 같은 아파트에 사는 주민 셋이 그를 유심히 살폈다.

"설리번의 아파트에서 카터 씨를 보신 적이 있습니까? 언제였는지 상관없어요." 오스트리처가 물었다.

여자가 고개를 저으며 먼저 대답했다. "아뇨."

두 남자도 본 적이 없다고 했다.

"이분들은 사건 발생 시각에 집에 계셨습니다. 정말 감사하게도 오늘 아침 여기까지 나와 주셨죠. 금요일 저녁에 여기 세 사람 중 누구든 설리번 씨의 집으로 들어가는 모습을 목격하셨을지도 모르고요." 오스트리처가 가월과 오브라이언과 카터를 살피며 평소와 다름없이 사무적이면서도 경쾌한 목소리로 말했다. "사람이 바닥에 쓰러지는 듯한 소리를 들은 분이 페레스 부인이십니다. 그 시각이 6시, 혹은 5시 58분경이었고 그 이후엔 아무 소리도 못 들었다고 하십니다. 계단을 뛰어 내려가는 소리든 뭐든요."

카터는 오브라이언의 시선을 외면했다. 오브라이언 역시 카터의 시선을 피하는 것 같았다. 새파란 핀 스트라이프 정장을 입은 오브라이언은 포마드를 발라 머리가 번들거렸다.

"카터 씨, 오브라이언 씨를 만난 적이 있습니까?" 오스트리처가 여전히 책상 뒤에 서서 물었다.

카터는 오브라이언을 힐끔거렸다. 오브라이언은 구두를 내려다보고 있었다. "가월의 집에서 밤에 한 번 본 적이 있습니다."

"그때가 언제였죠?"

"열흘 전이었던 것 같습니다." 카터가 대답했다. 가월과 오브라이언이 부인했나? 두 사람의 표정으론 아무것도 짐작할 수 없었다.

"그 전에 만난 적은요?"

"없습니다."

"그 이후에 카터 씨를 본 적이 있습니까, 오브라이언 씨?" 경위가 물었다.

"아뇨." 오브라이언이 고개를 들더니 짧게 대답했다.

"두 분이 만나던 날 밤 얘기를 많이 하셨나요?"

오브라이언은 입을 열지 않았다.

"한마디도 안 했고 인사만 나눴습니다." 카터가 대답했다.

"필립이 온 지 얼마 되지 않아 앤서니가 갔어요." 가월이 끼어들었다.

오스트리처는 고개를 끄덕이더니 몸을 돌려 책상 뒤 벽장문을 열고 선반에서 뭔가를 꺼냈다. 그리스 대리석 왼발 조각상이었다. 경위는 두 손으로 조각상을 들어 책상 정중앙에 놓았다. 가월과 오브라이언과 카터가 경위를 지켜보았다. "이게 바로 살인 도구입니다. 범인이 이런 식으로 들었을 겁니다. 이쪽 발등의 좁은 쪽을 감싸 쥐고 대리석 발가락 부분으로 설리번 씨를 가격했겠죠."

가월은 관심 없고 따분하다는 듯이 대리석 발 조각상을 쳐다보았다. 오브라이언은 그걸 보더니 눈이 휘둥그레졌다. 안 그래도 멍청해 보이는 얼굴이 멍한 표정으로 바뀌었다.

"카터 씨, 한번 들어보시죠."

카터는 오스트리처가 있는 책상으로 가서 왼쪽 팔을 내밀다 말고 오른 팔을 뻗어 엄지를 아치 아래로 밀어 넣고 나머지 네 손가락으로 발 바깥쪽을 감싸 쥐며 조각상을 들었다. 대리석 조각상을 들자 오른쪽 엄지에 통증이 도져 힘껏 쥘 수 없었다.

"이렇게 뒤집어 보세요. 손목을 트십시오." 오스트리처가 자기 손목을 비틀며 시범을 보였다.

카터가 손목을 비틀자 대리석 발바닥에 세월과 마모의 흔적이 드러났다. 카터의 중지가 닿은 자리에서 족히 2.5센티는 떨어진 위치에 원이 그려져 있었다. 그 자리에서 지문을 채취한 게 분명했다.

"흠." 오스트리처는 카터의 중지가 원에 닿을 때까지 카터의 손을 이리저리 옮기더니 대리석 조각상을 쥐고 흔들면서 카터의 악력을 감지했다.

카터가 대리석 발을 책상 위에 내려놓았다.

카터를 쳐다보던 오스트리처가 이제 오브라이언에게 시선을 옮겼다. "오브라이언 씨, 한번 들어보시죠."

오브라이언이 얌전히 자리에서 일어나 발바닥으로 책상을 디딘 대리석 발을 카터와 비슷한 방식으로 집어 들었다. 누가 들어도 엄지를 아치 밑에 넣고 쥐는 게 가장 자연스러웠다. 얼마 남지 않은 뒤꿈치가 발바닥 아치 쪽으로 울퉁불퉁 비스듬히 깎였기 때문이다. 오스트리처가 오브라이언의 손을 뒤집었다. 오브라이언의 중지가 원 안에 딱 들어가는 모습을 카터가 포착했다. 오브라이언의 손이 카터의 손보다 컸다. 카터는 그날 밤 자신이 저 돌덩이를 아주 꽉 움켜쥔 사실을 떠올렸다. 오스트리처는 오브라이언이 대리석을 쥔 모습을 보더니 입을 여는 대신 설리번과 같은 건물에 사는 주민 셋이 있는 쪽으로 고개를 돌렸다.

"여러분은 여기에 더 계실 이유가 없겠네요. 여기까지 와주셔서 감사합니다. 정말 큰 도움이 되었습니다."

전혀 도움이 안 됐을 텐데, 카터는 생각했다. 세 사람은 의자에서 뭉개다가 마지못해 일어나는 기운이 역력했다. 진짜 쇼가 시작되기 직전에 쫓겨나는 사람들 같았다. 오스트리처가 세 사람을 복도까지 배웅한 후 곧장 돌아와 문을 닫았다.

"자, 그럼." 오스트리처가 책상에 비스듬히 기댄 채 손바닥을 맞붙였다. "여기 세 사람 중 범인이 있네요. 저희가 누구인지 밝혀내겠습니다."

"나까지 용의 선상에 올렸다면 당신이 뭘 모르는 거요." 가월이 격분하며 말했다.

오스트리처는 가월의 말을 귓등으로 들으며 카터를 보고 씩 웃었다. "카터 씨, 알리바이가 완벽히 들어맞지 않아요. 만일 금요일 오후에 버스가 아니라 택시를 타고 설리번 씨의 아파트로 가서 5분에서 10분 정도 있다가 다시 택시를 타고 집으로 돌아갔다면 범행 시간은 충분합니다. 이런 돌로 사람을 죽이는 데에 10분도 안 걸리겠죠?"

예의를 갖춰 혐의를 제기하는 모습이 카터에게 신선하게 다가왔다. 교도소와 전혀 달랐다. "그렇겠죠, 당연히 안 걸리겠죠."

오스트리처가 손목시계를 들여다보더니 가월에게 시선을 돌렸다. "가월 씨, 오늘 아침에 당신네 사장이 출두하지 않은 이유를 압니까?"

"모르겠소. 자기 아파트에서 할 일이 있겠죠. 그걸 누가 압니까?"

"사장이 소지한 마약이 아직 잘 있는지 확인하는 일 말입니까?" 오스트리처가 인상을 쓰더니 턱에 힘을 꽉 주면서 불편한 심기를 처음으로 내비추었다. "사장이 배관 공장에 잘 붙어 있지도 않잖습니까?"

"어디에서 시간을 보내든 그건 사장 마음이죠." 가월이 받아쳤다.

오스트리처가 다시 카터에게 물었다. "금요일 밤 동선과 관련해 진술을 번복할 이유는 없으시죠?"

"없습니다."

"그럼 웃옷을 벗으세요, 카터 씨." 오스트리처가 다시 벽장으로 향했다. "거짓말 탐지기 조사를 하겠습니다." 경위가 선반에서 거짓말 탐지기를 꺼냈다.

가월과 오브라이언을 내보내지도 않고 카터를 다른 방으로 데려가지도 않아서 카터는 충격을 받았다. 경위가 전선이 달린 고무판을 카터의 맨 가슴에 붙이고 혈압 측정을 위해 고무판을 한쪽 팔에 하나 더 부착했다. 그러더니 신문을 시작하며 일일이 시간을 따졌다. 몇 시에 회사에서 나갔나? 버스를 탄 시각은? 얼마나 걷다가 신문을 샀나? 집에 도착했을 때 헤이즐이 집에 있었나? 이제 색다른 방식으로 질문했다. "당신은 금요일에 버스를 타고 38번 스트리트에서 내린 다음 데이비드 설리번을 만나러 가지 않았습니다." 카터는 심장이 훨씬 빨리 뛰는 게 아니라 약간 빨라졌다고 생각하며 질문에 기계적으로 대답했다. 아무 상관없다는 듯, 별거 아니라는 듯 여기고 있었다. 맞아, 정확히 그랬다. 그는 무슨 일이 벌어지는지 별로 개의치 않았다. "당신은 설리번에게 '당신의 양면성에 질렸어, 그 위선에 넌더리난다고!'라고 말하지 않았지만, 설리번의 책장에 있던 저 대리석 발을 집어 들고……"

"아닙니다." 카터가 반박했다.

"카터 씨, 당신은 놀라울 정도로 냉정하군요. 냉혈한 같네요."

카터는 한숨을 내쉬며 경위를 쳐다보았다. 가월과 오브라이언의 시선이 느껴졌다. 두 사람과 거의 마주 보고 있었지만 그쪽으로 한 번도 시선을 주지 않았다.

"화요일 밤에 아내와 대화할 때도 이렇게 냉정했습니까?"

"아뇨." 카터가 부인했다.

"설리번을 그만 만나라고 아내에게 부탁하셨나요?"

불현듯 카터는 가월과 오브라이언이 지켜본다는 사실에 잔뜩 짜증이 나서 의자에 앉아 꼼지락거렸다.

"그만 만났으면 좋겠다고 말하고 아내에게 그럴 마음이 있는지 물었습니다."

"당신은 아내에게 양자택일을 하라고 물었습니다. '나야? 설리번이야?'라고요. 이런 식으로 물으셨죠, 카터 씨?"

"그렇게 묻지 않았습니다." 카터는 오스트리처를 쳐다보며 진술했다. "'나야? 설리번이야?'라고 묻지 않았습니다."

"아내가 뭐라고 하던가요?"

"아내는…… 제가 말씀드린 대로입니다." 카터는 신중히 단어를 골랐다. "그만 만날 수 있을지 잘 모르겠다고 했습니다."

오스트리처가 짜증 섞인 미소를 지었다. "그렇다면 당신으로서는 성에 차지 않는 대답이었겠네요?"

카터는 경위의 취조가 혐오스러웠다. 카시니 박사가 철제 탐침으로 상처 주위를 어설프게 휘젓는 모습 같았다. "경위님이 생각하시는 만큼 그리 불만스럽진 않았습니다."

"카터 씨, 설리번 씨가 미운 나머지 그를 제거하고픈 이유가 당신에게 충분했다고 봅니다. 지난주 당신은 살인을 저지를 만큼 격분할 이유가 충분히 있었죠."

카터는 미동 없이 앉아 있었다.

"만일 내가 막연한 의심을 걷어내고 당신의 죄를 확실히 입증하겠다면 뭐라고 하시겠습니까?" 오스트리처가 손가락 하나를 흔들며 다가왔다.

카터는 오스트리처의 공세조차 진짜로 느껴지지 않았다. 경위가 연극하는 것 같았다. 잠시 후 연극이 끝나면 저들은 원래대로 돌아갈 것이다. 서로 상관없는 사람들처럼. "저라면 '어디 해보시지'라고 하겠습니다."

"저 사람 화끈하네." 가월이 끼어들었다. "좋아, 카터!" 그러더니 껄껄 웃었다.

오스트리처가 가월을 바라보다 카터의 가슴에 채운 버클 달린 끈을 풀었다. 책상 위에 놓인 거짓말 탐지기가 본체 주위에 가늘고 삐죽삐죽한 선을 그렸다. 카터는 그것을 슬쩍 보더니 그게 뭘 의미하든 상관없다고 스스로 말했다. 오스트리처가 책상 위로 몸을 숙여 그래프를 들여다본 후 종이를 교체했다.

노크 소리가 들렸다.

"들어오세요." 오스트리처가 말했다.

키가 작고 까무잡잡한 남자가 들어왔다. 그래소군, 카터는 짐작했다. 남자가 가월을 보고 씩 웃더니 고개를 까딱했다.

"오셨군요." 가월이 인사했다.

"안녕하십니까, 그래소 씨." 오스트리처가 반겼다.

"안녕하세요." 그래소는 땅딸막한 이탈리아 남성이었다. 둥글고 짙은 눈매와 기대에 차서 치켜뜬 눈썹이 보였다. 입꼬리가 약간 처진 두툼한 입술로 딱히 꼬집어 말할 수 없는 표정을 짓고 있었다. 그래도 전체적으로 보면 제법 괜찮은 얼굴이었다. 그래소는 일평생 표정 없는 얼굴로 산 것 같았다.

"앉으시죠, 그래소 씨. 이제 오브라이언 씨 나오시죠?"

오브라이언이 자리에서 일어나 재킷을 벗고 카터가 앉았던 의자에 앉았다. 승모근이 셔츠를 채우는 것도 모자라 힘이 넘치는 삼각근 때문에 셔츠가 팽팽했다. 허리에도 근육이 붙어 두툼했지만 배는 납작했다. 힘을 반만 써서 한 대 치기만 해도 설리번의 목이 부러졌을 거라고 카터는 상상했다.

"자, 금요일부터 살펴봅시다." 오스트리처가 신문을 시작했다.

가월도 이 조사를 받겠지? 카터는 궁금했다. 가월이 무척 불안해하면서도 은근히 지루해하는 것 같았다.

"저는 레인보우 바에서 곧장 집으로 갔습니다." 오브라이언이 비염기가 살짝 섞인 목소리로 말했다. "샤워하고 잠깐 눈을 붙였다가 7시경에 밥 먹으러 나간 다음 영화를 봤어요." 그의 목소리는 외운 내용을 읊듯 특징 없이 단조로웠다.

"룸메이트가 5시 15분경에 나갔으니, 당신이 그 직후 택시를 탔으면 맨해튼까지 15분도 안 걸렸겠네요." 오스트리처가 캐물었다.

오브라이언이 어깨를 약간 으쓱했다. "제가 왜 맨해튼에 갑니까?"

"설리번을 죽이러요. 돈을 받았을 테니." 오스트리처가 되물었다.

오브라이언이 바닥을 바라보다 검지로 코를 문지르며 냉정함을 유지했다.

"당신은 보통 금요일 밤이면 체육관에서 운동을 한다고 했습니다. 체육관에서도 그렇게 말하고요. 그런데 왜 지난주 금요일엔 운동하러 가지 않았나요?"

"감기 기운이 있어서요. 그래서 금요일에 한숨 잤다니까요."

저렇게 말하라고 가월이 시켰겠군, 카터는 짐작했다.

"이번이 처음 죽인 겁니까?"

오브라이언은 입을 열지 않았다.

가월이 들릴락 말락 한 웃음을 터뜨렸다.

"햄버거 가게에서 당신을 본 사람이 없습니다."

"사람들이 그걸 왜 기억해야 하죠? 얼마나 사람이 많았는데."

오브라이언은 가월에게 미리 받은 돈을 최대한 챙기려 할 것이다. 계속 불안해하는 오브라이언의 모습을 보자 카터는 위안이 되었다.

"설리번의 주소가 뭐죠?" 오스트리처는 캐물으며 느릿느릿 돌아가는 거짓말 탐지기 본체를 응시했다.

"맨해튼이요."

"맨해튼 어디죠? 주소 알죠? 어서 대요!"

"몰라요." 오브라이언이 오스트리처를 쳐다보며 대답했다. "내가 왜 설리번의 정확한 주소까지 외우고 있어야 하죠?"

"가월이 시키는 대로 외웠잖아요!"

오브라이언이 웃고 꼼질거리며 본심을 숨겼다. "우리 둘 중 누구를 기소하시려고요? 저예요, 아니면 카터?"

"가월한테 얼마를 받았든 그걸 누릴 시간이 별로 없을 텐데요. 만약 받았다면 말이죠." 오스트리처가 오브라이언에게 부착한 끈을 떼었다.

오스트리처가 싱겁게 끝내자 오브라이언이 배시시 웃었다. 가월도 따라 웃었다.

"카터 씨. 당신은 여기 더 있을 이유가 없겠네요." 오스트리처가 말했다.

카터는 자리에서 일어나 문으로 향하다 몸을 돌려 인사했다. "안녕히 계십시오."

오스트리처가 눈인사를 한 후 생각에 잠긴 듯 카터를 바라보았다. "안녕히 가세요. 추후 통보가 있을 때까지 시내를 벗어나시면 안 됩니다. 이번 주말에 출장이 잡혔다고 회사에서 들었습니다."

"네, 알겠습니다." 카터가 문을 닫았다.

오스트리처가 주말에 젠킨스 사장은 물론 필드와 버터워스까지 직접 만난 게 확실했다.

오후가 되자 버터워스가 회사로 돌아왔다. 그는 카터에게 전화를 걸어 자기 방으로 오라고 했다. 카터가 그쪽으로 건너갔다. 버터워스는 피곤했는지 눈 밑이 살짝 부어 있었다. 여느 때처럼 친절하게 카터에게 앉으라고 권한 후 동료 설리번을 잃은 사실에 충격을 받았다고 털어놓았다.

"오늘 오전에 경찰을 만났다고 들었습니다. 오늘 아침 경찰이 다시 전화했더군요. 새로운 사실이라도 밝혀졌나요?"

"아뇨. 경찰이 가월과 그의 지인 오브라이언도 불렀더군요." 카터는 의자 등받이에 몸을 바싹 붙이고 가월처럼 양손을 깍지 낀 채 몸을 앞으로 숙였다. "제가 나올 때까지 경찰이 두 사람을 신문하고 있어서 무슨 일이 있었는지는 모릅니다."

"어디 의심 가는 사람이라도 있습니까? 짐작 가는 일도 좋고요."

"가월과 연관된 쪽은 아닌 거 같습니다. 연관이 있다면 경찰이 밝혀내겠죠. 설리번한테 가월 얘기를 들으셨는지 모르겠습니다만."

"아, 네, 들었습니다. 제가 여러 번 데이비드에게 경호원을 고용하라고 했어요. 미행당한다고 경찰에 신고라도 하라고요. 그런데 세상에나, 이렇게 잔인한 살인 사건이 벌어지리라곤 생각도 못했습니다. 물론 다른 일도 그렇고요." 버터워스가 양손으로 얼굴을 가리더니 이마를 비볐다. "소식을 듣고 놀랐습니다. 당신도 놀랐겠지만요." 그는 카터를 응시했다. "제말은, 데이비드와 부인과의 일 말입니다. 그게 사실인가요?"

"그렇습니다. 사실입니다." 카터는 벌건 얼굴로 말을 더듬었다. "사실 저도 의심을 하긴 했지만 두 사람이 여태 사귀는 줄은 몰랐습니다. 좀 부풀려지긴 했는데 아내에게 꼬치꼬치 캐묻지 않았어요. 데이비드가 죽자 아내가 너무 충격을 받아서요." 얼굴이 계속 화끈거렸다. 그는 자신보다 헤이즐을 더욱 두둔하려고 애쓰고 있다는 것을 깨달았다. "그건 그렇고, 오늘 아침에 경찰이 저더러 며칠 더 뉴욕에 있으라고 해서 디트로이트 출장을 못 가게 되어 유감입니다. 이 건은 젠킨스 사장님께도 벌써 보고 드렸습니다."

"네, 생각해 봤는데 제가 가겠습니다. 안 그래도 오전 내내 출장 준비를 했거든요."

카터가 자리에서 일어났다.

그날 오후 4시경, 카터와 버터워스는 카터가 작성한 서류를 같이 검토하는 동안 설리번 얘기는 꺼내지도 않았다.

5시 30분, 카터는 50번 스트리트와 2번가가 만나는 코너에서 버스를 기다리며 호기심 넘치는 눈으로 석간신문을 읽었다. 오늘 설리번이 고향인 매사추세츠 소재 가족묘에 묻혔다. 설리번의 부모와 친척들이 고개를 숙인 채 묘지 옆에 선 사진이 실렸다. 설리번은 아버지를 빼다 박은 것 같았다. 카터는 유족들의 얼굴을 살피면서 예전에 그들을 만나서 얘기한 헤이즐의 모습을 그리려 했다. 상상하긴 쉬웠지만 장면이 떠오르자 속이 뒤틀렸다. 헤이즐이 장례식에 참석하겠다고 매사추세츠까지 올라가지 않아서 기뻤다. 그는 오스트리처 경위가 가월과 사장 그래소를 취조해 유의미한 결과를 얻었기를 희망했지만 기사엔 그래소가 경찰에 소환 조사를 받은 사실 이외의 다른 내용은 실리지 않았다. 마약 은닉이라든가 그래소와 오브라이언이 거짓말 탐지기 조사를 받았다는 얘기도 전혀 없었다. 두 사람이 고무 진압봉으로 폭행당했어도 실리지 않았을 것이다. 오브라이언이 아직은 입을 열지 않았다. 털어놓았다면 분명 기사화됐을 텐데. 카터는 버스 문이 닫히려는 순간 훌쩍 올라탔다. 하마터면 버스를 놓칠 뻔했다.

집에 가니 헤이즐은 그렁그렁한 눈망울로 거실에 서 있고, 티미는 자기 방 침대에 엎드린 채 몸을 들썩이며 흐느끼고 있었다.

카터가 헤이즐에게 다가갔다. "말 안 해도 다 알아."

카터가 건드릴 생각도 안 했는데 헤이즐이 몸을 뒤로 뺐다. "티미가 점심시간에 돌아와서 오후 내내 집에 있었어."

"젠장." 카터의 입에서 한탄이 흘러나왔다. 코트를 걸고 아들을 보러 방으로 들어갔다. "티미?"

침묵이 길게 이어졌다.

"무슨 일이야?"

카터가 침대 발치에 앉았다. 티미가 침대 모서리에 바싹 붙어 누워서 옆으론 공간이 전혀 없었다. "오늘 무슨 일 있었니? 얘기해 봐."

"애들이 아빠더러 전과자랬어요. 너희 아빠 전과자라며, 이랬다고요."

"전에도 그런 소리 들었지만 잘 이겨냈잖아, 티미. 안 그래?"

티미는 카터의 손길을 피하려고 오른쪽 다리를 접었다. "애들이 데이비드 아저씨 얘기도 했어요." 티미는 얼굴을 베개에 파묻고 또다시 울음을 터뜨렸다. "아저씨더러 엄마 애인이라고 놀렸어요. 그게 무슨 뜻인지 아세요?"

"울지 마, 티미. 그만 울어. 있는 대로 다 털어놔 봐."

"애한테 그 얘길 또 시켜야겠어?" 헤이즐이 복도까지 왔다. 화난 표정이었다.

"말하는 편이 나아."

"티미가 나한테 다 말했어. 다시 말하기 싫을 거야."

"난 뭐 듣고 싶겠어?" 카터가 일어서며 되물었다.

"당신은 당신 말고 딴 사람 생각은 안 하잖아?"

"티미 생각해서 이러는 거야. 아님 여기에 있지도 않아!"

"옛날에나 해주지 그랬어!"

카터가 다가서자 헤이즐이 한 발 물러서더니 몸을 돌려 침실로 들어갔다. 카터는 티미의 방에서 나와 방문을 닫았다. "당신이 설리번하고 막 바람을 피우기 시작할 때나 티미 생각을 해주지 그랬어? 그래 놓고 빌어먹을, 나한테 이따위 말을 할 권리가 있어?"

헤이즐은 아무 말도 하지 못했다.

"이젠 신문마다 떠들어대니 감당이 안 되겠지. 티미도 감당 못해. 티미가 속상한 건 내가 전과자라서가 아니라 당신의 불륜 때문이야. 전과자 얘긴 예전에도 들었잖아." 헤이즐이 설리번의 장례식에 가지 못한 이유가 이제 분명해졌다. 순간 카터는 티미가 헤이즐의 피와 살은 물론 정신까지 물려받았기 때문에 모자가 같은 이유로 눈물을 흘린다는 사실을 깨달았다. 그 이유란 외도를 시작할 때부터 두 사람만 간직하던 비밀이 이제 온 세상에 까발려졌기 때문이다. 카터는 쓰라린 눈을 깜빡거렸다. "헤이즐, 일은 이미 벌어졌어. 싸우지 말고 수습해야 하지 않겠어?"

"난 수습하기 싫어." 헤이즐이 화난 목소리로 말했다.

"티미 문제를 해결하자는 뜻이야. 애한테 뭐랬어? 사실이라고 했어?"

"티미는 신문 기사를 제대로 이해 못해."

카터는 속에서 또다시 불기둥이 솟구쳤다. "티미는 이해할 필요가 없어. 친구들이 한 단어로 설명해줄 테니. 무슨 말인지 몰라? 티미가 바본 줄 알아? 그건 그렇고, 티미가 아직도 데이비드를 좋아하나?"

"그럼 티미가 왜 울겠어?"

"대답은 됐어. 내가 잘못 물었네. 당신은 티미가 아직도 당신을 좋아할 것 같아?"

"닥쳐! 제발 그만해!"

카터는 입을 다물었다. 그는 침실을 나가 다시 티미 방으로 들어가 아들의 뒤통수를 잠시 바라보며 서 있었다. 마침내 티미가 고개를 들었다. 카터가 걱정한 것보다 아이의 얼굴은 눈물범벅이 아니었다. "티미, 하기 싫으면 말 안 해도 돼."

티미가 다시 눈물을 글썽이며 표정을 구겼다. "전부 사실인지 알고 싶어요."

"뭐가?"

"아빠가 질투해서 데이비드 아저씨를 죽였대요. 아저씨를 미워해서요."

"아빠는 아저씨를 질투하지도, 미워하지도 않았어."

"아저씨를 죽였어요?"

"안 죽였어." 저절로 대답이 튀어나왔다. 카터는 거짓말이라는 생각조차 들지 않았다. 내가 설리번을 죽이지 않았으니 오브라이언이 죽인 거야. 내 양심은 어찌 된 거지? 카터는 머리를 털며 눈을 깜빡였다.

"그것도 사실이에요? 엄마하고 데이비드 아저씨가……"티미가 말을 마무리하지도 못한 채 목이 메었다.

순간 카터는 기운이 쪽 빠졌다. 두 다리가 후들거려 문에 몸을 기댔다. "엄마랑 아저씨는 서로를 진정으로 사랑했어."

"그럼……"

카터가 뒷걸음질 쳤다. 욕실에 가서 세수하고 싶었지만 다시 와서 말했다. "그 얘긴 엄마한테 물어 봐." 잠시 뜸을 들였지만 티미에게서 아무 대답도 듣지 못했다. 카터는 다시 티미의 방에서 나와 복도를 따라 침실로 돌아왔다.

헤이즐이 침대에 반쯤 몸을 세우고 있었다. 카터가 티미에게 무슨 말을 했는지 들었을 텐데 그럴 기분이 아니라는 듯 안 들은 척했다.

"여보." 카터는 헤이즐 옆에 앉아 아내의 손을 잡고 싶었다. 하지만 헤이즐의 눈을 쳐다보자 아무 소용이 없음을 깨달았다.

"왜?"

숨을 깊이 들이마셨다. "이번 주말에 디트로이트로 출장 못 가게 됐어."

25

경찰이 카터를 설리번의 살인자로 지목하지 못한다면 오브라이언 역시 지목할 수 없다고 카터는 판단했다. 오스트리처 경위는 카터와 오브라이언 둘 다 의심할지 모른다. 그런데 증거를 추가로 확보하지 못하면 무슨 일이 벌어질까? 아무 일도 없을 것이다. 아무 일도 벌어지지 않을 것이다. 경찰 사건 기록 파일엔 미제 살인 사건이 그득했다. 기한이 있을 것이다. 대략 석 달 정도 경찰이 카터와 오브라이언은 물론 다른 용의자들까지 면밀히 감시하고 나면 -경찰이 감시를 절대로 멈추지 않겠지만- 유야무야될 수도 있다. 여름이면 흐지부지되겠지. 카터는 헤이즐과 한 달간 유럽으로 여행을 떠나려는 희망을 접지 않았다. 헤이즐을 향한 마음도 포기하지 않았다. 헤이즐은 설리번을 사랑했지만 설리번이 죽자 머릿속에서 죄책감이 화산처럼 폭발했다. 카터가 참고 기다리면 죄책감이 든 헤이즐이 카터에게 돌아올 것이다. 카터는 월요일 밤에 분노와 독기를 표출한 일을 후회했다. 헤이즐과 설리번에게 울화통이 터져서 퍼부은 말도 모두 반성했다. 다시는 그러면 안 된다고 마음을 다잡았다. 설리번 건으로 헤이즐에게 싸움을 걸지 않겠노라고 거듭 다짐했건만 시비를 걸고 말았다. 카터는 시험대에 오르는 일이 생겨도 늘 잘 헤쳐 왔다. 만일 격분해서 무슨 말이든 내뱉었다간 조롱거리로 전락해 아무것도 얻지 못할 것이다.

화요일 저녁, 카터와 헤이즐은 오래전에 잡힌 엘리엇 부부와 필리스 밀
렌과의 공연 관람 약속을 지켰다. 그리니치 빌리지에서 상연 중인 사무엘
베케트의 연극이었다. 일단 일행은 루이기에서 저녁 식사부터 했다. 필리
스가 남자 친구 휴 스티븐스를 데려왔다. 40대 초반의 건장한 남성으로
예전에 두어 번 카터와 만난 사이였다. 엘리엇 부부와 필리스는 설리번과
관련된 일은 언급을 피하고 아무것도 묻지 않았다. 오늘 저녁을 유쾌하
게 보내자고 다짐한 것 같았다. 겉보기엔 여느 저녁과 다를 바 없었다. 일
행이 표를 예약하라며 필리스를 지목해 계획을 짜던 한 달 전 저녁과 비
슷했다. 그러나 오늘 저녁 내내 필리스의 시선은 카터와 헤이즐의 표정을
살피느라 정신이 없었다. 주식 브로커인 필리스의 남자 친구도 마찬가지
였다. 카터는 엘리엇 부부가 유난히 다정하고 친절하게 군다는 느낌을 받
았다. 카터가 복역을 마쳤으니 무죄추정의 원칙에 따라 지금은 무죄라고
너그러이 받아주는 것 같았다. 헤이즐이 한껏 들뜬 척했지만 필리스와 프
리실라가 꿰뚫어 보는 게 확실했다.

집에 돌아오자 헤이즐이 털어놓았다. "여보, 나 일주일 정도 어디 멀리
갔다 오고 싶어. 진심으로."

"그럼 그렇게 해." 카터는 헤이즐이 혼자 가겠다는 말로 이해했다. "어
디로 가려고?"

"너무 멀지 않았으면 좋겠어. 일주일 동안 어디 가면 좋을까?" 헤이즐
은 지쳤다는 듯이 어깨를 으쓱하더니 황금빛 스카프를 접어서 서랍 속에
넣었다. 헤이즐이 설리번의 집으로 갖다 달라고 카터에게 부탁한 스카프
였다.

"뉴잉글랜드는 어때?" 카터는 뉴잉글랜드에 사는 설리번의 부모를 떠

올리며 아내가 그곳에 갈 생각이 있는지 떠보았다. "어디로 가고 싶은데?"

"깔끔한 호텔에 가서 멍하니 있고 싶어. 여름에 뉴햄프셔에 갔을 때 본 호텔, 기억하지?"

카터는 대부분 유쾌했던 기억이 떠올랐다. "거기 좋지." 카터는 욕실로 가서 간단히 샤워하고 나와 물었다. "혼자 가는 게 더 좋지?" 헤이즐이 혼자 가고 싶은지 알고 싶었다. 이제는 아는 편이 나았다.

"아니." 헤이즐이 목소리를 높여 대답하더니 그를 쳐다보았다. 가운 차림이었다. "혼자 가긴 싫어. 티미도 데려가려고. 학교에서 잘 지내더라. 지금까지는 그래. 회사에 말해서 다음 주 휴가를 받았어. 우리 금요일 밤이나 토요일 아침에 출발하자."

그러나 카터는 떠날 수가 없었다. "나는 행선지를 정확히 말할 수 있어야 해."

"맞다, 그렇지." 헤이즐이 덤덤히 말하고는 거울을 향해 돌아섰다.

다음 날, 카터는 점심시간 내내 뉴햄프셔 인근 산간 호텔에 관한 정보를 수집했다. 예전에 묵은 호텔에 또 가긴 싫었다. 오후에는 헤이즐에게 전화해 수집한 정보를 놓고 상의했다. 두 사람은 콩코드 근처로 정했다. 카터는 오스트리처 경위에게 전화를 걸어 토요일 아침부터 9일 동안 콩코드에서 지내도 되는지 물었다.

오스트리처는 카터가 도착해서 전화로 알리고 다른 데로 이동하지 않는다는 조건 하에 동의했다.

카터 가족은 금요일 밤에 출발해서 호수 근처에 있는 괜찮은 모텔에서 하룻밤을 묵었다. 모텔 측은 티미가 쓸 간이침대를 방에 넣어주었다. 콘

티넨털 호텔에서는 티미가 쓸 방을 따로 잡았다.

콘티넨털 호텔은 으리으리한 흰 저택처럼 생긴 건물로 완곡한 잔디 언덕 정상에 있었다. 오래된 곳이라 방들이 상당히 널찍했다. 티미는 그 큰 방을 온전히 혼자 쓰게 되자 신이 난 나머지 바로 교과서를 꺼내 창문 사이에 놓인 커다란 책상 위에 줄지어 늘어놓았다. 헤이즐과 카터가 챙기라고 시킨 책들이었다. 잔디 위에는 크로켓 후프가 마련되어 있었고 호텔 뒤편엔 테니스장도 있었다. 호텔은 전망이 좋았다. 다음 날 아침 부부는 침대에서, 티미는 직원이 차려준 작은 식탁에서 조식을 같이 먹었다. 헤이즐이 머리를 감는 사이 카터는 티미를 데리고 산책하러 나가 테니스 라켓을 사주었다. 호텔에는 손님용 라켓이 준비되어 있었지만 티미는 학교에 가져갈 새 라켓이 필요했다. 헤이즐에게 줄 아일랜드 산 미색 수제 스웨터도 샀다.

그날 밤, 헤이즐은 기분이 좋은지 저녁 식사 때 웃으며 카터와 농담을 주고받았지만 침대에서는 그의 손길을 거부했다. 카터는 머뭇거리다 넌지시 물었다.

"여보, 언제까지 이래야 해?"

"뭐가?"

"무슨 말인지 알잖아."

끔찍하고 지루한 침묵이 흘렀다. 마침내 헤이즐이 침실 탁자에 놓인 담배로 손을 뻗었다.

"아직 아무것도 해결된 게 없잖아."

카터는 헤이즐이 무슨 말을 하는지 알면서도 되물었다. "설리번 얘긴가?"

"그 일 말고 뭐가 있겠어?"

우리 문제가 있잖아. 우리, 카터는 생각했다. 그런데도 헤이즐은 설리번을 죽인 범인이 누군지 수사 결과만 기다렸다. 범인이 카터일 수도 있으니까.

"모르핀 때문에 환각을 느낀 적 있어?"

"아니. 모르핀을 맞던 감옥에서도 그런 적은 없어." 카터는 꿈에 헤이즐과 티미가 나온 때가 떠올랐다. 너무 생생해서 손을 뻗으면 두 사람이 만져질 것만 같았다. 그게 환각이었나? 만약 그렇다면 그건 그가 자청한 것이었고, 환각을 경험한 건 딱 한 번뿐이었다.

"꿈을 꾸는 건 아닌데 뭘 하는지 모르는 상태랄까. 이를테면 돌아다니면서 뭘 한다거나 한 적 없어?"

카터는 헤이즐이 무슨 말을 하는지 짐작이 갔다. "그런 적 없어."

두 사람은 해결되지 않은 침묵 속으로 침잠했다. 설리번 사건처럼 해결되지 않기는 마찬가지였다. 헤이즐이 카터에게 대놓고 물을 수도 있었다. 모든 걸 알게 되자 당신이 죽인 거야? 헤이즐은 왜 이렇게 묻지 않을까? 카터가 죽였다는 걸 알고도 남아서일까? 카터가 범인이라는 걸 알았다면 지금쯤 헤이즐의 행동이 달라지지 않았을까? 카터는 헤이즐이 어떻게 나올지 종잡을 수 없었다. 헤이즐은 자신만의 해결책을 취할 것이다. 의심스러운 카터를 떠나겠다고 공표함으로써 그녀에게 관심이 더욱 쏠리는 상황은 원치 않을 것이다. 헤이즐이 담배를 껐다. 둘은 잘 자라는 말도 없었다. 비로소 헤이즐이 잠들었다. 카터는 아내의 숨소리로 알았다. 범인이 밝혀질 때까지 헤이즐은 절대로 몸을 허락하지 않으리라. 헤이즐을 품고 싶다면 카터가 오브라이언을 붙들고 늘어지거나, 오브라이언이 발목을 붙들려야 한다. 물론 그건 불가능한 일은 아니다. 양심의 가책? 그따위 게 뭐라고? 원래 오브라이언은 설리번을 죽일 작정이었다. 그런데 무슨 양심의 가책을 느끼란 말이지? 지옥에나 떨어져, 오브라이언. 카터는 어둠 속에서 인상을 찌푸린 채 양심을 찾아보려고 애썼다. 양심의 부재로 생긴 빈자리라도 찾아보려 했다. 그에게 양심은 일말의 흔적도 없이 사라져 더는 존재하지 않았다. 카터는 설리번에게 한 짓 때문에 양심의 가책을 전혀 느끼지 않았다. 설리번을 때려죽였는데도 전혀 양심에 찔리지 않았다. 다만 제대로 기억조차 나지 않는 그때 그 피를 떠올리기만 해도 비위가 상했다. 그가 살인을 저지른 사실에 가슴이 살짝 철렁할 뿐이다. 감옥에 있을 때 카터는 부족한 명분을 내세워, 절대적으로 부족한 명분을 내세워 사람을 죽였지만 그러고도 조금도 마음 졸이지 않았다. 그는 미키 캐슬이 떠올랐다. 미키가 죽은 아침에 혼잣말한 기억이 떠올랐다. 카터가 충분히 목소리를 높여 미키의 일에 적극적으로 끼어드는 수고를 자청했더라면 미키는 그렇게까지 피를 흘리지 않았을 것이다. 하지만 내가 알게 뭐람? 고작 이틀이 지나고부터 카터는 아예 생각조차 하지 않았다. 감옥에 갇힌 인간의 양심에 대체 무슨 일이 벌어진 것일까?

자정이 되자 카터는 자리에서 일어나 달빛을 맞으며 산책하고 싶었지만 헤이즐이 깰까 봐 조심스러워서 생각을 환기하며 그대로 누워 있었다. 오늘 밤을 넘긴다고 나아지는 것도 아니고, 헤이즐과의 관계도 진척되지 않으리라. 그들은 그곳에서 일주일은 더 있어야 한다. 최대한 신난 척할 수밖에, 다시는 헤이즐을 건드리지 않고 아내가 최대한 쉬도록 해줄 수밖에 없었다.

그래서 카터는 실행에 옮겼다. 카터를 대하는 헤이즐의 태도가 더는 나

빠지지 않았다는 사실이 그가 받은 유일한 보상이었다. 헤이즐은 변함없이 다정했고 기분도 괜찮았다. 뉴욕을 벗어나니 헤이즐에게 확실히 도움이 되었다.

카터는 월요일 아침 회사로 복귀했다. 그는 휴가를 떠나기 전에 젠킨스 사장에게 자초지종을 설명했었다. 경찰은 그가 뉴햄프셔에 있는 특정 호텔에 가는 건 허락했지만 디트로이트 출장은 허락하지 않았다고 말이다. 그건 사실이었다. 카터는 회사에 일주일 휴가를 신청하면서 주제넘은 짓이라는 기분이 들었지만 회사에서는 기꺼이 휴가를 내주었다. 아마도 젠킨스 사장이 승인해준 것 같았다. 회사에서는 카터를 해고하느냐 마느냐를 두고 이미 며칠 전 결론을 내렸는지 그가 일주일 휴가를 내든 말든 별로 상관하지 않았다. 헤이즐처럼 회사도 두고 보자는 입장이었다.

카터는 월요일 오후에 오스트리처 경위에게 전화를 걸었다. 세 번의 시도 끝에 비로소 연결되었다.

"별다른 소식은 없습니다. 당신이 듣기엔 별일 아니겠지만, 그래소의 친구가 사는 아파트에서 그때 그 마약을 찾았습니다. 가월이 그래소 대신 마약을 은닉한 죄로 구금형이나 벌금형을 받을 수도 있었으나 저희가 가월을 풀어주고 미끼로 쓰는 중이죠. 지금 가월은 자유의 몸입니다." 오스트리처가 한숨을 섞어 가벼운 말투로 설명했다. 카터는 가월이 자유롭지 않을 거라는 의심이 들었다. 경찰이 가월의 일거수일투족을 감시할 테고, 가월도 분명 그 사실을 알 것이다. "가월과 달리 그래소는 5천 달러의 벌금형을 받았습니다."

"그럼 오브라이언은요?"

"오브라이언은 생활비가 어마어마하게 들어서 수중에 돈이 없습니다.

상황이 재미있게 돌아가는 중이죠."

카터는 무슨 말인지 이해가 되었다. 지금으로선 가월이 오브라이언에게 돈을 건넬 수가 없다. 들키지 않게 오브라이언에게 돈을 줄 길이 없다. 그런데도 오브라이언은 지금까지 그 돈만 믿은 것이다. "오브라이언도 구속 상태가 아닌가요?"

"물론 아닙니다." 오스트리처의 목소리에 웃음기가 묻어났다. "다시 출근하셨습니까, 카터 씨?"

전화를 끊자 카터는 심기가 상당히 불편했다. 오스트리처가 미끼에 줄을 달아 끝까지 푼 다음 미끼가 무슨 짓을 하고 돌아다니는지 두고 보는 중이었다. 경위는 카터를 다그칠 수도 있었고, 때론 경찰이 닳고 닳은 범죄자를 대하듯 카터를 구타할 수도 있었다. 적어도 신문에서는 카터가 전과자이기 때문에 구타해야 한다고 은연히 시사했다. 새로운 혐의로 기소된 전과자가 무슨 일을 당하는지 사람들은 절대로 알지 못했고 관심조차 없었다. 그가 그동안 당하지 않은 건 현재 평판 좋은 직장에 다니며 재력도 있고 공공복지기관에서 근무하는 아내까지 두었기 때문이라고 짐작했다. 타격을 줄 기사가 뭐라도 나올 것이다. 가월이나 오브라이언처럼 당연히 그도 감시당하는 중일 거라고 카터는 짐작했다.

그런데도 카터는 월요일 밤에 가월에게 전화했다. 10시경 담배를 사러 나가 전화를 걸었다. 카터는 아파트로 돌아와 헤이즐에게 털어놓았다. "방금 가월과 통화했어. 그쪽으로 가서 가월을 만나야 할 것 같아. 혹시나 경찰이 전화하면 가월한테 갔다고 전해."

헤이즐이 소파에 앉아 새로 산 티미의 코듀로이 바지 무릎을 수선하다가 놀란 눈으로 쳐다보았다. 뉴햄프셔에서 새로 사 입힌 바지가 찢어졌다. "왜?"

"뭔가 알아낼 수 있을지도 몰라. 가월이 귀띔해줄 때도 있거든."

헤이즐이 손목시계를 확인했다. "몇 시에 올 거야?"

카터는 긴장을 약간 풀고 빙긋이 웃었다. 그가 몇 시에 돌아오는지 헤이즐이 신경 써 주는 것 같았다. "12시까진 올게. 늦어지면 자정이 되기 전에 전화할게." 카터는 밖에서 사 온 담배 두 갑 중 하나를 소파 위로 툭 던지며 인사를 건넸다. "갔다 올게, 여보." 그런 다음 도로 나갔다.

카터는 택시를 탔다. 수화기 너머로 가월의 다정한 목소리가 들렸다. "필립? 이게 웬일이야. 좋지. 안 될 거 뭐 있나?" 매우 다정한 건 아니었지만 가월도 카터를 만나고 싶어 하는 눈치였다. 카터가 원하는 건 그게 다였다.

가월은 혼자 있는 것 같았다. 라디오를 틀어 놓고 소파 위엔 여전히 신문을 잔뜩 늘어놓았다.

"무슨 생각인가? 앉게."

카터는 코트를 벗어서 의자 팔걸이에 건 후 자리에 앉았다. 가월이 기다리고 있었다. "내가 모르는 일을 알고 계시는지 알고 싶어서 왔습니다."

가월이 콧방귀를 꼈다. "내가 그걸 말해야 하나? 호의로?"

"말씀해 주시겠죠."

"우리 집에 마약이 있다고 경찰한테 찌르는 호의를 자네가 언제 베풀었더라? 내가 왜 말해 줘야 하지?"

마약 얘기를 꺼낸 건 헤이즐이었지만 카터는 그 말은 하지 않을 작정이다. "어쨌거나 경찰이 알아낸 거라고요. 경찰이 자발적으로 그래소의 아파트를 수색했다니까요."

"자네가 우리 집에서 약을 맞았다고 했겠지. 약을 봤다는 말도 하고."

"죄송합니다."

"당연히 미안하겠지. 설리번 일과 무관하다는 듯이 결백한 척이나 하고."

"제가 결백하지 않다면 당신도 마찬가지죠."

가월이 살짝 속을 끓였다.

카터는 가월이 따지기를 기다렸다. '죽인 건 넌데 우리 애가, 내 친구 오브라이언이 의심을 받잖아'라고. 그러나 가월은 아무 말도 하지 않았다. 카터는 기다렸다. "집에 술 있습니까?"

가월이 일어났다. "당연히 있지." 그러고는 부엌으로 들어갔다.

"다음번엔 술을 가져오겠습니다."

"꼭이야, 꼭."

카터가 씩 웃었다. 가월이 방금 따른 스카치와 소다를 들고 돌아왔다. 반쯤 마시다 만 잔도 들고 왔다. 가월의 잔이 확실했다.

"고맙습니다." 카터는 잠시 술을 음미했다.

두 사람은 서로 먼저 입을 열기를 기다렸다.

가월이 먼저 얘기를 꺼냈다. "헤이즐하고 화해했나?"

"그건 제가 알아서 합니다."

"자네는 뭐든 떠벌리지 않는군."

"전 떠벌리지 않아요."

"상황이 대단히 긍정적이라면 내게 말했겠지. 안 봐도 알겠어. 티가 나."

카터는 한쪽 귀로 흘려들었다. 크게 튼 것도 아닌데 라디오 소리가 거슬렸다. 그런데도 라디오를 꺼달라는 말로 가월을 귀찮게 하긴 싫었다.

"오브라이언한테 돈은 언제 주실 건가요?" 카터는 아주 중요한 질문을 던진 후 덤덤히 술을 음미했다.

"그럴 일 없어. 오브라이언은 그 집에 가지도 않았으니까. 자네가 갔지." 가월이 카터를 뚫어져라 응시했다.

그런데 카터는 가월의 태도를 보고 거짓말임을 직감했다. 순간 기뻤다. 한없이 기뻤다. 카터는 가월을 아주 잘 알았다. 트라이엄프 사에서 근무하던 장밋빛 악몽 같은 시절부터, 가월이 여러 번 면회 왔을 때부터 알았다. 가월이 언제 거짓말하고 과장하고 뻔뻔히 날조하는지 카터는 알았다. 지금 가월의 말에는 거짓말과 날조가 뒤엉켜 있었다.

"농담 그만하시죠. 훤히 보입니다. 당신이 오브라이언에게 돈을 줘야 하잖아요. 오브라이언이 빈털터리라는 얘기를 오늘 오스트리처 경위에게 들었습니다. 빚도 꽤 많고 생활비도 어마어마하게 든다던데요. 당신이 돈을 주기를 오브라이언이 기다리잖습니까?"

"내가 오브라이언한테 줄 돈이 있다거나, 아니면 무슨 빚이라도 졌는데 돈을 건네지 못한다고 생각하나? 그렇다면 다른 사람을 통해서 오브라이언에게 건네면 되잖아." 가월이 큼직한 한쪽 손바닥을 들어 올리며 어깨를 으쓱했다.

"그럴 리가. 당신이 누굴 믿겠습니까? 오브라이언한테 빚은 왜 졌는지부터 설명해야 할걸요."

가월은 바닥을 바라보다 소파에 등을 푹 파묻었다.

가월이 무슨 생각을 할까? 카터는 궁금했다. 별난 인간이라 아무도 짐작할 수 없었다. 만약 가월이 카터를 망칠 작정이었다면 그저 이렇게 말하면 된다. '네가 설리번한테 무슨 짓을 했는지 난 알아. 오브라이언이 계단을 내려가다가 너와 마주쳤다고 했어. 그때까지만 해도 설리번은 살아 있었어.' 하지만 가월은 다음과 같이 말했다.

"내가 오브라이언을 고용했다면 지금쯤 돈을 다 주지 않았을까? 내가 그랬다면 지금쯤 누구든 알아챘겠지? 경찰이 뭐라도 알아냈겠지? 그런데 아니잖아. 하물며 망할 놈의 마약은 내 것도 아니었다고."

가월은 마약 때문에 화가 단단히 났다. 오브라이언과 얽힌 상황보다 훨씬 격양되어 있었다.

"내가 마약 판에 몸이라도 담근 양 지금 경찰이 날 미행하지만, 난 망할 놈의 마약과는 아무 상관이 없어." 가월이 일어서며 말했다.

"그런데 왜 마약이 이 집에 있었죠?"

"그래소 대신 이틀간 맡아놓은 거야. 뭐 하나 받은 것도 없다니까."

카터는 징징대는 가월이 느닷없이 지겨웠다. "트라이엄프 사건하고 비슷하군요. 그때도 속이더니. 당신은 트라이엄프 사건 때도 아무것도 받은 게 없었죠."

가월이 험악한 얼굴로 등을 돌렸다. "받은 게 없어!" 가월이 허스키한 가성으로 고함을 내질렀다.

파렴치하게 거짓말하는 걸 보니 궁지에 몰렸나 보군. 아니면 가끔 그러는 것처럼 뻔뻔하게 진실을 털어놓는 건가. 카터는 의자 옆 바닥에 빈 잔을 내려놓고 일어났다.

"당신은 절대로 아무것도 받지 않았겠죠. 파머와 뉴욕에서 주말마다 붙어 다녔어도 한 푼도 안 받았겠죠."

"안 받았다니까!" 가월은 고문을 당하듯 다시 비명을 내질렀다.

"저 갑니다."

카터는 집을 나서면서 가월의 집에 온 목적을 깨달았다. 진실을 아는 자는 오브라이언뿐이다.

카터가 가월의 아파트를 빠져나오는데 컴컴한 길 건너편 인도 옆으로 검은 자동차가 눈에 띄었다. 경찰차 같은데 아까도 있었나? 카터는 기억나지 않았지만 상관없었다. 차 안에 있는 남자가 카터를 쳐다보는 것 같았다. 차에 불이 켜지더니 남자가 허리를 숙였다. 카터가 집을 나선 시각을 적는 듯했다. 카터는 모퉁이 가로등 아래에서 손목시계를 보았다. 11시 35분이었다.

카터가 집에 돌아오니 헤이즐은 옷도 안 갈아입고 기다리고 있었다. 구두를 벗고 소파 구석에 몸을 만 채 복사된 회사 서류를 읽고 있었다.

카터는 옷장에 코트를 걸면서 헤이즐을 보며 미소를 지었다. "저기……"

"저기 뭐?"

카터는 재킷 단추를 끄르며 느릿느릿 거실로 들어갔다. 집 안에서 나는 냄새를 들이키자 행복감이 밀려왔다.

"가월이 오브라이언한테 여태 돈을 안 줬더군. 건넬 방법을 모르더라고. 아니나 다를까, 말로는 오브라이언한테 빚진 거 없다고 하더라."

"뭐라도 알아냈어?"

"가월이 집에 마약을 보관했다는 이유로 경찰에 미행당하는 게 굉장히 짜증이 나나 봐."

"미행을 당해? 경찰이 가월한테 아무 짓도 안 하는 것 같더니."

"아무것도 안 하긴 해. 경찰이 가월을 끄나풀로 부리나 봐. 근데 나중에라도 가월이 벌금은 내야 할 거야. 수중에 있는 돈을 압류당할지도 모르고. 상황이 이렇다 보니 가월이 오브라이언에게 돈을 주기가 쉽지 않은가 봐." 카터가 씩 웃었다. "어디든 경찰이 따라붙으니 가월은 그게 싫겠지. 가월이 돈을 줄 수 있는데 오브라이언이 받지를 못하는 상황이야. 오늘 밤에도 가월의 아파트 맞은편에 경찰차가 서 있었어."

헤이즐이 놀란 표정이었다. "그럼 경찰이 당신을 봤다는 거잖아?"

"뭐 어때? 상관없어. 경찰이 가월의 아파트에 도청 장치를 설치했을지도 모르는데, 오늘 밤엔 그것만 신경이 쓰이네. 난 가월이 어디까지 아는지 알고 싶었어. 경찰도 같은 걸 알아내려고 애쓰겠지."

카터는 소파에 앉으면서 헤이즐에게 바싹 붙지 않았다. 그런데 대뜸 헤이즐이 손을 뻗더니 카터의 오른손을 잡았다. 카터는 헤이즐의 손을 움켜쥐었다. 헤이즐이 대체 몇 주 만에 다정하게 구는 건지 기억나지 않았다.

헤이즐은 정면을 응시한 채 아무 말이 없었지만 긴장하거나 피곤해 보이지 않았다. 손을 뻗은 행동은 굳이 말하지 않아도 느껴지는 사랑과 헌신의 말과 같았다.

그는 이를 앙다물었다. 거짓말 탐지기 조사에서 오브라이언이 자기보다 더 초조해 보였다고 헤이즐에게 말한 적이 있었다. 그건 사실이었지만 그렇게 말하는 바람에 더 큰 거짓말을 계속할 수밖에 없었다. 그때 헤이즐은 그 말을 대수롭지 않게 넘기는 것 같았다. 그 후 뉴햄프셔에 갔을 때 헤이즐은 카터에게 환각에 대해 물었다. 그는 오늘 밤에도 계속 거짓말을 하는 중이다. 헤이즐을 사랑하기에. 헤이즐은 그의 인생에 없어서는 안 될 사람이기에. 이게 사랑일까, 욕심일까? 카터는 헤이즐을 당겨 두 팔로 안았다.

헤이즐이 가만히 있었다. 황홀하게도 몇 분이나 그의 품에 가만히 안겨 있다가 마침내 살짝 몸을 빼며 말했다. "너무 늦었어."

그날 밤 카터는 다시 헤이즐을 건드려서 제 손으로 행복을 밀어내는 우를 범하지 않았다. 아내에게서 희망이 보이자 넘치는 희열을 주체할 수 없었다.

26

손장난이나 치면서 노닥거리는 것 말고 대체 경찰이 뭘 하는 거지? 카터는 의아했다. 가월의 은행 계좌를 들여다보고 돈의 출처를 파악하는 한편 카터의 계좌까지 살핀다고 하기에는 시간이 걸려도 너무 걸렸다. 오브라이언이 돈을 받을 때까지 참지 못하고 가월에게 도발하기를 경찰이 기다리나? 그건 너무 뻔해서 오브라이언이 그런 위험을 감수할 리 없다. 다들 가만히 있느라 아무것도 진전되지 않자 카터는 신경이 곤두섰다. 짜증스럽긴 헤이즐도 마찬가지였다. 이 상황에 마음을 놓은 건 젠킨스와 버터워스뿐이었다. 카터가 매일 아침 9시에 출근하는 모습을 보고 그들은 그가 무죄라서 경찰이 카터만 풀어주었다고 확신하는 듯했다.

"솔직히 이번 일에 관련된 사람은 가월과 설리번하고 또······" 버터워스가 카터에게 말을 꺼냈다.

"제 아내겠죠." 카터가 마저 채웠다.

"사실 가월하고 설리번의 일인 셈이죠." 버터워스가 말을 더듬긴 했지만 카터에게 잘해주려는 게 분명했다.

경찰이 살인을 사주한 가월의 동기에 집중하자 오브라이언이 연일 신문 지면에 오르내렸다. 경찰은 수시로 오브라이언을 취조했다. "오늘 잭슨 하이츠 자택에서 경찰의 신문을 받은 오브라이언은······" 오브라이언이 여태 바텐더로 일하는지는 언급되지 않았지만 분명 구속 상태는 아니었다.

수요일 저녁 6시경, 카터가 집에 도착했을 때 오브라이언에게 전화가 왔다. 오브라이언은 대뜸 이름부터 밝혔다.

"아내가 들어오는 기척이 나면 전화를 끊어도 좋아. 당신 집이 보이진 않지만 지금 당신 아내가 퇴근 전이라는 건 알지. 카터, 돈이 필요해. 5천 달러."

카터는 오브라이언의 목소리를 듣는 순간 돈 때문이라고 직감했다. "어쩌면 이 전화가 도청당할지도 모르는데?"

오브라이언이 잠시 멈칫했다. "그래? '어쩌면'이라니, 무슨 뜻이지?"

"글쎄. 넌 그 돈을 감당할 수 없어. 돈을 받는 순간 경찰이 냄새를 맡을 테니."

"말도 안 돼. 그럴 리가. 현찰로 받으면 경찰이 알 리가 없어. 돈이 필요해. 금요일까지. 양자택일하시지, 카터." 오브라이언이 영특한 사람처럼 확신에 찬 목소리로 단호히 말했다. "당신 돈 있잖아. 은행에서 빼."

카터는 대꾸하지 않았다.

"길에서 만날 날짜를 잡지." 오브라이언이 또박또박 느리게 말했다. "10번 스트리트와 8번가가 만나는 북서쪽 모퉁이에서 금요일 밤 11시. 들었지? 5천 달러 들고 나와. 시간 맞춰서. 만일 나오지 않으면 11시 반에 경찰에 다 털어놓겠어. 내 말은 끝났다, 카터." 오브라이언이 전화를 끊었다.

카터는 수화기를 내려놓았다. 시선이 저절로 티미의 방을 향했다. 불이 꺼진 채 방문이 조금 열려 있었다. 티미가 어디 갔을까? 그는 그제야 옷장에 코트를 걸었다. 협박받아본 사람이라면 5천 달러는 시작일 뿐이라고 말할 것이다. 만일 오브라이언이 두 번째로 뜯어낸 5천 달러를 소지한 채 체포될 경우, 아니 처음 받은 돈을 들고 있다 붙잡힐 경우, 경찰은 돈이 어디에서 났는지 캐물을 것이다. 카터한테 받았다고 오브라이언이 자백한다. 경찰이 왜냐고 물으면 오브라이언은 카터한테 받았다고만 말할 것이다. 청부살인의 대가로 가월한테 받았다는 말은 하지 않을 것이다. 왜냐, 가월은 얼굴에 철판을 깔고 자기가 사주하지 않았다고 뻔뻔하게 부인할 테니 말이다. 그것도 모자라 오브라이언이 입을 다무는 조건으로 카터가 돈을 주었다면서 곧장 사실을 털어놓을 것이다. 그랬다간 오브라이언이 설리번의 집에 간 사실이 들통나게 된다. 사실 오브라이언이 죽이진 않았지만 설리번을 청부살인 하려 한 가월의 의도는 고스란히 남는다. 실행에 옮기지 못했어도 계획은 남는다.

여기가 고비겠지, 카터는 혼잣말했다. 자신만만했다. 너무 자신만만해서 대책이 없었다. 얄팍한 생각이나 소설 같은 얘기만 머리에 차올랐다. 카터가 오브라이언을 만나 5천 달러를 건넨다. 진심인 척 차분하게 달래듯 말한다. "좋아, 오브라이언. 이제 됐지? 이번이 마지막이야. 네가 앞으로도 침착하게 모든 걸 부인한다면 너나 나나 자유의 몸이 되는 거야. 알아듣지?" 하지만 오브라이언 같은 놈들은 그게 오래가지 못한다. 녀석은 조만간 돈을 더 뜯어내고픈 유혹에 흔들린다. 순전히 돈 욕심 때문이 아니라면 청부살인을 할 리가 없다. 카터는 발목까지 똥통에 빠진 사람처럼 쓴웃음을 지었다.

6시 10분. 헤이즐이 이런저런 회사 일로 7시 전까진 퇴근하지 못한다고 전했다. 그렇다면 8시는 되어야 들어온다는 뜻이다. 회사 사람들은 헤이즐에게 꽤 다정하게 대했다. "다들 잘해줘. 그럭저럭." 아줌마 같은 상사 지니 조플린, 변덕쟁이 피어스 씨, 비서 패니는 어떤지 카터가 묻자 헤이즐은 언급을 피했다. 헤이즐의 도덕성을 끄집어내 비난하는 사람은 요즘 당연히 아무도 없지만, 회사 사람들은 잘난 척, 고결한 척했다. 사실 그게 더 추했다. 그들은 은근히 헤이즐을 부러워하면서도 너그러운 척 우쭐거렸다. 끔찍하고 가장 처참한 사실이 드러났다. 헤이즐의 남편이 전과자란 사실이 회사에 파다히 알려졌다. 다들 카터를 본 적이 있었다. 카터가 헤이즐을 데리러 갔을 때 패니도 한 번 봤다. 세간 사람들처럼 그들 역시 카터가 허우대는 멀쩡해도 외모와 달리 속이 음흉하며 이런 상황에서 눈 하나 꿈쩍하지 않고 살인을 저지를 사람으로 치부하는 듯했다. 그런 연유로 입지가 다소 흔들리자 헤이즐이 야근하는 중이었다.

"젠장." 카터는 술을 가지러 주방으로 갔다.

술을 따르는 사이 현관문이 열렸다. 카터는 잔을 들고 거실로 나갔다. 헤이즐이겠거니 생각했지만 티미였다.

티미가 쑥스러운 듯 고개를 들더니 모자를 벗었다. "다녀왔습니다."

"그래, 어디 갔다 온 거니?"

"잉크 사러 나갔다가 스티븐을 만나서 산책했어요." 티미는 아버지를 보며 슬쩍 웃었다. 입가엔 초콜릿 시럽이 묻어 있었다. 티미는 혀를 내밀어 갈색 얼룩을 핥아서 없앴다.

카터도 웃었다. "언제부터 편의점 안에서 산책하고 다니는 거지?"

티미는 고개를 숙인 채 계속 웃으며 방으로 가다 말고 몸을 돌렸다. "엄만 아직 안 오셨어요?"

"응. 오늘 좀 늦으신대."

티미는 방에 가서 불을 켰지만 문은 닫지 않았다.

카터는 살짝 벌어진 문을 선 채로 바라보았다. 두 팔을 활짝 벌린 듯해서 고마운 마음이 들었다. 열흘 전만 해도 티미는 저 방문을 닫고 마음과 귀까지 닫아버렸다. 이게 바로 신문과 여론의 힘이군, 카터는 생각했다. 티미의 학교 친구들은 티미에게 점차 경계를 풀더니 오브라이언이 범인일지도 모른다고 추리했다. 애들은 애들답게 조금씩 사건에 싫증을 냈다. 어쨌든 아이들이 심하게 괴롭히지 않으니 티미는 한결 기분이 나아졌다. 아이들의 장점이란 소란이 재빨리 잦아든다는 점이다. 헤이즐과 설리번의 불륜도 설리번의 사망처럼 티미의 머릿속에서 금세 지워질 것이다. 뉴햄프셔에서 휴가를 보내는 사이 아이는 이 일로 별로 우울해하지 않았다. 몇 년 후 티미가 불륜이 뭔지 알게 될 나이가 된다 해도 깡그리 지워지진 않을 것이다. 열두 살인 지금 코앞에 닥친 실용적인 목적을 위해 설리번 일을 잊은 거라고 카터는 여겼다.

코앞에 닥친 실용적인 목적이라. 금요일 밤까지 48시간이 남았다. 한쪽 예금 계좌엔 5천 달러, 다른 쪽엔 2천 달러가 들어 있었다. 한 달 전쯤 헤이즐은 톰 엘리엇에게 3천 달러를 보내 투자해야겠다고 했다. 돈을 더 벌 수 있는데 예금 계좌에 뭉칫돈을 가만히 두는 건 바보짓이라고 했다. 돈을 인출할 경우 엘리엇에게 입금했다고 둘러대면 된다. 그런데 뭘 샀다고 하지? 무슨 주식을 샀는지 엘리엇이 계좌 거래 내역을 보내진 않을 테니 말이다. 오브라이언은 이번이 끝이 아닐 것이다. 경찰이 카터와 오브라이언 둘 다 기소하지 않을 경우 오브라이언이 카터에게 5천 달러를 분명 뜯어낼 것이다. 카터는 안절부절 혼자 잔웃음을 지었다. 헤이즐에게 들킬 리 없어. 그는 방을 돌아다니며 헤이즐이 계단을 오르는 기척이 나는지 아주 작은 소리에도 귀를 기울이며 머리를 굴렸다. 물을 섞은 스카치를 한 잔 더 마셨다.

오브라이언을 죽이면 모든 게 간단해진다. 오브라이언을 죽이고 교묘히 빠져나간다면?

가월 쪽 사람이 저지른 짓으로 보일 수도 있다. 오브라이언이 죽어서 입 다물기를 보나 마나 가월도 바랄 것이다. 그래야 오브라이언에게 아예 돈을 줄 필요가 없을 테니.

10번 스트리트와 8번가가 만나는 모퉁이. 서쪽 끝이다. 가로등이 훤하지 않은 곳 같은데. 카터는 제대로 기억나지 않았다. 둘이 서쪽으로 한참 걸어갈 수도 있다. 오브라이언을 미행하는 경찰의 모습이 불현듯 떠올랐다. 오브라이언이 영리하게 따돌리지 못하면 경찰에 미행당할 게 뻔했다. 그랬다간 경찰이 두 사람이 돈을 주고받는 현장을 덮칠 것이다. 그래, 이 거야, 카터. 바로 이걸 알고 싶었다고! 카터는 방 안을 돌아다녔다.

안 돼, 돈은 못 줘. 금요일까지 아무리 생각해도 돈은 줄 수 없었다. 오브라이언이 협박한 건 카터가 응하는지 보려고 경찰이 작정하고 파놓은 함정일지도 모른다. 오브라이언이 전화했을 때 옆에 경찰이 있었을지도 모른다. 카터는 오브라이언에게 돈을 줄 테니 만나자는 말을 하지 않아서 마음이 살짝 놓였다. 대신 오브라이언이 "양자택일을 하시지, 카터"라고 했을 때도 입을 다물고 있었다. 카터는 이마에 살포시 덮인 땀을 닦아냈다.

오브라이언을 죽이는 길 말고 다른 대안이 없어 보였다. 오브라이언에게 서쪽으로 조금만 더 걷자고 유인한다. 그쪽 길은 허드슨 강으로 갈수록 점차 후미졌다. 돈을 꺼내듯 주머니에서 뭔가를 꺼내거나 꺼내는 척하면서 가까이 오라고 한 다음 알렉스가 입버릇처럼 말하던 한 방에 보내는 기술로 오브라이언을 가격한다. 오브라이언의 걱센 몸이 떠오르자 카터의 오른쪽 엄지가 욱신거렸다. 카터는 안락의자에 몸을 푹 파묻은 채 엄지를 쳐다보았다. 엄지를 검지에 딱 붙인 채 손날로 치는 자세를 잡았다. 지금은 양쪽 손날이 말랑말랑해졌다. 무사히 살인을 저질렀다 해도 카터가 가라테를 배운 사실을 경찰이 카시니 박사와 헤이즐을 통해 들을 것이다. 오브라이언의 울대뼈가 부러질 것이다. 오브라이언을 내리치려면 벽돌 같은 게 있어야 한다. 카터가 안락의자에서 일어났다.

그때 헤이즐이 방으로 들어왔다. 불쑥 들어오는 바람에 카터가 화들짝 놀랐다.

헤이즐이 웃으며 방문을 닫았다. "놀라게 할 생각은 아니었어. 나야."

그가 서서히 헤이즐에게 다가가 오른팔을 뻗자 헤이즐은 그 팔에 안겨 가슴에 머리를 기댔다.

"헤니페니하고 피어스 부인, 오늘 진짜 너무했어." 헤이즐은 상사 지니를 헤니페니라고 불렀다.

"한잔할래?"

"응, 좋아."

저녁을 먹은 후 지친 헤이즐을 대신해 카터가 설거지하고 티미가 행주로 접시를 닦아서 치웠다.

카터는 잠옷으로 갈아입으며 말을 꺼냈다. "금요일 밤에 젠킨스하고 버터워스랑 식사하기로 했어. 잠재 고객을 소개해주고 싶다나. 당신, 혹시라도 다른 약속을 잡고 싶으면……"

"어서 자는 거 말고 하고 싶은 게 없어." 헤이즐이 베개에 얼굴을 거의 파묻은 채 중얼거렸다.

카터는 금요일 밤을 준비했다.

오브라이언을 바람맞힐까 생각도 해봤다. 오브라이언이 몹시 걱정스럽고 절박한 상황으로 내몰리지 않은 이상 경찰서로 곧장 달려가진 않을 것이다. 아직은 그가 그 정도로 심각해 보이진 않았다. 오브라이언은 뜸을 들였다가 다시 돈을 요구할 것이다. 그런데 그게 얼마나 오래갈까? 살인죄로 법정에 서느니 폭로하는 편이 손해를 덜 보는 길이니 재판받기 전에 전말을 털어놓을 수도 있다. 칼자루를 쥔 건 오브라이언이었다. 이건 엄연한 사실이었다. 목요일이 되도록 카터는 여기에서 한 발짝도 더 나아가지 못했다.

카터는 창가에 서서 밖을 내다보았다. 뿌연 안개에 흐려진 배들이 이스트 강 위를 떠다녔다. 예인선 두 척이 강을 훑으며 지나갔다. 알록달록 근사한 화물선이 대서양을 향해 힘차게 출항했다. 맨해튼 반대편을 보니 더 근사한 배들이 유럽, 남미, 바하마 제도를 향해 떠나기도 하고 뉴욕항으로 들어오기도 했다. 석 달만 지나면 헤이즐과 저 배를 타고 있으리라. 모든 게 잠잠해질 거야, 모든 게. 일단 이번 난관부터 넘어야 한다. 오브라이언을 죽이려는 시도는 가치 없는 짓일까? 오브라이언은 자기가 범인으로 몰리는 상황을 절대로 두고 보지 않을 것이다. 카터가 죽였다는 오브라이언의 주장이 인정되지 않는다고 해도, 오브라이언이 기소되어 유죄 판결을 받는다고 해도, 카터가 연루되었다는 주장은 심각한 의문을 남기고 헤이즐과 수많은 이들의 가슴에 치명상을 입힐 것이다. 카터가 경찰의 질문 공세를 버텨낸다 해도 의혹은 고스란히 남을 것이다. 만약 오브라이언이 카터가 죽였다는 주장을 설득력 있게 한다면, 카터는 또 한 번 그 일을 해야 한다. 그의 말은 사실이니까.

목요일 밤, 카터와 헤이즐은 필리스 밀렌을 집으로 초대해 저녁을 먹었다. 아직 드러나지 않은 설리번의 살인범이며 경찰이 뭘 하는지, 뭘 할 것 같은지 등은 이번에도 전혀 화제에 오르지 않았다. 커피를 마시는 사이 전화벨이 울렸다. 라페티 부부였다. 헤이즐은 라페티 부인에 이어 라페티 씨와도 인사를 나눴다. 잠시 후, 라페티 씨가 카터를 바꿔 달라고 했다.

"전화 바꿨습니다." 카터가 전화를 받았다. 일식집에서 두 사람이 붙어로 대화하던 기억이 떠올랐다. '이별은 매번 뭔가를 앗아가요.' 그렇다면 살인은 매번……

"필립, 잘 지냈어요?" 라페티가 자상하게 물었다. 대답을 듣자고 물은 건 아니었다. "새로운 소식이라도 있나 해서요. 집에 손님이 와 계시다니 말씀은 못하실 테지만, 그래도 안부라도 전하고 싶었습니다."

"정말 고맙습니다만 별로 드릴 말씀이 없네요." 카터는 헤이즐과 필리스를 등진 채 말했다. 두 사람은 넓은 거실 구석에 앉아 대화를 나누고 있었다. "요 며칠 진전된 상황이 없습니다. 그게 제가 아는 전부입니다."

"신문에 다 나옵니까? 알아야 할 내용이 신문에 다 나오나요?"

"그렇습니다." 가윌의 분노는 보도되지 않았다. 오브라이언이 돈을 받으려고 몸이 달았다는 기사도 실리지 않았다. "하여튼 무슨 일이 있으면 헤이즐이 연락드릴 겁니다."

두 남자는 가볍게 통화를 끝냈다. 카터는 다시 식탁으로 돌아가 브랜디를 조금 따랐다. 원래 술을 따를 땐 양손을 썼기에 그의 손은, 정확히 말해 두 손은 굉장히 안정적이었다.

"전화를 다 주고, 다정하네." 헤이즐이 말했다.

"그러게. 라페티 씨, 사람이 괜찮네." 카터가 자리에 앉았다.

"라페티 부부도 초대할걸 그랬어. 필리스, 저 부부 알지?"

필리스와는 아는 사이였다.

대화가 드문드문 오갔지만 카터의 귀에는 거의 들어오지 않았다. 카터는 접시에 담긴 아이스크림을 막 먹어치운 티미를 바라보았다. 티미가 흰 셔츠에 파란 타이를 매고 가장 아끼는 감색 정장을 입고 있었다. 깔끔히 빗은 금발이 촛불에 반짝거렸다. 전축에 앨범이 새로 걸리자 바흐의 〈골드베르크 변주곡〉이 흘렀다. 카터는 영문을 알 수 없는 눈물이 흘러 눈을 껌뻑였다. 그날 밤 푹 자려고 헤이즐이 먹는 신경안정제를 한 알 삼켰다.

27

　다음 날 저녁 7시 무렵 카터는 이스트 40번 스트리트에 있는 술집 두 곳에 들러 스카치와 소다를 찬찬히 들이켰다. 그랬는데도 견디기 힘들 정도로 시간이 더디 흘렀다.

　카터가 전화했지만 가월은 집에 없었다. 어쩌면 집에 있으면서도 전화를 안 받는 건지도 모른다. 그걸 어떻게 구별한담? 오늘 밤 오브라이언에게 미행이 붙었음을 아예 카터에게 전하지 못하게 가월이 경찰에 붙들렸나? 대체 왜 가월이 카터에게 귀띔하려 한다고 생각하는 거지? 말이 되지 않았다. 카터는 15분 간격으로 가월에게 전화를 걸었다. 9시가 되자 가월이 집에 들어왔는지 알고야 말겠다는 강박으로 변했다. 가월의 집으로 가서 그가 집에 있으면서도 괜히 전화를 안 받는 것인지 확인하고 싶었다.

　카터는 경찰이 쳐 놓은 덫을 향해 제 발로 걸어가는 듯한 기분이 짙어졌다. 자꾸 두리번거리며 사복 경찰이 있는지 확인했다. 사람들이 쳐다보자 더는 고개를 돌리지 않았다.

　카터는 뜬금없이 23번 스트리트에 있는 영화관으로 들어갔다.

　담배에 불을 붙인 후 이따금 손목시계를 확인했다. 10시 15분이 되자 더는 앉아 있을 수 없었다. 영화관에서 나와 남쪽으로 걸음을 옮겼다. 처음으로 전화기가 보이는 담배 가게로 들어가 가월에게 전화를 걸었다. 가월이 전화를 받자 카터는 안도의 한숨을 내쉬었다.

"뭐야, 대체 지금 무슨 생각이지?" 가월이 살짝 짜증스레 물었다. 그런 말투에 카터는 오히려 마음이 놓였다.

카터는 다른 말은 하지 않았다. "오브라이언에게 돈은 마저 주셨나요?"

"아니, 자네는?" 가월이 받아쳤다.

이렇게 본론으로 들어가다니, 카터는 진짜로 웃음이 터지면서 기분이 한결 나아졌다. 감옥에 있을 때도 운명을 비웃은 적이 여러 번 있었다. 진실도, 포악한 사건들도 비웃었다. 그런데 가월은 정말 진지했다. 아니, 지독히 억울해 보였다. 역시 가월다웠다. 그런 모습이 카터에게 위로가 되었다. 순간 카터는 정신을 바짝 차리고 물었다.

"늦게까지 계실 거죠? 집에서 만나고 싶습니다. 할 얘기가 있어요." 카터는 가월이 대꾸하기 전에 수화기를 내려놓고 전화 부스를 나왔다.

그는 잰걸음으로 시내로 향했다. '11시경'에 얼추 맞아 들어가는 알리바이를 만들기 위해서였다. 가월은 얄팍하고 졸렬한 인간이었다. 오브라이언보다 훨씬 졸렬했다. 카터가 오늘 밤 저지르려는 짓만큼 졸렬했다. 카터는 걸음을 늦추며 힘을 아꼈다. 그러나 가슴속 뭔가가 두 다리를 달음박질치게 하면서 기운을 뺐다.

카터는 10번 스트리트와 8번가가 만나는 모퉁이에 5분 일찍 도착했다. 오브라이언이 시내 방향에서 신문을 접어 왼손에 들고 멍하니 걸어오고 있었다. 모자를 쓰고 벨트를 늘어뜨린 채 트렌치코트 앞섶을 연 차림이었다. 그는 카터를 보자 신문지로 손짓했다. 두 사람은 10번 스트리트 북측 인도에서 서쪽으로 한참을 더 가서 마주했다. 후미진 동네였다. 문이 닫힌 창고 두어 개와 저층 다세대 주택 전면이 보였다. 오브라이언이 뒤를 살폈다.

"미행당했나?" 오브라이언이 물었다.

"아니." 카터가 대답했다.

"확인은 한 거지?"

"그럼."

오브라이언이 카터보다 10센티는 더 커 보였다. 트렌치코트 앞섶을 열어서 그런지 덩치가 좋아 보였다. 그래도 카터는 자기가 키도 더 크고 덩치도 더 좋고 힘도 더 세다는 걸 알았다.

"그쪽은 미행이 안 붙었어?" 카터가 물었다.

"왜 안 붙었겠어?" 오브라이언이 정면을 응시한 채 한숨을 쉬며 고개를 끄덕였다. "오늘도 여전하던데. 그래서 택시를 여러 번 갈아타고 다 따돌렸어. 늘 그렇듯 난 별로 신경 쓰지 않지만." 오브라이언이 잔웃음을 지으며 카터를 쳐다보았다. 그러면서 신문을 오른손으로 옮겨 쥐더니 초조하게 흔들었다. "갖고 왔지?"

"당연하지." 카터가 대답했다. 하나, 둘, 셋, 넷, 발걸음에 맞춰 숫자를 셌다. 두 남자가 다소 느릿느릿 걸음을 옮겼다. 수다를 떨면서 느긋하게 걷는 사람들 같았다. "하나 짚고 갈 게 있어, 오브라이언."

"뭔데?"

"이번이 마지막인가? 아님 내가 뭘 각오하고 있어야 하나?"

오브라이언이 풋, 하며 예민하게 웃음을 터뜨렸다. "그걸 꼭 얘기해야 해? 당연히 이번이 마지막이지. 단, 경찰한테 제대로 털리는 경우엔 예외야. 내가 너 때문에 이가 뽑히고 코뼈가 부러질 순 없잖아."

카터는 가슴속에 도사린 반감을 거의 내색하지 않았다. 가슴속에 반감이 있긴 있었다. 감옥에서도 마찬가지였다. 카터가 스쳐 지나가는 죄수들의 가슴속에도 늘 반감이 도사리고 있었다. 카터가 맥스와 돈독한 사이라는 이유로 카터를 공격했던 죄수들도 있었고, 절대로 공격하지 않은 죄수들도 있었다. 오브라이언이 뒤로 처졌다. 정면 좌측 모퉁이에 창이 없는 시커먼 창고가 어렴풋이 보였다. 그리니치 스트리트 맞은편 같았다. 창고 아래쪽에 3미터 높이의 철조망이 둘러 있고, 모퉁이에 가로등이 있었다. 한 남자가 그리니치 스트리트를 건너 두 사람 쪽으로 오고 있었지만 건너편 인도였다.

"자, 그럼." 오브라이언이 걸음을 멈추고 요구했다.

카터가 건너편 남자를 쳐다보았다. 남자가 두 사람을 무시한 채 지나가고 있었다. 카터가 코트 안주머니에 손을 넣었다가 빈손으로 꺼냈다. "저쪽으로 가지." 카터가 가로등 쪽으로 고갯짓했다.

"뭐 하러?" 오브라이언이 의심쩍다는 듯이 물었다.

두 사람 옆은 주택가였다. 소음이나 비명이 들리면 누가 고개를 밖으로 내밀지 모른다. 창고는 외진 곳에 있었다. "창고 쪽이 더 안전하잖아." 카터는 둘러댄 후 오브라이언이 반박하기 전에 도로를 건너기 시작했다.

오브라이언도 뒤를 따랐다. 트렌치코트 주머니에 손을 넣은 채 느릿느릿 걸었다. 둘 사이가 6미터까지 벌어졌다. 카터가 창고 옆 인도로 올라서자 오브라이언이 반대편 인도에 내려서서 좌우를 살피고 카터를 뒤따랐다. 그리니치 스트리트를 가로지르던 택시 헤드라이트가 교차로에 섰다가 지나갔다.

카터는 고개를 숙인 채 가슴께에 두 손을 맞붙이고 안주머니에서 막 꺼낸 지폐를 세는 척했다. 대략 4미터 앞에 있는 가로등을 마주 보고 선

자세였다.

오브라이언이 옆으로 다가오며 말했다. "제기랄, 그걸 다시 세우는 거야?"

빈손이라는 걸 오브라이언이 눈치채지 못하게 카터가 가로등을 등지고 섰다.

카터와 마주 보게 된 오브라이언이 몸을 숙여 들여다보았다.

카터가 양손을 동시에 들어 오브라이언의 턱밑을 움켜쥐고 고개만 뒤로 꺾었다. 카터가 계획한 건 이게 다였다. 오브라이언이 재빨리 반격에 나섰지만 카터가 비켜서서 오브라이언의 목뼈 측면을 왼손으로 때렸다. 정확히 말해 울대뼈 정면과 측면 사이를 쳤으니 뼈가 부러질 리 없었다. 덩치 좋은 오브라이언에게 타격을 주는 대신 아프게만 했다. 오브라이언이 허리를 살짝 숙이자 카터가 왼손 손등으로 오브라이언을 다시 가격하고 오른손으로 두개골 바로 아래 뒷덜미를 후려쳤다. 오브라이언이 인도로 고꾸라지자 카터가 목을 발로 짓이겼다. 주변을 둘러보니 시멘트 자루가 보였다. 그런데 철망에 결속되어 있어서 빠지지 않았다. 카터는 오브라이언 목을 옆에서 다시 발로 으깼다. 오브라이언이 꿈쩍하지 않았다. 카터는 인도를 베고 누운 오브라이언의 옆얼굴을 발로 걸어찰 수도 있었지만 그렇게 하지 못했다. 아니, 그러지 않았다.

"이봐! 어이 거기!"

카터는 고함 소리를 듣고는 도망쳤다. 처음 마주친 도로에서 왼편 동쪽으로 꺾었다. 남자 두 명이 다가오자 카터는 도로 북측으로 보이는 건물 그림자 속에서 너무 빠르지 않게 총총걸음으로 움직였다. 카터는 걷기 시작했다. 누가 소리쳤는지는 모르겠지만 그자는 잠시나마 오브라이언을 살핀 다음에야 카터의 뒤를 쫓을 것이다. 카터는 거리명을 보지도 않고 길을 건넌 다음 서두르지 않고 정상 속도로 걸었다. 그런데도 느린 동작으로 걷는 느낌이 들었다. 남쪽으로 걷다가 길이 나오면 연신 동쪽으로 꺾었다. 오른쪽 새끼손가락이 간질거렸다. 손을 들어 보니 피가 흘렀다. 카터는 오른손 손날에서 찌릿한 부분을 입으로 빨았다. 혀를 대보니 살짝 베인 것 같았다. 코트 주머니에서 휴지를 꺼내 상처에 대고 걸으며 새끼손가락에 말라붙은 피딱지를 신선한 피로 지웠다. 피범벅이 된 휴지를 쓰레기통에 버리고 안주머니에서 손수건을 꺼냈다.

이제 워싱턴 스퀘어 남쪽까지 왔다. 나이트클럽 옆에서 대기 중인 택시가 보였다. 기사에게 타임 스퀘어로 가자고 했다. 택시 안에서 애써 느긋한 척하며 두 다리를 쭉 뻗었다. 손수건을 움켜쥔 채 상처에 갖다 댔다.

"타임 스퀘어 어디로 모실까요?"

"타임 스퀘어와 7번가가 만나는 곳이요." 카터는 아무 데나 지껄였다.

상처에서 흐르던 피가 멈추었다. 카터는 손수건을 이로 물고 간신히 묶었다. 밖으로 피가 배어나오지 않았다. 왼손에 쥐고 있던 2달러를 기사에게 건넸다. "잔돈은 됐습니다."

그는 5번가까지 걸어 다른 택시에 다가갔다. "잭슨 하이츠까지 갑니까?" 택시 기사들이 매번 맨해튼에서 잭슨 하이츠까지 가기를 꺼린 기억이 나서 카터가 물었다.

"그럼요. 어디쯤이죠?"

"가면서 알려드리죠."

잭슨 하이츠에 가까워지자 카터는 몸을 앞으로 숙여 기사에게 지시했다. 우회전, 좌회전. 마침내 택시가 멈추었다. 교차로 주변엔 식당 여러 곳과 술집이 보였다. 이곳에서 가월의 집까지 걸어서 5분도 채 걸리지 않았다. 카터는 요금을 내고 가월의 집을 향해 걸었다. 11시 45분이었다.

카터는 어둑어둑한 길에서 잠시 걸음을 멈추었다. 가월에게 가지 말고 택시를 타고 집으로 돌아갈까? 중간에 택시를 갈아탈 필요도 없었다. 하지만 온몸이 부들부들 떨려서 당장은 집에 갈 수도 없고, 금방 가겠다고 헤이즐에게 전화할 수도 없었다. 카터는 가월의 집으로 가다가 문을 막 닫으려는 주류 판매점에 들러 조니 워커 한 병을 샀다.

30분만 있다 나와야지. 카터는 혼잣말했다. 가월이 시간이 늦었다고 짜증을 내며 문을 안 열어줄지 모르니 스카치를 들이밀고 들어가야겠군. 30분 넘게 있을지도 모른다. 예측은 불가능했다. 카터는 손수건을 끌러 가로수 밑에서 손을 폈다. 새끼손가락 밑에서 손목까지 손날에 V자로 작게 베인 상처가 보였다. 오브라이언의 치아나 무언가에 긁히면서 베인 것 같았다. 그래서 그런지 손날이 약간 단단해진 느낌이 들었다. 피가 흐르던 상처가 깊긴 해도 부위가 아주 작았다. 이제 피가 그쳤다.

아파트 입구에 달린 초인종을 눌러도 가월이 응답하지 않자 카터는 무작정 엘리베이터를 타고 올라가서 초인종을 눌렀다. 잠시 후, 육중한 발걸음 소리가 들리더니 가월이 파자마 위에 나이트가운을 걸친 차림으로 문을 열었다.

"늦었군."

"너무 늦었죠? 여기 스카치요."

가월이 씩 웃었다. "약속은 지키는군. 그럼 자기 전에 한잔하지." 가월이 거실로 갔다. "왜 이리 늦었지?"

"회사 사람들하고 회식이 있어서요. 앉아서 얘기하다 보면, 아시잖아요."

가월이 부엌에서 술을 준비했다. 막 딴 병에서 나는 콸콸거리는 소리가 유쾌하게 들렸다. 카터가 어수선하고 지저분한 공간이 마음에 든다는 듯 둘러보는 사이 가월이 술잔을 들고 나왔다.

"그래서 할 얘기가 뭔데?"

카터는 가월을 향해 가볍게 잔을 든 다음 술을 마셨다. 단박에 절반을 들이키더니 코트를 벗고 큼직한 안락의자에 몸을 파묻었다.

"헤이즐이 어떤지 물으셨죠?" 그는 다리를 꼬았다. "저희 부부 정말 잘 지냅니다. 그 말씀 드리려고요."

가월은 아무 말이 없었다. 카터의 말을 믿는 눈치였다. "그런 거지 뭐. 부부가 누리는 축복이랄까." 가월이 씁쓸하게 내뱉은 후 술을 들이켰다.

카터는 남은 술을 마저 비웠다.

"오늘 회식에서 술은 안 했군."

카터가 씩 웃었다. "중식당에서 저녁 먹고 차만 잔뜩 마셨죠. 그래도……" 자리에서 일어나 부엌으로 향했다. "제가 따라 마셔도 되죠?"

"물론이지."

카터는 술을 만들었다. 수도꼭지에 잔을 대고 수돗물을 가득 채우는 척하면서 새끼손가락 손톱 주변에 들러붙은 피딱지를 씻어 냈다. 이제 V자 상처는 다 말랐다. 상처가 기분 좋게 생겼다. 실없이 웃는 입매 같기도 했고, 승리를 뜻하는 V자 같기도 했다. 카터는 피범벅이 된 손수건을 주머니에서 꺼내 가월의 쓰레기통에 쑤셔 넣을지, 소각용 쓰레기 통로에 버릴지 갈등하다가 후자를 선택했다. 그는 소리 나지 않게 통로 문을 살짝 여닫았다.

"오스트리처가 오늘 해준 얘기가 있는데 그걸 알려드려야 할 것 같아서요." 카터는 다시 거실로 들어오며 얘기를 꺼냈다. "설리번이 당신을 뒷조사한 자료를 경찰이 확보했대요. 꽤 인상적이라던데요. 설리번을 제거하고픈 동기를 그 안에서 찾았나 봐요."

"또 말도 안 되는 소리!" 가월이 일어서며 소리쳤다.

"경찰이 나한테 그랬다니까요. 내겐 다행이지만 당신과 오브라이언은 제법 골치가 아프겠어요. 오브라이언은 어쩔 셈이죠? 오브라이언 때문에 위험해지실 텐데."

"잘 들어, 젠장." 가월이 몸짓을 섞어서 지껄이느라 술이 바닥에 약간 흘렀다. "이번 한 번만 마지막으로 말할 테니 잘 들어. 그 돈을 잔뜩 챙긴 사람이 바로 드렉셀이야. 절반은 챙겼어. 드렉셀하고 월러스 파머가 반반씩 챙겼다고!"

카터가 눈을 끔뻑였다. 드렉셀이었다니. 그 늙어빠진 작자였다니. 제2의 제퍼슨 데이비스처럼 굴면서 교회에 다니던 늙은이였다니. 워낙 정확한 사람이라 드렉셀은 거의 신문당하지 않았다. 경찰은 그의 연루 가능성은 아예 조사하지도 않고 부하 직원들의 성정에 대해서만 물었다. 드렉셀은 카터에게 쥐꼬리만 한 봉급을 쥐어주는 걸로 자기 양심을 달랬고, 학교 건설 비리 이후에도 같은 주에서 여전히 수주를 따냈다. 드렉셀은 뇌졸중으로 쓰러졌을 때나 임종 침대에서도 자백할 기회가 있었지만 아예 할 생각조차 하지 않았다. 설리번은 드렉셀이 조금이라도 의심스럽다는 말을 전혀 하지 않았다.

"그랬군요." 마침내 카터가 입을 열었다. 머릿속으로 한 줄기 가는 빛이 비치는 것 같았다. "그러니 그 돈이 다 어디로 갔는지 경찰이 설명하지 못한 게 당연했군요. 25만 달러에서 절반이나 챙겼다니."

"드렉셀이 제법 챙겼지."

"설리번은 몰랐던 것 같던데, 혹시 알았나요?"

"아니, 설리번은 몰랐어."

"그럼 왜 설리번한테 말해주지 않았습니까? 드렉셀이 죽은 다음에는 해줬어야죠. 사장이 죽은 지 벌써 몇 달이나 지났는데."

가월이 다시 소파에 앉았다. 이번에는 몸을 앞으로 숙이지 않았다. "이유를 설명해 주지. 난 설리번이 망하는 꼴을 보고 싶었어. 그 자식을 죽이고도 싶었고. 그건 자네도 알 걸세."

물론 카터도 알았다. 가월은 설리번이 자신에게 불리한 증거를 찾도록 내버려둠으로써 자신의 증오심에 채찍질을 가하는 어이없는 방식을 고수했다. "그렇다면 트라이엄프 건으로 당신도 받아먹었겠네요. 돈을 빼돌린 사실을 당신에게 들켰다는 걸 드렉셀이 몰랐나요?"

"물론 나도 콩고물을 받아먹었지. 하지만 쥐꼬리였어. 쥐꼬리였다고! 월러스 파머가 백만장자를 시켜 나도 같이 초대했는데 그때 파머가 뉴욕 체재비를 대주었지. 주말에 몇 번 어울린 게 전부야. 그것도 받아먹은 건가?" 가월이 분통을 터뜨리며 변명했다.

카터가 억지 미소를 지었다. "왜 더 받아먹지 그랬어요? 파머와 드렉셀은 한몫 챙겼는데."

가월이 씰룩거렸다. 설명할 수 없는 기억을 설명하려는 것 같았다.

가월이 드렉셀과 파머에게 약점을 잡힌 게 분명했다. 그것 말고 다른 이유가 있을까?

"됐습니다. 다 이해합니다." 카터가 대답하며 전화기를 바라보았다. 때

마침 전화벨이 울렸다. 카터가 다급히 물었다. "오늘 어디 갔다 왔습니까?"

가월이 전화를 받으려고 손을 뻗다가 멈췄다. "나? 바에 가서 텔레비전으로 시합 중계 봤는데."

"당신은 나와 같이 있었습니다. 저녁 내내요."

"하!" 가월이 신경질적으로 내뱉었다.

전화벨이 세 번째 울리고 있었다.

"나는 당신을 바에서 만났고 당신이 먼저 집으로 왔어요. 난 스카치를 한 병 사느라 조금 늦게 왔고."

"조금 늦게 왔다니. 대체 왜 이래?" 가월이 인상을 찌푸렸다.

"전화나 받으세요."

가월이 손을 뻗어서 멀리 놓인 수화기를 쥐느라 상체가 허벅지에 거의 닿았다. "여보세요?"

전화기에선 웅얼거리는 남자의 음성만 새어 나왔다. 카터가 가월의 표정을 살폈다.

"네, 네? 뭐라고요?" 가월이 놀라고 긴장한 표정으로 카터를 쳐다보았다. "아뇨, 아닙니다. 여기에 있을 겁니다. 그럼요." 가월이 전화를 끊었다. "오브라이언이 죽었대." 가월이 확신에 찬 표정으로 검은 눈을 가늘게 떴다. "네가 죽였군."

"나 아니면 당신이 죽였겠죠. 하지만 우리가 죽인 게 아니라면 더 좋잖아요? 우리가 오늘 밤에 같이 있었다고 합시다. 난 헤이즐한테 회식이 있다고 거짓말한 후 당신을 만나러 온 겁니다. 당신을 바에서 만난 거죠. 바에 사람이 많았나요?"

"많았지."

"어디였죠?"

"노던 블러바드 쪽이었는데, 오브라이언이 일하는 곳은 아니야. 이름이 뭐였더라. 맞아, 로저스 터번이었어."

"좋습니다. 오늘 밤에도 미행이 붙었을 텐데 아래층에 감시하는 경찰관이 없었나요?" 카터가 벌떡 일어나서 건물 입구를 내려다본 후 가월을 쳐다보았다. "내가 들어올 땐 경찰차가 없었어요. 굳이 찾아본 건 아니지만."

가월이 손으로 이마의 땀을 훔치더니 파자마 깃 안쪽 목덜미도 쓸어내렸다. "오브라이언은 왜 죽였지? 협박당했나? 왜 죽였어?"

"설리번도 죽었겠다, 뭐가 걱정이죠? 맞아요. 내가 오브라이언을 죽였습니다. 설리번의 아파트로 올라가다가 당신이 고용한 청부살인업자가 허겁지겁 계단을 뛰어 내려오는 걸 봤다고 내 입으로 말해야 합니까? 당신이 설리번을 죽이려 했다고 내가 경찰한테 일러바치길 바라는 건 아닐 테고."

"제기랄!" 가월이 꽥 소리를 지르더니 두 손으로 얼굴을 감쌌다. 또다시 속아서 괴로워하는 자세였다.

카터는 가월을 보고 웃으며 담배에 불을 붙였다. "당신은 선택의 여지가 없어요. 나도 마찬가지고. 그래도 우린 협상이 가능합니다. 다른 사람이 오브라이언을 죽인 겁니다. 오브라이언에게 돈을 빌린 사람이 죽인 거라고요. 우리가 죽인 게 아니라."

"빌어먹을." 가월이 마른세수를 하며 다시 작게 비명을 내질렀다.

"동의하시죠?"

초인종이 울렸다.

가월이 일어나 부엌으로 느릿느릿 가더니 문 열림 단추를 눌렀다. 이번에도 동작이 굼떴다.

"오늘 몇 시에 바에 갔나요?" 카터는 가월이 어찌 나올지 모른 채로 물었다. 거부할까? 부정적으로 나올까? 아니면 협조할까?

"8시 반." 가월이 카터를 보며 말했다. 체념하는 눈빛이었다.

카터는 운명의 추가 흔들리고 있음을 느끼며 좀 더 차분한 목소리로 설계했다. "나는 8시 반쯤 바에서 당신을 만났어요. 내가 오늘 저녁 6시 반에 전화를 걸어 약속을 잡은 겁니다." 말이 끝나기가 무섭게 초인종이 울렸다. "당신은 6시 반에 집에 있었어요."

"알겠어." 가월은 대꾸한 후 문으로 걸어갔다.

오스트리처와 경찰관이 들어왔다. 카터가 처음 보는 경찰관이었다.

"이런, 카터 씨도 계셨네요. 안녕하십니까?" 오스트리처가 인사를 건넸다.

"안녕하세요."

"가월 씨는 주무실 준비를 거의 끝내셨군요."

"이 시간이면 그렇죠." 가월이 대답했다.

오스트리처와 같이 온 경찰관은 자리에 앉지 않았다. 경위는 얘기하면서 카터와 가월의 표정을 번갈아 살폈다. "카터 씨, 들으셨겠지만 오브라이언이 오늘 밤 웨스트사이드 인근에서 사망한 채 발견되었습니다. 폭행당해 숨졌습니다."

카터는 아무 말 없이 오스트리처 경위를 바라보았다. 오른손 새끼손가락으로 거의 빈 잔을 받쳐 들고 있었다.

"오늘 밤 11시경에 어디에 계셨나요, 카터 씨?"

"노던 블러바드 쪽을 돌아다니고 있었습니다. 가월하고 저녁 때 잠깐 만났거든요."

"잠깐이라면 언제죠?"

"8시 반부터 대략 10시 반까지. 정확한 시간은 모르겠습니다."

"그럼 10시 반까지 같이 있다가 헤어지셨나요?" 오스트리처가 캐물었다. "받아 적게."

경찰관이 다급히 수첩과 펜을 꺼냈다.

"바에 앉아서 한참 얘기했습니다. 그런 다음 가월이 나갔어요. 그런데 할 얘기가 남아서 제가 스카치 한 병을 사서 이리로 왔습니다."

오스트리처는 입을 달싹거리기만 할 뿐 아무 말 하지 않았다. 그는 카터부터 보다가 가월을 살핀 후 다시 카터에게 시선을 옮겼다. 둘이 어디에 있었는지 따로 신문하고 싶은 눈치였다. "그럼, 가월 씨, 당신은 어디에 있었습니까?"

"바에서 나온 시각이 대략……"

"무슨 바였죠?"

"로저스 터번이요." 가월이 서서 입에 담배를 물고 대답했다. "10시 30분경에 집에 온 것 같은데, 정확하진 않소. 아래층에 있는 경찰한테 물어보시죠. 정확히 아는 건 그 경찰관 소관일 테니. 당신이 그 경찰관이요?" 가월이 받아 적는 경찰관에게 물었지만, 경찰관은 그저 가월을 바라보기만 할 뿐 입을 열지 않았다.

오스트리처가 경찰관에게 물었다. "가월이 몇 시에 들어왔지?"

경찰관이 수첩을 들추었다. "10시 15분이요."

"그럼 카터는?"

경찰관은 수첩을 다시 들척였지만 난처한 표정으로 어깨를 으쓱했다. "죄송합니다. 이분이 언제 들어왔는지는 적지 못했습니다."

오스트리처는 짜증이 난 것 같았다. "잭슨 하이츠에는 몇 시에 왔습니까, 카터 씨?"

"8시 반이요."

"가월과 무슨 얘기를 했습니까?"

"제가 가월과 무슨 얘길 했을까요?" 카터가 되물었다.

오스트리처는 번뜩이는 푸른 눈동자로 가월을 바라보았다. "가월, 오브라이언을 죽이라고 누구를 시켰지? 얼마나 줬어? 후불이라 아직 돈을 안 줬나?"

"제발 이러지 말라고!" 가월이 되받아쳤다.

"나중엔 이러지 않겠지만, 지금은 이래야겠어. 이번엔 감방에서 며칠 밤낮으로 썩어야 할걸!"

"누가 오브라이언을 죽였는지 그걸 내가 어찌 알아? 나하곤 아무 상관 없어! 나한테서 아무 소리도 못 들을걸!" 가월이 따졌다.

순간 카터는 가월이 존경스러웠다.

오스트리처가 밀리는 것 같았다. 그가 몸을 돌려 속삭이자 경찰관이 연신 뭔가 끼적이며 고개를 끄덕였다. 경위가 가까이 오더니 수화기를 집어 들고 어디론가 전화를 걸어 퉁명스레 지시했다. "홀링스워스한테 대기하라고 전하게." 오스트리처는 수화기를 내려놓고 카터와 가월 쪽으로 몸을 틀었다. "옷부터 입어, 가월. 일단 둘이 갔다던 바부터 가야겠어."

가월이 움직이다 말고 시계를 들여다보았다. "벌써 문 닫았을 텐데. 12

시 반이면 영업이 끝나."

"다른 사람이라도 만나야지." 오스트리처가 반박했다.

경찰차를 타고 도착했지만 바는 닫혀 있었다. 오스트리처 경위는 아직도 영업 중인 도로 끝에 있는 더 큰 바로 들어갔다. 누구라도 전화를 받지 않을까 하는 마음에 불이 꺼진 바에 전화를 걸거나 사장 이름이라도 물으려는 것 같았다. 오스트리처가 물었지만 가월은 사장의 이름을 대지 못했다. 밝히려고 하지 않은 것 같았다. 5분 후 경위가 돌아왔다.

"경찰서로 가." 오스트리처가 운전대에 앉은 경찰관에게 지시했다.

경찰서에 도착한 뒤 카터는 집에 전화해도 되는지 물었다. 오스트리처는 허락하면서도 카터가 책상 전화로 통화하는 동안 무례하게도 옆에 딱 붙어서 카터의 대화를 모조리 엿들었다.

"당신 어디야?" 헤이즐이 물었다.

"난 괜찮아." 카터는 웃음기를 빼고 확실히 힘 있는 목소리로 말했다. "지금은 얘기 못해. 옆에 누가 있어. 아무튼 난 괜찮으니까 걱정하지 마."

오늘 밤 저들이 날 죽도록 팬다 해도 걱정이 없다. 견딜 수 있다. 괜찮다. 그럼 결국 집으로 돌아갈 것이다.

오스트리처는 거의 새벽 4시까지 두 사람을 재우지 않았다. 따로 신문하기도 하고 번갈아 취조하기도 했다. 카터는 경찰서에 온 후 가월과 전혀 마주치지 않았다. 경위에게 패배의 기운이 드리우기 시작한 건 새벽 3시경이었다. 같은 질문을 하고 또 하는 걸 보니 확실했다. 그러더니 가월이 자백했다고 오스트리처 경위가 떠보기 시작했다.

"가월은 네가 오브라이언한테 대신 돈을 주면 자기가 나중에 갚겠다고 했지만 거절당했다고 자백했어. 그런데 넌 가월을 도우려고 누군가에게 돈을 건넬 작정이었지. 누구한테 돈을 주려고 했나, 카터? 우리가 가월과 오브라이언의 관계를 밝혔듯이 너와의 관계도 알아내고야 말 거야. 바로 지금."

"대체 제가 왜 가월을 도와야 하죠?" 카터는 팔짱을 끼고 다리를 꼰 채 의자에 차분히 앉아 있었다. 엄지 매달기 고문을 당한 감옥에 비하면 이곳에서의 반대신문은 호사스러웠다. "지금 시간 낭비하시는 겁니다." 카터는 나지막이 읊조렸다. 오늘 남은 시간마저 꼴딱 새고 내일 온종일 버티려면 하다못해 마음이라도 다져야 했다. 반면 오스트리처 경위는 잠깐이라도 눈을 붙였고 내일 밤에는 내리 잘 것이다. 카터는 가월이 무너지지 않았다는 확신이 들었다. 가월이 무너졌다면 오스트리처가 더욱 강압적으로 말하고 주먹으로 가슴을 치면서 옥박질렀을 것이다. 상황이 이렇게 되자 카터는 가월이 파트너라는 사실이 몹시 든든했다. 가월이 바깥에서 자신을 지키고 있었다.

"시간을 낭비하는 건 너지 내가 아니야." 오스트리처가 반박했다. 그걸 보니 카터는 감옥에서 일요일 아침마다 예배 보던 때가 문득 떠올랐다. '이곳에서 보내는 시간은 낭비가 아닙니다. 자신을 되돌아볼 수 있으니 이득입니다.'

카터는 경위의 눈을 뚫어져라 보았다.

잠시 후 오스트리처가 밤샘 신문을 중단했다. 경찰관이 카터를 데리고 갔다. 오스트리처가 가월을 취조하러 간 사이 카터 옆에 앉아 있던 경찰관이었다. 경찰관은 복도를 따라 어느 방으로 카터를 데려갔다. 벽에 부착된 간이침대 위에 회색 잠옷이 펼쳐져 있었다. 객실 청소부가 펴놓은 것 같았다. 세면대에 부착된 일체형 수도꼭지에서는 찬물만 나왔다. 변기는 흠잡을 데 없이 깔끔했다. 카터가 알던 교도소 감방에 비하면 여긴 호텔방이었다. 가월의 흔적은 전혀 보이지 않았지만 가월도 이곳 경찰서 어딘가에서 밤을 보내는 게 확실했다.

오전 10시까지는 아무 일 없었다. 오스트리처가 두 명을 대동하고 나타났다. 카터가 처음 보는 사람들이었다. 로저스 터번 사장과 바텐더였다. 둘 다 바에서 카터를 보지 못했지만 못 보고 지나쳤을지도 모른다고 진술했다. 두 사람은 가월의 이름은 몰라도 얼굴을 보더니 알아보았다. 가월이 몇 번 들렀기 때문이다. 경위는 가월과 두 사람을 대질시킬 때 카터를 옆에 앉혀 놓았다. 가월이 카터와 같이 있는 모습을 본 기억이 나는지 사장과 바텐더에게 묻기 위해서였다.

"글쎄요." 바텐더가 고개를 저으며 말했다. "어젯밤에 레슬링 시합을 보러 온 사람들이 워낙 많아서요. 다들 술을 직접 가져가 일행에게 나눠 주곤 했습니다. 부스 석에 앉아 있었을 수도 있고요."

"가월이 어젯밤에 두 잔을 시킨 걸 기억하십니까?" 오스트리처가 턱으로 가월을 가리키며 물었다.

바텐더는 입술을 축이더니 신중하게 말을 골랐다. "솔직히 기억이 안 납니다. 제 말이 틀릴 수도 있어요. 워낙 많은 사람들이 바 앞에 석 줄로 서 있었거든요. 제가 입을 잘못 놀려서 누군가에게 피해를 주고 싶지 않습니다. 경위님도 이해해 주시겠죠? 기억이 나지 않습니다."

잘했어, 카터는 생각했다. 평범한 시민들이 옹호하는 바람직한 신조가 있다. 괜한 일에 얽히지 말지어다.

사장도 가월이 두 잔을 시켰는지 기억하지 못했다. 사장은 오랜 친구 세 명과 바 뒤편에 있는 부스 석에서 저녁 내내 앉아 있었던 것으로 보였다.

"좋습니다." 경위가 두 남자에게 말했다. "나중에 두 분을 또 부를 수도 있습니다."

두 남자가 나갔다.

이제 오스트리처가 카터의 방에서 카터와 독대했다. 카터는 예전에 수감자였을 때처럼 셔츠 차림이었다.

"어젯밤 일을 되짚어 보지. 오늘 아침에 당신 아내를 만났는데, 그녀 말로는 당신이 회사 사람들하고 커피를 마신다고 했다던데. 왜 거짓말했지?"

"가월을 만난다고 하면 아내가 걱정할까 봐 그랬습니다."

"걱정을 왜 해? 전에도 가월을 두 번이나 만났으면서."

"가월은 제 친구가 아닙니다. 안 좋은 무리와 어울리는 사람이니까요. 가월을 만났다고 하면 아내가 걱정했습니다."

"그럼 아내한테 가월을 만났다고 얘기는 왜 했지? 목적이 뭐야?"

"가월이 오브라이언에게 사주했는지 알아보려고요. 가월이 경찰한테 거짓말해도, 전 그게 거짓말인지 분간할 수 있다고 생각했습니다."

오스트리처가 눈을 가늘게 떴다. "그걸 분간해서 뭐 하게?"

카터도 똑같이 야비하고 짜증스러운 눈빛을 오스트리처에게 되돌려주었다.

"뭘 하든 안 하든 진실을 알면 짜릿하잖아요?"

"아내 말로는 가월이 오브라이언을 고용한 사실을 네가 며칠 전 밝혀내고 흡족해했다던데. 어제 또 가월을 만난 이유는?"

자그마한 의자에 앉으니 오스트리처의 덩치가 더 커 보였다. 카터는 간이침대 모서리에 걸터앉았다.

"가월이 오브라이언한테 얼마를 줬는지, 얼마 주기로 했는지 좀 더 자세히 알고 싶었습니다. 가월은 자기가 사주했다고 단 한 번도 인정하지 않고 부인만 했거든요. 하지만 전 가월이 사주했다고 생각했고, 그 생각을 아내에게 밝혔습니다. 조금만 더 추궁해서 가월이 전부 얼마를 주기로 했는지 알아내기만 하면 혐의를 벗을 수 있다고 생각했습니다."

"혐의가 있다는 건 인정하는군."

"당연하죠."

"이젠 네 혐의가 더 커졌어. 가월이 오브라이언에게 사주했다 쳐도 설리번을 죽인 건 바로 너야. 네가 죽인 걸 오브라이언이 알고 유리한 고지에서 널 협박했겠지. 오브라이언이 협박하자 넌 오브라이언을 죽이려고 작정했고 그래서 죽였지? 오브라이언하고 만나려고 날짜도 잡은 거잖아?"

"아닙니다."

"어젯밤에 만나기로 했잖아?"

"제 은행 계좌엔 출금 내역이 없을 텐데요. 확인해보시죠."

"가월의 계좌에도 빠져나간 돈이 없어. 오브라이언을 죽일 작정이었으니 돈을 인출할 필요가 없었겠지."

"제가 왜 오브라이언을 죽일 생각을 합니까? 오브라이언 때문에 골머리 썩은 사람은 가월이지 제가 아니라고요." 카터는 양팔을 벌렸다가 가랑이 사이로 늘어뜨린 후 마지막 남은 담배 개비를 향해 느릿느릿 손을 뻗었다. 카터는 자신이 굉장히 침착하고 여유 있어 보인다는 걸 인지했다. 오스트리처 경위가 아직 그의 가슴에 거짓말 탐지기를 부착하지 않아서 기뻤다. 3주 전 취조당할 때와 달리 지금은 좀 걱정이 되긴 했다. '내가

받은 심판을 되돌려 주겠어'라고 속으로 되뇌자 난데없이 이 말이 불타오
르며 카터의 머릿속을 휘저었다. 카터는 오스트리처를 똑바로 응시했다.

"어젯밤에 바에서 뭘 시켰지?"

"스카치하고 물이요."

"몇 잔?"

"두 잔이요. 석 잔이었나."

"누가 샀어?"

"번갈아 가며 샀습니다."

"누가 술을 가지러 갔지?"

가월이 오스트리처한테 뭐라고 했을까? "제가 바에 가서 먼저 샀던 것
같습니다."

"샀던 거 같다?"

"가월이 한 잔 사줬는데 그땐 웨이터가 갖다 준 것 같아요. 워낙 북적
거리고 시끄러워서 얘기를 제대로 할 수 없었습니다. 그래서 가월을 보러
다시 간 거라고요."

"급하게 뉴욕에 가서 11시경에 오브라이언을 만나서 죽인 다음, 다시
가월을 만나러 온 거지?"

카터는 바닥에 담뱃재를 차분히 털면서 말했다. "아닙니다."

"가월이 몰랐겠어? 다 아니까 오브라이언한테 돈을 주지 않으려고 한
거잖아? 네가 오브라이언을 죽이면 가월하고 둘이서 어젯밤 네 알리바이
를 만들어주기로 한 거 아냐?"

카터가 인상을 찌푸렸다. "오브라이언이 죽었다는 소식을 듣고 가월도
저만큼 놀랐습니다. 제가 여기저기 급히 돌아다녔다면 택시를 조회해 보

시든가요."

"조회했지. 정확하게 제보할 기사가 나타날 거야. 어젯밤 심야를 뛴 기사들은 오늘 아침에 죄다 취침 중이니."

카터는 조금도 걱정하지 않았다.

"좀 이따 봐." 오스트리처가 경고하더니 방을 나가며 철창문을 닫았다. 그가 손짓하자 경비가 와서 열쇠로 자물쇠를 잠갔다.

"아내한테 전화해도 됩니까?" 카터가 경비에게 물었다.

카터는 집에 이미 전화했기에 사적인 전화는 더는 허용되지 않았다. 대신 원한다면 변호사에게 전화를 걸 수는 있었다.

"그럼 변호사한테 전화하겠습니다. 그건 그렇고 담배 한 갑 부탁드려도 될까요?" 카터가 철창문 사이로 50센트를 내밀었다.

경비가 돈을 받아들더니 자리를 비웠다가 5분 후 담배와 거스름돈 15센트를 들고 돌아왔다. 카터는 경찰서 경사가 주선한 변호사 세 명 중 한 명에게 전화해 그날 오후에 면회 약속을 잡았다. 카터는 보석 신청이 가능하다는 건 알았지만 워낙 고액이라 보석금을 마련할 수 없었다. 그는 변호사가 제공하는 어떠한 보호책에도 별로 관심이 없었지만, 그래도 변호사를 고용하는 게 관례이니 그렇게 하고 싶었다. 오후 2시에 이발사가 면도해주러 왔고 잠시 후 변호사가 들어왔다. 변호사 매튜 엘리스는 키가 크고 살집이 있는 서른 살 정도 된 남자로, 검은 콧수염을 채신없이 길렀다. 변호사는 카터의 독방에서 20분간 면회한 후 카터에게 불리한 증거가 추가로 나오지 않는 한 48시간 이상 체포가 불가능하다며 카터를 안심시켰다. 변호사는 헤이즐에게 전화로 상황 설명을 해주겠다고 약속하면서도 헤이즐의 면회를 허가받기 위해 해줄 게 아무것도 없다고 했다.

카터는 그날 아침, 경비며 경사에게 아내의 면회를 부탁했지만 경사가 불허했다. 오스트리처 경위의 지시 사항 같았다.

오후 3시가 되자 카터는 가월이 그때까지 취조를 받고 있는지 궁금했다. 가월이 어젯밤에 둘이서 무슨 얘기를 했는지 둘러대는 기지를 발휘했을까? 돈을 주고 오브라이언을 고용한 거냐고 카터가 그에게 물었다거나, 카터가 입장이 난처해져서 걱정했다고 가월이 둘러댔을까? 둘이서 이런 얘기를 했어야 했다. 가월이 지켜보는 앞에서 카터가 경찰에 진술할 때 둘이 이런저런 얘기를 했다고 지어냈어야 했다. 카터는 가월이 그 정도 기지는 발휘했을 거라고 믿었다. 가월은 현재 상황을 최대한 유지하려고 애쓸 것이다. 자백하는 순간, 제 발로 혼돈 속으로 걸어 들어가는 꼴이 될 테니 말이다. 카터보다야 덜 혼란스럽겠지만 그래도 혼돈은 혼돈일 뿐이다. 가월은 진심으로 자기 자신을 지키려 했다. 설리번이라면 치를 떨면서도 감히 그를 제 손으로 처치할 용기가 없어서 남에게 사주한 것이다.

카터는 등을 대고 누운 자세로 담배를 피우며 천장을 바라보았다. 도자기 비누 받침을 재떨이로 썼다. 오스트리처에게 추궁당하는 동안 머리를 스쳐간 말들을 곱씹었다. '내가 받은 심판을 되돌려 주겠어.' 심판이란 말은 완전히 잘못된 단어였다. '눈에는 눈'이란 말이 더욱 가깝게 느껴졌다. 그런데 전자와 후자의 뜻은 달랐다. 원칙적으로 카터는 전자를 믿지 않았다. 원칙적으로 따져보면 설리번을 죽인 건 카터가 격분해서 벌인 악행이었다. 그것도 모자라 원칙적으로 보나 사실로 보나 카터가 양심의 가책을 느끼지 않아서 상황이 악화되었다. 오브라이언을 살해한 건 또 다른 살인 사건에서 벗어나려고 저지른 계산적이고 냉혈한 같은 행위였다. 카터는 두 번 다 악랄한 행위였음을 자인하면서도 양심의 가책을 전혀 느끼지 못했다. 둘 중 한 번이라도, 아니 두 번 다 양심의 가책을 조금도 느끼지 않았다. 누구 하나는 죽어야 할 목숨이었다는 사실이 유감이었다. 헤이즐이 설리번과 바람을 피운 것도 모자라 만남을 이어온 사실이 유감이었다. 카터는 다리를 휘둘러 바닥에 대면서 자리에서 벌떡 일어섰다. 다음 희생양, 그다음 희생양이 또 나올까? 카터가 원한을 품거나 그림에서 누군가 지워 버리고 싶은 이유가 생길 때마다 그자를 무자비하게 죽일 작정인가? 카터는 세면대 위에 걸린 거울을 응시했다. 옆으로 비켜섰더니 독방 철창문이 거울에 비쳤다. 다시는 살인을 저지르지 않겠노라 자신했다. 그가 자신만만한 이유를 논리적으로 설명할 순 없지만 아무튼 그는 알았다. 만일 헤이즐이 다른 누군가와 바람을 피워 그를 다시 배신한다면 카터는 차라리 깔끔하게 자살하는 편을 택할 것이다.

"편지요." 경비가 철창문으로 다가오더니 철창 사이로 편지를 밀어 넣었다.

카터는 편지를 들고 봉투를 뜯었다. 변호사가 보낸 편지였다. 헤이즐과 전화 통화를 했다고 했다. '부인께서 사랑한다고 전하시면서 걱정하지 말라고 하셨습니다. 그리고 허가가 떨어지는 즉시 면회를 오시겠다고 합니다.' '걱정 말라'라는 문구엔 넓은 의미가 담겨 있었다. 카터는 미소를 지었다. 기운이 새록새록 나는 것 같았다.

카터는 그날 저녁에 쓸 기운이 필요했다. 오스트리처가 5시 정각을 막 넘긴 시간에 들어왔다. 카터가 쟁반에 담긴 석식을 받은 직후였다.

"포기하시지, 카터. 결국 가월이 무릎을 꿇었어. 널 자정이 되어서야 만났다고 자백했어. 너는 그 바에서 가월과 같이 있지 않았어. 오브라이언이 아니라 네가 설리번을 죽인 거야. 오브라이언보다 네가 먼저 설리번의 집에 도착했지. 만일 오브라이언이 그 집에 갔다면 말이지. 넌······"

카터는 생각을 접고 경위의 말소리에 귀까지 닫았다. 카터는 믿지 않았다. 가월이 자백했다는 말을 믿지 않았다. 만일 가월이 자백했다면, 카터가 진실을 부인한다고 해서 이제 와 잃을 게 뭐가 있을까? 카터는 숨을 깊이 들이마시면서 셔츠 목 단추를 끄르고 타이를 잡아 뺐다. 그가 입은 셔츠가 감옥에서 입던 수의 상의와 상당히 비슷해 보였다. 카터는 표정 없는 얼굴로 오스트리처를 차분히 쳐다봤다. 무표정은 감옥에서 최고의 표정이었다. 감정을 숨겨서 남들에게 반감을 가장 덜 사는 길인 동시에 기운을 아낄 수 있기 때문이다.

30분 후, 두 사람은 아래층으로 자리를 옮겼다. 가구라곤 작은 갈색 책상과 의자 두 개뿐이었다. 카터와 오스트리처가 각각 의자에 앉았다. 천장 조명이 흔들리지 않고 휜했다. 천장에 고정된 넓은 녹색 갓 안쪽에 흰 페인트가 발려 있었다. 먼저, 카터는 인격부터 심각하게 짓밟혔다. 사실 징역살이할 때부터 짓밟히긴 했지만 오스트리처가 상상의 날개를 펼쳐서 비난하는 내용이 대부분이었다. "6년간 나쁜 놈들과 뒤엉켜 살다 보니 물이 들었고, 모르핀에 중독된 유약한 이들처럼 너도 그 여파로 의기소침해져 뇌 조직이 망가지고 그나마 남아 있는 판단력까지 흐려졌어. 이미 자존감을 잃을 대로 잃은 줏대 없는 사람처럼 아내와 잠자리하는 놈과 위선을 떨며 역겨운 우정을 이어갔고 그 남자가 소개해준 직장을 다니다가 결국 여느 범죄자처럼 살인을 저질러 감정을 분출한 거지. 넌 지금 가월과의 친분을 부인하지만, 트라이엄프 사기 사건 공모자 가월에게 질질 끌려다녔고 그 집에서 두 번이나 마약을 하고도 경찰에 신고하지 않았지. 결국 가장 잔인한 살인을 계획해 유일하게 믿음이 가지 않던 앤서니 오브라이언을 죽이고 말았어. 넌 가월이라면 믿을 만하다고 여기겠지만 도적들끼리 체면 따위가 있을 리 있나"라고 오스트리처가 지껄였다.

'여호와는 나의 반석이시니.' 카터는 오스트리처처럼 상투적이고 진부한 성경 구절에 마음을 의지했다. 그의 반석은 헤이즐이었다. 카터처럼 갈라지고 상처 입었지만 여전히 같은 자리에 있어 아직은 붙잡을 수 있었다. '티끌이나 재밖에 안 되는 주제에.' 이 문구 역시 진부하다고 생각하면서 카터는 오스트리처 쪽으로 고개를 살짝 기울인 채 시선을 떼지 않고 경위를 응시했다.

"내가 묻는 말에 아예 대답을 안 하는군, 카터."

카터가 천천히 입을 열었다.

"경위님이 한 말은 질문이 아닙니다. 그러니 제가 무슨 대답을 합니까?"

"멀쩡한 사람이라면 대꾸를 했겠지. 인정이든 부인이든. 넌 범인처럼 굳은 표정으로 앉아만 있잖아."

카터는 그 말을 듣고 웃을 수도 있었지만 웃지 않았다. 웃지 않으려고 애쓰지도 않았다. 그것은 심히 정상이었다. 감옥에 있을 때 교도관들은 다른 단어를 사용해 동일한 의미의 말을 카터에게 했었다. 카터가 수감된 지 몇 주밖에 안 되었을 때였는데, 결국 양쪽 엄지가 줄에 매달리는 고문을 당하고 말았다.

"당신이 무슨 말을 하든 인정하지 않겠습니다. 난 이미 다 말했고, 더는 할 말이 없습니다."

"가월이 진실을 털어놓은 마당에 네가 빠져나갈 수 있을 것 같아?" 오스트리처가 벌건 얼굴로 카터에게 손가락질했다.

"가월이 다 털어놓지 않았을 겁니다. 왜냐, 그건 사실이 아니니까요."

오스트리처가 밤 9시경에 저녁을 먹으러 20분 정도 자리를 비운 때를 제외하고 카터와 오스트리처는 11시가 넘도록 한 방에 붙어 있었다. 10시경이 되자 카터는 출출했지만 아무 말도 하지 않았다. 같은 질문을 여러 번 받고 가월이 털어놓았다는 말을 반복해서 듣다 보니 졸리기까지 했다. 카터는 조금도 흔들리지 않았다. 그런데도 두세 번 정도는 진짜로 가월이 다 털어놓고 자백했다는 말을 믿을 뻔했다. 가월이 자백했다 해도 카터는 기존의 주장을 굽히지 않음으로써 잃을 건 전혀 없고 얻을 것뿐이라는 점을 명심하면서 계속 버텼다. 경찰이 때리는 것도 아니고 고무 진압봉이 보이는 것도 아니었다.

"너 같은 놈들한테 우리가 어떻게 하는지 잘 알 텐데, 카터." 오스트리처가 취조를 마무리하며 일갈했다. 게슴츠레한 눈에 삐뚤어진 타이를 보니 경위는 점차 흐트러지고 있었다. "네놈들을 가만히 두지 않겠다. 네 커리어까지 끝장내겠어. 남은 게 있을지 모르지만."

"가월이 자백했다는 내용이 경위님의 입을 통해 기사화되는 걸 보고 싶네요." 카터도 오스트리처처럼 양손을 주머니에 넣은 채 자리에서 일어났다. 오른손으로 돌돌 말린 타이를 꽉 쥐었다. "여기에서 나가면 신문에서 찾아봐야죠."

오스트리처는 자기도 모르게 짜증을 내면서도 아무 말 하지 못했다.

엄지가 욱신거리는데도 24시간 이상 약을 먹지 않은 상태로 카터는 세상모르고 잠이 들었다.

다음 날 일요일 아침 11시가 되기도 전에 변호사 매튜 엘리스가 웃으면서 카터가 구금된 독방으로 걸어왔다. "부인께서 오셨습니다. 잠시 후 집으로 가실 수 있습니다."

카터는 철창문을 붙들고 서서 경찰서 입구와 연결된 복도 좌측 끝에서 아내의 흔적을 찾았다. 카터를 향해 걸어오는 경비 뒤로 헤이즐이 보였다. 헤이즐이 모자를 쓰지 않은 차림으로 누런 종이로 싼 뭔가를 두 팔로 안고 있었다. 그녀는 카터를 보더니 입에 은은한 미소를 머금었다. 입보다 눈이 더 많이 웃고 있었다. 헤이즐이 눈으로 카터에게 말을 걸었다. 카터가 철창에서 두 손을 떼고 똑바로 서자 경비가 문을 땄다.

"셔츠 새로 가져왔어, 여보."

"고마워." 카터가 헤이즐을 품에 안았다. 질끈 감은 눈꺼풀 뒤로 눈물이 고였다. 감옥에서 집으로 돌아온 날 흘렸던 눈물이 떠올랐다.

"다 잘될 거야." 헤이즐이 나지막이 속삭였다.

아내의 목소리에 담긴 무언가가 감지되자 카터는 몸을 뒤로 빼고 헤이즐을 쳐다보았다. 그제야 카터는 헤이즐이 진실을, 모든 걸 알고 있음을 깨달았다. 카터는 뒤에 선 매튜 엘리스도 바라보았다. 변호사 엘리스가 고개를 끄덕이며 웃고 있었다. 엘리스는 전혀 모르고 있었다. 헤이즐이 절대로 변호사에게 말하지 않았을 테니.

"일단 셔츠부터 입으시겠습니까?" 엘리스가 경찰서 입구 쪽에 서 있겠다면서 손가락질을 했다.

헤이즐이 누런 종이로 싼 흰 셔츠를 카터에게 건네고 기름종이를 비비 꼬아서 싼 약을 주머니에서 꺼냈다. 카터가 옷을 갈아입는 사이 헤이즐이 독방 바깥에서 기다렸다. 카터는 깨끗한 셔츠에 달린 세탁소용 파란 종이 띠지를 아릿한 엄지로 잡아 뜯었다. 가월도 풀려났을까? 경찰이 가월을 며칠 더 신문하려나? 가월은 절대로 입을 열지 않았을 것이다. 자백했다간 가만히 있지 않을 경찰에게 털어놓을 리 없다. 카터는 두 번 다시 가월을 만나려 해서도 안 되고, 서로 말을 주고받아도 안 된다는 사실을 뼈저리게 느꼈다.

카터는 감옥에서 종종 그랬던 것처럼 독방 세면대에서 손에 물을 받아 진통제를 삼켰다. 그는 허리를 펴고 바삭하고 깔끔한 셔츠의 단추를 채웠다. 셔츠는 새 삶을 상징했다. 카터가 헤이즐을 향해 몸을 틀자 헤이즐이 그를 바라보고 있었다. 그가 느끼는 감정을 헤이즐도 느끼리라. 지금 카터를 바라보는 모습을 보니 헤이즐은 둘이서 끔찍한 난장판을 만들었지만 아직도 부부가 지킬 무언가가 있으며 지킬 만한 가치가 있다고 느끼는 게 분명했다. 둘이서 모든 걸 망치진 않았다. 아직 남은 게 많았다. 넘치도록 많이 남았다. 모두 잘될 것이다. 마침내 카터가 헤이즐에게 미소를 되돌려주었다.

카터가 독방을 걸어 나오자 오스트리처가 다가왔다. 경위는 헤이즐을 힐끔 보더니 카터에게 눈을 맞추었다. "계속 지켜보겠어, 카터."

"압니다." 카터가 대꾸했다. "그러시겠죠."

옮긴이의 말

퍼트리샤 하이스미스는 1966년 『서스펜스 소설의 구상과 집필 (Plotting and Writing Suspense Fiction)』이라는 저서에서 『유리 감옥』을 구상하게 된 배경을 다음과 같이 밝혔다. 하이스미스의 『심연』을 감명 깊게 읽은 어느 독자가 감옥에서 팬레터를 보낸다. 그는 사기죄로 형을 살고 있으며 언젠가 작가가 되고 싶다고 편지에 적었다. 이에 하이스미스는 그에게 '나의 일과'에 대해 적어보라고 권한다. 감옥에서 몇 시에 일어나 무엇을 하며 하루를 보내고 소등을 할 때까지 어떤 일들이 벌어지는지를 상세히 묘사해 보라고 한다. 그가 보낸 석 장짜리 '나의 일과'가 이 작품을 구상하는 계기가 된다. 감옥을 소재로 글을 쓰겠다는 욕망이 인 하이스미스는 부당하게 옥살이를 한 어느 엔지니어의 체험기를 찾아 읽는다. 실화 속 주인공은 억울하게 누명을 쓰고 투옥 생활을 하던 중 천장에 엄지로만 매달리는 고문을 당한다. 통증을 다스리려고 맞은 마약에 중독되자 떳떳하지 못한 자신이 부끄러워서 출소 후 아내에게 돌아가지 못하고 낯선 도시로 가서 일하며 집으로 돈을 부친다. 이 실화를 바탕으로 하이스미스는 뼈대를 세우고 자료 조사를 바탕으로 상상력을 가미해 『유리 감옥』이라는 걸작을 완성한다.

『유리 감옥』의 주인공 필립 카터는 명문대 출신 엔지니어다. 그는 더 좋은 조건을 제시하는 곳으로 직장을 옮기게 되면서 남부로 이사한다. 그러나 사기 및 공금 횡령이라는 누명을 쓰게 되고 감옥에서 복역하던 중 고문을 당해 양쪽 엄지에 영구 장애를 입는다. 카터는 헌신적인 아내 헤이즐의 옥바라지에 힘입어 6년간 복역 후 마침내 출소하게 되고, 뉴욕으로 돌아가 새 출발하려 한다. 어느 날, 전 직장 상사이자 횡령 사건의 전말을 아는 가월이 헤이즐과 카터의 변호사 설리번이 수년간 불륜 관계였음을 알리며 증거를 제시한다. 카터는 아내를 추궁한다. 헤이즐은 불륜을 고백하면서도 설리번과의 관계를 청산할 마음이 없다고 일갈한다. 카터는 아내와 관계를 정리해 달라고 부탁하기 위해 설리번의 집으로 찾아갔다가 우발적으로 그를 살해한다. 이후 카터는 살인 혐의를 벗으려고 또 다른 만행을 저지른다.

작품은 크게 두 부분으로 나뉜다. 전반부에는 카터가 갇힌 감옥에서의 비인격적인 참상이, 후반부에는 출소 이후 인간성을 상실한 카터의 모습이 담겨 있다. 처참하고 잔혹한 감옥 생활은 정적이며 다소 느리게 진행되는 반면, 카터가 사회로 복귀한 이후 상황을 그린 뒷부분은 빠른 속도로 전개되며 숨 막히는 심리전이 펼쳐진다. 바로 이 지점에서 하이스미스다운 긴박한 심리 스릴러의 진수가 드러난다. 카터는 자신의 운명을 어떻게 피해갈 것인가.

『유리 감옥』에는 도덕적으로 타락했음에도 부끄러움을 모르는 등장인물들이 가득하다. 겉과 속이 다른 그들은 가면을 뒤집어쓴 채 시커먼 속내를 숨기며 뻔뻔히 살아간다. 주인공 필립 카터는 무턱대고 남을 믿은 대가로 억울하게 범인으로 몰려 6년간 옥살이를 한다. 감옥에서 고문을 당한 뒤 마약에 중독되어 서서히 타락해 결국 연쇄 살인을 저지르고도 양심의 가책을 조금도 느끼지 않는다. 아내 헤이즐은 변호사 설리번의 도움을 받아 남편의 억울함을 벗겨주려 하지만 설리번과 외도하고 남편에게 들킨 이후에도 관계를 이어가겠다고 선언한다. 변호사 설리번은 출소 후에도 카터를 돕는다. 전과자로 낙인찍힌 카터가 번번이 직장을 구하지 못하자 일자리를 소개하지만, 그의 아내 헤이즐과 불륜을 즐긴다. 카터의 전 상사인 가윌은 사장을 설득해 카터가 감옥에서도 계속 월급을 받도록 돕지만, 헤이즐이 설리번과 바람이 났으니 설리번을 죽이라고 카터를 부추긴다. 오브라이언은 가윌에게 사주를 받아 설리번을 죽이려 하지만 계획이 어긋나 실행에 옮기지 못한다. 그러다 설리번이 사망하자 자신이 죽인 것으로 믿는 가윌에게 살인 청부 대금을 받으려는 동시에 카터를 협박해 돈을 뜯어내려 한다.

1964년에 발간된 퍼트리샤 하이스미스의 『유리 감옥』은 심리 스릴러를 좋아하는 독자라면 필독해야 할 도서다. 하이스미스는 정의가 승리하지 않는 세상, 이 모순된 세상에 사는 사람이라면 누구나 상처받고 타락할 수밖에 없으며 인간이 어디까지 나락으로 떨어질 수 있는지 주인공 필립 카터를 통해 보여준다. 교정 시설이라는 교도소의 참상과 권력을 쥔 자들의 횡포를 그리며 과연 그곳에서 인간이 개조될 수 있는가에 대해 의문을 제기한다. 살인이라는 중죄를 저지르고도 양심의 가책을 느끼지 않는 주인공을 통해 하이스미스는 정의가 구현되지 않는 세상, 이 세상 자체가 모순임을 적나라하게 드러낸다. 이런 세상이라면 누구나 정신적으로 상처를 입어 타락할 수밖에 없다면서 정의라는 개념을 비웃는다. 결말 역시 정의가 승리한다는 우리의 믿음을 철저히 깨부순다. 하이스미스는 카터의 대사를 통해 "이 세상이 하나의 거대한 감옥 같다는 생각을 했어. 여러 개의 감옥이 모이고 모여 확장된 형태라고나 할까"라고 말하며 감옥과 다를 바 없이 인간을 타락하게 만드는 세상을 고발한다. 하이스미스의 의도대로 이 책을 읽는 독자라면 연쇄 살인을 저지르는 주인공 필립 카터를 흉악범이라고 손가락질하는 대신, 그가 이번에도 법망을 피해가기를 응원하게 되는 자신의 모습을 보게 될 것이다.

김미정

유리 감옥

초판 1쇄 인쇄 2019년 1월 23일
초판 1쇄 발행 2019년 1월 30일

지은이 | 퍼트리샤 하이스미스
옮긴이 | 김미정
펴낸이 | 정상우
편집 | 이민정
디자인 | 김해연
관리 | 남영애 한지윤

펴낸곳 | 오픈하우스
출판등록 | 2007년 11월 29일 (제13-237호)
주소 | 서울시 마포구 동교로13길 34(04003)
전화 | 02-333-3705 팩스 | 02-333-3745
openhousebooks.com
facebook.com/vertigo.kr

ISBN 979-11-88285-63-1 04840
      979-11-86009-19-2 (세트)

VERTIGO는 (주)오픈하우스의 장르문학 시리즈입니다.

이 도서의 국립중앙도서관 출판예정도서목록(CIP)은 서지정보유통지원시스템 홈페이지(http://seoji.nl.go.kr)
와 국가자료공동목록시스템(http://www.nl.go.kr/kolisnet)에서 이용하실 수 있습니다.
(CIP제어번호: CIP2018039275)